CW00461022

LE MOINE ET LE SINGE-ROI

DU MÊME AUTEUR

LES ADIEUX À L'EMPIRE, France-Empire, 2006 ; Babel n° 1323.
LE DÉTECTIVE DE FREUD, éditions De Borée, 2010 ; Babel noir n° 184.

Dans la série des enquêtes du commissaire aux morts étranges
CASANOVA ET LA FEMME SANS VISAGE (grand prix Sang d'encre de la
ville de Vienne), Actes Sud, 2012 ; Babel noir n° 82.
MESSE NOIRE (prix *Historia* du roman policier), Actes Sud, 2013 ;
Babel noir n° 105.
TUEZ QUI VOUS VOULEZ, Actes Sud, 2014 ; Babel noir n° 150.
HUMEUR NOIRE À VENISE, Actes Sud, 2015 ; Babel noir n° 171.
ENTRETIEN AVEC LE DIABLE, Actes Sud, 2016 ; Babel noir n° 202.
LE MOINE ET LE SINGE-ROI, Actes Sud, 2017 ; Babel noir n° 216.
LE CARNAVAL DES VAMPIRES, Actes Sud, 2018.

OLIVIER BARDE-CABUÇON

LE MOINE
ET LE SINGE-ROI

UNE ENQUÊTE DU COMMISSAIRE
AUX MORTS ÉTRANGES

roman

BABEL NOIR

Pour Christine et Thibault, toujours.
Pour Shirley Roul, une amie sûre.
Pour Florence Chailloux, une amie perspicace.
Pour Christelle Firmis, une amie zen.

Car vous savez que je suis moi-même un labyrinthe où l'on s'égare facilement.

CHARLES PERRAULT

PROLOGUE

La chauve-souris quitta les combles du palais de Versailles et s'élança dans la nuit obscure. Au-dessous d'elle se déroulaient les lignes symétriques des jardins royaux, un alignement de parterres de buis, un labyrinthe logique pour tous les tenants de l'ordre ròyal, un cauchemar pour les autres.

Elle survola un massif boisé, strié par une multitude d'allées sombres et étroites. Une forme menue y tournait, perdue et désemparée, entre ces hautes murailles de verdure.

Où qu'elle aille, des fontaines de plomb, peintes avec leurs personnages étranges, d'hommes ou de bêtes, se dressaient devant elle. Ceux-ci semblaient vouloir la saisir pour l'emporter avec eux dans leur monde infernal où les animaux sont les égaux des hommes.

Se retournant, la jeune fille poussa un hoquet de stupeur et de terreur avant de s'enfuir.

Derrière elle, la chasse commençait.

La jeune femme courut à travers les allées et la peur la tenait si fort qu'aucun son ne pouvait sortir de sa gorge pour appeler à l'aide.

Le vent remuait et brassait l'air lourd de ce mois d'avril.

Le monstre courait derrière elle.

Un moment, elle crut qu'il avait perdu sa trace mais elle ne ralentit pas. Un cygne et une grue semblèrent se précipiter sur elle.

La chute fut rapide, la douleur atroce. Lorsqu'elle porta la main à son ventre, ce ne fut que pour y trouver des entrailles chaudes qu'elle tenta en vain de retenir en elle avant de mourir.

La chauve-souris poussa un cri strident et disparut dans le ciel. La lune arracha un reflet argenté à la lame tranchante qui venait d'éventrer la jeune femme.

I

LE BASSIN DE L'ÎLE DES ENFANTS

Je veux des enfants partout* !

Louis XIV

Le Labyrinthe était le fruit de l'imagination de l'architecte André Le Nôtre sur une partition de Charles Perrault. Ce dernier en avait eu l'idée lors de la publication des *Fables* d'Ésope, mises en vers par La Fontaine. À chaque extrémité ou croisement d'allées, s'offraient à la vue une fontaine et un bassin de rocaille reproduisant des animaux de fables paraissant dotés de vie : le paon et le rossignol, le lièvre et la tortue, le loup et le porc-épic, le chat pendu et les rats... Un bestiaire inquiétant s'étalait ainsi le long des allées ombragées, délivrant de sages ou de révoltantes leçons de morale ainsi que d'ambigus messages sur la nature humaine.

Au pied d'un cygne et d'une grue hautaine qui voulaient boire la même eau irisée jaillissant d'une fontaine, gisait le corps d'une jeune fille. De la robe de taffetas qui l'habillait semblaient sortir ses entrailles.

L'un après l'autre, les courtisans amassés s'écartèrent devant un grand jeune homme, à l'allure déterminée, vêtu d'un justaucorps sombre éclairé par une chemise blanche, un jabot et une

---

* Toutes les citations en exergue sont tirées de *Manière de montrer les jardins de Versailles*, dont l'auteur n'est autre que Louis XIV, qui nous invite à suivre ses itinéraires préférés à travers les parterres et les bosquets du plus beau jardin du monde. Ce texte a été réédité aux éditions Artlys.

cravate. Il ne portait pas de perruque et ses cheveux d'un noir de corbeau, longs et sans poudre, flottaient derrière lui. Une cicatrice au coin de l'œil droit remontait le long de sa tempe.

Le jeune homme ne se donna même pas la peine de ralentir ou de s'excuser en fendant la foule poudrée et parfumée, vêtue d'or et d'argent, de dentelles, de velours et de soie. Un murmure de mécontentement parcourut l'attroupement auquel il ne prêta aucune attention, son œil bleu de glace figeant instantanément celui sur qui il se posait.

— Le commissaire aux morts étranges, murmura quelqu'un. C'est lui! Le chevalier de Volnay!

Le murmure enfla mais cette fois pour propager l'information.

Dans le sillage du policier marchait un moine d'une cinquantaine d'années, de haute taille, mince, svelte et droit. Il avait les traits marqués par des rides d'amusement, comme en témoignaient les pattes-d'oie autour de ses yeux, et de curiosité intellectuelle comme l'indiquaient les rides de son front. Sa barbe s'ouvrait pour l'instant sur un sourire aimable mais on sentait toute la fragilité de celui-ci tant ses yeux noirs étincelaient.

— Et son assistant, le moine hérétique, souffla un autre.

Car si peu savaient qu'il n'était pas plus moine qu'eux mais obligé par l'ordre royal, par son insolence et ses erreurs passées, à porter de nouveau la bure, comme il en avait été contraint par ses parents durant sa jeunesse, encore moins connaissaient la filiation de Volnay envers lui.

Le sourire du moine s'accentua encore et il releva fièrement la tête, toisant la foule avec insolence.

— Pas son assistant, souffla-t-il au passage de l'impertinent qui venait de parler, son collaborateur!

Reconnaissables à leur pourpoint à manches tailladées, leur hausse-col d'argent et leur chapeau de velours noir piqué d'une plume blanche, les gardes suisses formaient une haie, la hallebarde à la main, empêchant les curieux d'avancer. Seul Sartine, silhouette raide et compassée, se tenait derrière eux. Le lieutenant général de police avait choisi de se poster de biais, par rapport au cadavre, afin d'éviter d'avoir à y porter son regard, sans toutefois montrer que cette vue lui était insupportable. Sartine semblait monter ainsi une garde incertaine, pathétique mais fidèle et impitoyable serviteur d'une vieille monarchie pourrissante aux yeux du moine.

Après un salut silencieux à son supérieur, le commissaire aux morts étranges s'était arrêté au pied du corps et fronçait les sourcils. Ses yeux clairs et glacés brillaient de fureur. Tant de gens avaient piétiné les lieux qu'aucun indice ne pourrait être relevé. Il se tourna vers son collaborateur avec un regard entendu. Le moine eut un acquiescement à peine perceptible et répondit à la question muette de son fils.

— C'est bien son cœur que l'on voit dans la main droite. Est-ce ce qu'on appelle *avoir le cœur sur la main*? On ne dirait pas qu'une aussi petite chose puisse nous garder en vie!

Il se tourna vers le lieutenant général de police.

— N'est-ce pas? Oh, pardon monsieur. J'avais oublié que vous n'en aviez pas!

Sans attendre de réponse, le moine entreprit de s'agenouiller auprès du corps pour mieux l'examiner. En relevant la tête, il n'apercevait que les coutures des robes des femmes, les bas de fil d'or et les souliers à boucles ornés de pierres des hommes. Il se redressa après un instant.

— La composition est des plus artistiques et imaginatives mais le travail est celui d'un boucher. Il l'a éventrée d'un coup, comme une bête à l'abattoir, avant de l'éviscérer. Il en sort de partout!

Il jeta par-dessus son épaule un coup d'œil ironique aux courtisans tenant un mouchoir devant leur bouche et arborant des airs horrifiés.

— Une question demeure toutefois. Quelle lame a pu l'ouvrir aussi proprement? Et pourquoi le ventre et la poitrine?

— Parce que ce sont des signes de féminité, répondit Volnay. La poitrine qui allaite et le ventre qui féconde.

— Bien vu.

Son fils arqua un sourcil.

— C'est ce que tu avais en tête, non?

— Oui, je voulais juste vérifier que tu avais bien retenu mes leçons!

Le moine se tourna de nouveau vers le corps, le visage maintenant empreint de compassion.

— Je n'avais encore jamais vu une expression aussi horrifiée dans le regard d'une morte. Pauvre petite. Elle doit à peine avoir dix-huit ans. Me permets-tu de lui fermer les yeux ?

— Je t'en prie. Nous aurions dû commencer par là.

Le moine se pencha au-dessus de la victime.

— Je ne crois pas en la théorie selon laquelle l'image de votre meurtrier reste imprégnée dans vos rétines. Je n'y vois que la peur et l'horreur. Enfin… la connaissance venant de l'expérience, il est toujours bon de vérifier !

Avec douceur, les longs doigts du moine effleurèrent les paupières.

— Moi j'aimerais bien savoir à quoi je penserai au moment de ma mort…

Volnay tressaillit légèrement et examina son père à la dérobée. Sartine également se fit plus attentif. Conscient de cette attention, le moine se releva et passa une main le long de sa bure, là où les grains de sable de l'allée s'étaient incrustés.

— Voilà qui est intéressant, reprit-il d'un ton détaché. Nous voici avec un fou meurtrier, un éventreur, lâché dans les jardins du palais de Versailles. Je pressens que ce n'est que le début d'une longue série si nous ne l'arrêtons pas !

Il avait élevé la voix et le premier rang de la foule aux aguets, retenant son souffle, venait d'entendre. Aussitôt la rumeur se propagea.

— Un fou ! Un éventreur à Versailles !

Sartine tira par le bras son policier. Volnay se dégagea sans mot dire et se tint bien en face du lieutenant général de police.

— Vous désirez me parler ?

Un sifflement exaspéré s'échappa de la bouche de Sartine.

— Suivez-moi ou je vous fais pendre !

Volnay haussa nonchalamment les épaules et lui emboîta le pas. Son supérieur l'entraîna à quelques mètres de là, à l'abri des oreilles indiscrètes.

— Votre père vient d'avertir toute la cour qu'un éventreur sévit à Versailles !

Volnay secoua doucement la tête.

— Il a juste formulé une hypothèse.

Sartine explosa.

— Ne pouvait-il pas garder cela pour lui seul ? Et qu'a-t-il à me provoquer ? Il n'y a pas huit jours que vous êtes de retour à Paris et ses insolences reprennent de plus belle.

Volnay soupira.

— Je vais y mettre bon ordre.

— Oui, assurez-vous-en !

— D'ici là, j'ai un meurtrier à trouver. Quelqu'un connaît-il le nom de la victime ?

Sartine haussa un sourcil aristocratique.

— Je n'avais pas compris que c'était à moi de vous renseigner ! Rappelez-moi vos fonctions ?

— C'est un peu particulier, remarqua le commissaire aux morts étranges, nous sommes à Versailles. Tout le monde connaît tout le monde ici.

— Mes bureaux sont au Châtelet et je ne passe pas mon temps à la cour, rappela Sartine, le bec pincé. Je suis un homme de terrain, moi !

Volnay réprima un sourire mais ne commenta pas. Si être un homme de terrain signifiait se tenir assis à son bureau du matin au soir à lire des rapports, sans nul doute, Sartine était bien un homme de terrain !

— Quant à cette pauvre fille, comment la reconnaître ? reprit le lieutenant général de police. Vous avez vu ce qu'il en reste ?

— On n'a pas touché au visage…

Il jeta un coup d'œil au corps et à la robe de taffetas ensanglantée.

— La petite porte une jolie robe et j'ai remarqué des bijoux de valeur à son cou et à ses doigts. Ce n'est assurément pas une domestique… Elle est déchaussée également. Elle a dû perdre sa chaussure en voulant s'enfuir…

— En êtes-vous certain ?

— Oui car sa chaussure n'est pas dans les parages, elle a dû continuer à courir pour échapper à son poursuivant sans prendre le temps de la récupérer. Notez que ses genoux sont en sang, de longues égratignures. Elle courait bien lorsqu'elle est tombée et a glissé sur le sable de l'allée.

Volnay s'interrompit, son regard balayant la foule des curieux dont l'attitude oscillait entre la curiosité, l'excitation et le dégoût. Il venait de percevoir une expression particulière peinte sur les traits d'une personne. La peine.

— Excusez-moi.

Il quitta brusquement Sartine et marcha d'un pas déterminé vers les badauds attroupés, fendant le cordon des gardes suisses, ceux des cantons des Grisons ou de Vaud. De nouveau, les courtisans à la perruque poudrée et les belles dames aux robes à amples paniers firent place nette sur son passage. Il pénétra dans un groupe composé de gens vêtus plus modestement, le coton et la laine remplaçant les étoffes plus précieuses. On s'écarta devant lui mais il saisit la main d'une jeune femme qui se détournait.

— Venez avec moi !

Volnay la tira sans ménagement pour la mener devant le cadavre sous les yeux étonnés de Sartine.

— Regardez, lui enjoignit le policier.

— Non, je ne peux ! fit-elle en baissant les yeux.

Sartine fit alors un pas en avant, jouant son rôle de croquemitaine à la perfection comme l'avait espéré Volnay.

— Madame, je suis le lieutenant général de police. Je vous ordonne de regarder le visage de cette morte et, si vous la connaissez, de nous apprendre qui elle est.

À genoux auprès de la victime, le moine releva la tête.

— Mademoiselle, fit-il d'un ton compatissant, cela ira sans doute mieux si vous ne fixez que sa figure.

La jeune fille eut un haut-le-cœur. La poigne de Volnay la saisit à temps pour la détourner du cadavre alors qu'elle vomissait. Le lieutenant général de police bondit en arrière, les vomissures venant éclabousser le bout de ses chaussures.

— Vous vous êtes taché, commenta le moine ravi.

Le commissaire aux morts étranges soutint la jeune fille et lui offrit avec délicatesse son mouchoir.

— La connaissez-vous ?

Elle jeta un dernier coup d'œil au corps et fut agitée d'un nouveau spasme.

— C'est Mlle Vologne de Bénier, sanglota-t-elle.

— Et que faisait cette demoiselle ? s'enquit brusquement le lieutenant général de police sans tenir compte de la moue désapprobatrice de son subordonné.

— Elle pose pour le peintre Waldenberg.

Sartine renifla de mépris et se tourna vers son commissaire aux morts étranges.

— Un modèle… Vous savez ce qu'il vous reste à faire ?

— Oui, voir son peintre !

Ce début de mois de mai offrait un temps chaud et un ciel sans nuage. À l'entrée du Labyrinthe, le moine se lissa soigneusement la barbe, tout en se plaçant de manière à faire admirer à la foule son meilleur profil ainsi que son teint hâlé, souvenir d'un merveilleux voyage à Venise et d'un séjour forcé dans une vallée de Savoie.

On avait enfin recouvert le corps d'un drap avant de le charger dans une voiture qu'il allait rejoindre. Il profitait de ces quelques minutes pour savourer le plaisir d'être vivant, de sentir sur son visage la morsure du soleil et le regard curieux des femmes.

Sous leurs ombrelles, leurs coiffures poudrées de blanc s'efforçaient de gagner en hauteur à l'aide de postiches savamment posés pour donner plus de bouffant. Dans ces savantes compositions se nichaient des fleurs, des oiseaux, des bijoux et parfois même des légumes, autant de révélateurs de la personnalité de chacune. Leurs visages quant à eux disparaissaient sous le blanc de céruse rehaussé de rouge de France sur les joues. Parfois, une mouche disposée savamment, au coin des lèvres ou des yeux, venait distiller un troublant message d'invitation à faire plus ample connaissance.

Le moine prit un air mystérieux et bomba le torse tout en tiraillant les poils de sa barbe bien taillée. Il ne lui déplaisait pas d'être ainsi le point de mire de tous. Sa grande taille et son port altier en imposaient. Les traits de son visage étaient fins, ses yeux vifs et brillants d'intelligence. Sa physionomie enjouée laissait toutefois apparaître les traces de nombreuses passions disciplinées au fil du temps au prix de maints efforts. Autant de choses qui captivaient les femmes toujours sensibles aux mauvais garçons qu'elles espéraient corriger de leurs penchants. Peu sensible à son cabotinage, son fils se planta devant lui.

— J'ai identifié la victime.

Le moine haussa un sourcil, contrarié de le voir s'interposer entre lui et son public.

— Oui, j'ai entendu. Bien joué! Tu es le digne fils de ton père!

— As-tu retrouvé sa chaussure? demanda Volnay.

— Pourquoi?

— Parce qu'elle n'en porte pas au pied gauche.

Le policier s'agenouilla et se saisit délicatement de la cheville de la morte.

— Notre victime n'a pas dû la perdre très loin car son bas est certes troué mais pas suffisamment pour qu'elle ait marché ou couru très longtemps sans elle.

Le moine haussa les épaules et agita sous son nez la besace de son fils.

— Crois-tu que j'en ai eu le temps? Pendant toutes ces palabres, certes utiles mais un peu longues, j'ai effectué un croquis exact de la disposition du corps dans cette allée et de la macabre composition du meurtrier. J'ai également examiné le cadavre. La victime a été éventrée d'un seul coup porté avec une violence extrême de bas en haut, du nombril à la gorge! Un couteau à grosse lame, une hache? Il faut que je l'examine au calme pour en savoir plus. J'espère pour cette pauvre gosse qu'elle est morte sur le coup. – Il grimaça. – Sinon, le meurtrier, en retirant sa lame, a dû lui faire un mal atroce.

— Et ensuite?

— Son assassin a posé son cœur dans sa main gauche, comme je te l'ai dit à toi et à notre bon lieutenant général de police.

Son fils le considéra sévèrement.

— À ce propos, avais-tu besoin de te moquer de Sartine?

— Non mais ça m'a fait plaisir! Ne t'inquiète pas, il n'en pissera pas plus raide pour autant!

Le moine semblait sautiller littéralement de joie à cette idée.

— Tu ne peux savoir comme je suis heureux de me trouver à Versailles !

Il respira l'air parfumé par les buis et les senteurs de ce printemps précoce. Sous son regard s'étalaient des rondeaux, des fontaines à l'eau jaillissante, des parterres gazonnés, des terrasses emplies de fleurs. Partout, des jets semblaient faire jaillir de terre des gerbes d'eau. Comme le géant Ante, le moine paraissait reprendre des forces au contact de ces jardins somptueux et des mines effrayées des belles dames. Trop de forces… son corps crépitait tout à coup d'une énergie extraordinaire. Il s'étira lentement.

— Voici donc notre nouveau terrain de jeu… – Un rictus féroce envahit son visage. – Je sens que je vais bien m'amuser ici !

Volnay avait demandé à la jeune fille qui venait de reconnaître la victime de l'attendre. Pour être certain que sa requête soit satisfaite, il l'avait confiée aux soins de deux sbires de Sartine. Il vint la chercher.

— Faisons quelques pas dans les jardins, voulez-vous ? lui proposa-t-il.

Le temps était superbe. Ils empruntèrent une allée bordée de pins qui offrait une promenade agréable. Au milieu de trente hectares abandonnés, le jardinier Le Nôtre avait jeté ici et là bosquets, rampes, terrasses et plans d'eau, créant des perspectives inimaginables, capturant l'œil et les sens. Volnay plissa les yeux. Dans les jardins de Versailles, le regard était aussi captif que la nature. Les jardiniers du Roi Soleil avaient tout conçu pour diriger le regard là où le souverain le désirait. Des murs végétaux vous orientaient finement vers une certaine perspective, les détours d'une allée sur une œuvre d'art mise en valeur par le positionnement des buis et des ifs. Un travail d'orfèvre qui taillait dans la grande masse brute végétale pour la polir et en tirer des perles fines et régulières mais sans grande fantaisie.

— Comment vous appelez-vous ?

— Odeline.

Volnay jeta un coup d'œil autour de lui, considérant froidement les promeneurs. Dans ces jardins magnifiques pullulaient les cervelles de colibri. On se saluait, on médisait, on complotait, on manœuvrait. On y développait également la science de plaire au plus haut point car, avec le jeu, c'était la seule distraction possible dans cette cage dorée de Versailles. Inconsciente et insouciante, la cour s'amusait sans voir les nuages s'amonceler dans son ciel.

— Pouvons-nous trouver un endroit où converser ? demanda-t-il poliment.

Peu habitué des lieux, Volnay laissa la jeune femme le conduire à sa guise jusqu'au bosquet de l'Étoile, ou bosquet de la Montagne d'Eau, un ensemble d'allées sablées au tracé composant une étoile. Armées d'ombrelles, des femmes s'y promenaient, leurs éventails brassant l'air avec obstination.

— Odeline… Un très joli prénom. Travaillez-vous à Versailles ?

— Je suis femme de chambre de Mme de Marcillac.

— Qui est-ce ?

— Une personne de qualité.

— Je n'en doute pas ! Posez-vous pour le peintre Waldenberg ?

— Oh, non ! – La réponse avait fusé vivement. – Je ne suis pas assez jolie pour cela !

Volnay se permit un léger sourire. Sous son air sérieux, la jeune fille dissimulait un charme discret mais réel.

— Assurément, je vous trouve bien modeste. – Il se reprit. – D'où connaissez-vous notre victime, Mlle Vologne de Bénier ?

La jeune femme se mordit les lèvres.

— Nous nous sommes croisées dans les jardins du palais et nous avons sympathisé.

— Vraiment ?

— Vraiment.

Le policier s'arrêta et la contempla d'un air dubitatif. Ils venaient de changer de bosquet et foulaient aux pieds une belle pelouse. Volnay jeta un coup d'œil au bassin de l'Île des Enfants. Ceux-ci s'agitaient joyeusement sur une coquille de nacre. Louis XIV l'avait dit à ses jardiniers : *Je veux des enfants partout!* Il s'était même laissé aller à rédiger un guide de visite de ses jardins, une *Manière de montrer les jardins de Versailles* correspondant à sa vision personnelle des lieux et exaltant toute la fierté d'en être son concepteur.

Des chèvrefeuilles couvraient les palissades, délivrant un parfum floral suave aux notes de jasmin. Odeline s'écarta de lui comme si elle craignait qu'il ne tente quelque approche de séduction. Il n'en était rien. Le commissaire aux morts étranges ne mélangeait pas le travail et le plaisir. En tout cas, il s'y efforçait généralement.

— Aimait-elle la compagnie des hommes ? demanda le policier.

— Comme toutes les femmes, je suppose, répondit Odeline.

Volnay s'adoucit et sourit. Son père aurait apprécié cette réponse.

— Voyait-elle quelqu'un ces temps-ci ?

— Pas que je sache mais elle ne me faisait pas de confidence.

— Aurait-elle récemment éconduit un amoureux transi ?

— Pas que je sache, répéta obstinément Odeline. Je ne la connais pas si bien que cela.

Habitué à déceler dans le ton de ceux qu'il interrogeait le moindre frémissement ou changement d'intonation, Volnay dressa l'oreille. Pour une raison ou une autre, la jeune fille lui mentait.

— Mlle Vologne de Bénier jouait les modèles. Est-ce une activité rémunératrice ?

Odeline prit un air perplexe.

— Ma foi, je ne crois pas. Les peintres ne sont pas toujours en fonds et les modèles sont payés pour chaque séance de pose. Car, bien sûr, les peintres ont souvent plusieurs modèles, ce qui complique les choses.

— Et si le peintre prend une commande de paysages ou de portraits, il n'a pas besoin d'elles, commenta Volnay. Encore moins pour les natures mortes…

Le commissaire aux morts étranges pensa aux habits de qualité de la jeune victime et à ses bijoux. Il se saisit doucement du bras d'Odeline qui frissonna et ils reprirent leur marche. Rosiers grimpants, genêts et iris bordaient maintenant leur promenade. Volnay prit une grande inspiration.

— Que faisait Mlle Vologne de Bénier en dehors de poser pour le peintre Waldenberg ? demanda-t-il doucement. Dites-le-moi car, de toute manière, je le saurai un jour.

Odeline tressaillit.

— C'est un peu particulier, balbutia-t-elle.

Le moine fut heureux de quitter ce dédale d'allées, ce labyrinthe et tous ces personnages de fables, aux visages étrangement familiers pour celui dont la mère aimait à lire au petit garçon qu'il avait été ces mises en garde édifiantes ou terrifiantes : le monde est régi par la loi du plus fort ou du plus rusé qui règne partout, sans souci des faibles et des sots. Ces visages d'animaux étaient bien pratiques pour représenter l'affreuse réalité de la nature humaine.

— *Avec mes animaux pleins de ruse et d'adresse*, récita-t-il à mi-voix, *qui de vos mœurs font le vivant portrait, je voudrais bien enseigner la sagesse. Mais mon voisin ne veut pas qu'on en ait.*

Il s'immobilisa à la sortie du Labyrinthe. En plissant les yeux sous le soleil, il apercevait la silhouette rassurante de l'Orangerie baignée par une douce clarté soulignant l'harmonie de ses lignes et volumes.

Les jardins n'offraient à son regard que carrés ordonnés, tracés bien réguliers, plans symétriques et angles droits, l'exemple parfait d'une nature domestiquée et pliée à la volonté d'un seul homme.

Versailles… le projet d'un roi ambitionnant d'éclairer, voire d'aveugler le monde, par sa lumière et sa puissance.

Versailles, un rêve chimérique conquis sur des marais puants pour y concentrer tous les pouvoirs d'une monarchie absolue et transformer une noblesse turbulente en un flot ininterrompu de courtisans dont le seul souci du matin au soir serait de plaire à son roi en se pliant à la plus impitoyable étiquette qui soit. Le moine plissa les narines de dégoût.

Versailles, aujourd'hui résidu du vice et de la gabegie.

Versailles, où rien n'est vrai tant la nature des hommes s'y concentre dans tout ce qu'elle a de plus mauvais.

Versailles qui pue.

Versailles, cloaque sans nom qu'il serait urgent d'éradiquer de la surface de la planète.

Versailles, désormais terrain de chasse d'un prédateur sans nom.

Le moine observa la foule chamarrée qui tournait encore autour des lieux du crime comme une poignée de poules affolées. Il dissimula un sourire.

Tremblez, tendres poulettes, le renard est dans votre basse-cour!

Son masque d'affabilité disparut d'un coup pour révéler un mépris glacé. L'un après l'autre, les regards se détournèrent de lui, cherchant une échappatoire à son accusation muette. Sans pitié, l'œil du moine les poursuivit, jouissant tranquillement de leur déroute. Ces visages poudrés, fardés et grimés étaient ceux de vieux enfants capricieux. D'ici, il sentait l'effluve de leur crasse vainement masqué par leurs parfums d'ambre, de musc et de cannelle ou leur poudre de Chypre, leur pommade de Florence ou la cire de France.

Ces imbéciles ne se lavent pas. Ils croient que l'eau charrie des maladies et que la crasse les protège de celles-ci!

Son regard effleura les belles dames encore rassemblées, minaudant pour se faire réconforter par leur cavalier. Derrière les éventails les conversations féminines fusaient. Les femmes portaient leurs bijoux à la promenade comme au spectacle. Sous leurs coiffures montées comme des pièces de pâtissier, elles portaient de grandes robes à paniers en brocart, satin ou velours, au dos flottant et plissé, entrelacées de rubans et de dentelles qui mettaient à l'épreuve les nerfs des messieurs souhaitant les leur ôter.

Il y avait quelque chose de pathétique dans cette volonté de paraître à tout prix, de faire le singe ou la belle du matin au soir.

Une à une, il détailla avec effronterie les femmes qui le contemplaient avec un mélange de fascination et d'inquiétude. Toutes baissèrent les yeux ou s'efforcèrent de regarder ailleurs. Une courtisane pourtant ne se détourna pas et soutint calmement son regard. Une femme mince au maintien de souveraine, entre trente et trente-cinq ans. Sa chevelure brune était des plus simples et ses yeux noirs irradiaient telles des pierres sombres au soleil. Il émanait d'elle un sentiment particulier sur lequel le moine hésita à mettre un nom. Une aura de pouvoir authentique semblait en effet l'auréoler mais un pouvoir atypique. Non pas quelque chose de l'ordre du politique mais plutôt du domaine physique. Comme une déesse antique qui vous soumettait par la seule force de son regard, calme et dominateur. Athéna, sans doute, vieille complice d'Ulysse. Une déesse utile mais susceptible et qu'il valait mieux ne pas trop contrarier.

Un instant, ils se jaugèrent en silence et, si l'un et l'autre se trouvaient surpris de cette rencontre aucun ne le montra. Finalement, la courtisane le salua d'un imperceptible mouvement de tête.

Le moine hocha la tête et lui rendit avec courtoisie son salut.

Elle a un certain air de qualité…

La femme claqua légèrement son éventail.

Le moine fronça les sourcils. Il n'était pas sans savoir tous les codes de l'éventail : l'abaisser au sol pour marquer son mépris, dissimuler ses yeux derrière pour dire *je t'aime*. Le refermer signifiait : *j'accepte tout!*

En l'occurrence, Athéna venait de lui signifier son congé mais il ne bougea pas. Comme Ulysse, il se nourrissait de chaque instant vécu et de chaque expérience, curieux à en mourir. Et lorsque cette curiosité et ce désir disparaîtraient, il ne resterait plus rien de lui et la vie ne vaudrait plus la peine d'être vécue.

Finalement, après un dernier regard ironique, la déesse se détourna avec grâce. Songeur, le moine la contempla s'éloigner.

Décidément, la vie est tout de suite plus intéressante dès qu'il y a des femmes dans le coin!

II

LE LABYRINTHE

On entrera dans le Labyrinthe,
et après avoir descendu jusqu'aux canes et au chien,
on remontera pour en sortir du côté de Bacchus.

Rentré à son domicile parisien, le moine pénétra dans une vaste cave voûtée aux murs de pierres taillées. Celle-ci recelait un laboratoire rempli de creusets, d'alambics, de cornues et de fourneaux. Sur une table à part reposait un microscope composé, aux combinaisons complexes de lentilles soigneusement polies, permettant un agrandissement jusqu'à trois cents fois la taille initiale. L'objet faisait la fierté du moine.

Il alluma les torches accrochées au mur et les bougies couronnant son lustre pour se donner la lumière nécessaire à son examen. La victime reposait sur une table en pierre que le moine, par respect, avait recouverte préalablement d'un drap.

— Un seul coup, murmura-t-il. Il faut pour cela une force ou une haine terrible. Voire les deux… Pauvre enfant !

Lentement, il lui retira ses bijoux et les examina. C'était la chose la plus aisée avant l'examen du corps. La demoiselle s'était bien parée pour sa promenade ou son rendez-vous nocturne. Le collier, ses bracelets et ses bagues semblaient de prix. Sans doute, le cadeau d'un admirateur.

Il les posa doucement à part et se pencha pour examiner de plus près ses bras et son visage. Pas de trace de coups, pas de trace de défense. Il n'y avait pas eu de lutte. L'assassin avait frappé brusquement et brutalement. Un peu étrange si elle était poursuivie. Mais il est vrai que, dans le Labyrinthe, l'assassin avait très bien pu se trouver derrière elle à un moment donné puis la contourner par une autre allée.

Perplexe, le moine se consacra à l'étude du coup porté de bas en haut puis examina l'état de rigidité du corps. Son examen terminé, il recouvrit celui-ci d'un drap et sortit en fermant soigneusement à clé la porte de la cave, puis il suivit un long couloir sombre avant de prendre l'escalier qui le ramènerait dans ses appartements.

Il raviva le feu pour faire chauffer de l'eau puis entreprit de remplir sa baignoire en cuivre qu'il fit rouler près de la cheminée pour plus de commodité. Le moine ensuite se plongea dans son bain. Quand il en sortirait, tout résidu de son autopsie se serait envolé mais pas les souvenirs de ce corps éventré qu'il venait d'examiner.

Quand donc finirait toute cette souffrance?

Il resta un moment la tête sous l'eau, arrêtant de respirer.

Un instant, il n'entendit plus que les battements affolés de son cœur dans le noir. Un cœur encore trop fragile à son goût.

L'eau l'enveloppait comme dans le ventre de sa mère. Un moment, il pensa à rejoindre ce refuge protecteur mais, au fond de lui, il savait que nul endroit ne le protégerait de ses propres démons. Alors que faire?

Pas un bon jour pour mourir…

Lentement, il émergea, soufflant puis aspirant l'air dans ses poumons.

Encore trop de choses à faire!

Dans sa chambre, il ouvrit le beau coffre en bois laqué où il rangeait ses vêtements. Celui-ci renfermait une splendide tenue dont on lui avait fait cadeau dans la cité des mille canaux afin de participer à une soirée dans une île charmante à quelques encablures de Venise.

Il hésita un instant mais désormais il savait que, comme une femme, revêtir de beaux habits le mettrait de bonne humeur et chasserait cet accès de mélancolie. Il se glissa donc dans son pourpoint de velours violet à fond d'or, doublé de satin cramoisi et veste frangée d'or, gilet et culottes avant de se contempler dans la glace, fort satisfait de son reflet. Il avait honnêtement fière allure dans ces beaux vêtements qui mettaient en valeur son teint hâlé par ses précédentes aventures, ses larges épaules et sa taille étroite.

Suis-je encore en âge d'aimer? Certes, oui! Mais suis-je encore en âge d'être aimé?

Un coup à la porte le fit sursauter. C'était sans doute son fils qui venait aux nouvelles. Lorsqu'il ouvrit, il se trouva face à une jeune femme au regard farouche et à la beauté sauvage. Sous ses cils fournis, de grands yeux verts, mouchetés de lumière brillaient d'une lueur surnaturelle. De longs cheveux fins, d'un brun aux reflets roux, ondulaient et ruisselaient dans son dos. Hélène!

— Surprise! fit le moine en s'efforçant de calmer les battements désordonnés de son cœur.

S'il s'était demandé s'il l'aimait encore, son cœur venait de lui répondre.

Hélène fit un pas en avant.

— Puis-je entrer?

— Peut-on empêcher le soleil de pénétrer dans sa maison?

Sur cette galanterie démodée qu'il regretta aussitôt, le moine s'effaça pour la laisser passer. Un parfum chaud d'herbes et de fleurs sauvages émanait d'elle, rehaussé par l'ambre gris. Discrètement, le moine le respira, retrouvant là des souvenirs plus intimes d'elle, d'avant son départ à Venise. Il s'attendait à être troublé lorsqu'elle l'effleura en passant devant lui mais il n'en fut rien. Son esprit interpréta ce geste comme le souhait d'Hélène de rester distante tout en gardant son emprise sur lui. Un peu perplexe, il referma la porte derrière elle. Les battements de son cœur se calmèrent progressivement.

— Vos cheveux sont mouillés, remarqua-t-elle.

— C'est normal quand on sort du bain!

Les yeux d'Hélène le scrutèrent. Des paillettes dorées étincelaient dans ses yeux. Elle le trouvait changé. Il avait maigri. Beaucoup. De svelte, sa silhouette était devenue efflanquée. Son visage aussi s'était transformé, plus creusé au niveau des joues. Toujours le même front haut, un nez effilé presque aquilin et un menton décidé, couvert par une courte barbe grisonnante, mais il commençait un peu à se dégarnir au front, sur les côtés. Surtout, ses yeux semblaient plus enfoncés et brillants dans leurs orbites, ses traits plus durs aussi.

— Vos vêtements sont splendides mais pourquoi ne portez-vous pas votre bure?

Le moine lui jeta un regard songeur.

— Pourquoi toujours travestir ce que l'on est?

— C'est vous qui me dites ça! s'exclama Hélène qui connaissait le goût du moine pour les déguisements et le travestissement d'identité.

Une lueur fugitive brilla un instant sous les paupières du moine qui dit finalement :

— Les habits ne nous changent pas, ils changent seulement le regard des autres sur nous…

Hélène ne commenta pas. Elle ne voulait pas paraître trop curieuse mais le comportement et la tenue du moine l'intriguaient. Comme ce regard fier et ce demi-sourire ironique qu'il essayait de dissimuler. Il avait complètement abandonné cet air de chien battu qu'il arborait au terme de leur liaison, avant son départ à Venise, et se dressait aujourd'hui comme un homme fier et déterminé devant elle. Du coup, elle se sentait légèrement désemparée.

— Vous avez bonne mine, constata-t-elle froidement.

— *Heureux qui comme Ulysse a fait un beau voyage…*

La référence à Ulysse avait du sens. De tous les héros de la mythologie, Ulysse, le plus insaisissable d'entre eux, semblait se bâtir à l'antithèse des autres, tout comme le moine. Son esprit, aussi souple que le leur était rigide, rebondissait après chaque échec, chaque naufrage, pour se reconstruire. Un esprit aussi compliqué que les fils de la toile tissée par son épouse Pénélope, femme et complice. Et du moine, il en allait ainsi : les femmes se donnaient à lui ou se faisaient sa complice, et parfois les deux…

— Vos yeux n'ont pas pris une ride! constata Hélène d'un ton neutre.

— C'est normal, c'est la seule partie de mon corps que les autres ne voient pas vieillir.

— Je parlais des rides autour de vos yeux.

— Je n'ai pas de rides autour des yeux.

— Mais si!

— Mais non!

Il ne voulait pas lui céder un pouce de terrain et elle le comprit, s'en désintéressant pour le renvoyer à son insignifiance d'un simple haussement d'épaules.

— Sartine souhaite que je vous aide dans votre enquête.

— Seriez-vous venue me voir sinon? demanda le moine en la considérant gravement.

— Sans doute que non.

— Merci pour votre franchise.

— Mais j'aurais pris des nouvelles de vous! ajouta-t-elle précipitamment.

— Vous êtes bien aimable. Moi aussi, n'en doutez pas!

Ils se faisaient face en souriant, chacun soutenant le regard de l'autre. Finalement, à l'étonnement du moine, ce fut Hélène qui le détourna la première.

— N'en doutez pas, répéta-t-il.

Le courage du moine se raffermissait. L'amour désertait rapidement son cœur devant la froideur affectée d'Hélène. Il lui proposa un fauteuil. La jeune femme s'assit, croisant les jambes dans le frémissement soyeux de ses bas. Le moine garda les yeux dans les siens.

— La victime, Mlle Vologne de Bénier, est un modèle du peintre Waldenberg, reprit-il. Pouvez-vous me parler de celui-ci?

S'en tenir à des sujets professionnels l'aidait à conserver la distance et le détachement nécessaires pour ne pas se laisser aller à ses vieux souvenirs. Dans un mouvement charmant, Hélène fit voler ses cheveux autour d'elle.

— Oui, Sartine m'a dit que votre fils avait rapidement avancé.

Elle fit une pause. Pas de réaction.

— Waldenberg est un peintre qui se consacre à des thèmes classiques ou à des sujets galants, poursuivit-elle, voire érotiques… Il peint aussi à la commande et fait des portraits. On l'apprécie à la cour. Ses peintures coquines décorent les petites maisons de plaisir de vieux cochons de marquis et ses portraits les salons de tous ceux qui ont une si bonne opinion d'eux-mêmes qu'ils veulent la faire partager aux autres!

Le moine cilla brièvement. Il n'était pas dans les habitudes d'Hélène, agent secret de l'ordre royal, de porter des jugements d'opinion et elle s'efforçait d'habitude de rester neutre dans ses propos.

— Je dois dire qu'il a une certaine touche, reprit-elle, et même sa vulgarité reste élégante lorsqu'il s'encanaille.

— Intéressant. Mais, plutôt que la vulgarité élégante, j'apprécie la peinture de Watteau. Ces femmes délicates, ces atmosphères crépusculaires, le rapport discret à l'être aimé…

Il baissa les yeux, admirant au passage les chevilles d'Hélène, si fines qu'elles semblaient destinées à porter les ailes d'une déesse, Athéna de préférence.

— Je vous aurais bien pris comme modèle si j'avais possédé quelque talent pour peindre, observa-t-il songeusement. Mais vous êtes comme une perspective, toujours en fuite… Je ne saurais par quel bout vous prendre !

Hélène ne releva pas mais arbora une expression ennuyée.

— Ah Watteau ! rebondit le moine qui ne voulait décidément pas lui laisser marquer des points et retomber sous sa coupe. Ces masques, ces figures disséminées dans les groupes et pourtant tellement parlantes ! Tous ces conciliabules secrets qui nous intriguent… Et puis, il y a ces références à la *commedia dell'arte*, la comédie de la vie, le temps qui passe…

Il baissa la tête et ajouta précipitamment :

— Quoiqu'un artiste comme Chardin, un peu trop vite catalogué *peintre des animaux et des fruits*, n'est pas à dédaigner !

Il s'interrompit, conscient que ses goûts importaient peu à Hélène.

— Waldenberg emploie donc de jeunes modèles pour ce type de peintures ? l'interrogea-t-il sur un ton plus sérieux.

— Toujours.

— Goûte-t-il souvent aux charmes de ses inspiratrices ?

Hélène haussa les épaules et secoua la tête. Ses boucles d'oreilles en forme de croissant et ses bracelets d'or tintèrent désagréablement aux oreilles du moine, lui rappelant des moments d'intimité passés où ces bruits le ravissaient au plus fort de l'amour.

— Bien sûr, c'est un homme!

Le moine sourit.

— Vous avez compris le sens de ma question.

— Ce n'est pas systématique, reconnut Hélène, agacée. Il a souvent une favorite avec laquelle il couche mais aucune ne s'est plainte de lui.

— Mlle Vologne de Bénier assurait-elle le titre de favorite du moment?

— Si c'était le cas, la chose est demeurée secrète. Mais j'en doute, elle ne posait pour lui que depuis trois mois.

— Quelle est sa dernière maîtresse connue?

— Un ancien modèle qui l'a quitté pour se marier à un homme plus âgé mais riche et éperdument amoureux d'elle.

Le moine sourit, indulgent.

— Deux qualités pour un défaut! Le choix se comprend. Mais s'il est riche, ce n'est pas un peintre alors?

— Non, un fabricant de cierges.

Un long rire silencieux gagna le moine et se propagea à tout son corps.

— Vous riez d'un rien, remarqua Hélène d'un ton de reproche.

— Je ne puis cacher ce que je suis, admit le moine, triste quand mon humeur est morose et rieur quand je suis gai. Ainsi va la vie et la mienne, de la comédie à la tragédie! – Il redevint sérieux. – Il y a autre chose. Cette amie qui a reconnu la victime, Odeline. Elle m'a donné l'impression de partager avec la victime une sorte de connivence, un secret…

— Qu'est-ce qui vous fait penser cela?

— Mon instinct.

Hélène le considéra avec une nuance de respect.

— Vous n'êtes pas loin de la vérité. Mlle Vologne de Bénier était la protégée de Mme de Marcillac.

— Je ne connais pas cette Mme de Marcillac.

— Cela ne me surprend pas car cela ne doit guère correspondre à vos goûts.

— Vous parlez d'un bordel?

La jeune femme hésita.

— Non, pas précisément. C'est une veuve âgée de trente-sept ans. Elle tient depuis huit ans une maison dans la ville de

Versailles, à deux pas du palais. On peut s'y glisser sans se faire remarquer par les jardins.

— Bref, s'impatienta le moine, une maison galante…

Hélène secoua la tête. La voyant chercher soigneusement ses mots, le moine se fit attentif.

— En fait, elle accueille des hommes souhaitant recevoir, par plaisir, quelques châtiments corporels de la part du sexe féminin. Chaînes et punitions…

Ravi, le moine claqua dans ses mains.

— Hou là là! Décidément, j'adore mon nouveau terrain de jeu de Versailles!

Volnay évalua d'un coup d'œil la situation, jaugeant la tension des corps et des regards. Rien de catastrophique, une distance réelle semblait s'être opérée entre Hélène et son père, et ce dernier ne paraissait pas s'en trouver affecté.

Mais qui prendra le pas sur l'autre?

Hélène se retourna à son entrée mais elle ne bougea pas de son fauteuil de velours cramoisi, garni de franges avec des filets d'or, assise comme une souveraine accordant une audience à ses sujets. Pour l'instant, elle considérait le jeune homme d'un regard neutre. Volnay s'inclina légèrement et la contempla une seconde de trop.

Comme à son habitude, elle portait une robe de velours à l'anglaise, fermée sur le devant, la jupe montée par fronçage et couturée selon une ligne remontant sur les hanches vers la taille, les pans relevés dans les poches latérales de la robe et drapés dans le dos. Ce type d'habit lui laissait la liberté de mouvement interdite avec une robe à paniers dont l'ampleur autour des hanches transformait les femmes en boîtes enrubannées.

Hélène allongea négligemment une jambe et l'on devina aussitôt sous le tissu la courbure parfaite de celle-ci.

Volnay arracha son regard à ces formes splendides et, avalant sa salive sous le regard narquois de son père, dit d'un ton détaché :

— Sartine m'a indiqué qu'il vous mettait à notre disposition pour nous informer.

Comme à son habitude, le commissaire aux morts étranges ne s'embarrassait pas de fioritures et allait droit au but. La jeune femme fit la moue.

— Oui, je vous informerai. – Sa voix baissa d'une octave. – Mais *mise à disposition* ne me semble pas le terme adéquat. Je vous aiderai, comme par le passé pour l'enquête sur cette jeune vierge victime d'une messe noire.

— Vous serez un précieux auxiliaire, murmura entre ses dents le commissaire aux morts étranges, si tant est que ce terme vous agrée cette fois !

Il y eut un bruissement de tissus. Dans son éclatante tenue de gentilhomme vénitien, le moine venait de s'interposer entre eux. Tout en souriant, il cherchait machinalement, sans les trouver, les manches de sa bure pour y dissimuler comme à son habitude ses mains longues et fines.

— Allons, chers enfants, l'heure n'est pas à la dispute. Elle est d'abord à nos retrouvailles puis à l'enquête. Je vous invite à boire une petite coupe avant de nous mettre au travail.

— Merci, je n'ai pas soif, répondit sèchement Hélène.

— Moi non plus, renchérit Volnay.

— Vous n'êtes pas drôles tous les deux, constata le moine. – Il rit. – Mais en fait, vous ne l'avez jamais été !

Il rit de nouveau. Les deux autres le regardèrent avec stupeur tant la gaieté du moine leur paraissait suspecte.

— Si nous parlions de notre enquête ? proposa Hélène sans quitter le moine des yeux. Mais d'abord puis-je voir le cadavre ?

— Cela ne sera pas nécessaire, répondit le moine qui, par respect, répugnait à exposer le corps de sa petite victime au regard d'autrui.

Il leur raconta les résultats de son autopsie, en tout point conforme à son premier jugement, situant la mort dans le Labyrinthe au milieu de la nuit.

Volnay hocha doucement la tête.

— Ce n'est pas l'endroit où elle officiait d'ordinaire. La petite Odeline m'a parlé de la seconde activité de Mlle Vologne de Bénier.

— Et comme tu en as fait part à Sartine et celui-ci à Hélène, je sais tout ! fit le moine sarcastique. Très intéressant, une maison où, après avoir léché le cul du roi toute la journée, les courtisans viennent lécher celui d'un nouveau maître : une femme dominatrice. Peut-être ferait-on bien de leur greffer une seconde langue!

Hélène réprima le sourire qui commençait à poindre sur ses lèvres. Le moine continua à planter le clou :

— La belle organisation de renseignements de Sartine nous permet-elle de connaître le nom de tous les lèche-culs fréquentant la maison de Mme de Marcillac?

La jeune femme prit un air légèrement ennuyé.

— M. de Sartine a examiné la liste des clients de la maison de Mme de Marcillac. Waldenberg n'y figure pas, ni aucun de ses proches. Il n'y a pas noté non plus de noms de personnes pouvant être suspectées dans cette affaire.

— Est-ce à lui de juger? fit sèchement Volnay.

Hélène acquiesça.

— Oui! Et il dispose de suffisamment de noms de personnes influentes à la cour pour qu'il ne vous les divulgue pas. Soyez toutefois certain qu'il se renseigne discrètement sur leurs emplois du temps de cette nuit…

Le jeune homme regarda son père qui haussa les épaules, fataliste.

— Nous avons donc deux pistes, reprit Hélène en croisant ses mains sur ses genoux.

— Un peintre et une mère maquerelle… fit le policier.

— Mon fils, ne parle pas ainsi d'une dame!

Volnay siffla d'exaspération.

— Je suppose que je vais m'occuper du peintre et toi de cette… dame?

Le moine hocha la tête avec un sourire entendu.

— C'est mieux ainsi, tu n'as pas le doigté nécessaire avec les femmes. Le doigté, oui, ça c'est bien dit!

Les deux hommes semblaient avoir oublié la présence d'Hélène qui, sous son masque d'impassibilité, se renfrognait imperceptiblement.

— Et moi? demanda-t-elle.

Volnay se retourna pour la dévisager froidement.

— Vous? C'est vrai ça, qu'allons-nous faire de vous?

En début d'après-midi, ayant de nouveau revêtu sa bure, le moine arriva à Versailles, au fond d'une impasse du quartier Notre-Dame, devant un petit hôtel particulier semblable à une bonbonnière mais d'un charme discret. Il s'agissait d'un joli pavillon aux pierres blanches et aux ardoises bleutées, comportant un étage, flanqué de deux ailes et dissimulé au fond d'une cour où trônaient des vases de cuivre peints en porcelaine et débordant de fleurs. Aux étages, de lourds rideaux de velours cramoisi masquaient les fenêtres.

Il gravit le perron et tira sur la cloche qui émit un son grêle. Un trottinement léger lui annonça l'arrivée d'une jeune fille d'environ dix-sept ans, frêle et menue. Odeline jeta un regard à sa bure sans paraître plus étonnée que cela.

— Je suis désolée, mon frère, mais nous ne recevons pas avant le milieu d'après-midi.

Puis le reconnaissant, elle changea de couleur.

— Oh, vous étiez avec ce policier…

— C'est bien moi. Vous direz à madame que je ne suis pas ici pour me faire taper sur les fesses et que, diligenté par M. Sartine, le lieutenant général de police, je ne doute pas qu'elle me reçoive à l'instant !

Le ton du moine s'était imperceptiblement durci. Frappée par ce changement, son hôtesse recula.

— Entrez et attendez ici, monsieur, fit-elle dans un souffle avant de disparaître comme un fantôme. Pardon, je voulais dire *mon frère*.

Le moine resta seul avant d'apercevoir dans le reflet d'un miroir la carrure imposante d'un laquais qui le surveillait, dissimulé dans une pièce attenante à la porte entrouverte. L'endroit semblait sécurisé. Le moine fit le tour des lieux du regard, appréciant tentures et tapisseries, étoffes de brocart à fleurs d'or et de soie et jugeant les dessus-de-porte peints en camaïeu d'un goût exquis.

Il n'attendit guère. Un bruit de pas retentit dans l'escalier de marbre étincelant. Une jolie cheville apparut dans toute la splendeur de sa gaine de soie. Mme de Marcillac descendit lentement les dernières marches sans le perdre des yeux. Elle portait une robe de bal en satin au corps très décolleté mais resserré au niveau de la taille avec des passementeries. Le haut du corset remontait le buste et, replié, découvrait audacieusement la naissance des seins qu'il moulait, laissant imaginer ceux-ci à travers une délicieuse bordure de dentelle recouvrant le décolleté.

Elle possédait un visage fin et anguleux, avec des pommettes saillantes et des paupières étrécies sous lesquelles brillaient deux yeux noirs perçants. Sa chevelure brune encadrait joliment des épaules à la courbure parfaite.

Il émanait d'elle une supériorité distante, celle d'un être céleste venu sur Terre prêter la main à quelques humains, égarés mais de bonne volonté, et désespérer les autres.

Bien que charmante, ce n'était pas la plus jolie des femmes qu'il eût vues dans sa vie mais assurément celle qui rayonnait le plus.

Un instant, la puissance de son regard lui coupa le souffle.

Il s'efforça de rester impassible et de calmer les battements de son cœur, continuant à la détailler pour mieux s'imprégner d'elle.

Il fut frappé par son allure fière et distante mais surtout par son regard dominateur. Un regard qu'il avait déjà soutenu dans les jardins de Versailles.

Chanceux, pensa le moine, *la seule femme intéressante du lot et tu tombes dessus!*

— Madame, je suis…

— Je sais qui vous êtes, le coupa-t-elle sèchement. Je vous ai aperçu dans les jardins. Sartine, un moine, un meurtre à Versailles… Vous êtes donc le collaborateur du commissaire aux morts étranges.

— Tout à fait, madame! s'exclama le moine, heureux d'être reconnu. Avant tout, je vous prie de me pardonner cette intrusion.

Elle eut un froid sourire.

— Beaucoup d'hommes me demandent non de leur pardonner mais de les châtier! Mais cela, vous le savez certainement déjà?

— Certes, madame. Votre réputation vous a précédée. Mais, pour ma part, je n'accepte d'être frappé que par l'amour…

Une lueur narquoise brilla dans l'œil de son interlocutrice.

— Je suppose que vous ne parlez pas de l'amour de votre prochain ?

Le moine s'inclina.

— Je n'apprécie pas le fouet, madame, mais j'accepte d'être cinglé par votre ironie.

Son hôtesse le considéra avec attention.

— La conversation doit être passionnante avec un homme tel que vous, susurra-t-elle sans qu'il sache si elle se moquait de lui. Nous pourrions donner une chance à celle-ci en nous voyant demain et dans un autre endroit. Les hommes que je reçois ici sont sous ma domination et je ne veux pas faillir à ma réputation.

Le moine s'inclina de nouveau.

— Vous ne faillirez pas puisque je serai sous la domination de votre beauté.

La femme sourit avec hauteur.

— Si vous croyez vous en tirer par d'aussi banales galanteries…

— On peut toujours essayer !

Elle lui adressa un regard glacial et lui tourna le dos pour gravir l'escalier aux marches de marbre jaspé, effleurant du bout des doigts la rampe en bronze doré.

— Montez ! ordonna-t-elle sans se retourner.

Le moine étouffa un sourire. Il ne lui manquait plus qu'un fouet pour être parfaitement désagréable. Il la suivit toutefois sans un mot, admirant au passage sa démarche.

Elle marche fort légèrement. Elle passerait sur des œufs sans les casser !

En haut, il foula aux pieds d'épais tapis tissés. Des statues grecques à la virilité triomphante reposaient sur des piédestaux de marbre et des tableaux licencieux décoraient les murs. L'un d'eux attira son attention et il s'arrêta pour le contempler. La toile représentait l'âge d'or avant qu'Adam et Ève soient chassés du jardin d'Éden. L'état d'innocence et de béatitude inondait tout le tableau. Des femmes nues se baignaient sans gêne dans une fontaine tandis que des musiciens jouaient autour d'elles. Partout régnait une nudité décomplexée et, dans la nature verdoyante, des couples s'enlaçaient sans façon sous le regard attentif de petits angelots.

— L'âge d'or était-il celui de la fornication ? demanda malicieusement le moine en se tournant vers Mme de Marcillac.

Les positions n'inspiraient en effet guère d'équivoque sur les préoccupations du moment.

La maîtresse de maison réprima un sourire mais ses yeux prirent une teinte chaude et colorée.

— Pourquoi ne pas poser la question à votre directeur de conscience ? répondit-elle.

— C'est que je n'en ai pas…

Et il ajouta avec un sourire :

— *Cucullus non facit monachum*, l'habit ne fait pas le moine !

— Et la robe de lin ne fait pas le prêtre d'Isis, répliqua-t-elle, ni la barbe le philosophe. *Barba non facit philosophum !*

Le moine s'inclina silencieusement devant sa science.

Ils reprirent leur chemin, croisant dans un couloir une jeune fille brune au regard déluré, vêtue d'une tenue de cavalier, avec de grandes bottes, tenant des chaînes d'une main et, de l'autre, un fouet. Le moine s'inclina poliment.

— Mademoiselle…

— Voilà ce qui vous attend si vous n'êtes pas sage, le menaça Mme de Marcillac avec un sourire qui n'affecta pas ses yeux.

Le moine pensa à sa dernière enquête dans une vallée perdue de Savoie.

Décidément, ça change de la cambrousse !

Volnay fit quelques pas dans l'atelier sous les combles du château de Versailles. L'espace n'était pas excessivement grand mais bien éclairé par deux grandes fenêtres et une lucarne qui permettait au soleil de l'après-midi de jeter comme une poudre de lumière dorée sur les parquets poussiéreux. Des tableaux se trouvaient accrochés mais la plupart reposaient à même le sol, retournés contre les murs. D'une petite pièce attenante sortirent en babillant deux jeunes filles de treize ou quatorze ans, l'une brune et l'autre blonde, mignonnes comme des cœurs. Charmé, Volnay s'inclina.

— Mesdemoiselles…

— Adèle et Zélie, pour vous servir monseigneur!

Elles s'inclinèrent dans un ensemble parfait.

— Chevalier de Volnay, se présenta-t-il. Êtes-vous des modèles du peintre Waldenberg?

— Nous avons la chance de poser pour lui depuis plusieurs mois, répondit Zélie.

Zélie, la brune et la plus âgée, avait la voix haut perchée, des lèvres bien dessinées et un port de menton altier. Elle semblait posséder un tempérament volcanique et joueur. Adèle, pâle et docile, dardait sur vous un regard d'une transparence presque parfaite et l'on aurait bien été en peine de savoir si elle vous voyait vraiment.

— Avez-vous appris la nouvelle pour Mlle Vologne de Bénier?

Zélie se tordit les mains de désespoir.

— Monsieur, ici on ne parle que de cela.

Adèle renifla bruyamment et Zélie la prit d'autorité dans ses bras pour la réconforter. Volnay hocha la tête et se retourna lorsqu'il entendit un pas lourd derrière lui. Quelqu'un sortait à cet instant d'un réduit, une palette de couleurs à la main.

— Monsieur…

— Chevalier de Volnay, commissaire au Châtelet.

L'autre avala sa salive avant de répondre :

— Je suis le peintre Waldenberg.

C'était un homme d'une trentaine d'années, de taille moyenne, d'une grande finesse de traits et au regard très mobile. Malgré le feu intérieur qui semblait brûler en lui, il émanait de toute sa personne un mélange de finesse et de fragilité extrême.

— Je viens vous parler de Mlle Vologne de Bénier.

— Oui, soupira le peintre en posant sa palette, j'ai appris. Les nouvelles voyagent vite à Versailles. J'ai su ainsi que vous étiez chargé de l'enquête.

Il semblait modérément affecté par la mort de son ancienne protégée mais Volnay perçut un léger tremblement dans sa voix. Peut-être, après tout, dissimulait-il sa peine. À Versailles, il fallait être vigilant et ne jamais montrer le moindre signe de faiblesse.

Volnay chercha des yeux un endroit où s'asseoir et trouva un tabouret. Après un instant d'hésitation, le peintre l'imita en tirant à lui ce qui devait être son fauteuil habituel. Le policier remarqua qu'il utilisait pour peindre un repose-bras pour maintenir celui-ci fermement.

— Comment Mlle Vologne de Bénier est-elle devenue votre modèle ? attaqua le policier.

— Tout simplement. Je l'ai croisée, il y a quatre mois, se promenant dans les jardins. Je l'ai alors abordée pour le lui proposer.

— Pourquoi elle ?

— Elle avait un port de tête exquis et de grands yeux mélancoliques, répondit le peintre, le regard extasié. La neige recouvrait tout ce jour-là. C'était en soi un tableau charmant. Elle portait des manchons de fourrure pour protéger ses jolies mains… Au palais, l'hiver, le vin gèle dans les carafes. On meurt de froid dans ce château des courants d'air où les cheminées tirent mal mais les jardins ne sont jamais aussi beaux qu'à ce moment. – Il balaya l'air devant lui. – Le croiriez-vous ? Elle a hésité un mois avant d'accepter. Peut-être pour se faire prier, tout simplement…

— Il ne doit pas être fréquent pour une jeune fille de sa condition de poser pour des peintres, observa Volnay.

Waldenberg baissa la tête.

— N'importe qui se promène dans les jardins. Mais effectivement, si j'avais connu son lignage, je n'aurais peut-être point osé l'aborder ainsi…

Le policier le fixa.

— Pourquoi a-t-elle accepté selon vous ?

Le peintre releva le menton, fronçant les sourcils.

— Pas pour l'argent, car elle assumait une charge plus avantageuse financièrement. Elle ne posait d'ailleurs pour moi qu'épisodiquement. À travers ce travail de modèle, peut-être voulait-elle simplement se donner l'occasion de nouer de nouvelles relations. Vous savez comment fonctionne le système à Versailles : connaissance, sollicitation, appui, protection et faveur…

Son ton était désabusé.

— Ou bien pour trouver un mari, proposa Volnay en pensant à l'ancienne favorite du peintre.

Waldenberg pâlit légèrement.

— Certes. Je peins pour des gens importants qui demandent parfois à rencontrer les modèles lorsque leurs personnages enflamment leur imagination. Cela entraîne parfois des suites plus ou moins heureuses... Ce n'est pas la réalité que nous représentons, savez-vous ? Je peins les choses qui sont derrière les choses...

Le policier eut une moue dubitative.

— Mlle Vologne de Bénier avait-elle des amis à Versailles ? enchaîna-t-il rapidement.

— Pas que je sache. Elle logeait à la ville et ne venait au palais qu'afin de poser pour moi.

— Connaissiez-vous sa seconde activité ?

Le peintre cilla brièvement.

— Une place de dame de compagnie, à ce que j'en ai compris. Vous savez, elle était très discrète et ne se livrait jamais au jeu des confidences.

Il ajouta avec un air de regret :

— Je dois avouer que j'en sais aussi peu sur elle qu'au premier jour.

Volnay le considéra attentivement. Le peintre s'était-il préparé à cette question ?

— Puis-je voir des tableaux où elle figure ?

La requête ne sembla pas surprendre le peintre. Il le mena dans un coin de son atelier. Mlle Vologne de Bénier figurait sur une toile représentant une jeune fille assise sur un banc de pierre. Un arlequin lui contait fleurette. Comme l'homme se penchait vers elle, le modèle avait posé une main gracieuse derrière elle, imprimant à son corps un mouvement de recul effrayé. Néanmoins, son regard contredisait cette posture de fuite, comme une invite à aller plus loin. Un comportement de victime consentante. Volnay hocha la tête.

— Puis-je en voir un autre ?

Silencieusement, Waldenberg lui proposa un tableau où Mlle Vologne de Bénier, toujours assise, allongeait ses jambes sur un banc, encerclée de deux prétendants masqué d'un loup noir. À l'arrière-plan, un pierrot au visage lunaire contemplait la scène avec une moue désabusée. Il ressemblait étrangement au peintre. En observant plus attentivement la scène, Volnay perçut l'intensité du désir des deux hommes masqués et, sous le masque neutre de la jeune femme, une attente troublée. Les mains masculines cherchaient à la saisir, effleurant son bras, sa taille.

Il se détacha enfin de sa contemplation pour se tourner vers Waldenberg.

— A-t-elle posé pour des tableaux… plus licencieux?

— Certainement pas, répondit sèchement le peintre. Je vais vous montrer quelque chose…

D'un pas soudain décidé, il alla fourrager parmi ses toiles peintes et en choisit une qu'il posa sur un chevalet.

— Voyez…

Le policier hésita. La peinture représentait une jeune femme de dos, dans un vaste péristyle, face à la perspective d'un parc brillamment éclairé où erraient des groupes et des couples richement vêtus. Des personnages perdus dans un décor bucolique à la recherche du plaisir.

— C'est elle de dos?

— Oui. Quelle nuque délicieuse, n'est-ce pas?

Volnay lui jeta un coup d'œil pour s'assurer qu'il ne plaisantait pas et hocha la tête.

— Effectivement!

Il chercha à comprendre la construction du tableau. Le peintre avait peut-être senti l'extrême solitude de Mlle Vologne de Bénier face à un monde de plaisir qui n'était pas vraiment le sien, une cour brillante à laquelle elle n'appartiendrait jamais et qu'elle n'apercevrait que de loin. Néanmoins, le maintien de la jeune femme semblait droit et déterminé.

— Avez-vous toujours peint ainsi? demanda-t-il.

L'autre eut une grimace amère.

— Je n'ai pas eu l'honneur d'être recommandé à mes débuts. J'ai peint des portes de carrosse, des caisses de clavecin, des décorations murales pour des confrères plus connus qui se contentaient de sous-traiter le travail qu'on leur confiait. J'ai tracé des arabesques selon des thèmes simples comme les saisons, les jeux, la galanterie… Savez-vous que l'on peut avec

44

une simple rose, déclinée sous toutes ses formes, exprimer le sentiment amoureux et le moment de son éclosion ?

Volnay hocha la tête.

— Je n'en doute pas. Pour en revenir à Mlle Vologne de Bénier, vous ne lui connaissiez pas d'amis mais les deux modèles que j'ai croisés à mon entrée…

— Adèle et Zélie ? Je crois que ces petites ont fait des approches mais sans succès. Comme elle l'exigeait, on ne l'appelait jamais par son prénom mais toujours Mlle Vologne de Bénier. Mon modèle était assez distant.

— Avec vous également ?

— Pardon ?

— Était-elle votre maîtresse ? précisa Volnay.

Le visage du peintre prit une teinte maladive.

— Non.

— Aviez-vous l'espoir qu'elle le devienne ? sourit Volnay.

— Non, vous dis-je !

Mais la dénégation manquait de force et de conviction. Le policier hocha la tête sans cesser de sourire. Il balaya encore les lieux du regard. De la soupente, le soleil tombait comme dans un puits de lumière.

— Où étiez-vous la nuit dernière ? demanda-t-il d'une voix distraite.

— La nuit où l'on a tué mon modèle ? – Le peintre avait l'air choqué. – Ici même. J'ai dessiné des esquisses une partie de la nuit puis je me suis endormi dans mon fauteuil.

Le commissaire aux morts étranges nota mentalement l'absence d'alibi.

— Avez-vous remarqué quelques changements ces derniers temps dans son comportement ?

— Non, pas vraiment.

— Avez-vous représenté votre modèle préféré dans le Labyrinthe ?

— Certainement que non ! répondit Waldenberg d'un ton outré.

Mais il paraissait ébranlé. Volnay sut qu'il mentait. Il lui tourna le dos, s'abîmant dans la contemplation d'un tableau puis d'un autre. À travers les toiles en attente de livraison ou d'un acheteur, des ébauches ou des esquisses, tout un univers se dessinait. Aux fêtes galantes succédaient invariablement la galanterie, des mignardises, des scènes lestes ou parfois grivoises. Maintenant, il comprenait mieux la personnalité du peintre, tiraillé entre une école classique et fine, à la Watteau, et une de style rocaille, à la Boucher, celle à la mode.

Abrités derrière de fines paupières, les yeux pâles du peintre le suivaient attentivement. Le policier tomba en arrêt devant un tableau représentant une jeune fille à la toilette. Assise dans un fauteuil, éclairée par le feu d'une cheminée, elle ligaturait un bas couleur pastel au-dessus du genou tout en parlant à une autre jeune femme, debout et de dos. Celle-ci se tenait bizarrement perchée sur des mules à talons très hauts qui semblaient lui faire perdre l'équilibre. Le bas d'un gris perlé paraissait presque transparent au niveau du talon. Son cou était long et effilé comme celui de Mlle Adèle. Le visage de celle qui fixait son bas dans une position équivoque ressemblait à Mlle Zélie mais comme prématurément vieilli par le peintre pour la rendre plus mûre et coquette.

— Votre modèle a-t-il accompli récemment quelque chose sortant de son ordinaire ? demanda soudain Volnay.

— Non.

— En êtes-vous certain ?

Le peintre réfléchit.

— À part sa consultation, je ne vois pas.

— Que voulez-vous dire ?

Waldenberg sembla s'animer d'un coup.

— La petite souffrait, semble-t-il, d'un problème de peau. Je suis intervenu pour lui faire rencontrer M. de La Martinière.

Le policier marqua un temps de surprise.

— Vous parlez bien de Germain Pichault de La Martinière ? Le premier chirurgien du roi ?

L'autre, un peu désarçonné, acquiesça.

— Vous avez fait grand cas d'elle, constata Volnay qui n'en revenait pas.

— C'était mon meilleur modèle. Et M. de La Martinière désirait acquérir un tableau de moi. Ceci a facilité les choses.

Mlle Vologne de Bénier l'a vu la semaine dernière puis hier matin, jour où je lui ai livré son tableau.

— Tiens ? Vous m'en direz tant…

Ils suivaient un corridor peint et doré. Le moine s'appliquait discrètement à capter les effluves parfumés de Mme de Marcillac.

— Cela vous plairait-il de rencontrer quelques-unes de mes filles ? demanda soudain celle-ci.

— Merci, je n'ai besoin de rien !

Son hôtesse haussa les épaules.

— Je parle juste de les voir.

— Je ne visite pas une ménagerie, madame, répondit doucement le moine.

Les yeux de la dame brillèrent d'amusement.

— En fait, elles sont curieuses comme des poux. La jeune fille en tenue de cavalier que vous avez croisée et celle qui vous a ouvert la porte ont déjà dû claironner dans toute la maisonnée la nouvelle de votre arrivée. On raconte tant de choses sur vous…

Sa bonne humeur quitta le moine. Il se redressa de toute sa grande taille et son regard prit la texture de l'encre.

— Suis-je un sujet de plaisanterie quelque part ? murmura-t-il entre ses dents.

— En aucune façon, s'empressa de répondre Delphine de Marcillac, malgré elle impressionnée.

Le moine se détendit et retrouva la jovialité qui l'avait, un moment, déserté.

— Alors, fit-il avec bonhomie, autant satisfaire une légitime curiosité ! C'est vrai que, dans mon genre, je suis une célébrité !

Dissimulant un sourire devant son emphase, elle poussa la porte d'un petit salon chinois, décoré au pinceau. Deux jeunes filles s'y tenaient, main dans la main, les doigts entrelacés. Le moine avait déjà croisé la brune dans l'escalier. Un voile de soie blanc moulait le fin visage de la blonde, couvrant sa poitrine ferme mais pas son ventre plat, ne laissant secrète qu'une part restreinte de son anatomie. Le moine remarqua ses pieds nus simplement chaussés de sandales.

Un des tableaux ornant les murs retint toutefois son attention plus que la gent féminine. Il représentait des montagnes en fromage, des collines en mascarpone, des fleuves de lait où l'on se baigne et des rivières de vin moelleux pour s'y désaltérer.

— Le pays de Cocagne, murmura le moine extasié. Une terre féconde et généreuse, nourricière avant tout. On y trouve ce que l'on désire. – Il jeta un bref coup d'œil aux jeunes filles souriantes. – Sa localisation reste imprécise mais certains suggèrent qu'il s'agit d'une île enveloppée d'un brouillard qui se mange comme de la ricotta. J'ignorais qu'elle se trouvait ici!

Il jeta un dernier regard au tableau avant de se retourner vers les deux charmantes pensionnaires de l'endroit.

— Mesdemoiselles, fit Mme de Marcillac d'un ton complice, je vous présente votre nouveau confesseur!

Les jeunes filles n'en crurent pas un mot et gloussèrent de rire. Surpris de la familiarité entre les trois femmes, le moine regarda plus attentivement Mme de Marcillac.

— Si vous avez terminé d'admirer nos peintures, reprit cette dernière, peut-être pourrai-je vous présenter ces demoiselles?

— Volontiers. Je suis toujours enchanté de faire de nouvelles connaissances féminines!

— D'autant plus, fit la brune avec effronterie, que dans le pays de Cocagne les toits des maisons sont en lard, les murs de radis et les clôtures de saucisses. On ne pense qu'à boire et manger, jamais à forniquer!

— Comme quoi le ventre plein incite à la paresse, ajouta sentencieusement la blonde.

— Victoire porte bien son nom, enchaîna la maîtresse des lieux en désignant cette dernière. Elle domine les hommes d'une seule intonation de la voix ou d'un regard. Victoire, voulez-vous montrer à notre frère de quoi vous êtes capable?

Victoire souleva son voile d'un geste fluide et planta ses yeux dans ceux du moine. C'était effectivement un regard bleuté d'une grande profondeur, les yeux suffisamment mis en valeur par le maquillage pour que l'on s'y perde. Elle ordonna d'une voix chaude et autoritaire qui claqua entre les murs comme une lanière de fouet :

— À genoux !

Le moine battit des mains.

— Oh bravo ! J'aime beaucoup !

La petite, un peu déçue qu'il ne s'exécute pas, s'inclina toutefois devant lui pour le remercier.

— Je vous complimente pour vos excellentes manières ! lui dit le moine.

Mme de Marcillac continua les présentations avec la brune qui affichait un sourire aux dents étincelantes.

— Fanny. Elle sait ligoter un homme en un clin d'œil. Vous vous inclinez devant elle pour un baisemain et vous vous retrouvez quelques secondes plus tard au sol, réduit à l'impuissance. Alors, le châtiment peut commencer et elle est sans pitié !

Le moine s'avança et s'inclina légèrement devant la jeune femme, d'environ vingt-cinq ans, effleurant de ses lèvres sa main tiède. C'était une brunette de taille moyenne, fine et élancée, à la mine coquine, au regard vif et aux manières sans complexe.

— Mademoiselle, je vous félicite pour ce talent si particulier. Je ne l'oublie pas car je pourrais un jour avoir besoin de vos services.

Il retira prestement sa main car Fanny venait d'y enrouler en un clin d'œil un ruban de soie et pressait déjà son autre main pour les lier ensemble.

— Ce genre de choses vous tente-t-il ? demanda Mme de Marcillac.

— Pas du tout ! répondit le moine en se frottant songeusement les poignets. Je tiens autant à ma liberté de mouvement qu'à ma liberté de penser !

— Mais vous avez parlé d'avoir recours aux services de Fanny.

— Pour mettre à ma merci mes ennemis, bien entendu !

Fanny lui adressa un clin d'œil malicieux.

— Quand vous voulez, où vous voulez, mon frère !

— À vrai dire, je ne suis pas très moine…

Le sourire de la jeune femme s'accentua.

— C'est ce que nous avons cru comprendre! À ce propos, vous plairait-il d'ôter votre bure afin que nous puissions voir ce qu'il y a dessous?

— Définitivement, non.

— Mon frère, dit finement Fanny, puisque vous résistez à la tentation, vous ne connaissez donc pas le plaisir d'y céder!

Le moine approuva sinon l'idée, du moins la rhétorique.

— Êtes-vous les seules pensionnaires? demanda-t-il.

Mme de Marcillac intervint.

— J'ai quatre pensionnaires d'habitude mais une vient de nous quitter pour se marier et l'autre…

— Ah, la coupa le moine, je comprends que vous êtes donc bien occupées. – Il se tourna vers Fanny et Victoire. – Vous avez dû vous coucher fort tard cette nuit.

Mme de Marcillac étouffa un sourire.

— N'oubliez pas, dit-elle en s'adressant aux filles, que le moine est avant tout un enquêteur. C'est une manière courtoise de nous demander où nous étions alors qu'on assassinait votre compagne…

— J'ai terminé un dressage deux heures après minuit, dit Fanny après un instant d'hésitation, et je suis partie quelques minutes plus tard.

— Moi, dit Victoire, une heure après minuit.

— Odeline termine plus tôt et le valet est parti juste après le départ de Victoire, précisa Delphine de Marcillac. Le soumis qui restait ne posait pas de problème. Quant à moi, je me suis couchée, ici et seule, après le départ de Fanny. Cela vous convient-il?

Le moine approuva.

— Mlle Vologne de Bénier n'aurait-elle pas dû travailler ce soir-là?

— Elle m'avait prévenue qu'elle ne viendrait pas car elle se sentait fatiguée, répondit Mme de Marcillac d'un ton neutre.

— Cela lui était-il courant?

— Elle était sujette aux migraines.

Coupant court à la conversation, Mme de Marcillac prit le bras du moine et l'entraîna jusqu'à un délicieux boudoir au décor mural de velours cramoisi à fines broderies d'or. Tout en s'asseyant, elle lui désigna un fauteuil à filigrane d'argent sur fond bleu.

— Votre réputation à Paris a déjà atteint Versailles, lui expliqua-t-elle. Les événements d'hier ont amené bien des commentaires et des commérages. Et comme les petites sont curieuses et pipelettes comme des logeuses, vous pensez bien qu'elles se sont monté la tête. Elles espéraient vous voir et Fanny s'était vantée de vous réduire à l'impuissance en un instant. Victoire quant à elle espérait vous faire lécher ses pieds !

— Charmant ! – Le moine fronça les sourcils. – Ces petites sont bien sympathiques mais ne semblent guère affectées par la disparition de leur collègue.

— Détrompez-vous. Elles ont pleuré en apprenant sa mort mais la vie continue. Mlle Vologne de Bénier n'exerçait pas ici depuis longtemps et gardait ses distances avec mes autres pensionnaires. Et puis celles-ci ont été endurcies par la vie. Elles possèdent toutes une histoire qui leur est propre.

— Et celle de Mlle Vologne de Bénier ?

Delphine de Marcillac joua négligemment avec son éventail.

— Petite noblesse de province complètement ruinée. Ses parents avaient envoyé leur fille à la cour pour qu'elle ne meure pas de faim et avec l'espoir que cela leur rapporte quelque chose. La gamine était mignonne… Ils espéraient sans doute que la personne appropriée soulèverait ses jupons au bon moment. – Elle soupira. – Mais on ne loge pas ainsi à Versailles et ses habitants reçoivent tous les jours des gens porteurs de lettres de recommandation.

— Et même bien des titulaires d'un office ne peuvent trouver à se loger au palais, remarqua le moine.

— Effectivement, les propriétaires en profitent. En ville, on loue la moindre pièce deux cent cinquante livres par an. La pauvrette dépensait le dernier argent de ses parents en partageant un galetas avec trois domestiques, sous des combles du quartier Saint-Louis. Pas un endroit où se faire remarquer par une personne de condition et se faire trousser dans un escalier par le premier venu portant perruque ne résout rien. Il y a six mois, c'est une de mes servantes qui l'a croisée un matin dans la rue, défaillante de faim.

— Odeline?

— Oui. Elle a bon cœur et l'a amenée ici pour lui donner à manger. J'en ai été avertie. Je l'ai vue et elle m'a plu.

— Alors vous lui avez proposé ce travail?

Le ton du moine était légèrement réprobateur.

— Pas de rapport sexuel, précisa son hôtesse. Ici, on ne joue pas à la jument du compère Pierre, à la brouette ou à la rocambole de Milan. La route des plaisirs n'est pas habituelle et le poignard du dieu amour ne pointe pas! Elle avait juste à donner des ordres, manier le fouet et administrer des fessées. Quelques fruits ou légumes dans l'anus aussi… Et les hommes en raffolaient.

— Des fruits et légumes dans l'anus?

Mme de Marcillac haussa les épaules, agacée.

— Non, d'elle! De ce mélange de douceur, de fragilité et de cruauté…

— De cruauté?

— Nous sommes au théâtre, ici! Et la petite a vite appris. Elle prenait un air méchant et autoritaire, faisant mine de se régaler de la douleur de ses pensionnaires.

— Je vois. Et est-ce le cas?

— Non. – Elle le regarda bien en face. – Le seul plaisir est de soumettre les hommes, d'assurer sur eux notre domination. Pour la première fois depuis des siècles, nous les faisons passer du stade de prédateur à celui de victime. Très instructif pour eux…

Le moine étira ses longues jambes, l'air ennuyé.

— Je n'ose vous poser la question mais…

— Votre curiosité vous pousse à me demander en quoi consiste mon rôle dans tout cela, fit-elle d'un ton paisible. Elle est bien naturelle. Je suis pour les soumis la maîtresse suprême. Je les accueille, froidement à leur arrivée, et tout aussi froidement à leur départ. Au début de la maison, je ne participais à aucune séance mais j'étais parfois là à regarder. Cela excitait beaucoup les soumis et a contribué à ma notoriété. Au fil du temps, ma présence en séance est devenue très rare. Aujourd'hui, je ne leur permets guère plus que d'embrasser la pointe de mes chaussures dans le hall.

— Je vois. L'essence même de la divinité est l'invisibilité.

— Vous avez tout compris!

— Mlle Vologne de Bénier possédait-elle des clients attitrés?

— Tous ceux qui passaient entre ses mains la réclamaient mais c'est toujours comme ça. Chaque soumis a sa petite maîtresse et lui est fidèle. Elle seule peut décider de le partager avec une autre.

— Parmi eux, voyez-vous quelqu'un capable d'un tel crime?

La maîtresse secoua la tête.

— Aucun. Ces hommes-là sont des soumis. Des soumis consentants. Ils signent un contrat qui nous donne des droits sur eux et ils nous reconnaissent comme maîtresse. Ils aiment le joug d'un regard, la fragilité relative d'un lien de gaze qu'ils pourraient briser d'un rien mais ne le font pas, préférant souffrir que nous déplaire.

— Ici, objecta le moine, dans vos salles de jeux mais, à l'extérieur, ils redeviennent des hommes de pouvoir.

— La maîtresse le demeure même au-dehors car ils portent sa marque.

— Sa marque?

— Chaque maîtresse appose à son soumis sa marque au fer chaud.

— Ah, je vois. Comme des bestiaux alors…

Le moine se leva, l'air vaguement dégoûté.

— Cela fait partie du contrat, expliqua sereinement Delphine de Marcillac. Nous ne les obligeons à rien au départ mais ensuite ils deviennent nos esclaves et se soumettent entièrement à nous selon les termes du contrat. Ni plus, ni moins.

— Néanmoins, même une bête peut se révolter contre son maître. Quelqu'un a pu vouloir la prendre de force…

— Elle n'aurait jamais accepté cela d'aucun homme! le coupa son hôtesse. Vous ne comprenez pas la relation d'une maîtresse et de son soumis : celui-ci adore et vénère sa maîtresse même si elle lui inflige des souffrances. Et plus elle lui en inflige, plus elle prend de pouvoir sur lui et plus il la vénère. C'est elle qui serait capable de lui faire du mal, pas lui!

— Tout le contraire avec moi, remarqua le moine. C'est lorsque je suis bien avec quelqu'un que je m'attache. Et plus on me fait de bien, plus j'ai envie d'en faire. Et plus on me fait du mal, plus j'ai envie de le rendre au centuple!

Elle esquissa une moue ironique.

— Jésus-Christ n'y retrouverait pas son compte avec vous.

— Probable! Mais c'est un peu normal : nous n'avons pas eu la même éducation, lui et moi! Et puis, je sais faire beaucoup de choses mais pas changer l'eau en vin. Quoique... – il fourragea un instant dans sa barbe – bien préparé, ce doit être un tour qui peut marcher!

Mme de Marcillac lui jeta un regard perçant.

— Tant mieux que vous ne soyez pas le Christ, il serait bien dommage que vous connaissiez sa fin.

— Tout dépend du Judas qui me livrera!

— Ce ne sera pas moi, répondit-elle précipitamment.

— J'en suis enchanté et sachez que je me le tiens pour dit! Revenons-en, si vous le voulez bien, à ces rapports de soumission. Toute révolte et tout acte violent d'un soumis vous semblent à exclure car ils ne sont pas dans la nature de ce type de rapport. Et vous dites que Mlle Vologne de Bénier refuserait qu'un homme inverse l'ordre des choses et la touche?

— Oui! – Delphine de Marcillac se leva brusquement. – Maintenant que j'ai répondu à vos questions, je pense que notre conversation est close.

— J'ai besoin d'un nom, insista le moine. Un amour du même sexe. Ou bien un de vos soumis qui serait malgré tout le suspect idéal... La petite portait des bijoux d'un certain prix, sans doute un cadeau d'un esclave à sa maîtresse.

Mme de Marcillac hésita un instant.

— C'est possible. Je ne prends pas de commission sur ce genre de présent. Mais je ne suis pas et ne serai jamais une informatrice de la police. Une mouche, comme vous dites. De toute manière, je ne reçois dans cette maison que des nobles qui passent leurs journées à Versailles et leurs nuits chez moi à quatre pattes. Quelques gros bourgeois aussi qui viennent goûter aux joies de l'esclavage.

Le moine ne se départit pas de son sourire.

— Le roi ne s'est-il jamais rendu dans votre maison?

Delphine cilla brièvement.

— Jamais, je vous l'assure.

Son accent était celui de la vérité.

— On dit pourtant qu'il quitte souvent la nuit son palais pour gagner la ville de Versailles, remarqua le moine pensif, habillé comme un bourgeois et masqué pour aller taquiner la gueuse.

Elle le contempla avec une intense curiosité.

— Pas de roi, je vous l'ai dit. Nobles ou bourgeois en mesure de payer leur dressage. Des gens dociles. Ils nous mangent dans la main, au propre comme au figuré. Parfois même par terre, dans une écuelle…

— Ils vous payent pour manger dans une écuelle comme les chiens ?

— Vous n'imaginez pas !

Le moine fit la moue.

— Peut-être certains ont-ils une seconde écuelle chez leur petite maîtresse au-dehors ?

— Non, tout se sait ici. Cela me serait revenu aux oreilles.

— Mlle Vologne de Bénier entretenait peut-être des aventures en dehors de la maison ?

— Mes filles n'ont aucun rapport sexuel avec les hommes.

Le moine la considéra un instant en silence puis hocha la tête.

— Pourquoi ?

La voix de Mme de Marcillac claqua dans l'air, sèche et froide.

— Je leur apprends à dominer les passions des hommes pour en faire leurs esclaves, ce n'est pas pour se faire monter comme des chiennes !

L'après-midi traînait en longueur. Dans sa librairie parisienne où elle travaillait, l'Écureuil se mordait pensivement les lèvres en l'absence de clients. Le retour tant attendu de Volnay ne l'avait pas soulagée. Après ces mois d'absence, le jeune homme était devenu songeur, distant. Presque un étranger parfois. Elle avait tenté de relancer la conversation avec lui pour retrouver leurs charmants moments d'intimité passés mais il se murait dans un silence morose.

Arrivé huit jours auparavant, il s'était débrouillé pour passer le moins de temps possible avec elle, courant au Châtelet présenter ses devoirs à Sartine et y retournant chaque jour. Il ne l'avait pas touchée une seule fois au cours des nuits passées ensemble, feignant la fatigue alors qu'elle voyait bien qu'il faisait semblant de dormir. L'oreille tendue, elle avait guetté en vain le moindre de ses souffles, un trouble dans sa respiration, un signe qu'elle aurait transformé en invitation pour se jeter sur lui.

Aujourd'hui, il s'était précipité à Versailles, tout heureux qu'un meurtre l'appelle. L'Écureuil était donc restée seule, le ventre noué de solitude, cherchant à se raccrocher à un souvenir du temps où ils étaient heureux ensemble, puisant en vain dans sa mémoire des souvenirs auxquels se raccrocher pour espérer. Elle examinait l'état de sa raison avant de se mettre à l'écoute de son cœur. Mais son cœur était aussi silencieux qu'une maison vidée de ses occupants.

Les serdeaux, d'abord chargés d'apporter l'eau à la table du roi, d'où leur nom, obtinrent un jour le droit de débarrasser celle-ci. Leur sort s'en trouva fortement amélioré car, avant que les restes des plats de leur maître parviennent aux offices, les serdeaux en détournaient une bonne partie pour la revendre dans des baraques à étages près du château.

Le moine s'arrêta devant une de ces échoppes pour acheter de quoi se sustenter, en l'occurrence une tourte à la viande, car il n'avait rien avalé depuis la veille au soir. En lui rendant sa monnaie, le revendeur péta de manière peu recommandable.

— Prenez garde au compte, dit le moine, il en échappe par-derrière !

Il demanda ensuite son chemin et trouva rapidement les lieux qu'il cherchait. Mme de Marcillac avait eu la bonté de lui confier l'adresse de Mlle Vologne de Bénier mais elle n'en possédait pas les clés.

Peu importait. Le moine gardait sur lui un jeu de clés qui convenait généralement à ce type de serrure et, au bout de quelques essais, il arriva à ouvrir sans la forcer. L'appartement était propre et bien entretenu. Il consistait en deux pièces plutôt grandes et joliment meublées, une chambre avec un lit à matelas et une garde-robe, deux coffres pour les vêtements, une seconde pièce avec deux fauteuils au dossier et accoudoirs recouverts de soie, un petit coin pour la cuisine et un autre pour la toilette avec une coiffeuse et une table volante à tiroirs.

Rapidement il fouilla le coffre. Des robes, des jupes, un casaquin, un négligé du matin, un bonnet de nuit, des bas, une paire de mules, des mouchoirs… rien qui rappelle la double vie de la demoiselle. Il jeta un coup d'œil au nécessaire de toilette : une pince à épiler et un cure-oreille, un minuscule pilulier, de la poudre parfumée de fleurs… Autant de choses utiles et nécessaires à une jeune fille qui prenait soin d'elle. Autant de choses dont elle n'avait plus besoin.

Le moine soupira, saisi de l'un de ses brusques accès de mélancolie. Rien ne le rendait plus triste que les objets quotidiens et familiers de la maison d'un mort. Tout ce qui rappelait la vie enfuie…

Un secrétaire à poignée de cuivre couleur vieil or possédait deux tiroirs à secrets et un abattant formant une table à écrire. Au-dessus, trônaient un encrier et un poudrier ainsi qu'un livre avec un marque-page. Il s'agissait d'un recueil de bonnes manières à l'usage de la cour. La page marquée apprenait comment tourner respectueusement une lettre de compliments afin de présenter une requête à quelqu'un d'un rang supérieur au sien. Apparemment, Mlle Vologne de Bénier n'avait pas renoncé à ses prétentions pour se faire admettre dans la bonne société. À la page suivante, le moine lut ce sage conseil : *Sachez garder la discrétion qui convient en société et rendez à chacun le mérite dû à son âge et à son rang.*

— Ben voyons…

À l'intérieur du tiroir, il se saisit d'un journal ainsi que d'une lettre qu'il parcourut rapidement. La mère de la victime écrivait à sa fille, mêlant cajoleries et recommandations, telles que celles-ci :

Je suis enchantée d'avoir de vos nouvelles et vous remercie pour cet argent. Il nous rembourse en partie des frais occasionnés pour vous et nous laisse bien augurer de la suite. Continuez à bien vous conduire et accomplir votre tâche avec la modestie et l'assiduité qu'il convient. Cherchez des appuis, voire des protecteurs, afin de vous mettre en position de solliciter quelques faveurs. C'est ainsi que fonctionne la cour de Versailles. Sans les grands, les petits ne sont rien.

Mettez en toute chose douceur et honnêteté, sachez rester à votre place et fuyez toute compagnie dangereuse, celle des hommes bien entendu mais méfiez-vous également des femmes. La jalousie se dissimule souvent derrière leurs aimables intentions. Surtout, protégez votre virginité comme la chose la plus précieuse au monde. Il y a toujours beaucoup trop de messieurs à Versailles pour vous dire des douceurs mais n'avoir qu'une idée en tête et pour pas très longtemps car, la chose faite, leur esprit se détourne vite de leur première préoccupation. C'est folie que de céder avant le mariage.

Aussi, prenez garde, le moindre écart vous perdra!

Je prie Dieu, ma fille, qu'il vous garde en sa sainte et digne garde.

Votre mère.

Peu d'amour dans cette lettre. Le moine reposa celle-ci en grinçant des dents. Soupirant, il ouvrit le journal. S'il comptait y voir se profiler l'ombre de son assassin, il en fut pour ses frais. Mlle Vologne de Bénier avait, semble-t-il, tracé ces lignes quelques semaines avant son départ pour Paris. Le journal s'interrompait à la rencontre de Delphine de Marcillac. Il s'agissait des confessions intimes d'une jeune provinciale, naïve mais pas sotte, bien élevée et à la modestie charmante. Près d'Aix-en-Provence, ses parents, ses sœurs et ses frères s'entassaient depuis des années dans un château délabré, à la toiture transpercée, vivant en reclus avec quelques vieux serviteurs qui ne réclamaient guère plus que le gîte et le couvert.

Leurs uniques sorties consistaient en une expédition chez une cousine mariée à un procureur du roi d'Aix, ce qui permettait à M. et Mme Vologne de Bénier de garder un lien ténu avec la bonne société. Afin de sortir de cet enterrement social, l'essentiel de leurs efforts s'était concentré sur les garçons. Porteuses d'un nom ancien, mais sans dot, les filles pourraient se marier sans déchoir, mais sans illusions non plus, avec quelque vieux barbon. Néanmoins, le solde d'une rente avait été investi sous la forme du billet d'un coche à destination de Paris pour l'aînée des filles, signataire de ce journal. Une lettre de recommandation avait été adressée à un ancien ami de M. Vologne de Bénier du temps où il servait le roi à l'armée. L'ami en question se trouvait chargé de parrainer la jeune fille dans la bonne société de Versailles auprès de laquelle on le croyait bien introduit.

Le moine fronça les sourcils en notant soigneusement le nom de l'homme puis reprit sa lecture.

Le 29 septembre 1755, jour de l'arrivée à Paris de la jeune fille, avait été le plus beau de sa vie. Du Pont-Neuf au Pont-Royal, un sentiment inexplicable de liberté lui monta à la tête. Elle découvrait des artères pavées, les boutiques de la rue Saint-Honoré avec des étals magnifiques qu'elle n'aurait jamais osé imaginer. Dans une boutique, s'entassaient aussi bien des meubles ornés de sculptures que des panneaux en laque de Chine, des objets de toilette, des miroirs, des bronzes antiques et même des bocaux remplis d'animaux de contrées inconnues. Sur les avenues, passaient des carrosses rutilants et des anges tombés du ciel portant les étoffes les plus exquises qui soient. Dans les jardins des Tuileries, se bousculaient les élégantes sur des allées bordées de parterres fleuris. Elle qui avait couru pieds nus dans les champs et la rosée, l'envie de belles toilettes et de beaux équipages la saisit.

Toutefois, l'entretien avec l'ami de la famille lui ôta rapidement ses illusions. Elle le retranscrivait tel quel dans son journal tant elle s'en trouvait indignée.

— *Vous ne disposez pas de revenus et vous venez de province,* lui avait-il asséné. *Vous n'avez pour vous que votre bonne mine mais sachez que beaucoup d'autres en possèdent une et parfois, pardonnez-moi, de meilleur aloi. Votre seul espoir de réussite dans votre entreprise est de trouver un protecteur. Quelqu'un qui sache vaincre toute prévention à votre égard.*

Il s'était frisé la moustache d'un geste nonchalant en ajoutant :

— Bien entendu, je pourrai être celui-ci.

Le cœur de Mlle Vologne de Bénier battit plus vite. Elle avait vite compris en voyant la foule parisienne qu'elle serait invisible aux yeux de tous. Et on n'était pas encore à Versailles! Il lui fallait une aide bienveillante. Et Dieu, dans sa grande bonté, venait de lui en fournir une!

La suite était relatée d'une plume pesante, raturée et pleine de petits pâtés écrasés comme si Mlle Vologne de Bénier avait pleuré en traçant ces lignes.

L'ami de la famille s'était penché sur elle, se saisissant de sa main afin de baiser le bout de ses doigts, y laissant une trace humide comme la bave d'un escargot.

— Vous comprendrez toutefois mon enfant, dit-il, *qu'un tel investissement de ma personne mérite en retour quelques faveurs…*

Le moine interrompit sa lecture pour frapper la table avec rage.

— C'est le piège habituel pour tout homme et toi tu t'y es vautré avec une compulsion porcine! Buse!

Elle avait fui pour gagner Versailles. Sa mère prétendait qu'elle pourrait pénétrer dans les jardins. Elle le fit. Des tapis de fleurs s'étalaient sous ses pieds. Elle connut un nouveau coup de cœur à la vue des élégantes se promenant sur les allées sablées, la pièce d'estomac sur la robe soulignant de manière troublante la rondeur des seins. Ces femmes minaudaient aux bras de grands seigneurs empanachés, au visage blanc comme neige, des pierres précieuses incrustant leurs culottes.

Mais, vu de près, les grands seigneurs en question gardaient un port hautain. Leurs voix de fausset ne sonnaient pas agréablement à ses oreilles et leurs propos futiles ne parlaient pas à son intelligence.

Par la suite, elle découvrit vite les ressorts de la société et constata l'inutilité de sa démarche sans appui dans le monde. Vint le temps des privations puis celui de la misère, obligée de vendre ses beaux vêtements chez un fripier pour trouver un pauvre galetas, crevant de faim jusqu'au jour béni de sa rencontre avec Delphine de Marcillac, quelques jours avant la Noël. Elle venait de trouver sa protectrice…

Le moine referma le journal d'un geste sec et se leva. À cet instant, quelque chose crissa sous ses pieds. Il s'immobilisa puis se baissa lentement. Lorsqu'il se releva, il tenait entre ses mains ce qui semblait une lettre déchirée en quatre morceaux inégaux.

— *Tes beaux yeux m'inspirent la plus grande fièvre*, lut-il.

Un billet doux, froissé et jeté à terre avant d'être déchiré!

— *J'ai volé vers toi avec les ailes légères de l'amour mais le vent était contraire et je suis tombé en me brisant à tes pieds. Je rêve de baiser tes jolies lèvres, celles de ton visage et celles au creux de tes cuisses, mais toi, cruelle, tu m'ignores. Je rêve de toi, la nuit ton souvenir me hante. Si tu ne m'aimes pas, je t'aime pour deux. Je partagerai cet amour avec toi. Fais-moi un signe et je viendrai brûler ton corps sur le mien.*

Le moine se gratta la tête.

— Hum, moi j'aurais fait mieux! Beaucoup mieux! Que d'images convenues! De plus, il est déconseillé de se positionner en amant repoussé. Le statut de victime n'attire aucune sympathie de la part de la femme. Ce qu'elles aiment, ce sont les vainqueurs, pas les perdants! J'en sais quelque chose. Enfin…

Il avait pris cette habitude de parler seul lors de ses séjours en prisons.

— Ces mots ne sont pas ceux d'un soumis envers sa maîtresse. Trop de hardiesse et de propositions. Et ces lignes-là révèlent plus de désir que d'amour. Quelqu'un d'impatient et qui n'arrive pas à attirer son attention… Intéressant…

Il examina minutieusement le billet sous toutes ses coutures. On avait dans un premier temps plié celui-ci avant de le froisser.

— Que je suis bête! s'exclama le moine, c'est parce qu'on l'a glissé sous la porte qu'on l'a plié. Mlle Vologne de Bénier le trouve en rentrant, le lit puis le froisse de colère ou d'agacement. Enfin elle se ravise, le ramasse et le déchire! – Il exulta. – Décidément, mon esprit n'a pas pris une ride! Reste à trouver l'auteur de ce billet!

Si Volnay avait bien horreur d'une chose, il s'agissait des salles d'attente. Un serviteur en livrée et à la mine compassée l'avait intercepté au sortir de l'atelier du peintre Waldenberg pour le conduire chez la marquise de Pompadour. En perdant les sens du roi, celle-ci s'était vu déposséder de son appartement au second étage et n'occupait plus que quelques pièces au rez-de-chaussée du corps central, un appartement triste prenant jour sur le parterre nord.

Si elle ne tenait plus le roi par son royal membre, elle le conservait par l'amitié et l'estime qu'il lui portait encore et lui faisait rechercher ses conseils. Il avait confiance en elle.

Dans l'antichambre aux tapisseries brodées d'or et d'argent où on l'avait introduit, deux femmes patientaient déjà. Volnay jugea leur haute coiffure tout à fait ridicule. Elles arboraient des robes à paniers couvertes de broderies fleuries, le tout avec autant de nœuds et de rubans qu'elles pouvaient en rassembler, et des escarpins à talons hauts. Il les salua mais elles lui rendirent à peine son salut et s'appliquèrent ensuite à médire de lui, à voix basse derrière leur éventail. Du moins, c'est ce qu'il lui sembla.

Six heures venaient de sonner lorsqu'un domestique entra. Les deux femmes se redressèrent, prêtes à se lever. Leur déception fut grande lorsque ce fut Volnay qu'on invita à entrer. Celui-ci leur adressa un sourire moqueur et suivit le laquais.

La quarantaine passée mais toujours aussi apprêtée, la marquise de Pompadour accueillit le policier avec une charmante simplicité. Elle était restée svelte, possédait toujours une bouche charmante mais son teint s'était terni. L'empreinte du temps frappait avec les ridules et le cou qui se fripe. Ses langueurs et ses lassitudes révélaient un mal sec qui la rongeait de l'intérieur. Tout son charme semblait s'être réfugié dans ses grands beaux yeux.

Ils se trouvaient dans un salon bien éclairé aux murs tendus d'une tapisserie aux couleurs chaudes. Des pilastres de miroirs entremêlés d'autres pilastres à feuillages dorés sur un fond de lapis donnaient le ton de la pièce. Un délicieux biscuit de Sèvres ornait la cheminée. Au plafond, des angelots joufflus et bien en chair observaient la scène d'un air candide.

Ils prirent place dans deux grands fauteuils en brocart vert, une petite table basse les séparant. Sur celle-ci, dans une coupelle, trônait une pomme de pin en jade entourée de fils d'or finement tressés, semblant dire : *croquez-moi donc pour voir*…

Louis XV, appelé le Bien-Aimé au début de son règne parce qu'on l'avait connu charmant bambin, aujourd'hui roi fainéant en titre, laissait gouverner sa Favorite, la Pompadour, portant jupe en apparence mais en vérité pantalon pour deux.

Une maîtresse qui règne mais ne couche plus. Le roi a désormais pour elle de l'amitié, dit-on.

Volnay savait ce que cela impliquait comme inquiétude. Un homme était toujours moins facile à gouverner lorsqu'on ne le tenait pas par le bout qu'il fallait.

— Votre enquête avance-t-elle ?

Volnay demeura une seconde stupéfait. Ces gens-là qui peinaient tant à gouverner la France réclamaient sans vergogne plus des autres. On attendait toujours de lui un miracle.

— Madame la marquise, répondit-il d'un ton neutre, je suis en charge de l'enquête depuis ce matin.

— Certes, répondit-elle d'un ton de petite princesse capricieuse, mais je souhaite que vous alliez très vite. Et sachez que l'argent ne compte pas.

— L'argent ne peut faire parler les morts !

La Pompadour ne releva pas l'impertinence. Elle désigna du menton une bourse qui trônait sur une console et qu'elle ne voulait certainement pas s'abaisser à toucher. Surmontant sa répugnance, Volnay l'empocha. On avait beau dire, l'argent et les informateurs restaient le nerf de la guerre.

La marquise rappela alors ce qui constituait pour elle une évidence :

— Un éventreur au sein de notre palais, cela ne se peut !

Une quinte de toux l'interrompit. On disait qu'elle crachait le sang, suffoquait, toussait à rendre l'âme, dormait mal et se trouvait en proie à de fréquents évanouissements. Mais elle possédait une âme de fer. Elle cligna un instant des paupières et se recomposa un masque imperturbable.

— Nous allons faire tripler la garde et les patrouilles la nuit. Mais cette situation ne peut guère durer. Vous comprenez ? Les courtisans doivent se sentir en sécurité. Ils le seront avec nos gardes mais…

— Plus il y en a et plus ils pensent qu'ils sont en danger.

— C'est cela. Nous ne désirons pas que les courtisans désertent Versailles.

Cela remettrait l'ordre royal en question. Depuis longtemps, la Pompadour sentait croître le danger et grandir l'hostilité sourde d'une noblesse qui n'avait jamais accepté ses origines roturières. Depuis Louis XIV, Versailles servait de luxueux camp de rétention à la noblesse turbulente de France. Récitée comme un catéchisme, l'étiquette l'asservissait au roi. Pesante, immuable, rythmant la vie quotidienne de tous, réglementant la prise de parole et les positions de chacun vis-à-vis du monarque, l'étiquette les soumettait à la volonté de leur maître.

Les dernières années noires et glaciales du règne de Louis XIV, beaucoup de courtisans s'ennuyant s'étaient échappés de cette cage dorée, fuyant l'agonie pénible de leur souverain pour regagner Paris et ses plaisirs enfiévrés. Pire, complètement déserté pendant la Régence, Versailles était devenu le palais endormi de quelque conte de fées. C'est Louis XV qui avait redonné vie au logis enchanté et puant, le peuplant de nouveau de cette vacuité écrasante de solennité et d'ennui.

— Il y a autre chose, fit Volnay d'un ton légèrement ennuyé.

— Parlez.

— Les jardins s'étendent sur huit cent trente hectares. Ils sont clos de murs mais percés de vingt-deux portes. Et il suffit d'avoir une épée au côté pour les passer.

— Nous renforcerons la garde à ces portes.

— Les gardes de la porte veillent le jour dans les intérieurs. Les cent-suisses et les gardes du corps assurent la sécurité du château la nuit. Aux portes proprement dites, on trouve les gardes-françaises. Quant à la police du château, elle est confiée aux gardes de la prévôté. Rien n'est coordonné! Cela dit, ce n'est pas parce qu'il est possible d'entrer à Versailles que le meurtrier vient forcément de l'extérieur, il peut déjà se trouver dans la place.

La marquise cilla fugitivement.

— Cela n'est assurément pas une hypothèse à écarter.

— Le palais de Versailles emploie des milliers de personnes, reprit le policier. Des employés de bureau, des domestiques, des jardiniers mais…

— Continuez.

— Que ferons-nous si nous découvrons qu'il appartient à une famille de haut rang ?

La marquise pâlit légèrement.

— Nous aviserons.

La porte s'ouvrit et le roi entra. Aussitôt, la Pompadour quitta sa mine grave, arborant un air de gaieté qu'elle ne ressentait pas, de peur d'ennuyer son souverain.

Devenu blanc, Volnay se leva lentement et s'inclina pour saluer le monarque. Le regard du roi passa à travers le jeune homme comme s'il était transparent et, de fait, il devait l'être à ses yeux. Il se dirigea d'un pas hésitant vers la marquise et lui baisa galamment la main.

Louis XV avait quarante-six ans. Il portait un habit de brocart d'argent avec point d'Espagne en dentelle d'argent et des bas brodés d'or. Grand et droit, beau dans sa jeunesse, il aurait pu en imposer naturellement si la vie canaille qu'il menait n'avait altéré ses traits. Sa nature molle et ses mœurs dissolues s'y lisaient pour ceux qui avaient assez de présence d'esprit pour n'être point impressionnés par ce spectre de la royauté.

— Ah, chevalier…

Le roi avait fort bonne mémoire. Sa voix était rauque, comme enrouée. Un mal qu'il traînait depuis longtemps.

— Racontez-moi en détail ce crime. Éventrée et le cœur dans une main, n'est-ce pas ?

Il semblait fasciné par ce macabre tableau. Le côté morbide de son caractère reprenait le dessus dans son âme éteinte, au grand dam de la marquise qui, gênée, s'agita. On disait que le roi faisait arrêter son carrosse devant les cimetières pour s'enquérir des tombes fraîchement creusées. Volnay satisfit pourtant au plaisir du roi sans se départir d'un ton professionnel. Le roi s'en plaignit.

— Vous racontez mal, chevalier ! Quand il vient me voir chaque semaine pour me raconter les potins de Paris, M. de Sartine y met mieux le ton !

— Votre Majesté, il ne s'agit pas de potins mais d'un meurtre.

Le roi sursauta légèrement et le contempla avec une gravité nouvelle.

— Je ne veux pas que l'on tue en mon château.

Mais ailleurs, cela ne vous pose pas de problème?

— Connaissons-nous cette petite? demanda le roi en se tournant vers la marquise.

Celle-ci secoua la tête.

— Il s'agit du modèle d'un peintre, Waldenberg.

— Oh oui, je me rappelle! Il vous a peint ces femmes nues dans votre salle de bains!

Il parlait devant Volnay comme s'il s'était agi d'un chien qui ne pouvait comprendre mais seulement remuer la queue en signe d'assentiment.

— Des nymphes, Votre Majesté, précisa la marquise en jetant un coup d'œil ennuyé à Volnay.

Et de fait, l'imagination de celui-ci s'embarqua vers la salle de bains de la marquise de Pompadour dont on disait les lambris en bois précieux et la baignoire taillée dans un bloc de marbre. La Favorite s'y glissait voluptueusement sous un drap de soie qui maintenait la chaleur. Après s'être fait savonner et avoir suffisamment mijoté, elle se glissait vivement dans une seconde baignoire où on la rinçait.

Le surprenant en flagrant délit de rêverie, le regard de la marquise l'incita à se reprendre et se tenir sur ses gardes.

— Qui soupçonnez-vous? demanda brutalement le roi.

Encore une fois, Volnay réprima son agacement. Ces puissants, si légers à conduire les affaires de la France, attendaient de leurs subordonnés qu'ils résolvent tous leurs problèmes en un instant.

— Votre Majesté, je suis en charge de cette enquête depuis quelques heures. Mais celles-ci m'ont déjà permis d'identifier la victime, de rencontrer le peintre pour lequel elle posait et de découvrir qu'elle travaillait en parallèle dans une maison à plaisir d'un genre un peu particulier.

Voilà qui va mettre le roi en joie pour la journée!

De fait, le monarque cligna des yeux. Son masque d'ennui, un mal qui le rongeait depuis l'adolescence, disparut un instant comme devant toute nouveauté. Du matin au soir, dans l'exercice de ses fonctions comme dans ses débauches, Louis menait une vie morne et répétitive. Figé dans le protocole et les cérémoniaux du lever au coucher, empêtré dans les affaires de l'État qui ne le passionnaient pas, chassant le cerf l'après-midi et les femmes le soir, il revivait inlassablement la même journée.

Alors il changeait de résidence. Tout lui était bon pour fuir Versailles et sa journée sans fin : Chantilly, Compiègne, Fontainebleau et surtout Marly, où il permettait aux hommes de rester couverts devant lui et aux dames de se présenter en robe de chambre et non en robe de cour... Mais il demeurait le roi et, dans chacune de ses villégiatures, il retrouvait au bout de quelques jours sa lassitude, sa morosité et peut-être le dégoût de lui-même car il restait parfois lucide.

— Racontez-nous donc !

Volnay s'en tint à l'essentiel. Le roi hocha la tête.

— Un peintre, une mère maquerelle... Comme c'est passionnant !

Volnay ne jugea pas utile de mentionner son chirurgien personnel ! Déjà que le roi tournait de l'œil à la vue du sang, son médecin ne pourrait plus s'approcher de lui avec une lancette à la main !

— Cherchez plutôt parmi les clients de cette... maison, lui conseilla la marquise.

— Certains peuvent appartenir à la cour, avertit Volnay.

Le roi tressaillit. Il chercha des yeux le soutien de la Favorite. Celle-ci se pencha légèrement vers le policier, plantant sans vergogne son regard ardent dans le sien.

— Allons monsieur, il suffit. Vous voyez bien que vous faites venir au roi la couleur jaune. N'insistez pas avec cette hypothèse ridicule !

Volnay soutint calmement son regard. La Pompadour le comprit comme un défi silencieux car elle ajouta en sifflant entre ses dents :

— Vous ne ferez rien sans notre avis, lorsque vous aurez des soupçons.

— Bien entendu, mais M. de Sartine...

Le roi éleva la voix.

— M. de Sartine a toute notre estime.

De manière inattendue, la Pompadour recouvrit la main du roi de la sienne. Un instant, Volnay, surpris, découvrit la tendresse qui unissait ces deux êtres si dissemblables. Cela resterait un mystère pour lui. La Pompadour, cette femme si libre d'esprit, aimait sincèrement le roi à qui elle avait tout sacrifié à sa convenance et à son bon plaisir.

— Certes, Votre Majesté, mais il importe que nous soyons informés en priorité.

— Cela va sans dire.

— Et directement par le chevalier de Volnay, précisa la marquise. Nous jugerons alors si l'information se doit d'être remontée ou reste à notre niveau.

La conversation sembla soudain ennuyer le roi. De guerre lasse, il se rendit aux arguments de la Favorite.

— Qu'il en soit ainsi, décréta-t-il. – Il se leva. – Même si j'ai une entière confiance en mon bon M. de Sartine, ajouta-t-il.

Il baisa la main de la marquise et s'en fut sans un regard pour Volnay qui se leva néanmoins et s'inclina. La porte refermée, la marquise se tourna vers le policier.

— Sa Majesté vous a fait l'honneur et la grâce de vous parler. Vous méritez sa bonté car vous êtes un serviteur fidèle.

Être assimilé à un serviteur du roi n'était pas loin de l'injure pour Volnay mais il dissimula patiemment son agacement.

Le soleil commençait à décliner dans le ciel. Après avoir remonté l'allée de Bacchus, le commissaire aux morts étranges pénétra dans le Labyrinthe. Celui-ci, un carré de jeunes bois touffus, était ceint d'une palissade en perches de châtaignier. À sa demande, des suisses en interdisaient encore chacune des quatre entrées en diagonales. Avec la foule qui s'y était pressée, le policier savait que tout indice était perdu. Néanmoins, il éprouvait le besoin de se retrouver seul sur les lieux pour mieux appréhender l'endroit.

Ce n'était au départ qu'un jardin de verdure aux allées capricieuses et bucoliques jusqu'à l'apparition des fontaines, alimentées par la mise en place d'un réseau hydraulique. Mais, depuis une vingtaine d'années, le Labyrinthe n'était plus guère entretenu et l'ensemble se dégradait lentement. Cela se voyait à l'œil nu pour les coquillages, pâtes de verre, cailloux colorés ou feuilles de cuivre décorant les margelles des fontaines ou les supports des statues. Ceux-ci se ternissaient, se cassaient ou s'effritaient par endroits.

Lentement, il fit le tour du Labyrinthe, cherchant toujours la chaussure perdue par Mlle Vologne de Bénier, dressant mentalement un plan de ces lieux complexes, comptant trente-neuf fontaines décorées par des sculptures animalières en plomb polychrome dans un écrin de rocaille et d'éléments végétaux en fer-blanc. Étonnamment naturels dans leurs expressions, les animaux étaient disposés soit en arrière des fontaines, soit sur les côtés, de manière à ne pas cacher les jets d'eau. Les allées se confondaient les unes avec les autres pour mieux vous égarer. Seules les fontaines pouvaient servir de repère pour retrouver le chemin de la sortie.

Mlle Vologne de Bénier n'était pas très loin de celle-ci mais elle devait avoir paniqué. S'était-elle réfugiée dans le Labyrinthe pour échapper à son meurtrier? S'y promenait-elle en pleine nuit et pourquoi? Ou bien encore, lui avait-on donné rendez-vous là? Et, dans ce cas, pourquoi ici spécifiquement?

Le meurtrier pouvait la poursuivre en entrant et s'égarer lui aussi dans le Labyrinthe. Il avait donc pu être sur ses talons au départ puis, par une autre allée, la dépasser et se retrouver ensuite devant elle avant de porter le coup fatal. Encore fallait-il qu'il connaisse bien les lieux et, difficulté supplémentaire, qu'il s'y repère la nuit.

Il tendit l'oreille, croyant entendre des chuchotements, des soupirs, des paroles étouffées ainsi que les bruits et grognements d'animaux dans les fourrées. Le soir, dans les jardins désertés, les sons se répercutaient différemment et la mémoire morte de Mlle Vologne de Bénier semblait encore planer au-dessus des murs végétaux du Labyrinthe.

Volnay expira longuement. Lorsqu'il sortit de l'endroit, l'ombre s'étirait interminablement, saisissant entre ses griffes les statues et les gueules des monstres, assujettissant les lieux d'une manière inquiétante. Ici, un couple fébrile sortait d'un

bosquet en se réajustant rapidement. Les derniers promeneurs devenaient des silhouettes fugitives vite effacées par la
pénombre, fuyant l'avancée de la nuit. Là-bas, le palais s'illumi-
nait progressivement de bougies et de chandelles. Tout comme
les vers luisants la nuit venue, les rois de Versailles croyaient
avoir donné la lumière au monde.

III

L'ALLÉE DE LATONE

On ira droit au point de vue de Latone.

Le soir venu, le moine retrouva enfin Paris. Une ville qui méritait presque que l'on prie pour elle. Il aimait cette foule à l'énergie brutale, cette volonté de survivre, de vivre ensemble, de travailler, de parler avec ses mains, d'aller et venir et de ne jamais tenir en place. Ville masculine, Paris bruissait avant l'aube et jusqu'à la nuit d'une énergie brutale, presque primaire. Toutefois, il lui préférait maintenant Venise, ville féminine et subtile, aux relations plus complexes et aux sentiments enchevêtrés, qui correspondait mieux à sa sensibilité et à son esprit tortueux.

Les rues noires de monde de Paris lui envoyaient des signaux contraires de misère, de labeur, de docilité et de révolte. Ce mélange de résignation et d'indignation créait plus de tension que partout ailleurs.

Il contempla la Seine avec ses travailleurs, ceux qui s'y lavaient, sur les rives de laquelle ils vivaient, recroquevillés comme de petits oiseaux blessés dans des nids de fortune au bord de l'eau. Mais la Seine possédait aussi ses amoureux qui lançaient dans ses eaux froides leurs offrandes ou leurs suppliques comme à un dieu païen.

Néanmoins, tout cela ne lui parlait plus. Depuis certaines aventures, le moine gardait dans son cœur contre Paris une vieille rancune, celle d'avoir été le théâtre d'une histoire d'amour qui avait failli le détruire. Il se sentait désormais étranger ici, au milieu du peuple comme dans les beaux quartiers où il aimait auparavant musarder. Sa perception du monde extérieur avait changé ou bien s'était tout simplement grippée, comme un vieil instrument mal encordé.

Il se sentait soudain apatride.

Hélène l'attendait chez lui avec impatience. Sans manière, elle avait allumé un feu dans la grande cheminée de marbre rouge du Languedoc et tiré les rideaux de serge cramoisie.

Cela contraria le moine qui n'avait pas envie de la voir se comporter en sa demeure comme si elle en était la maîtresse.

— Nous sommes mal organisés, lui reprocha Hélène. Il faut mieux nous coordonner. Vous ne pouvez passer votre temps entre Paris et Versailles et perdre des heures en voyage. M. de Sartine en est d'accord et il m'a chargée de vous procurer un logement à Versailles, à peu de distance du palais. J'ai trouvé pour vous un appartement convenable, rue des Deux-Portes, à côté de la place du Marché-Notre-Dame.

À sa surprise, le moine n'émit pas d'objection.

— Très bien, approuva-t-il. En revanche, pour mon fils, je ne sais pas. Il y a cette jeune fille…

— L'Écureuil, oui. Il pourra l'amener.

— Bien, bien… Elle a son travail chez ce libraire mais nul doute que cela pourra s'arranger. Nous sommes de bons clients et les fonctions de mon fils en imposent à la plèbe!

La jeune fille lui faisait peine car, si de toute évidence son fils ne lui avait pas parlé de Flavia, son amour de Venise, les distances qu'il mettait avec l'Écureuil étaient révélatrices de son mal-être.

— Qu'avez-vous pensé de Mme de Marcillac? demanda négligemment Hélène.

— Aussi fascinante que vous!

— N'essayez pas de me rendre jalouse, je ne le suis pas et ne le serai jamais.

Le moine la regarda, interloqué.

— Quelle idée! Si je vous dis que je trouve cette femme fascinante, c'est tout simplement qu'elle l'est. Dans un monde régi par les hommes où quelques femmes arrivent à grappiller des miettes de pouvoir en s'allongeant, elle a repris totalement le pouvoir en restant debout!

— N'allez pas l'idéaliser. Elle ne cherche qu'à tirer son profit comme les autres.

Le moine fronça les sourcils et réfléchit.

— Je ne pense pas, finit-il par répondre. Elle se réattribue un espace de pouvoir féminin dans un monde essentiellement masculin.

— Vous êtes bien naïf.

— C'est cela, la nargua le moine, déniaisez-moi!

Hélène haussa les épaules.

— Son profit et ses intérêts, vous dis-je! Elle compte parmi sa clientèle des aristocrates de la cour, des banquiers de Paris, des fermiers généraux, un ministre…

— Un ministre? Lequel?

— Tout comme M. de Sartine, je ne vous répondrai pas. Vous seriez capable d'aller peindre son nom sur les murs!

— Vous savez d'où vient le mot ministre? s'enquit malicieusement le moine. C'est à l'origine un domestique, un serviteur. Ces gens-là devaient servir le bien commun mais ils n'ont que leur intérêt personnel en vue. Peut-être qu'un jour, le peuple pourra désigner lui-même qui présidera à sa destinée et quels ministres choisir. Alors, nous entrerons dans un cercle vertueux.

— Vous rêvez.

Le moine plissa les yeux.

— Oui, parfois je rêve… Cela ne vous arrive plus? C'est bien dommage…

Hélène le considéra un instant. Elle le sentait loin, dérivant sur des pensées qui ne la concernaient pas. Elle s'en sentait vaguement frustrée.

— Qu'est-ce qui a amené Mme de Marcillac à exercer ce… cette activité? demanda-t-il.

Hélène fit la moue, mécontente de voir que le moine ne changeait pas de sujet de conversation.

— Toute petite noblesse de province. On l'a mariée à dix-huit ans au premier venu qui en a voulu, un chevalier dont elle a été assez rapidement la veuve. Pendant leur bref mariage, il a dilapidé sa dot au jeu et avec les femmes. À sa mort, huit ans plus tard, elle a vendu leur dernier bien et, après avoir soldé leurs dettes, acheté avec le reste de l'argent cette maison où elle a vécu seule dans un premier temps. Sans revenu, ni rente, elle a dû décider de subvenir par elle-même à ses besoins en donnant quelques années après à cette demeure une autre fonction que celle pensée par son architecte !

— Sans rien devoir à quelqu'un et sans offrir son corps à quiconque. Extraordinaire !

L'admiration perçait dans la voix du moine. Hélène s'assombrit encore.

— Qui plus est, reprit le moine sur le même ton, elle a monté un stratagème pour gagner de l'argent en inversant l'ordre social. Quelle idée ingénieuse et quelle revanche sur la vie !

— Hmm…

— Pourriez-vous me procurer quelques informations sur deux filles qui travaillent dans cette maison et que j'ai eu le plaisir de rencontrer : Fanny et Victoire ?

— Pourquoi ?

— Parce que Mme de Marcillac me les a présentées et parce que ce sont elles qui ont demandé à me voir. Il est toujours bon de savoir à qui l'on a affaire.

Hélène ferma brièvement les yeux comme elle faisait toujours pour mémoriser des informations.

— Ce sera fait. L'autorité royale fait surveiller ce type de commerce par ses inspecteurs et ses mouches.

Le moine acquiesça puis claqua dans ses doigts.

— Ah, oui. Mme de Marcillac a-t-elle un protecteur ? Quelqu'un qui l'a aidée à monter ce… euh… petit commerce ?

— Pas que je sache. Il est de notoriété publique qu'elle a lancé seule cette maison, il y a une huitaine d'années.

— Personne ne l'a introduite à la cour ?

— Tout dépend du sens que vous attribuez à ce verbe…

— Hélène ! se fâcha le moine.

— Guillaume…

Il tressaillit légèrement. C'était la première fois depuis leurs retrouvailles qu'Hélène prononçait son prénom.

— Puis-je prendre un bain?

Elle avait besoin de reprendre un peu d'ascendant sur lui. Et qu'il ne la chérisse plus la contrariait quelque part. Peut-être qu'après tout elle l'aimait encore un peu. Ou bien qu'il était flatteur qu'un homme de la trempe et de la qualité du moine soit à ses pieds. En tout cas, elle avait besoin qu'il reste concentré sur elle, sinon il s'affranchirait de toutes règles et contraintes, comme à son habitude, et deviendrait vite incontrôlable.

— Je vais vous faire chauffer de l'eau, fit le moine d'un ton neutre. Nous continuerons pendant ce temps notre petite conversation.

Plus tard, dans la salle de bains, Hélène se glissa dans la baignoire de cuivre d'où s'échappait la vapeur de l'eau chaude.

Le moine en profita pour passer dans sa chambre revêtir de nouveau son costume vénitien. Il n'avait pas envie de séduire Hélène mais plutôt de se montrer à son avantage dans ce silencieux rapport de force installé entre eux. C'était bête d'en être arrivé là mais, à l'instant, tout ce que désirait le moine était de ne pas perdre la face devant une femme trop jeune et trop jolie. Aujourd'hui, il lui fallait regagner sa dignité et sa fierté. Plus tard, il la chasserait définitivement de son esprit.

Hélène plongea la tête dans le bain, libérant d'un coup ses cheveux aux reflets rouges autour de sa tête comme une poignée d'algues roussies par le soleil. D'un geste très naturel elle passa le gant entre ses jambes. La cicatrice du fer qui l'avait marquée brilla un instant à la lumière sur la chair nue. Son sceau infâme ne pesait rien en soi mais elle pouvait encore sentir les méandres de sa brûlure et elle le portait comme une plaie ouverte.

Elle se saisit de la serviette pour sécher ses cheveux puis, d'un geste délibéré, la laissa tomber dans l'eau.

— Guillaume, voulez-vous bien m'apporter une autre serviette? cria-t-elle à travers la porte.

Le moine entra, une serviette à la main, et cligna des yeux. Telle la Vénus de Botticelli, Hélène venait de surgir des eaux et tout son corps blanc luisait comme une offrande à la lueur des bougies. L'humidité soulignait la rondeur de ses seins et le savon avait laissé sur ses cuisses une marque soyeuse.

Mais, contrairement à la déesse de l'amour au regard languissant, ses yeux étaient de glace.

Pourquoi faites-vous cela? faillit s'écrier le moine. Mais il se tut car le dire aurait été interprété comme un signe de faiblesse et il refusait désormais toute forme de domination sur lui.

Les yeux dans les yeux, il tendit la serviette à Hélène, et sortit sans un mot.

Volnay rejoignit son père et lui conta sa visite au peintre, ses relations ambiguës avec son modèle et son absence d'alibi. Il passa ensuite à son entrevue avec le roi tout en marchant de long en large dans la pièce.

— Il a dit ça? s'étonna le moine lorsque son fils lui fit part de l'intérêt du monarque pour la macabre composition. Ce sinistre roi a décidément moins d'entrailles qu'un serpent…

— Nous connaissons le caractère morbide de cet homme, murmura lugubrement Volnay.

— Tuer serait presque un plaisir pour lui, murmura le moine.

Ils gardèrent un instant le silence, plongés dans de communes pensées à propos de Louis XV, un souverain butant contre son mur d'ennui, las de tout avant même d'avoir commencé sa journée. Chez lui, tout se trouvait tempéré par la désillusion du monde. Pas d'enthousiasme, encore moins de conviction. Dans les Conseils, Louis n'avait d'avis sur rien et souscrivait à tout ce qu'on lui présentait. Et toujours cet attrait vertigineux pour la débauche et la chasse. Sa destinée souillée, son âme flétrie et avilie, il courait bêtes et femmes jour et nuit.

Où s'arrêterait-il? Et surtout, qui l'arrêterait?

À cet instant, ils furent interrompus par Hélène qui quittait la chambre en s'essuyant les cheveux avec une serviette.

Le commissaire aux morts étranges s'appuya contre le mur et croisa les bras en arquant les sourcils d'un air interrogateur.

— Que se passe-t-il ici? lança-t-il d'un ton sévère.

— Euh, répondit le moine embarrassé, Hélène prenait un bain.

La jeune femme confirma d'un bref hochement de tête. Volnay lui jeta un regard noir.

— Je ne savais pas que mon père avait ouvert des bains publics !

Elle le considéra d'un air glacial. Seule la commissure de ses lèvres, légèrement baissée, révélait sa contrariété.

— Je fais ce qui me plaît ici.

Le moine sursauta légèrement. Hélène venait de s'affirmer comme chez elle en sa demeure. Cela n'échappa pas à Volnay qui ne laissa pas passer l'occasion.

— Non, vous n'êtes pas chez vous ici mais chez mon père et c'est lui seul qui peut vous autoriser à faire ce qui vous plaît.

Le moine intervint.

— Ne nous querellons pas pour un bain, mes amis. Et vous êtes tous deux les bienvenus chez moi, ajouta-t-il histoire de rappeler qui étaient les invités et le maître de maison.

Hélène promena ses longs doigts sur les plis de sa robe pour ramener l'attention sur elle. Celle-ci lui fut bientôt acquise.

— Nous avons pensé avec Sartine qu'une demeure mise à votre disposition à Versailles serait plus commode pour votre enquête. La route est longue d'ici au palais… Votre père a accepté sans difficulté.

Elle haussa un sourcil comme pour dire : *Allez-vous en poser ?*

— Parfait, fit Volnay sans plus d'émotion.

Hélène masqua un sourire, satisfaite d'avoir fait plier si facilement deux hommes de caractère et savourant discrètement cette petite victoire.

Le policier qui était demeuré immobile se détacha du mur et alla jusqu'au feu qu'il contempla pensivement.

— Mais je ne suis pas seul, finit-il par dire lentement.

Son regard était perdu dans les flammes et nul n'aurait pu dire ce qu'il ressentait.

— Cela ne pose pas de problème, répondit Hélène d'un ton détaché.

Elle aussi essayait sans succès de lire en Volnay. Celui-ci lui raconta son entrevue avec le peintre et sa surprenante recommandation de la victime auprès de La Martinière. Toutefois, il ne jugea pas utile de rapporter à Hélène sa rencontre avec le roi et la Pompadour. Nul besoin qu'elle apprenne l'intérêt de la marquise pour leur enquête.

— Avec M. de La Martinière, nous approchons du roi, remarqua gravement Hélène. Mais après tout, ce n'est que le hasard d'une consultation. Et puis, M. de La Martinière a soixante-trois ans.

— Il n'y a pas d'âge pour le vice, répondit glacialement Volnay.

— Certes! fit gaiement le moine. Je confirme! Et c'est une des plus grandes contradictions de la nature que de nous ôter progressivement les moyens de faire ce que notre esprit désire de plus en plus ardemment accomplir! J'irai donc rencontrer M. de La Martinière si M. de Sartine peut m'introduire auprès de lui. J'ai été malade lors de mon retour de Venise. Une inflammation de la trachée qui m'a fait saigner la gorge. Une consultation me sera du plus grand secours.

Hélène leva subrepticement les yeux au ciel puis approuva.

— Je m'en charge. M. de Sartine vous arrangera l'affaire. Vous ignorez les usages et les préséances de la cour. On ne voit pas comme cela le premier chirurgien du roi. – Elle lui jeta un regard oblique. – Voulez-vous nous parler maintenant de la fascinante Mme de Marcillac?

Volnay haussa un sourcil et regarda son père avec attention.

— A-t-elle un alibi pour cette nuit?

Le moine répondit en citant l'ordre de départ de la maison cette nuit-là.

— Tu as estimé la mort vers la minuit, remarqua Volnay, mais ce n'est qu'une approximation.

— Certes, répondit vivement le moine. Néanmoins cela ne laisse guère le temps à Mme de Marcillac de courir dans les jardins et surtout d'y entrer à cette heure-là sans se faire remarquer.

— Sauf si ses filles ont menti pour elle. Cela dit, Sartine a fait interroger les gardes des portes qui n'ont rien remarqué de suspect cette nuit. Mais je ne leur fais guère confiance…

Le moine eut un mouvement d'humeur.

— De toute manière, une femme n'a pas la force d'ouvrir d'un seul coup une de ses congénères en deux. Pas plus que ses charmantes jeunes pensionnaires.

Devant le regard froid de son fils, le moine se crut obligé d'expliquer :

— Il me semble plus logique de rechercher qui peut être impliqué parmi ses clients. Ce sont des hommes plongés dans une situation extrême qui peut déboucher d'un coup sur tout : amour, déception, jalousie...

— Des soumis, précisa Hélène en le regardant fixement.

Le moine affronta son regard avec un calme olympien.

— Vous avez entendu parler de Spartacus et de la révolte des esclaves ? Eh bien, ça s'est très mal fini pour tout le monde !

Volnay étouffa un sourire. Satisfait de sa répartie, le moine continua :

— Qu'est-ce que la domination ? Attention, je parle de domination légitime, comme par exemple celle du roi sur ses courtisans. Dans le cas de Mme de Marcillac, cette légitimité repose sur un contrat.

Hélène arqua un sourcil.

— La domination, c'est l'autorité nécessaire pour contraindre quelqu'un à faire quelque chose en toutes circonstances...

— Voilà, c'est cela même ! s'exclama le moine. On peut modifier le comportement de quelqu'un par la seule puissance de sa volonté. Un devoir d'obéissance pour le dominé.

— Vous pensez qu'un soumis a été chargé d'exécuter un meurtre ?

Le moine haussa nonchalamment les épaules.

— C'est une hypothèse comme une autre mais comme nous ne disposons pas de la liste des clients...

Hélène secoua fermement la tête.

— Oubliez ! Sartine ne nous la donnera jamais.

Le moine reprit la parole après un bref soupir. Il fut très concis sur son entrevue avec Mme de Marcillac mais s'attarda en revanche sur la visite du logement de la victime, la découverte du journal.

— Puis-je avoir ce journal ? demanda Hélène.

— Je le lirai d'abord, dit rapidement Volnay décidé à conserver ses prérogatives.

Le moine en résuma néanmoins l'essentiel, demandant à Hélène d'aller par acquit de conscience rendre visite à l'ami de la famille à qui la victime s'était recommandée à son arrivée à Paris afin de s'assurer qu'il n'ait pas tenté une nouvelle approche auprès d'elle. Connaissant la jeune femme, il devinait que l'homme passerait un mauvais moment, ce qu'il espérait secrètement.

— L'enquête de voisinage n'a rien donné, reprit-il. *Bonjour et bonsoir*, elle ne parlait pas aux habitants de l'immeuble et ne recevait personne dans son appartement. De toute évidence, elle ne tenait pas à ce que l'on s'intéresse à elle en dehors de ses activités. Même dans la rue, ses voisins ne l'ont jamais aperçue avec un homme ou une femme. J'ai en revanche découvert un billet qu'elle avait reçu, déchiré et jeté.

— Pouvez-vous me le montrer? demanda Hélène d'un ton doucereux.

Le moine lui en tendit les morceaux que la jeune femme étudia en fronçant délicatement ses sourcils.

— On dirait une écriture féminine, fit-elle au bout d'un moment.

Le moine sursauta légèrement.

— À quoi voyez-vous cela?

— Mon instinct de femme!

Le moine lui reprit le billet et jura doucement entre ses dents.

— C'est étrange, c'est également ce que me soufflait mon instinct d'homme mais je ne l'ai pas écouté! C'est tout moi : je ne me trompe que lorsque je pense que j'ai tort!

Volnay s'approcha, lut le billet et afficha une moue dubitative. Il s'en tenait aux preuves, aux raisonnements et aux déductions scientifiques.

— Je ne mets pas en doute votre instinct à tous deux, dit-il, mais, pour moi, nous en restons au simple niveau de la supposition. L'écriture est certes assez fine et élégante mais de là à en tirer des conclusions hâtives…

Cette fois, Hélène et le moine retrouvèrent leur complicité l'espace d'un instant pour échanger un regard navré.

— Mais, se hâta-t-il d'ajouter devant cette connivence inattendue, la piste de l'amoureux ou de l'amoureuse n'est pas à exclure pour ce meurtre. – Il jeta un regard appuyé à son père. – Si la réponse se trouve à l'hôtel de Mme de Marcillac, retournes-y. Et – il se tourna vers Hélène –, si elle se trouve au palais, peut-être pourrez-vous nous aider?

La jeune femme acquiesça sobrement. Volnay se mit à marcher de long en large comme à son habitude afin de rassembler ses pensées en un seul bloc.

— Un peintre, une maîtresse d'un genre un peu spécial, un chirurgien et un éventuel amoureux ou amoureuse… peut-être serait-il bon de comparer les écritures de chacun? Partageons-nous des morceaux de ce billet. À moi le peintre, à mon père le médecin et Mme de Marcillac.

— Et moi? demanda Hélène.

— L'ami de la famille. Et une fois nos suspects éliminés du rôle d'amoureux, mais seulement de celui-ci, vous aurez la plus dure des missions, ironisa Volnay, comparer l'écriture avec celle de quelqu'un que nous ne connaissons pas!

— Vous en prenez à votre aise, monsieur le commissaire aux morts étranges!

— Je fais ce qui me plaît, répondit vertement Volnay. C'est moi qui assume la responsabilité de cette enquête et c'est à moi qu'on viendra chercher noise si l'on ne retrouve pas le coupable.

— Ceci ne me convient pas! protesta la jeune femme. Qui voulez-vous que j'aille interroger parmi les milliers d'habitants de Versailles?

— Vous irez au palais pour vous enquérir des relations de Mlle Vologne de Bénier, répondit patiemment Volnay. Celle-ci a peut-être créé des liens avec quelqu'un en dehors de l'atelier du peintre.

— Plus facile à dire qu'à faire!

— Il n'est jamais simple de mener une enquête!

— Vous m'agacez!

Sans un mot, Volnay alla jusqu'à la cage de la pie et entreprit de lui offrir quelques graines au bout de ses doigts. Hélène s'aperçut alors que le moine avait disparu.

— C'est agréable d'avoir toute votre attention à vous deux! Je… – Hélène s'interrompit comme si elle venait de saisir une idée au vol. – Pour l'écriture du peintre, je m'en occupe. Il me sera facile d'obtenir les bons de commande et de livraison des œuvres, remplis par lui.

— Vous voyez, fit Volnay en effleurant l'aile de son oiseau. Quand vous voulez…

— Cessez d'être arrogant avec moi !

Le moine surgit à cet instant de la chambre, une épée désormais ceinte à la taille.

— Je vous laisse vous quereller à loisir, moi j'ai passé l'âge !

— Où vas-tu ainsi vêtu et armé ? s'étonna son fils.

— Faire un peu d'exercice !

Le moine entra à pas lents dans la salle d'armes où semblait encore résonner le bruit des assauts passés. Il y respira une odeur de sueur et de cuir. Les semelles des fleurettistes avaient rendu le sol presque glissant, aussi y avait-on répandu de la sciure de bois. Le moine jeta un bref coup d'œil aux fleurets accrochés dans les râteliers puis aux murs couverts de glaces. Celles-ci lui renvoyèrent l'image d'un homme d'âge mûr à la démarche souple, presque féline, et au regard dangereux. C'était lui.

Un maître d'armes maigre et nerveux s'approcha sans bruit. Ses bottes semblaient à peine effleurer le sol tant sa démarche était légère. Il portait une ample chemise de batiste avec des manches larges, les poignets à boutonnière rentrés dans les gants.

— Monsieur, désirez-vous une leçon ?

— Je suis effectivement toujours en état d'en recevoir, reconnut le moine, mais c'est surtout pour tâter le fer que je viens.

Le maître d'armes s'inclina avec un sourire.

— Pour cela, je puis vous donner satisfaction.

Il alla chercher deux fleurets mouchetés par une bourre de tissu enveloppée de cuir et tendit le doigt vers des plastrons remplis d'une laine épaisse serrée entre deux grosses toiles recouvertes de cuir.

— Désirez-vous un plastron pour amortir les coups ?

— Ce ne sera pas nécessaire, répondit le moine, j'ai l'habitude d'en prendre !

Dans sa voiture, Hélène tira légèrement les rideaux couvrant la fenêtre et fixa la salle d'armes d'un œil sombre. Par une grande fenêtre, elle apercevait la haute et maigre silhouette du moine qui se fendait pour attaquer, dans un mouvement d'une grande fluidité. Il rompait, reculait, avançait et attaquait avec un entrain joyeux.

Ses précédentes aventures l'avaient affûté plus qu'épuisé. Elle était désarçonnée par toute l'énergie qu'il semblait avoir emmagasinée en lui.

Que va-t-il faire dans une salle d'armes ? Et que manigance-t-il encore ?

Volnay ferma doucement le journal, en proie à un étrange sentiment de malaise. Que de fraîcheur et de naïveté réunies chez un seul être à son arrivée à Paris. Que de désillusions ensuite. Et comme la société est rapide et habile à corrompre les cœurs les plus purs !

Le jeune homme était persuadé que, si Mlle Vologne de Bénier avait continué d'écrire son journal, la silhouette de son assassin s'y serait profilée.

— Le repas va refroidir…

La petite voix inquiète de l'Écureuil le ramena à la réalité. Ils se retrouvèrent tous deux attablés face à face, étrangement silencieux. C'était un souper bien inconfortable même si la soupe aux choux et au lard fumé emplissait la pièce d'une odeur appétissante.

L'Écureuil regarda Volnay à la dérobée. En l'absence à Venise du jeune homme, les jours traînaient en longueur mais, depuis son retour, rien n'avait changé. Sauf que, maintenant, il y avait pire que les jours : les nuits.

Et peut-être chacun d'eux pensait-il à cette épreuve de la nuit. Le moment où l'un allait s'empresser de s'endormir pour ne pas avoir à prendre l'autre dans ses bras. Et tous les deux feraient comme si tout cela était bien naturel.

L'Écureuil dormait, sa chemise de lin découverte aux jambes pour lui donner envie de la toucher. Elle aurait aussi voulu, comme avant, passer des heures à discuter avec lui dans le calme de l'obscurité, sa main dans la sienne. Mais il se murait dans un silence triste.

Il l'avait sauvée de la rue et se sentait maintenant obligé de veiller sur elle le reste de sa vie. Cette pensée lui était insupportable mais pouvait correspondre à la personnalité du jeune homme. Elle était terrifiée à l'idée qu'il ne l'aime plus mais n'osait pas le lui avouer de peur qu'il ne lui révèle en retour qu'il n'éprouvait plus que de la pitié pour elle.

— Faut-il vraiment que nous partions vivre à Versailles ? gémit-elle.

Elle s'était habituée à la demeure tranquille et confortable de Volnay et au quartier. L'inconnu la terrifiait.

Volnay fronça les sourcils, s'appliquant avec sa cuillère à dessiner des cercles concentriques dans son potage.

— Tu n'es pas obligée bien entendu, finit-il par dire doucement. Tu peux très bien rester ici. Simplement, nous ne nous verrons pas pendant quelques jours.

— Non, non, s'empressa-t-elle de répondre, je viendrai. Après tout, je ne connais pas Versailles…

Il n'ajouta rien. L'Écureuil n'aurait su dire si sa réponse l'avait satisfait ou contrarié. De temps à autre, elle levait furtivement le regard de son assiette, à la recherche d'une bribe de conversation.

— Ton enquête avance-t-elle ?

— Nous avons découvert le corps ce matin. Je n'en suis qu'au début et à Versailles nous marchons sur des œufs. Mon père m'inquiète. Il est trop joyeux et son caractère insolent semble reprendre le dessus dès qu'il se trouve dans les enceintes du château.

L'Écureuil ouvrit de grands yeux ronds. Contrairement à ses habitudes, Volnay venait de parler d'une traite sans dissimuler ses sentiments. Elle aimait bien le moine qui lui avait toujours parlé avec bonté et marqué sa considération pour elle.

— Peut-être est-il simplement heureux d'être revenu en France, murmura-t-elle.

Comme toi tu devrais l'être.

Volnay secoua la tête avec impatience.

— Ce n'est pas cela, j'en suis certain. Je l'ai connu mélancolique à Paris lorsqu'il a rencontré Hélène, d'humeur noire à Venise puis dans une espèce de phase de transition en cette maudite vallée de Savoie. Aujourd'hui, il est différent. Il semble avoir repris du poil de la bête mais que cela cache-t-il? Après avoir montré son cul à Sartine l'an dernier, il s'est encore permis ce matin de se moquer de lui en public. Tout cela finira mal…

L'Écureuil rit doucement. D'imaginer le moine montrer ses fesses au lieutenant général de police la mettait en joie. Sans bien le connaître, il lui semblait, qu'en dépit de sa maturité et de son érudition savante, le moine avait gardé en lui une âme d'enfant toujours prête aux jeux et aux rires.

— Cela n'a rien de drôle! lui reprocha Volnay.

D'être ainsi rabrouée coupa définitivement l'appétit à l'Écureuil.

Elle laissa retomber sa cuillère dans son bol de soupe. Après tant de misère, elle s'était presque habituée à ce qui était hier encore pour elle un luxe : des fourchettes, des couteaux, une salière…

— Tu n'as pas faim?

Non, elle n'avait pas faim. Elle se sentait simplement lourde de la fatigue accumulée au cours de sa trop jeune vie.

Elle s'en alla cajoler la pie.

Une fenêtre claqua. Un petit cri de frayeur fusa dans l'air calme du soir. La chauve-souris s'envola, planant au-dessus des jardins remplis d'ombres, au-dessus de l'allée de Latone tandis que des rires légers s'élevaient dans les airs.

IV

L'ORANGERIE

> *On ira droit sur le haut de l'Orangerie*
> *d'où l'on verra le parterre des Orangers*
> *et le lac des Suisses.*

Le vent remuait et brassait l'air lourd de cette matinée trop chaude.

Il la flairait et la suivait au long des rues comme un chien de chasse vieux et patient, observant la forme de la nuque ou de ses fesses et la finesse de ses chevilles avant de faire son choix.

Il l'aborderait ensuite au moment le plus approprié.

Souvent, il était obligé de payer mais il n'y rechignait plus. Fataliste, il avait adopté des manières de riche. Le temps passait si vite. Séduire prenait trop de temps et, malheureusement pour lui, le résultat n'était pas garanti.

Il roula sous sa langue le clou de girofle qu'il mâchonnait machinalement, s'imaginant déjà agenouillé au-dessus de sa proie.

Il la laisserait, nue et assoupie sur le lit, mollement allongée dans les bras de Morphée. Alors, il s'occuperait d'elle.

La voiture déposa le moine devant l'entrée du palais. Il se pressait déjà dans les cours une foule de carrosses et de porteurs de chaises bleues.

En robe de brocart semée de fleurs en soie, Hélène l'attendait comme convenu dans la cour de marbre avec son pavage noir et blanc.

— Vous avez rendez-vous chez M. de La Martinière dans trente minutes, dit-elle d'un ton très professionnel. Je vous accompagne le temps de vous donner les renseignements que vous m'avez demandés.

— Avec plaisir.

Le moine lui emboîta le pas en la complimentant.

— Décidément, vous êtes aussi efficace que rapide.

— Fanny a rejoint la maison de Mme de Marcillac, il y a huit ans de cela. Elle en avait dix-neuf à l'époque mais pas de condamnation.

— Oh! Elle fait plus jeune que son âge, jugea le moine.

— Ce fut la première pensionnaire de Mme de Marcillac. Quant à Victoire, elle exerce chez Mme de Marcillac depuis six ans et elle est âgée de vingt-six ans. Une condamnation avant d'entrer à son service, pour indécence dans une loge de l'Opéra. Rien d'autre depuis.

— Bah, il faut bien que jeunesse se passe, commenta le moine indulgent.

— Vous êtes toujours à la limite de la permissivité…

— Disons que je ne jette à personne la première pierre! Sauf si c'est pour construire une maison! Quant au billet et l'ami de famille?

— Désolée, répondit sèchement Hélène, je me suis permis de dormir trois heures cette nuit!

— Ah oui, quand même…

Volnay trouva la maison du protecteur de l'ancienne maîtresse de Waldenberg à Versailles dans l'aristocratique rue de la Pompe, pas très loin de son nouvel appartement. C'était une demeure cossue et de mauvais goût. Trop de marbre en façade…

Il fut reçu dans un salon aux murs tendus de tapisserie de Bergame. Toute la fortune de ses hôtes semblait étalée dans cette pièce : tapis de soie, coupes finement ciselées, vases de cristal, trophées de bronze…

La jeune maîtresse de maison offrit au policier de se servir en douceurs de toutes sortes posées sur un guéridon. De fait, l'ancien modèle commençait à être bien en chair. Volnay refusa poliment. Elle minauda, hésitant entre un gâteau sec et une fleur candie alliant sucre et fruit. Le policier raconta le meurtre de Mlle Vologne de Bénier et l'ancien modèle frémit.

— Dieu, qu'allait-elle faire dans les jardins la nuit?

— Les jardins sont-ils dangereux à ce moment?

— Jusqu'à présent, uniquement pour la vertu, répondit non sans finesse son hôtesse.

— Je vois.

— Ces messieurs vous invitent assez vite dans les bosquets, ajouta-t-elle avec un sourire coquin. On dirait qu'ils ont été plantés là pour ça!

— Il y a des endroits plus particuliers pour cela?

Il voyait déjà s'établir une cartographie secrète du parc de Versailles avec des lieux précis pour les ébats en extérieur.

— Tous les bosquets peuvent s'y prêter, répondit la maîtresse de maison d'un ton un peu pincé, mais ne comptez pas sur moi pour vous en parler. Je ne suis pas ce genre de femme.

— Bien entendu! – Volnay croisa les jambes et se pencha vers elle. – Avez-vous connu cette jeune fille?

— Non, j'étais partie depuis plusieurs semaines lorsqu'elle m'a remplacée.

Le policier se carra dans un fauteuil et l'observa.

— Si j'ai bien compris la façon de procéder de Waldenberg, il a en quelque sorte une *Favorite* parmi ses modèles.

— C'est cela. Il a besoin de varier les corps, les silhouettes, les nuques… mais, au fond, une seule d'entre nous l'inspire. Et il a besoin de cette inspiration pour se sublimer.

La jeune femme ne semblait pas sotte. Volnay en prit acte.

— Ce statut de Favorite est certainement très prisé. Adèle et Zélie ont dû être déçues de voir une autre nouvellement arrivée leur prendre leur place.

— Elles sont trop jeunes et un peu sottes. Et sûrement encore pucelles! Waldenberg aime bien les mains ou le nez de Zélie et la nuque d'Adèle. Mais ce n'est pas le principal pour lui…

Elle ne comptait pas terminer sa phrase. Volnay essaya de se remémorer les toiles contemplées dans l'atelier. Le regard? Non. Généralement, celui-ci était fuyant. Alors, le souvenir du tableau de la femme à la toilette lui revint brusquement ainsi que la gêne qu'il avait sentie chez le peintre lorsqu'il s'y était attardé plus longtemps que nécessaire. Le bas, les jambes, la mule, ces chevilles exposées à la lumière crue, le tissu usé au talon.

— C'est un joli pied et une jolie cheville qu'il aime peindre, tenta Volnay.

La brusque rougeur chez son hôtesse lui apprit qu'il venait de viser juste.

— Comme pour cette femme à la toilette, insista-t-il. L'important pour lui se situe juste au-dessus du plancher. Et il s'agissait de vos charmants petits pieds.

Elle baissa les yeux, comme pour vérifier que sa robe balayait bien le sol.

— Ce sont effectivement eux qu'il a peints, admit-elle non sans une certaine fierté. Je crois qu'il aime trop ce tableau pour le vendre !

Mû par une brusque impulsion, Volnay la fixa droit dans les yeux.

— Il ne se contentait pas de peindre vos pieds, n'est-ce pas ? La position de Favorite amène quelques concessions de la part de celle-ci…

La jeune femme releva la tête et l'examina un instant comme pour s'assurer de l'intégrité de celui à qui l'on va s'abandonner à une confidence. Volnay l'encouragea d'un sourire enjôleur et complice.

— Il aimait certains jeux un peu inhabituels, murmura-t-elle.

— Parlez-m'en.

Elle regarda dans le vague.

— Je ne sais pas si je dois… Après tout, ce sont de petits plaisirs bien innocents.

— Tout ceci restera entre vous et moi, vous avez ma parole.

La jeune femme se saisit d'une dragée qu'elle croqua distraitement.

— La bienséance réprouve que j'en parle mais l'honnêteté me force à vous répondre.

— Certes, madame, s'impatienta Volnay. Certes !

Sans crier gare, elle planta son regard dans le sien.

— Il était fasciné par mes pieds. Il les léchait et les caressait pendant des heures. Souffrez cette confidence : il préférait jouir entre eux qu'au-dedans de moi.

Volnay se laissa aller en arrière contre son dossier. Il se remémora soudain le pied déchaussé de la victime.

— Est-il par moments brutal ? s'enquit-il. D'un tempérament emporté pendant l'amour, avant ou après ?

La jeune femme secoua la tête.

— Il était très attentionné et respectueux mais, comme je vous l'ai dit, l'oiseau ne rentrait pas souvent dans la cage !

— Pardon ?

— Il manquait de fermeté.

— Oh, je vois…

Elle eut une petite moue gourmande.

— Je préfère un peu plus de virilité dans les rapports.

— J'espère que votre fabricant de cierges vous donne toute satisfaction à cet égard, fit le policier sarcastique.

La jeune femme rit.

— Ah non, il flambe plus vite que ses cierges ! Avec lui l'affaire ne dure pas longtemps mais il me couvre d'argent et de cadeaux.

— N'est-ce pas l'essentiel ?

Elle le jaugea d'un œil neuf, évaluant la belle prestance du commissaire aux morts étranges, ses traits fins, sa chevelure couleur des ailes de corbeau, son regard d'un bleu pénétrant.

— Il ne m'interdit pas non plus de prendre un amant, précisa-t-elle, autant que je reste discrète et qu'il ne le sache pas… Les vieilles gens sont bien accommodants.

— Vous m'en voyez ravi pour vous !

D'un bruit sec, elle brisa une autre dragée entre ses petites canines.

— Ce genre d'arrangements est effectivement très satisfaisant.

Le policier étouffa un sourire. Sous ses airs de grande vertu, la jeune femme semblait dissimuler un caractère porté à la friponnerie. Volnay se leva. L'hôtesse cilla des paupières. Debout, il paraissait presque intimidant.

— Et je n'ai pas d'amant actuellement, ajouta-t-elle précipitamment. Je n'aime d'ailleurs me consacrer qu'à un seul homme.

— Celui-ci aura bien de la chance, répondit poliment Volnay en ignorant l'invitation implicite.

Même s'il logeait dans son château de Bièvres où il se retirait dès qu'il le pouvait, La Martinière bénéficiait de deux pièces au rez-de-chaussée, entre la rue de la Surintendance et la cour de la Bouche, dans l'aile sud dite des Princes.

Fils d'un chirurgien barbier, Germain Pichault de La Martinière était un pur produit de la médecine. Compagnon, puis lieutenant de chirurgie de sa province avant de devenir le chirurgien personnel du prince Charles de Lorraine, sa progression avait été heureuse mais méritée. La longue protection du prince lui permettant d'acheter un office de chirurgien du roi servant en quartier.

Suivant les armées d'Italie puis de l'Est, il avait été promu chirurgien-major des camps et armées du roi à l'armée de Bavière en 1741. Rempilant ensuite avec les gardes-françaises, il s'était fait remarquer du roi pour ses bons services aux armées des Flandres et du Rhin. À cinquante ans, nommé premier chirurgien du roi, anobli et fait chevalier de Saint-Michel, La Martinière avait atteint le sommet des honneurs mais son service se résumait à soigner les bobos et les maladresses du roi, réduisant des fractures ou des luxations à la chasse, taillant parfois un abcès. Stoïque à la chasse comme il ne l'était nulle part ailleurs, le roi crevait chevaux, hommes et chiens à la poursuite des cerfs, ne laissant personne se reposer tant qu'il n'avait pas eu son content de gibier tué. Il criait toutefois *je me meurs* à la plus petite colique et se faisait administrer les derniers sacrements à la moindre insolation.

En plus d'être douillet, le moine savait que le roi était un grand poltron, s'évanouissant de frayeur à la vue du sang, comme après l'attentat de Damiens. C'était La Martinière qui, revenant à grand galop de Trianon, avait sondé la plaie, jugeant la blessure superficielle, l'épaisseur des vêtements d'hiver ayant amorti le coup de couteau. Comme le roi pensait que la lame était empoisonnée et qu'il allait mourir, La Martinière avait léché la lame pour lui démontrer qu'il n'en était rien. C'était le genre d'homme qui se trouvait devant lui. Quelqu'un d'à part à la cour. Un homme de cœur, honnête et loyal, à l'énergie et à l'enthousiasme inépuisables.

— Je vous remercie de m'avoir reçu aussi vite.

Le chirurgien du roi contempla pensivement le moine.

— Diantre, répondit-il ironiquement, une recommandation de M. de Sartine et une de Mme la marquise de Pompadour, cela vous pose le bonhomme!

Les manières de La Martinière étaient celles d'un ancien chirurgien aux armées, brusques et militaires. Le moine prit un air modeste.

— Je ne mérite sans doute pas autant d'attention…

— Détrompez-vous! s'exclama le chirurgien du roi d'un ton sans appel. Je sais qui vous êtes et je n'ignore rien des travaux qui ont été les vôtres.

— Je n'ai rien écrit depuis quelques années.

— Tant mieux! s'exclama La Martinière. Chaque livre ou article dans l'*Encyclopédie* vous aurait ramené à petits pas au bûcher dont vous avez échappé…

— Je ne signe pas de mon vrai nom.

Le chirurgien eut un petit claquement de langue désapprobateur.

— Nous sommes un certain nombre en France à ne pas vous avoir oublié, Guillaume de…

Le moine l'interrompit d'un geste.

— Par pitié, ne prononcez pas ce nom ici.

— Je vois. Pardonnez-moi. Expliquez-moi donc ce qui vous amène.

— J'ai été malade en Savoie. Une fièvre à vous faire tomber les dents, la poitrine comprimée, la toux grasse, des difficultés à respirer. J'ai même craché du sang. Nous nous sommes arrêtés à Lyon où je dus rester alité pendant une dizaine de jours avant de pouvoir reprendre la route. On m'a diligenté là-bas le meilleur médecin de la ville mais je lui dois moins que les herbes rapportées de cette vallée de Savoie où nous nous étions attardés.

— Je vois, fit La Martinière d'un ton acerbe. Monsieur est un adepte des remèdes naturels!

— Ma foi, vous avouerai-je que je crains parfois plus le médecin que le mal?

Il savait pertinemment que s'il avait consulté pour son humeur noire, quelques mois auparavant, les médecins auraient voulu l'expulser de lui à coups de purgation et de vomitifs, nettoyer l'intérieur de son être pour lui récurer l'âme comme un sou neuf.

La Martinière rit doucement.

— Ce que vous craignez, ce sont les saignées et les clystères! J'ai été nommé *pour le bon plaisir du roi et tant qu'il lui plaira*. Et saigner le roi confère le privilège de pouvoir saigner tous ses sujets!

Le moine approuva d'un signe de tête l'argumentation même s'il restait en désaccord sur le fond du sujet.

— J'aimerais autant éviter les saignées si cela ne vous contrarie pas. Quant à la purgation…

— Huile de croton et coloquinte!

— Ce n'est pas en chiant que je chasse les mauvaises humeurs.

— Ne vous inquiétez pas, sourit La Martinière, je refuse souvent de saigner même quand on me le réclame! Quant à la médecine expurgatoire, mes prédécesseurs purgeaient le roi jusqu'à la selle rouge. Je suis plus modéré en la matière! Déshabillez-vous.

Il l'examina soigneusement des pieds à la tête avant de conclure.

— Mon ami, vous êtes en excellente forme. Pour le sang craché, je pense qu'il s'agissait d'une inflammation irritante de la trachée. Ah quand même…

— Quoi donc?

— Je vous trouve sec comme un pendu d'été! Vous avez remarquablement développé vos muscles mais vous n'avez que la peau sur les os.

— Je n'ai pas beaucoup d'appétit.

— Je vous le reproche. Mais sachez que même une femme froide ne résiste pas à un ventre de lièvre bien épicé, marié à des testicules de jars, de bonnes salades mouillées de vinaigre rosat. – Il s'interrompit, conscient de sa bévue. – Oh, pardon. J'avais oublié que vous portiez la bure!

— Il m'arrive de l'enlever mais toujours à bon escient!

M. de La Martinière rit.

— Merci encore de m'avoir reçu si vite, reprit le moine d'un ton détaché. M. Waldenberg m'avait chaudement recommandé vos services.

La Martinière se figea, attentif.

— Waldenberg, le peintre… précisa le moine.

— Je sais, j'attendais la suite.

La voix du premier chirurgien du roi avait fraîchi comme un vent d'avril.

— Il vous a envoyé une jeune fille dernièrement.

— Mlle Vologne de Bénier, fit sèchement le médecin. Je me souviens bien. Mais elle est morte.

— Comment le savez-vous?

La Martinière haussa les épaules.

— Vous êtes à Versailles, royaume des courants d'air et des commérages. On ne parle plus que de cela aujourd'hui. Les courtisans en oublient même de faire leurs dévotions au roi! – Il s'interrompit pour fixer le moine d'un œil sévère. – Suis-je donc suspect en cette affaire que M. de Sartine m'envoie l'assistant du commissaire aux morts étranges…

— Son collaborateur, le coupa le moine, toujours agacé lorsqu'on ravalait ses mérites pour le ramener à la seconde place.

— Sous prétexte d'une consultation, continua, imperturbable, le chirurgien. Ceci pour m'interroger discrètement sur la victime qu'il m'a été donné de voir, si je ne m'abuse, le matin de sa mort.

Le moine leva les mains en un geste apaisant.

— Je puis vous assurer de mon respect pour votre personne et vous jurer que mon mal a été tout ce qu'il y a de plus réel et que j'ai failli écrire mon testament sur le chemin du retour! Mais laissons cela. Vous n'êtes en rien suspecté mais dans un crime, pour faire progresser une enquête, il est essentiel d'en connaître le plus possible sur la victime. Or Mlle Vologne de

Bénier était une petite personne très secrète. J'aurais sans doute mieux fait de vous dire tout cela au début de notre entretien et je vous prie d'accepter mes plus plates excuses. Mon intention n'était pas de vous offenser.

M. de La Martinière se radoucit.

— Laissons cela. Vous avez de bonnes manières. Mais je ne vois pas au juste en quoi je puis vous aider.

— Il est important que nous puissions reconstituer les événements qui ont marqué les derniers jours de la vie de Mlle Vologne de Bénier. Vous l'avez d'ailleurs reçue rapidement et sans obligation puisque vous êtes chirurgien personnel du roi.

— Effectivement, je reçois habituellement avec permission ou sur ordre du roi mais il peut m'arriver d'être souple…

— Pourquoi l'avoir adressée à vous et non à un médecin ?

La Martinière leva les bras au ciel.

— Vous remuez là le couteau dans une très vieille plaie. Il a fallu nous battre avec la faculté de médecine pour exister et faire évoluer l'état de la chirurgie en France. Tout cela pour enfin réunir les deux parties de l'art de guérir. La seule différence étant dans l'exercice : aux chirurgiens la partie externe et aux médecins l'interne !

La Martinière fit une pause pour s'assurer de l'intérêt de son interlocuteur pour cette question qui l'avait tant occupé ces dernières années.

— La partie externe, reprit-il d'un ton plus doux. Elle avait un problème de peau. Pas grand-chose d'ailleurs. Je lui ai prescrit du zinc et du cuivre sous forme de sels. J'avais un peu de temps et Waldenberg est un peintre que j'apprécie. Je souhaitais acquérir un de ses tableaux.

— Je comprends.

— Mais je ne puis rien vous dire de plus sur cette petite.

— Merci, vous m'avez été d'un grand secours. Puis-je encore vous demander un service ? Je me sens vieux, las et fatigué. Pouvez-vous m'écrire une prescription pour me remettre en forme ?

— Certes !

M. de La Martinière trempa sa plume dans l'encrier, une lueur malicieuse dans l'œil.

— Nous saignons pour soulager un organisme surchauffé par une trop riche nourriture. Ce n'est pas votre cas. De même, le vomissement par émétique n'est pas à vous conseiller. Nous purgeons pour désencombrer le cerveau et pour cela, il est souvent fort utile de vider le bas-ventre. Pas de diarrhées ou de constipation ?

Le moine secoua la tête en souriant.

— Pas de clystères donc, ni de purgation. Même si certaines femmes aiment à se rafraîchir avec un clystère ! Bref, pour vous, je conseillerai simplement plus de sommeil et quelques potions apaisantes pour bien dormir. Manger des fibres également et des fruits.

Une fois sa prescription écrite, le chirurgien le raccompagna familièrement jusqu'à la porte, la main sur l'épaule.

— Allez donc vous promener dans les jardins de Versailles et respirer un peu de ce bon air pur mais surtout n'écoutez pas les conversations des promeneurs ! À Versailles, on ne parle pas, on médit !

Le moine se conforma à la prescription.

La grande terrasse donnait l'opportunité d'embrasser d'un seul coup d'œil l'immense domaine, permettant d'appréhender les deux tracés dominants, l'un est-ouest portant la vue sur la vaste perspective de la grande terrasse en direction du parterre de Latone, de l'allée Royale encadrée de statues puis du Grand Canal. L'autre axe, perpendiculaire, vous amenait dans un grand élan au parterre du Midi, délimité au sud par l'Orangerie et la pièce d'eau des Suisses, puis au parterre du Nord complété par le gigantesque bassin de Neptune qui créait l'harmonie entre ciel et eau souhaitée par Louis XIV.

Des statues en bronze représentant fleuves et rivières et des groupes d'enfants joyeux peuplaient les deux bassins du grand parterre d'Eau. Ceux-ci étaient bordés de vases en bronze portant de petits orangers soigneusement taillés en boule. La façade du château se reflétait à l'infini dans l'eau claire sous le soleil matinal.

Le moine cligna des paupières. Trop de lumière, trop d'éclat… trop d'ordre également. Partout des parterres de gazon finement découpés et ciselés, des broderies en buis, des allées bordées de charmilles et l'alignement régulier des arbres.

Il jeta un coup d'œil à la prescription de M. de La Martinière. Contrairement à certains de ses confrères, elle n'était pas écrite en latin. Elle ne correspondait pas non plus à l'écriture du billet doux.

Tant mieux, pensa le moine. *Les vieilles personnes qui en aiment de plus jeunes ne font que des bêtises.*

Le moine écarquilla légèrement les yeux. Près d'un bassin et des gerbes irisées de ses jets d'eau, se tenait une ravissante personne qui parlait sans aucune gêne à un jardinier armé d'une faux tandis que, derrière eux, des paysans changés en grenouilles crachaient de l'eau par leur gueule béante autour de Latone, ancienne favorite de Jupiter protégeant ses enfants, Apollon et Diane, des vindictes de la femme légitime. Toujours la même histoire…

Il s'approcha lentement et, comme répondant à un appel silencieux, Delphine de Marcillac se tourna vers lui. De petits rubans ornaient sans ostentation sa robe de velours violet mais son aura semblait altérer le temps et l'espace autour d'elle.

— Vous ici ? s'étonna le moine en approchant.

— Je reviens de visiter le potager du roi. J'y prélève secrètement quelques légumes pour mon petit commerce…

Le moine inspira bruyamment avant d'éclater de rire.

— Oh, j'avais presque oublié ! Des carottes de qualité, produites avec soin pour l'anus de ces messieurs de la cour ! C'est sûrement meilleur quand le produit est naturel !

Mme de Marcillac lui jeta un regard de reproche.

— Ne vous moquez pas du soin que j'apporte à exercer mon métier.

— Loin de moi cette idée, j'aime tout ce qui se rapporte aux activités artisanales ! Le potager du roi doit être fort beau en cette saison.

— Oui et j'aime m'y promener. On y trouve de belles planches de persil, de carottes, de cerfeuil et d'oseille avec, bien entendu, d'impeccables angles droits comme ici…

Ils échangèrent un sourire complice.

— Puis-je vous demander votre prénom, madame ? demanda le moine enchanté de cette nouvelle complicité.

— Delphine.

— Oh, j'aime ! Puis-je vous appeler ainsi ?

— Non.

— Ah, fit le moine déçu. Comme vous voudrez.

— Et vous-même ?

— Guillaume et vous pouvez m'appeler ainsi !

— Ainsi ou Guillaume ?

Il rit de bon cœur à sa plaisanterie bien innocente même s'il la trouvait facile.

Ils gagnèrent le parterre du Midi avant de se diriger vers l'Orangerie qui rayonnait sous le soleil comme une appétissante pâtisserie de pierres et de briques.

On avait appliqué ici des règles strictes et sans fantaisie. Pas d'échappatoire à l'imagination : tout vous ramenait à un ordre majestueux mais imposant. Des vases de fleurs bordaient chaque balustrade, fossé et terrasse. Tout était aligné, maintenu au même niveau, ifs et buis taillés de la même manière, les parterres de gazon formant les mêmes arabesques et les plans d'eau présentant des formes géométriques régulières identiques.

— Quel genre de petite personne était Mlle Vologne de Bénier ? s'enquit le moine.

— Nous avons déjà discuté d'elle, lui reprocha Delphine. Je pensais que nous pouvions profiter de cette belle matinée de printemps sans arrière-pensée.

— Souhaitez-vous que son meurtrier soit châtié ici-bas ou préférez-vous attendre qu'il soit au ciel pour cela ?

— Ici-bas, si possible, murmura-t-elle d'une voix rauque. Qu'il voie défiler toute sa vie en attendant d'être conduit au bourreau !

— Madame, ce léger tremblement, que vous contrôlez si mal mais qui vous va si bien, trahit votre émotion autant que votre vraie nature.

Mme de Marcillac baissa la tête.

— Comprenez, ajouta le moine, que j'ai besoin de mieux connaître les sentiments de la victime, de me glisser en elle.

Comme dit le poète : *Ego te intus et in cute novi. Je te connais intérieurement et sous ta peau.*

Son interlocutrice agita son éventail comme pour chasser de mauvais souvenirs.

— C'était une jeune fille craintive, lâcha-t-elle.

— Vraiment ?

— Mon Dieu, fit-elle en soupirant, elle avait peur de tout. Au début tout au moins…

— Il y a de quoi, dit pensivement le moine. Être ainsi lâchée seule dans ce monde impitoyable au milieu des prédateurs de Versailles.

Elle le considéra gravement.

— Avez-vous un compte personnel à régler avec les gens de Versailles ?

Le regard du moine s'assombrit considérablement.

— Ils m'ont tout pris, madame, jusqu'à ma vie.

Delphine tressaillit et, le sentant s'échapper, le rattrapa d'un sourire.

— Le roi, ses ministres et sa cour me remplissent de dégoût, reprit-il d'une voix tendue. La prospérité de quelques-uns repose sur la misère de beaucoup. La croissance économique profite avant tout aux accapareurs de richesses. L'ouvrage ne manque pas mais n'enrichit pas les humbles. On ne pense ici qu'à comploter, manipuler, se gaver et forniquer. Et, quand je vois le triste état de notre pays, mon dégoût se change en fureur.

Delphine posa sa main sur son poignet et il frémit.

— Ne laissez pas vos émotions vous dominer, dit-elle d'un ton calme, pas ici en tout cas.

L'Orangerie se dressa devant eux, resplendissante de lumière.

— Vous vouliez vous glisser dans la peau et sous la peau de Mlle Vologne de Bénier, lui rappela Mme de Marcillac pour calmer la colère qu'elle sentait monter chez le moine.

Celui-ci sembla sortir de ses pensées et se fit attentif.

— Une jeune fille qui craignait le monde, rappela-t-il.

— Oui. Finalement, je crois que les seuls moments où Mlle Vologne de Bénier ne ressentait aucune crainte, c'était lorsqu'elle avait un fouet à la main.

— Pourquoi?

Delphine de Marcillac prit une profonde inspiration. Son regard se teinta de mélancolie.

— À son arrivée à Versailles, elle a vite compris la place qu'elle occupait dans l'humanité: même pas un strapontin! Elle demeurerait debout, derrière toutes les autres figurantes de la vie. Personne ne la regarde, sinon pour évaluer si on peut la trousser et la culbuter dans un escalier. Et voilà que, du jour au lendemain, elle se retrouve avec à ses pieds des hommes de pouvoir et d'argent qui n'auraient la veille pas tourné la tête à son passage. Et ces hommes la vénèrent, lèchent ses petits orteils, obéissent au moindre de ses ordres, satisfont tous ses caprices…

Le moine claqua dans ses doigts.

— Et l'ordre social s'inverse… Le maître devient esclave et l'esclave prend sa place comme dans les Saturnales ou la fête des Fous. Le puissant du jour se retrouve à pleurnicher, le cul rougi par les fessées de vos filles. La revanche ultime de Mlle Vologne de Bénier contre un monde qui l'humilie et qu'elle craint. – Il planta son regard dans le sien. – La vôtre aussi de revanche?

Elle cilla légèrement.

— Dois-je déjà me livrer au jeu des confidences?

— Diantre! Cela nous permettrait de devenir plus intimes!

Avec délicatesse, Delphine de Marcillac fronça les sourcils.

— Tout cela a l'air de vous amuser.

— Pensez donc: Versailles comme terrain de jeu! Et peut-être la satisfaction d'envoyer un noble dépravé à l'échafaud.

— Croyez-vous que l'on vous laissera faire?

— Que voulez-vous dire, Delphine?

En souriant, elle lui donna un léger coup d'éventail sur les doigts, autant pour le réprimander d'avoir utilisé son prénom que pour être allé trop loin dans ses propos.

— Vous le savez bien. Le roi ne pourrait se permettre qu'un de ses courtisans soit ce terrible meurtrier.

— Mais qu'en dirait l'opinion publique? Cette opinion publique naissante et qui fera le bien de l'humanité en apportant la contradiction et le débat sur la place publique…

— Le roi ne l'autorisera pas.

— Le roi! Il passe son temps à chasser ou à écarter les cuisses des petites filles, pas à régner!

Delphine de Marcillac jeta négligemment un regard autour d'eux mais personne ne se trouvait à proximité.

— Baissez le ton et n'oubliez pas où vous vous trouvez…

— En territoire hostile, je sais! s'amusa-t-il. Je n'oublie pas, simplement je m'en moque.

Une longue galerie principale abritait des milliers de plantes, des agrumes pour la plupart, que l'on cultivait en bac et qu'on rentrait à l'automne pour les protéger des gelées. On avait commencé à sortir dans leurs lourdes caisses les orangers, citronniers, grenadiers et lauriers-roses qui venaient maintenant apporter quelque folie aux sages parterres de gazon.

— Si un rien l'effrayait, reprit le moine toujours concentré, elle devait se comporter de manière très casanière en dehors de ses séances de domination dans votre maison.

— Elle ne sortait pas, paraît-il, sinon pour poser devant le peintre Waldenberg. Je crois qu'il la traitait bien et la respectait car elle ne s'est jamais plainte de lui à une de mes filles. Elle semblait aimer à jouer les modèles. Être le centre de l'attention…

Le moine lui jeta un regard incisif.

— Elle aimait plaire? Manipuler les gens?

Delphine haussa les épaules.

— Qui n'aime plaire? Nous passons toutes et tous notre vie à essayer de plaire aux autres ou, tout au moins, à nous présenter sous notre meilleur jour. N'est-ce pas déjà de la manipulation?

Le moine hocha la tête.

— Avait-elle des amitiés particulières avec d'autres filles dans votre maison?

— Votre question peut s'interpréter de deux manières, observa-t-elle, mais, de toute façon, la réponse sera toujours non.

— Il me faudra néanmoins interroger celles-ci.

Mme de Marcillac marqua sa contrariété en rabattant brusquement son éventail.

— Que gagnerai-je à vous aider?

— Mon estime, c'est tout ce que je peux vous donner, dit honnêtement le moine. Mais peu de personnes en ce bas monde peuvent se vanter d'en bénéficier.

— Vous m'estimeriez, moi ? s'étonna-t-elle.

Le regard du moine s'attarda sur les plantes qui semblaient s'étirer pour mieux se gorger de soleil.

— Sans doute. Votre personne m'importe plus que votre activité.

— Qu'est-ce qui peut vous faire penser que je tiens à votre estime ? chuchota-t-elle.

Le moine haussa les épaules.

— Nous sommes deux caractères atypiques dans cette cour. Deux personnes qui ne reconnaissent ni Dieu, ni maître, ni tribun.

— Suggérez-vous une alliance ?

— Ou plus si affinités !

Elle secoua la tête en souriant.

— Ce serait une erreur, je pense. Aucun de nous n'accepterait que l'autre ait l'avantage sur lui.

— Toute relation n'est donc qu'histoire de pouvoir selon vous ?

— Oui, la vie n'est qu'un rapport de force négocié ou imposé !

Le moine médita quelques instants sa réponse.

— De manière générale, c'est sans doute exact. Pardonnez-moi, j'ai parlé sans réfléchir. Je ne suis qu'un vieux fou.

— Vous n'êtes pas vieux… – Elle rit doucement puis le regarda avec intensité. – Et je doute que votre folie apparente ne soit tempérée par une puissante raison.

Le moine respira avec délices les effluves douceâtres des orangers.

— Madame, je puis vous assurer de mon empressement à vous convaincre des sentiments respectueux qui m'animent à votre égard. Néanmoins, vous avez raison. J'ai besoin de votre aide. J'ai trouvé un billet doux chez notre jeune victime, sans doute glissé sous sa porte. Elle l'a froissé puis déchiré, signe que son auteur l'importunait.

— À qui pensez-vous ?

— Pas à un de ses soumis d'après ce que vous m'avez raconté sur eux. Cela dit, peut-être reconnaîtrez-vous cette écriture. Elle est assez féminine, ne trouvez-vous pas?

Le moine crut lire une lueur d'inquiétude dans son regard tandis qu'elle lisait le billet.

— Aucunement, répondit-elle rapidement. Et je ne la reconnais pas.

Le moine l'observa un temps sans rien dire.

— C'est étrange, remarqua Delphine au bout d'un moment. Vous m'avez montré ce billet sans me demander préalablement à voir mon écriture. Est-ce à dire que vous ne me soupçonnez pas?

— Effectivement. Cela dit, je ne vous promets pas que le commissaire aux morts étranges ne se rende pas chez votre notaire examiner votre écriture dans un acte authentique.

Elle eut un rire frais qui dissipa les derniers doutes du moine.

— Faites, mon ami, faites!

Deux galeries latérales prolongeaient l'Orangerie, coiffées chacune par un large escalier nommé les Cent Marches. Ils gravirent celui-ci pour dominer le parterre des orangers avec ses quatre pièces de gazon et ses bassins d'eau ainsi que le grand lac des Suisses.

— Tout est si symétrique que cela m'en fait mal aux yeux! se plaignit le moine.

— Vous avez un a priori sur tout ce que vous voyez ici!

— Le roi a tout fait pour dominer aussi bien la nature que la nature humaine, remarqua le moine en plissant les yeux pour tenter de voir au plus loin possible. Ceci étant, il l'a corrompue. Rien ne pousse aussi droit dans l'ordre naturel des choses!

Delphine réajusta calmement ses gants.

— Vous avez raison et la vie ne suit jamais une ligne droite.

— J'en suis très conscient, murmura le moine.

— Moi aussi, ce monde m'a volé une partie de ma vie. – Elle respira plus fort. – Et je ne lui ai rendu qu'une partie de la monnaie de sa pièce, conclut-elle en respirant à son tour l'air embaumé.

Mû par son instinct, le moine attendit la suite. Mme de Marcillac s'empressa de répondre à sa silencieuse attente.

— Je me suis fondue dans leur système. Je l'ai changé sans qu'ils s'en aperçoivent. J'ai inversé les rapports de force et ils ne se rendent compte de rien. Cela dit, je ne rentre jamais en conflit ouvert avec le système. J'y reste, visible mais dissimulée en même temps. Alors on me tolère comme une perversion naturelle sans bien se rendre compte de la portée de cette tolérance.

— Vous êtes une magicienne, Delphine, s'émerveilla le moine. Circé par exemple! Fille du soleil et de Persée. Celle qui tisse *une toile fine, pleine de grâce et de lumière*.

— Celle qui a transformé les compagnons d'Ulysse en pourceaux.

— En soumis…

Delphine lui jeta un regard empreint de malice.

— Mais Circé ne l'a pas fait pour Ulysse. Elle a lavé son corps, l'a frotté d'huile et lui a fait l'amour.

— Elle le voulait pour mari, nous dit Homère.

— Mais s'unir à elle est dangereux.

— Très dangereux, sourit le moine. On a du mal à s'arracher à ses bras.

Delphine secoua la tête comme pour chasser de coupables pensées.

— Vous et moi sommes de la même trempe mais vous n'êtes guère prudent. Vous parlez trop parfois.

— C'est juste. Toujours la même chose. Je sais pertinemment qu'il faut que je tienne ma langue mais plus le temps passe et plus ma patience s'épuise rapidement devant l'imbécillité et l'intolérance.

Ils redescendirent en silence la rampe droite de l'Orangerie. Le moine gardait les sourcils froncés et semblait réfléchir intensément.

— Soyez prudente, fit-il soudain. La victime est une de vos pensionnaires. Le coupable devait être proche d'elle et par conséquent peut appartenir à votre maison.

— Voulez-vous donc me faire peur?

Le moine baissa la tête.

— Veuillez pardonner la liberté que je prends avec vous, elle est le reflet de mon intérêt pour votre sécurité.

— Votre intérêt?

— Pour votre sécurité.

— Bien sûr…

— Bien entendu.

Ils se firent face, elle rayonnante dans l'éclat de sa beauté et lui immobile et pensif.

— Serons-nous amenés à nous rencontrer de nouveau? demanda-t-elle d'un ton enjoué.

— Madame, répondit gravement le moine, je bénis par avance la perspective de vous revoir.

Pour éventrer la jeune fille d'une telle manière, une telle arme pourrait être un couteau de cuisine…

Volnay observa les lieux. Quatre bâtiments en forme de quadrilatère entouraient une vaste cour. Ils constituaient le Grand Commun. Pour accéder à chacun d'eux, il fallait passer un portail aux frontons sculptés. On trouvait au rez-de-chaussée les cuisines. Dans une des caves, des fours cuisaient le pain.

Il pénétra ainsi dans le seul endroit de Versailles parfaitement ordonné et organisé. Le lieutenant de fruiterie, le verdurier pour les légumes, les hâteurs pour la cuisson des rôtis… À chacun son rôle, à chacun sa place : tranchants, potagers, pâtissiers… À la paneterie le couvert, le pain et le linge de table. Le vin et l'eau pour l'échansonnerie-bouche encore appelée *gobelet*. La préparation des repas pour la cuisine-bouche. Flambeaux, bougies et girandoles pour la feuterie.

Bien sûr, l'arme pourrait être un de ces couteaux mais lequel? Et qui ici aurait frappé?

Avec son air assuré, son regard inquisiteur et son maintien sévère, le commissaire aux morts étranges avait l'air de ce qu'il était : un policier. Mais ici, les métiers de bouche régnaient en maîtres. On le bouscula, on l'injuria même car il gênait la préparation du service et rien n'était plus sacré. Sans s'en soucier, Volnay étudia calmement les lieux.

Un premier maître d'hôtel dirigeait tout, assisté d'un maître d'hôtel ordinaire et d'un maître d'hôtel de quartier. Volnay trouva celui-ci au bout d'un long moment :

— Avez-vous remarqué la disparition de grands couteaux de cuisine?

L'autre le regarda comme s'il était fou.

— Pensez-vous que je n'ai d'autres occupations que de compter les couteaux? Voyez donc le contrôleur de la bouche. Il reçoit les provisions et surveille leur emploi. Peut-être s'amuse-t-il à compter les ustensiles de cuisine!

Le policier abandonna. Il ne servait à rien d'insister. N'importe qui, n'importe quand, semblait être en mesure de détourner de sa finalité un outil de cuisine.

Il assista au départ du dîner vers la table du roi. On chargeait les entrées : abattis de dindon en consommé, ris de veau en papillotes, cochon de lait à la broche, tête de veau sauce pointue... Les hors-d'œuvre : carré de veau, filet de lapereau et jarret de veau... Les plats de rôts, les entremets, les desserts...

Les mets recouverts de cloches en fer-blanc quittaient le Grand Commun en procession, comme pour un pèlerinage, portés et escortés par une ribambelle de personnages à l'utilité douteuse mais au prestige intact. Ils traversaient la rue, pénétraient dans le château, suivaient de longs couloirs, avant d'arriver froids à la table du roi.

Volnay leur emboîta machinalement le pas.

Une berline sans armoiries, aux rideaux tirés, entrait dans Versailles. Une main blanche apparut à la portière du fiacre que Volnay avait loué, suivie d'un visage pâle et parsemé de taches de rousseur sur les pommettes et le nez.

L'Écureuil regarda défiler les rues de la petite ville de Versailles avec appréhension. Celle-ci s'étendait à partir des quartiers de la Ville-Neuve et du Parc-aux-Cerfs. Trois larges avenues délimitaient un quartier bourgeois au nord de l'avenue de Paris, le quartier Notre-Dame, et celui de Saint-Louis au sud, plus calme et où la noblesse aimait à se loger ainsi que les gens des offices de Versailles. Ces grandes avenues menaient au château mais certaines rues n'étaient pas achevées de paver. Des hôtels bourgeois succédaient à des baraques misérables mais il semblait bien que les classes aisées prissent ici le dessus sur les classes populaires et qu'elles les chasseraient bientôt du centre pour les éloigner dans les faubourgs.

Les auberges se succédaient car il était difficile de trouver à se loger. L'Écureuil ignorait que dans nombre d'entre elles on pouvait obtenir la chambre garnie d'une fille.

Elle n'avait pas quitté Paris de sa vie et, soudain, c'était comme si elle venait de traverser une frontière invisible. À Paris, on l'avait plus ou moins jetée sur le trottoir et on lui avait volé son enfance, sa vie. Mais un jour, une main s'était tendue. Celle d'un beau jeune homme, bon, honnête et loyal. Ce rêve-là, les filles des rues l'avaient toutes fait. Et elle seule réalisé. Qu'est-ce que la vie pouvait offrir de mieux que Volnay ? D'un seul coup, elle se sentit vidée de tout courage.

Il se sert de cette enquête pour m'abandonner. Que suis-je venue faire ici ? Il se ment à lui-même. Et quant à moi…

Plus populaire, le quartier Notre-Dame abritait toutefois une population hétéroclite, regroupant pêle-mêle à certains endroits toutes les classes sociales. Hélène leur avait loué un logement dans la petite rue des Deux-Portes. L'Écureuil aperçut dans celle-ci l'échoppe d'un maître drapier puis celle d'une couturière et nota d'y commander une robe. Il lui fallait plaire et reconquérir un cœur morose.

À son grand soulagement, Volnay se trouvait là pour l'attendre. Il sortit en entendant la voiture et se tint, un peu gauche, jusqu'à ce que le cocher ouvre la portière. Il tendit le bras et aida l'Écureuil à descendre. Hasard ou volonté, elle trébucha à la dernière marche et il la rattrapa dans ses bras. Il la tint un moment contre lui, ému par la légèreté de son corps.

Les mains encore agrippées à son cou, l'Écureuil chercha doucement ses lèvres mais Volnay, gêné, les lui refusa sous le regard amusé du cocher.

— Rentrons, dit-il maladroitement. Ne nous donnons pas en spectacle en pleine rue.

L'Écureuil devint rouge de honte.

Hélène jeta un regard par la fenêtre. Celle-ci donnait en hauteur sur l'appartement qu'elle avait loué pour le compte de

Volnay. Ainsi, elle pourrait les surveiller de près. Pour l'heure, les tourtereaux n'avaient pas l'air au mieux et ce grand sot de Volnay venait, semble-t-il, d'avoir encore eu quelques paroles malhabiles envers sa promise.

— Grand nigaud, murmura-t-elle. Qu'as-tu donc retenu de Venise ? Apprends donc à y faire avec les femmes !

Vers midi, Volnay retrouva à l'Épée Royale, sur la Petite Place, sa mouche préférée, un de ces indicateurs insérés comme les autres dans les rouages du système, épiant, surveillant et espionnant à longueur de journée et de nuit ses semblables. Depuis quelques mois, celui-ci avait été chargé parmi d'autres de la surveillance des artistes travaillant à Versailles. Avec son flegme habituel, il s'était employé à construire sa cartographie des vices du lieu et de ses habitués, répertoriant les (mauvaises) habitudes de chacun.

Le pouvoir en place s'intéressait principalement à deux choses : aux opinions politiques de ses sujets et à leurs mœurs.

Le centre du pouvoir avait naturellement attiré dans la ville de Versailles son lot de courtisanes et de prostituées. Le roi s'en était offusqué et avait fait déporter les prostituées de bas étage aux colonies. Personne n'avait touché aux siennes… Rien ne passionnait plus le roi que de connaître qui couchait avec qui. Il recevait ainsi chaque dimanche l'intendant général des Postes pour savoir ce qui se disait dans les correspondances de ses courtisans.

Gaston éprouvait un petit faible pour Volnay car, à chaque rencontre, il bénéficiait d'un bon repas et de vins capiteux. La mouche devenait replète, habituée qu'elle était à se nourrir sur les cadavres comme une mouche à merde. Lourd d'aspect et court de taille, Gaston possédait les jambes grêles d'un oiseau sur un corps trop gras.

Volnay le considéra un moment sans rien dire. La mouche était efficace, relativement fiable dans ses informations, loyale tant qu'elle ne courait aucun risque mais il savait également qu'elle le vendrait à l'occasion, comme Judas, pour trente pièces d'or.

— Le vin est-il bon ici ? demanda Volnay avec le plus grand sérieux alors qu'il s'en moquait.

En bon rinceur de gobelets, Gaston connaissait déjà les lieux.

— Vous savez que chaque cabaretier commande son vin dans une région différente, expliqua-t-il. Celui-ci va loin. Il sert du vin d'Alicante. Il est gouleyant mais tape un peu sur la boule. Désirez-vous le goûter ?

Les petits yeux de la mouche brillaient de convoitise.

— Commande-nous ce qu'il te plaît, c'est pour moi.

— Oh ! s'exclama Gaston en suivant des yeux un plat qui passait. Des perdreaux piqués à la broche et des artichauts frits !

— Si tu n'as pas encore mangé, prends quelque chose.

La mouche se détendit, heureuse de le retrouver dans ses dispositions de largesse habituelles.

— Ma foi, maintenant que vous me le dites, j'ai tellement faim qu'il semble à mon ventre que le diable a emporté toutes mes dents !

Il appela la servante d'un grand geste terminant dans la direction de Volnay pour rehausser sa dignité de client. La serveuse balança son derrière en direction du policier, histoire de susciter une petite tape mais il ne se passa rien. Volnay ne se livrait jamais à ce type de familiarité.

Gaston hocha solennellement du bonnet.

— Vous n'avez pas changé !

Et, pour ne pas donner l'impression de se moquer, il ajouta poliment :

— Votre séjour à Venise s'est-il bien passé ?

— Tout autant que le tien à Paris t'a profité.

Et dans un mouvement familier inhabituel, Volnay se pencha vivement pour lui pincer la bedaine.

— Ma foi, fit Gaston hilare, il est heureux qui est content ! Mais je pourrais l'être plus encore. J'ai un informateur qui a la charge de coureur de vin du roi. Il suit celui-ci dans tous ses déplacements avec du bon pain blanc, un flacon de vin et de quoi sustenter Sa Majesté au cas où icelle serait prise d'une soudaine fringale.

— Et c'est cela que tu aimerais faire? se moqua Volnay. Passer tes journées à courir après quelqu'un qui ne te jette pas un regard?

— Dieu m'en garde! Ce que j'aimerais, c'est posséder mon propre coureur de vin. Le roi en a quatre. Un seul me suffirait!

— Parle-moi du peintre Waldenberg, ordonna Volnay en redevenant professionnel. Cet homme m'intrigue.

La mouche attendit qu'on dépose devant lui une assiette garnie d'une énorme tranche d'aloyau dans son jus et, au milieu de la table, un flacon de vin avec deux verres.

— Ma foi, le peintre a bonne réputation et…

Volnay l'arrêta d'un geste.

— Pas l'histoire officielle, l'autre!

— Waldenberg se rend tous les mercredis soir à Paris dans le quartier des Porcherons ou ses environs, dit-il en remplissant tranquillement les verres. Il prend une voiture pour s'y rendre à dix-neuf heures précises.

— Qu'y fait-il?

Gaston prit la question très au sérieux et se mit à compter sur ses doigts.

— Il y boit. Il observe les jeunes filles. Il essaye d'engager la conversation avec les serveuses. Parfois il tente d'aborder une demoiselle pour lui proposer d'être son modèle. Cela marche rarement mais une fois, il en a ramené une. Il l'a fait poser puis il a couché avec elle. L'affaire a duré une petite semaine.

— Comment sais-tu tout cela?

— Filature, monseigneur! Personne ne me remarque car je suis trop visible. C'est pour cela que j'entretiens à bon escient mon embonpoint car il m'assure des revenus réguliers!

Et il se caressa le ventre d'un air amoureux. Volnay arqua un sourcil.

— Sartine est-il au courant de ces détails au sujet de Waldenberg?

— Sans doute. Je rédige des rapports pour mon bon M. de Sartine qui voit chaque mardi le roi pour lui colporter les ragots de la cour et de Paris. On appelle cela le mardi des grenouilles.

Il s'interrompit pour enfourner dans sa bouche une belle tranche de viande qu'il entreprit de mâcher avec satisfaction.

Volnay attendit qu'il eût dégluti et s'empressa de poser une nouvelle question avant que la fourchette ne reprenne du service.

— Que sais-tu de M. de La Martinière, le chirurgien personnel du roi ?

La mouche secoua la tête.

— M. de La Martinière ? Médecin ! Pas chez moi !

— Dis-moi tout de même ce que tu sais de lui.

— Ma foi, il a commencé ses armes par…

— La biographie officielle ne m'intéresse pas, le coupa Volnay.

— Oh, pour ses vices, je suis désolé mais, comme je vous l'ai indiqué, il n'est pas de mes clients. Ce n'est pas moi qui suis les médecins.

Volnay tressaillit légèrement.

— Quelqu'un suit les médecins ?

— Dame ! Ces gens-là ont droit de vie et de mort sur tous sujets de France !

— C'est juste.

— On les suit de l'université à la tombe. Le plus amusant, bien entendu, c'est l'université. Mais je parle, je parle… Enfin, les morceaux caquetés se digèrent mieux !

— Continue.

— J'ai un collègue en charge de leur surveillance. Les étudiants ont l'esprit carabin. Ils déterrent des morts dans les cimetières, ils les vendent ou les disséquent. Ils s'amusent à cacher la tête dans les affaires de leurs condisciples…

— Personnellement, je n'approuve pas ce type de conduite, fit sèchement le policier. On doit aux gens le respect dans la vie comme dans la mort.

— Que voulez-vous, soupira la mouche, quand on est mort, on est mort…

Les deux enquêteurs dînèrent à treize heures avec l'Écureuil. Le souper serait servi pour vingt heures. Hélène avait tout arrangé. On leur livrait d'une auberge proche leurs repas. L'aubergiste qui leur faisait apporter ceux-ci élevait lui-même porcs, volailles et lapins, contrevenant ainsi joyeusement aux arrêtés du bailli. Mais ici, on n'en faisait qu'à sa tête. Il régnait dans la ville de Versailles, à deux pas du palais, un esprit délicieusement frondeur, mâtiné d'insolence et d'indiscipline. On n'hésitait pas à rosser les archers de la police lorsqu'il leur prenait la déplorable idée de faire respecter trop strictement les règlements.

Au premier étage d'un petit immeuble, leur logement était simple : un salon, une chambre à coucher avec une alcôve, une garde-robe et un cabinet de travail dans lequel dormirait le moine.

Cette promiscuité ne les gênerait pas pendant la nuit, pensa l'Écureuil avec tristesse.

— J'ai vu notre mouche préférée, dit Volnay avec un faux entrain, Gaston.

L'Écureuil se raidit. Comme toute ancienne prostituée, elle craignait les mouches toujours à fouiner, espionner et rapporter. Elle connaissait une personne qui avait fini aux galères pour avoir osé critiquer le roi à la table commune d'une auberge.

— Gaston ! s'exclama le moine. Je suppose que tu lui as rincé le gosier ? – Il se tourna vers l'Écureuil afin de lui expliquer. – Cette mouche a un appétit de chien ! En plus, il appartient à l'ordre de la Boisson. Il boirait la mer et les poissons avec !

Un joli sourire éclaira le visage de l'Écureuil. Elle s'était habituée aux saillies drolatiques du moine et se trouvait heureuse de le voir revenir de Venise guéri de son humeur noire. Elle se mit à découper le poulet au basilic, servi avec une soubise, une purée d'oignons préparée avec du riz.

Volnay ne semblant plus en mesure d'alimenter la conversation et le moine restant pensif, l'Écureuil se sentit obligée de lancer un sujet sur la table.

— Versailles m'a l'air très joli.

En même temps elle rougit, se rendant compte de la pauvreté de son vocabulaire. Même si elle savait lire et écrire, elle avait honte de son manque de manières.

— Enfin, ajouta-t-elle avec effort, c'est très beau, quoi…

— Pas étonnant, fit le moine en volant aussitôt à son secours. Tout l'argent de France arrive ici entre les mains du roi et de son grand club de rapaces pour être dépensé à cet endroit!

La voyant se raidir, il ajouta avec un gentil sourire :

— Mais vous avez raison, si l'on fait abstraction de ses habitants, Versailles est une splendide réalisation. Et ces jardins valent ceux de Babylone même si c'est un peu trop carré carré!

— J'aimerais bien les visiter, fit-elle d'un ton rêveur.

— Pour ceux de Babylone, fit le moine avec malice, je n'y peux rien mais pour ceux de Versailles, je vous y amènerai bien volontiers.

Il se mordit aussitôt les lèvres, conscient de sa maladresse. C'était à son fils de proposer cela à son amante! Il lui glissa un coup d'œil sévère.

— Bien sûr, s'empressa de dire Volnay. Je te les ferai visiter. N'importe qui peut y entrer…

La jeune fille devint vermeille et le moine leva les yeux au ciel.

— Je voulais dire que…

— Nous avons bien compris, l'aida le moine. Tu voulais simplement préciser que notre jeune amie n'avait pas besoin d'autorisation spéciale pour y pénétrer à tes côtés.

Il considéra l'Écureuil avec sympathie et lui adressa un chaud sourire. Il aimait bien la jeune fille même s'il la connaissait peu car elle était réservée et il sentait bien que, malgré ses absences de manières, il l'intimidait.

— Savez-vous, fit-il malicieusement en se penchant vers elle, que nous avons pour voisin un certain M. Delachemise, *gentilhomme de la manche*?

Les convives rirent de concert. Volnay même sembla se détendre.

— Est-ce vraiment un métier? demanda naïvement l'Écureuil.

— Ma chère amie, répondit le moine, je serai bien incapable de vous le dire. Au palais, ils ont des fonctions pour tout et il ne serait pas surprenant qu'un seul homme soit rémunéré pour tirer la manche du roi lorsqu'il enfile ses habits le matin!

Tenez, le roi a quatre horlogers dont l'un a pour seule tâche de lui remonter sa montre le matin !

Comme l'Écureuil roulait de grands yeux effarés, le moine en rajouta, sûr de son public.

— Et au lever, ils s'y mettent à cinq ou six pour tendre sa chemise au roi !

— Vous exagérez, souffla-t-elle.

— Si peu ! Que serait une cour sans son étiquette ? Une hiérarchie sans protocole ? Tous ces rituels justifient l'existence même de la cour à Versailles. Ici, l'apparence est plus importante que la réalité. Du lever au coucher, le rôle du roi et de ses courtisans est réglé comme du papier à musique. Et cette étiquette entérine la soumission de la noblesse à l'autorité du roi.

Le moine raconta ensuite son entrevue avec Mme de Marcillac et M. de La Martinière qu'il décrivit comme un médecin relativement raisonnable, le dédouanant au passage d'être l'auteur du billet doux. Quant à Mme de Marcillac, il n'avait pas eu l'occasion de…

— Je suis passé chez son notaire, le coupa Volnay, aucune similitude d'écriture.

Le moine dissimula un sourire.

— Tu aurais pu me prévenir, lui reprocha-t-il pour la forme.

— Désolé mais j'ai eu une matinée bien chargée.

Et il révéla les obsessions du peintre à demi-mot car l'Écureuil écoutait. Au bout d'un moment, les joues vermillon, elle se leva de table. Volnay put alors parler à son aise.

— Curieux homme, dit finalement le moine. Mais cette fascination pour une aussi charmante partie de l'anatomie féminine ne le condamne pas pour autant. En fait, cet attrait particulier pour cette chose relève de la dimension symbolique d'un fétiche.

— Un fétiche ?

— *Feitiço* ou encore *sortilège*. Un objet enchanté auquel on voue un culte. Et voilà que le pied fétiche se transforme en chose dotée d'une vertu divine. Nous fabriquons bien des dieux, pourquoi pas celui-ci ?

Le moine avait l'esprit ouvert.

— Je ne suis pas aussi savant que toi, objecta son fils, mais ne détourne-t-il pas ainsi l'usage de cet objet, comme tu dis, vers un but sexuel ? Et pourquoi préférer un pied à une femme tout entière ?

— Voilà ! Ça, c'est la question ! Pourquoi l'amour d'un détail devient si envahissant qu'il en efface tous les autres ? Et pourquoi lui donner une portée sexuelle ?

— Ceci dit… fit Volnay.

— Cela possède une signification, le coupa son père. La présence du fétiche peut combler l'absence de quelque chose d'autre…

— Je sens poindre une de tes extravagantes théories, se moqua Volnay.

— Je vais y réfléchir, répondit très sérieusement le moine, car ce détail a certainement son importance dans notre histoire. Tout comme ta chaussure…

Les deux enquêteurs sortirent rue des Deux-Portes sous le soleil du début d'après-midi et firent quelques pas ensemble. Un silence gêné s'installa progressivement entre eux.

— Père, fit Volnay sur un ton hésitant. Je peux essayer de nous débarrasser d'Hélène…

Le moine haussa les épaules.

— À quoi bon ? L'amour peut se nourrir un instant des sentiments d'un seul puis il s'éteint comme un feu qu'on n'alimente plus suffisamment. Désormais, je n'éprouve plus rien pour Hélène.

— Alors, tout va bien, soupira Volnay soulagé.

Le moine secoua la tête en souriant.

— Désormais, je dois faire face à autre chose : le vide en moi. Hélène avait tant rempli mon cœur qu'aujourd'hui qu'elle n'y est plus, je ressens un vide qui me tord les entrailles et ce n'est guère plus agréable.

Volnay lui jeta un bref regard. Son père paraissait autant apaisé que souffrant. Apaisé de ne plus aimer. Souffrant de ne plus aimer.

— Mme de Marcillac va-t-elle combler ce vide? demanda-t-il doucement.

— Pas du tout, mon fils. Il s'agit d'une relation purement intellectuelle, faite de respect et d'estime mutuels! Et n'oublie pas que j'enquête sur elle.

Le moine glissa ses mains dans ses manches pour dissimuler leur léger tremblement.

— Mais nous parlons de moi, un vieux bonhomme toujours à se plaindre de son sort alors que toi… – Il se mordit les lèvres. – Où en es-tu de ton côté? Tu as laissé Flavia à Venise et retrouvé l'Écureuil. As-tu fait un choix dans ton cœur?

Volnay s'arrêta.

— Père, je ne sais plus trop où j'en suis.

Le moine se fit attentif. C'était la première fois que le jeune homme osait parler de ses sentiments.

— Mon fils, c'est quelque chose que j'ai bien souvent éprouvé et il n'y a jamais eu qu'une femme pour provoquer cela. Elles affolent la boussole de notre cœur mieux que personne. Cela dit, rien n'est plus triste qu'un cœur au repos!

Il leva les yeux au ciel et son regard se perdit dans les arabesques des nuages.

— J'ai aimé ta mère plus que tout, plus que ma vie même. Après sa mort, mon cœur a aimé de nouveau. Et cela m'a infiniment contrarié. Mais s'il y a bien une chose sur laquelle nous n'avons absolument aucun pouvoir, il s'agit de cette petite chose dans notre poitrine qui bat pour un oui ou pour un non et pas toujours pour la bonne personne.

— Aussi est-il infiniment précieux que deux cœurs battent à l'unisson.

— Certes, fils. Principe élémentaire!

— Et si cela n'est pas? insista Volnay. Est-il donc possible d'aimer deux personnes à la fois?

Le moine baissa la tête.

— Je conçois bien la chose. Cela dit, il faut faire un choix. On ne joue pas avec le cœur des autres.

— Et si je me trompais?

Le moine le considéra avec attention.

— Tu n'as jamais parlé à Flavia de l'Écureuil?

— Si.

— Et à l'Écureuil de Flavia?

— Non!

— Comme c'est pratique!

Il plissa les yeux et le regarda longuement. Son fils était d'une droiture, d'une loyauté et d'une franchise à toute épreuve. Faire fi de tout cela aujourd'hui devait constituer une torture quotidienne pour lui. Simplement, il ne savait que faire.

— Vers qui tes pensées sont-elles tournées au cœur de la nuit?

Volnay baissa la tête.

— La nuit, Flavia.

Le moine soupira.

— Alors, la messe est dite.

— Et le jour l'Écureuil… Je ne veux pas la blesser. Elle est si fragile et je crois qu'elle m'aime.

— Elle t'aime assurément mais crois bien que ton attitude actuelle lui fait autant de mal que la vérité qu'elle apprendra un jour ou l'autre.

— Que me conseilles-tu? demanda Volnay, désemparé.

— De dire la vérité.

— Je puis me tromper. Flavia n'est peut-être et sans doute pas pour moi.

— Et tu resterais avec l'Écureuil par défaut? gronda le moine. Tu me déçois!

— De la quitter lui briserait le cœur.

— Tu es assurément très charitable, se moqua son père, mais la pitié est dangereuse et on ne bâtit pas une vie dessus.

Volnay ne répondit pas. Il semblait s'être absenté à l'intérieur de lui-même.

— Mon fils, reprit le moine avec une solennité qui ne lui était pas familière, j'entre dans un âge où l'on se retourne pour faire le compte de ce que l'on a manqué ou réussi. Je suis un voyageur qui a perdu la trace de sa route. Le vent m'emmènera où il le juge mais je resterai toujours maître de mes choix. Et je les assumerai. Prends une décision.

— Celle du cœur ou de la raison?

— Comme le dit ce bon M. Diderot, l'on suit sa fantaisie qu'on appelle raison ou sa raison qui n'est souvent qu'une dangereuse fantaisie qui tourne tantôt bien, tantôt mal…

L'Écureuil s'ennuyait. L'absence de son travail à la librairie lui pesait déjà. En peu de mois, elle en était venue à aimer ce métier et ses clients si particuliers. Pousser la porte d'une librairie ne constituait pas un acte anodin dans la société. Peu de gens savaient lire. Et encore moins lisaient des livres, se contentant de l'étude de leurs comptes ou de la lecture des gazettes. Les clients venaient dans un but précis, parfois honteux car son patron vendait dans l'arrière-boutique certains contes galants ou romans libertins, parfois effrayés car cet endroit renfermait aussi des pamphlets ou des livres dont les idées poussaient à l'inversion de l'ordre social. Ces idées subversives osaient formuler qu'il n'y avait rien eu de plus beau au monde que la République athénienne, que nul homme ne pouvait mettre en esclavage un autre ou encore que tous les hommes étaient frères de cœur et égaux de droit.

Mais en vitrine et dans la boutique, on trouvait plutôt une littérature de l'intime, une étude des mœurs et des passions des hommes et tous les romans de l'imaginaire.

L'Écureuil s'était mise à lire lorsque la boutique était déserte ou le soir lorsqu'elle pouvait emprunter un livre, apprenant progressivement à jouer avec les mots car jouer avec ceux-ci permettait ensuite de jouer avec les idées. Fermant les yeux, elle récita à voix basse :

Qu'est-ce que l'homme ? disais-je. Est-ce une espèce de créature différente de la nôtre ? Quelle est la cause des mouvements que sa vue excite dans mon cœur ?

L'Écureuil soupira. Elle n'avait pas eu le temps de prendre un livre et traînait désormais son ennui de son siège à la fenêtre, peu habituée à être ainsi désœuvrée. Même à l'époque pas si lointaine où elle errait dans les rues ou les auberges à la recherche d'un client pour trouver de quoi manger et payer un mauvais galetas pour dormir, elle n'éprouvait pas ce sentiment, seulement celui de la honte ou de la crainte de ne pas survivre à la prochaine étreinte ou absence d'étreinte.

Le journal sur la table attira instinctivement son attention. Elle s'en saisit et l'ouvrit. L'Écureuil avait vu Volnay, la mine indéchiffrable, le parcourir avec sa minutie habituelle et l'avait questionné quant à son contenu.

Avec une certaine émotion, elle fit ainsi la connaissance de Mlle Vologne de Bénier. Son âme romanesque la porta aux côtés de la demoiselle s'ennuyant si fort dans sa lointaine province. Le temps d'écoulement d'une journée à Paris, ville dense et fébrile, ne semblait pas être le même que dans cette province où il s'étirait paresseusement, sans éclat ni événement. Mais l'auteur du journal s'en souciait peu car elle écoutait le chant des cigales, courait dans les champs tout essoufflée et, contente, contemplait le soleil se coucher sur des champs de lavande qui fleuraient bon. Sans la pression de ses parents et la pauvreté de son logis, ce monde-là lui aurait amplement suffi.

Comme elle, mais grâce à Volnay, l'Écureuil avait découvert le plaisir de prendre une boisson à la terrasse des Feuillants et au Café de la Régence où des gens sérieux jouaient aux échecs. Elle avait connu les boutiques des traiteurs aux bosquets éclaboussés de lumière la nuit, les théâtres, l'opéra, la foire Saint-Laurent entre le faubourg Saint-Martin et le faubourg Saint-Denis. Là, les boutiquiers faisaient l'article à leurs devantures, les bateleurs haranguaient la foule, des acrobates amusaient les passants. Tout un peuple joyeux de saltimbanques, bateleurs et tire-laine vous y bousculait.

Doit-on vraiment chercher à s'élever?

Pour chasser ses pensées mélancoliques, l'Écureuil décida d'aller se promener. La foule grossissait au fil des rues commerçantes comme un fleuve en crue avant de se scinder en plus modestes courants. Étonnée par la profusion des marchands drapiers, elle repéra vite des boutiques susceptibles de l'intéresser : gantiers, modistes et parfumeurs. Chez un de ces derniers, elle trouva une pâte empêchant les dents de se gâter. Elle en fit emplette pour se prémunir de ce risque.

En sortant, elle croisa une modiste, les bras encombrés de boîtes à tambour et offrit de l'aider. Comme la jeune fille semblait modeste mais bien élevée et ne semblait pas attendre de son geste de reconnaissance particulière, la modiste l'introduisit dans sa boutique pour parler toilettes et étoffes. L'Écureuil révéla timidement son souhait d'une robe. La modiste l'encouragea en lui montrant plusieurs modèles qu'elle essaya avec ravissement. Son choix se porta sur une robe à petits paniers imprimée de fleurs fraîches, mais elle désirait d'abord s'assurer de l'assentiment de Volnay pour cet achat. Tant d'humilité innocente plut à la modiste habituée aux grands airs, qu'ils soient vrais ou simulés. Elle l'assura de lui garder la robe jusqu'à son retour le lendemain.

En début d'après-midi, les pas de Volnay le ramenèrent à Versailles. Après avoir erré dans les jardins à la recherche d'un indice ou d'un comportement suspect, il décida d'entrer dans le château.

L'odeur le saisit immédiatement. On menait vaches et chèvres chaque matin jusqu'aux appartements des filles du roi pour leur donner le lait frais. Aux latrines installées en rez-de-chaussée, les domestiques vidaient les pots de chambre des appartements des nobles. Ceci, ajouté à la puanteur des personnes et des lieux, montait vite à la tête de celui qui n'y était point habitué. C'était encore pire l'hiver avec les cheminées qui tiraient mal.

Tout à coup, une rumeur enfla pour annoncer l'arrivée du roi. Dans les galeries déjà encombrées de gardes, de pages et de valets, une confusion d'hommes et de femmes parés, coiffés, poudrés, ajustés et enrubannés comme des cocottes en papier, prirent le pas de course dans la Grande Galerie, de manière à bien se placer pour saisir la grâce d'un regard royal ou pouvoir glisser un mot au roi afin d'obtenir une faveur. Manœuvres, bousculades, coups de coude et écrasements de pieds, rien ne fut épargné aux hommes comme aux femmes.

Étranges animaux que ces courtisans. Volnay les considéra avec un mépris amusé, figurants condamnés à jouer jour après jour le même rôle, la même composition.

Pendant les dernières heures de Louis XIV, les courtisans se pressaient ainsi en foule chez le futur régent lorsque le roi se trouvait au plus mal et, de la même manière, ils se ruaient en bloc à la porte du monarque lorsque son état s'améliorait.

Louis XIV... La plus brillante invention de feu le roi, arrière-grand-père de l'actuel Louis XV, avait été celle de l'étiquette : codifier chaque geste de sa ménagerie humaine pour mieux la domestiquer. Telle dame avait droit à un pliant pour s'asseoir, l'autre à un tabouret, l'autre à une chaise à dos. Certains nobles, ducs et pairs et seulement eux bénéficiaient du droit d'emporter à la chapelle un coussin. Les questions de préséance à la cour dissimulaient de terribles conflits d'intérêts et une duchesse serait morte sur place plutôt que de céder le pas à une autre.

Louis XIV avait compris au plus haut point l'infini de la vanité humaine dont il tirerait parti en attribuant avec parcimonie faveurs et préférences qui ne lui coûteraient rien : ouvrir les rideaux de son lit au réveil, lui tendre sa chemise, tenir son bougeoir... Les nobles se seraient égorgés pour ces petites prérogatives !

Le roi y avait sacrifié une partie de son intimité, fixant du matin au soir les courtisans autour de lui, attentifs au moindre de ses mouvements et de ses plus infimes gestes comme celui d'enfiler ses mules ou d'assister à son débotté.

Il allait même jusqu'à se lever du lit deux fois pour accorder à certains le privilège d'assister au petit lever et à d'autres, plus nombreux, celui d'être là pour le grand lever.

Donner des riens pour rien avait été la meilleure idée de son règne.

Cela n'étant pas suffisant, il avait vendu des titres comme celui de gouverneur des carpes de Sa Majesté ou chef du gobelet de la reine. Il se trouvait toujours un couillon pour l'acheter et s'en trouver fier.

Sans honte ni pudeur, il était même allé jusqu'à octroyer à certains un brevet d'affaires pour leur attribuer le privilège douteux de rester avec lui lorsqu'il se trouvait sur sa chaise percée ou chaise d'affaires. Il partageait ainsi avec des gens qui s'en croyaient honorés un moment qui ferait fuir ou rire le commun des mortels, celui de chier !

L'excitation était à son comble dans la galerie des Glaces. Volnay ne put s'empêcher d'être à nouveau impressionné par la splendeur des lieux. Dix-sept arcades de glaces avec trois cent cinquante miroirs assemblés reflétant l'harmonie du blanc et du gris avec l'or, de grandes torchères d'argent des Gobelins aux murs, les caisses d'argent des orangers au sol, les grands tapis provenant de la Savonnerie sur les planchers, des rideaux de damas bleu broché d'or encadrant les fenêtres. Et puis, suivant des yeux les délicats pilastres de marbre gris à chapiteaux d'or terni supportant le plafond et séparant les arcades de glaces, la voûte. Suspendus à celle-ci par des cordelières de fleurs, les lustres de cristal et d'argent éclairaient les plafonds peints tout en allégorie et trompe-l'œil au bleu lapis-lazuli lumineux.

Dans la transparence un peu trouble des miroirs, toujours précédé de son escorte de gentilshommes de sa chambre et de gardes de la manche en justaucorps du hoqueton à fond blanc brodé d'or, le roi passa, jouant le rôle qu'on attendait de lui. Un mot pour l'un, un signe de reconnaissance pour un autre et rien pour les oubliés, beaucoup d'oubliés…

À son passage, Volnay s'inclina comme les autres mais en serrant les dents. En se relevant, il sentit autour de lui la déception. Les courtisans étaient accourus au passage d'une comète qui n'avait que faire d'eux.

Le soir était tombé trop vite sur la ville. Une fois arrachées à la contemplation de sa merveilleuse robe, les pensées de l'Écureuil flottèrent de nouveau auprès de Mlle Vologne de Bénier dont le journal l'avait émue. La jeune fille y songeait encore lorsqu'elle se perdit sur le chemin du retour. Elle commençait à paniquer du fait de la légèreté de sa tenue pour la soirée et le regard des hommes devenait lourd sur elle. Peut-être avait-elle adopté inconsciemment la démarche qui était la sienne cinq mois plus tôt lorsqu'elle arpentait encore les trottoirs de Paris. Peut-être voyait-on toujours en elle une ancienne fiancée de la rue ?

Elle s'appliqua à marcher droit, le menton haut, son regard évitant tout compromis, toute compagnie masculine.

L'homme s'arrêta et l'observa, jaugeant la situation en mâchonnant son clou de girofle. La fille était jeune et jolie, troublée aussi. Il émanait d'elle un mélange de pudeur et de sensualité rentrée, quelque chose d'enfantin dans un corps qui ne l'était plus.

En bon vieux chien de chasse, il la suivit, l'observa et la trouva fort à son goût.

À l'angle de la rue des Bons-Enfants, on l'aborda. Ce devait être un menuisier accompagné de son apprenti. Leur démarche mal assurée trahissait l'absorption immodérée de pintes de bière. L'Écureuil tressaillit lorsque le menuisier posa sa main sur son poignet pour lui débiter quelques galanteries avec une haleine de putois. Sa figure allongée et ses dents noires et pourries ne donnaient pas envie.

L'occasion était trop belle pour l'homme qui la suivait. Il avança à la lumière et força sa voix.

— Arrêtez d'ennuyer ma nièce!

Le menuisier vit qu'il avait affaire à quelqu'un de la haute et dégrisa rapidement.

— Oh, pardon. Faites excuses, je ne savais pas.

Puis il déguerpit, suivi comme son ombre par l'apprenti. Son sauveur ôta son chapeau pour saluer l'Écureuil, s'efforçant de parler d'un ton rassurant.

— Mademoiselle, je suis navré que l'on vous ait importunée. Les rues de Versailles ne sont plus aussi sûres qu'auparavant. Trop de canailles… Et pardon pour m'être présenté comme votre oncle, cela m'a semblé la meilleure chose à faire dans cette situation.

L'Écureuil s'efforça de reprendre contenance.

— Je l'ai compris ainsi et grand merci pour votre intervention. Serviteur, monsieur.

L'homme jeta un coup d'œil autour d'eux. Il y avait encore du monde dans les rues même si les passants faisaient mine de ne pas avoir remarqué la scène, trop heureux de ne pas s'en être mêlés.

— Puis-je vous raccompagner jusque chez vous? Je serais très flatté de vous obliger. Je crains que ces importuns ne soient pas allés loin et qu'ils ne vous dérangent à nouveau.

La jeune fille hésita. D'un coup, les souvenirs de la rue remontèrent à la surface. Elle avait appris à juger d'un coup d'œil les situations à danger. La physionomie de son sauveur la laissait dubitative. Le comportement restait respectueux mais il semblait dissimuler derrière son sourire quelques pensées obscures. Ceci dit, il parlait juste. Trop de fois dans sa pauvre vie, l'Écureuil avait cru le danger disparu alors qu'il était simplement allé se nicher la rue plus loin. Et puis elle était perdue et la tenue de l'inconnu en habit noir, gilet, culotte assortis, le bas blanc décoré sur la cheville, ne laissait pas de doute quant à son appartenance à une classe aisée, tout comme ses bonnes manières.

— Je vous en saurai gré, monsieur.

Elle avait appris les bonnes manières au contact de Volnay.

L'homme sourit, troublé par les efforts déployés par la jeune fille pour dissimuler un manque d'assurance alors même que sa manière de le regarder trahissait l'expérience de la rue. Décidément, cette jeune fille serait un sujet passionnant à disséquer.

L'Écureuil se rassura progressivement. Les lieux lui devenaient plus familiers. L'homme la ramenait bien chez elle. Évidemment, c'était ennuyeux car il restait un inconnu, toutefois elle n'avait parlé que de la place Dauphine. Elle le quitterait donc à proximité de chez elle et attendrait qu'il ait disparu pour regagner son appartement.

Pendant le trajet, l'inconnu se révéla d'une grande courtoisie et sa conversation agréable. Il semblait bien connaître les usages des gens du monde et parlait savamment de la cour de Versailles, du château et des jardins auxquels il reconnaissait beaucoup de charme même s'il ne leur trouvait pas assez de fantaisie, hormis le Labyrinthe et ses étranges statues.

L'Écureuil écoutait attentivement. Elle espérait bien visiter les fameux jardins en compagnie de Volnay mais n'imaginait pas entrer dans le palais et, même si cela avait été possible, elle ne l'aurait fait pour rien au monde.

Lorsque l'Écureuil reconnut la place Dauphine, elle remercia son sauveur, refusa son invitation à boire un chocolat, esquiva la proposition d'une promenade le lendemain et, avec toutes les bonnes manières qu'elle pensait être celles d'une jeune fille de la bonne société, lui donna congé non sans le remercier encore mille fois pour son aide.

L'inconnu la regarda partir avec regret mais elle ne se retourna pas. Elle avait assez appris des hommes dans la rue pour savoir qu'il ne fallait pas leur donner plus d'espoir sous peine de ne jamais pouvoir s'en défaire.

Volnay, inquiet, était sorti rue des Deux-Portes, hésitant encore sur la conduite à tenir et sur la direction à choisir.

Il la vit venir à lui, maladroite et tremblante. À nouveau, son cœur chavira. Toute la tendresse qu'elle lui inspirait l'engloutit d'un coup. Il se précipita vers elle. Elle s'arrêta et attendit qu'il la rejoigne.

— Où étiez-vous donc ? J'étais inquiet !

Il accrocha maladroitement ses lèvres puis, s'enhardissant, l'embrassa longuement dans un baiser tout à fait satisfaisant pour l'Écureuil.

Tiens, quand il est inquiet pour moi, au retour il m'embrasse. C'est bon à savoir !

Mais ils se trouvaient en pleine rue et il n'était pas dans les façons de Volnay de se laisser aller en public. Il lui prit la main et l'entraîna vivement. Elle se mit à rire et ce rire le gagna à son tour. Ils arrivèrent à la maison comme deux enfants essoufflés. À l'intérieur, à nouveau, il l'embrassa.

Mais il tient à moi…

Petits-bourgeois et employés de Versailles se pressaient pour s'entasser dans la gondole, une voiture à douze places, qui les mènerait à Paris au terme d'un trajet long et fatigant pendant lequel ils seraient secoués comme des pruniers au temps de la cueillette.

Le moine grimpa à l'avant, aux côtés du cocher.

— Mais vous avez payé pour être à l'intérieur, grommela celui-ci.

— Justement, maintenant je paye pour être à l'extérieur. Un petit caprice…

Et il lui tendit une pièce. Le cocher haussa les épaules et gronda après ses chevaux avant de faire claquer son fouet. Il possédait ce timbre de voix rauque et brisé de ceux qui passent leur vie à crier après les autres, hommes et bêtes confondus.

Le moine ferma à demi les yeux, savourant malgré les cahots le plaisir de l'air frais sur son visage. Il lui semblait soudain rajeunir et retrouver l'excitation de sa jeunesse.

Mais Paris avait bien changé depuis cette heureuse époque où tout lui semblait encore possible sans effort. La bête avait grandi, s'étirant pour faire sauter boutons et coutures d'une veste devenue trop étriquée pour elle. Au fil des années, elle devenait gloutonne, avalant villages et hameaux, traçant des routes qui la mèneraient toujours plus loin et, qui sait, un jour jusqu'à Versailles.

Le hameau des Porcherons et les pentes de la paroisse de Clichy imitaient Montmartre qui cultivait traditionnellement la vigne. La situation des Porcherons, hors des limites de l'octroi de Paris, permettait également d'échapper aux taxes sur la vente du vin. Car s'il est de coutume en France de vouloir tout taxer du fruit de l'honnête travail et commerce, il est aussi de la nature des Français de vouloir échapper à la taxe.

Aussi, le bon peuple se pressait dans les nombreuses guinguettes et cabarets qui s'étaient multipliés à tout vent comme des poignées de champignons. Dans la bonne société, si tant est que ce terme ait jamais signifié grand-chose, on s'y rendait travesti dans des vêtements qui n'appartenaient pas à ceux de son rang et les grandes dames éprouvaient un frisson d'excitation à poser leur joli derrière fleuri sur des chaises grossières au milieu de ce qu'elles prenaient pour la canaille de Paris.

Afin de suivre Waldenberg, le moine avait choisi la tenue passe-partout d'un domestique de bonne maison avec la livrée adéquate.

À l'approche des rues de Clichy, Saint-Lazare ou encore de celle des Martyrs, on buvait à la Grande Pinte, au Moulin Royal ou à l'Isle d'Amour. Les enseignes se succédaient ensuite à une vitesse surprenante : le Petit Saint-Jean, le Pied de Biche, le Berceau Royal. C'est jusque dans ce dernier que le moine suivit le peintre Waldenberg.

Au coin de sa table, un homme se cramponnait obstinément à son verre comme si celui-ci allait l'empêcher de rouler au sol. Le moine observa autour de lui l'appendice nasal, élément révélateur de certaines personnalités.

Celui-là, pensa le moine, *son nez a coûté cher à mettre en couleurs! Et celui d'à côté a le nez comme la sébile d'un pressoir. Allez, au travail, il n'y a que la première pinte qui coûte...*

— Bacchus relève nos appas, les canapés sont à deux pas!

Le moine se retourna pour observer la tablée d'où l'on fredonnait ce poème. Des gens de la cour venus pour s'enivrer en se mêlant au peuple mais qui se trahissaient, les femmes en oubliant de retirer les mouches ponctuant leur visage dans un langage secret, les hommes par leur regard conquérant, celui de ceux à qui tout est dû depuis leur venue au monde.

J'ai la pompe de ma naissance, écrivait Corneille.

Il héla une servante maigrichonne, aux cheveux taillés trop courts. Elle affichait une poitrine qui méritait l'attention et possédait une langue bien déliée.

— Il y a un hérisson dans mon ventre, lui expliqua-t-il. S'il ne boit pas, il le pique!

Faire rire les femmes permettait plus facilement d'engager la conversation. Lorsqu'elle revint avec un cruchon de vin rouge d'Orléans, il lui glissa une pièce de plus.

— Je crois, dit-il en désignant Waldenberg, que je connais ce sacripant. Il vient souvent ici, non?

Elle haussa les épaules.

— Il me semble mais je ne fais pas attention. Il y a tellement de monde...

Il trempa son doigt dans le vin et le porta à ses lèvres.

— Buvez, dit-elle, vous le sentirez mieux à la langue qu'au doigt.

Il lui obéit. Malgré le monde, la servante ne bougea pas. Elle avait un visage de souris et de grands yeux inexpressifs.

— Excellent, fit-il. Mais dites-moi et pardonnez ma curiosité, cet homme fait-il ici d'heureuses conquêtes?

— J'ai plutôt le souvenir de le voir seul à table excepté une fois où il est sorti accompagné.

— D'une convive?

— Plutôt d'une femme de mauvaise vie! – Elle hésita un instant. – Cherchez-vous de la compagnie? s'enquit-elle.

Il était bel homme, la bourse apparemment bien garnie avec la générosité au bout des doigts, et son maintien relevait plus d'un aristocrate que d'un domestique. Souvent, des nobles se travestissaient pour venir s'encanailler. Elle crut à sa bonne fortune.

— Je suis déjà en excellente compagnie, répondit le moine en désignant son verre au grand dépit de la jeune fille qui le laissa pour servir d'autres clients.

Le moine reporta son attention sur Waldenberg. Le peintre buvait du vin blanc de Mantes tout en observant du coin de l'œil la gent féminine. Il paraissait fasciné par les plus jeunes filles mais la taille de celles-ci se trouvait la plupart du temps enserrée par de gros bras ou des mains rugueuses.

Cherche-t-il son prochain modèle ou sa prochaine victime? se demanda le moine. *Ou peut-être simplement l'inspiration?*

Et, de fait, Waldenberg observait plus qu'il n'agissait. De temps à autre, sa main droite tremblait légèrement et se déplaçait en l'air pour esquisser une silhouette, croquer une forme menue qu'il devait ensuite mémoriser.

Fasciné, le moine suivait les formes invisibles qu'il dessinait dans les airs sans s'en rendre compte. Il lui semblait que la personnalité du peintre venait de se dissocier entre celle qui observait et celle qui dessinait, sans qu'aucune des deux ne se rende compte de rien.

Une heure plus tard, le peintre paya et sortit. Dans la rue, il tituba un peu, se redressa, s'efforçant de marcher sur une ligne droite qu'il traçait du regard devant lui. Le moine lui emboîta le pas. La rue qu'ils suivaient devenait tortueuse et ses flancs se resserraient. Plissant les yeux, le moine distingua un mouvement dans la nuit. Deux femmes se tenaient en sentinelles, nonchalantes mais vigilantes. Voyant le nouvel arrivant, leurs silhouettes se détachèrent du mur pour lui barrer le chemin.

Waldenberg se laissa aborder par les deux prostituées, fit mine de s'en aller puis revint en arrière. Un bref conciliabule. Mal à l'aise, le peintre hocha la tête. Les deux prostituées se saisirent chacune d'un de ses bras et l'entraînèrent avec des gloussements sous une porte cochère.

Stoïque, le moine se posta près de là et patienta. L'affaire fut terminée en quelques minutes. Tout penaud, le peintre retrouva son chemin tandis que les deux prostituées prenaient de nouveau position contre le mur.

Le moine s'approcha d'elles. Il aperçut dans le noir deux paires d'yeux à l'éclat dur et méfiant.

— Une pièce pour chacune d'entre vous pour me dire ce que cet homme vous a demandé.

— Voulez-vous la même chose que lui?

— Je ne pense pas que ce monsieur et moi partagions les mêmes goûts et, pour ma part, je n'ai aucune passion pour les amours tarifées. Enfin, je parle, je parle... – Il fit miroiter les pièces au creux de sa paume. – Cela vous prendra une minute de satisfaire ma curiosité plutôt que mes bourses...

La blonde empocha la pièce sans broncher.

— Il nous a dit : *Je crois que ça ne va pas rentrer!*

— Si seulement ils étaient plus nombreux à nous annoncer la bonne nouvelle! gloussa l'autre avec le sourire de celle qui a tout connu.

— Mais lui, ce n'est pas ce qu'il voulait dire, ajouta vivement la blonde. Vous comprenez? Plutôt l'inverse...

— Problème d'érection, résuma le moine. Alors que vous a-t-il demandé?

— Il voulait jouir entre nos pieds.

L'Écureuil se déshabilla pudiquement derrière un paravent couvert de velours avant de le rejoindre. Les rideaux des fenêtres étaient d'un charmant brocart blanc. Une table de nuit de bois violet, plaquée avec une tablette de marbre, apportait une touche raffinée à la chambre. Elle aimait bien l'endroit ainsi que l'odeur du bois bien ciré. Se sentant observée, elle sursauta légèrement. Volnay sourit et la rassura d'un geste tendre. Le cœur de l'Écureuil battit plus fort.

Sous les draps, elle retrouva la sensation familière de son corps tiède qui se pressait contre le sien. Les joues en feu, elle conservait un curieux mélange de pudeur et d'abandon. Volnay était tendre, attentionné. Elle le pressa et, tout à coup, il fut en elle. Elle était humide et chaude. Soudain insatiable. Et tout fut comme au premier jour.

V

BASSIN DU DRAGON ET MÉNAGERIE

Après avoir fait la pause auprès d'Apollon,
on ira s'embarquer pour voir la Ménagerie.

Posté à l'aube devant les grilles dorées du château et les façades bordées de marbre, le commissaire aux morts étranges observait la foule des domestiques, employés et titulaires d'offices qui se pressaient aux portes du palais dès six heures le matin. Valets de chambre ordinaires en livrée, huissiers, barbiers, jardiniers, chambrières, machinistes de théâtre, frotteurs de parquet, feutiers dont la seule fonction consistait à attiser les braises, porte-chaise d'affaires pour les gros besoins pressants de la nature.

Arrivaient ensuite les piqueurs des Grandes Écuries, les palefreniers du Chenil suivis des métiers de bouche : maîtres d'hôtel, enfants de cuisine, marmitons, gâte-sauce, sommeliers, hâteurs ainsi nommés à cause de leur broche, la haste, maîtres-queux et galopins qui passaient leur temps à courir (au galop) faire les courses. Le Grand Commun les accueillait près de l'aile du Midi.

Volnay reconnaissait également à leur tenue les officiers de la Maison du roi, titulaires d'un office, portant l'épée à garde et coquille d'argent. Ceux-ci exerçaient leur charge par quartier, tous les trois mois pour certains, tous les six mois pour les moins chanceux. De fait, on multipliait ainsi sans raison les emplois nécessaires à Versailles et donc les dépenses.

Il remonta le flot à contre-courant et longea les murs devant lesquels s'alignaient des baraques de bois. La corporation des marchands suivait autrefois la cour dans tous ses déplacements mais s'était depuis quelque temps sédentarisée. On trouvait là tapissiers, perruquiers, repasseuses, marchands de chandelles ou de fagots, fleuristes, quelques libraires mais surtout beaucoup de limonadiers, car on avait soif, et de mercières car ces dames au palais consommaient énormément de rubans, de nœuds et de dentelles.

Ces honnêtes petits commerçants payaient droit de place après avoir obtenu un brevet de jouissance et offraient leurs produits aux gens du château. Cette masse d'échoppes minuscules surprenait l'œil habitué à plus d'éclat. Elles gangrenaient ainsi les murs et l'alentour des portes comme le Grand Commun, les Grandes et Petites Écuries. Un marché de denrées se tenait même au rez-de-chaussée de l'aile du Nord.

Volnay observa les revendeurs de bougies éteintes qui, la nuit passée, venaient revendre celles-ci aux portes du château. Ici, rien ne se perdait, tout se transformait.

Le regard désapprobateur, le policier alla prendre position à une porte sur les jardins pour constater que quiconque portait une épée au côté pénétrait comme il voulait. Pis, on était prêt à en louer une à celui qui en était dépourvu !

Volnay soupira intérieurement. Cinq à six mille personnes travaillaient au château de Versailles et on entrait dans celui-ci comme dans un moulin. Si l'assassin n'était pas un homme en relation avec Mlle Vologne de Bénier, cela pouvait être n'importe qui... Sans compter les courtisans...

Le moine se leva en sursaut, une main à son estomac.

— Le vin était trop vert, maugréa-t-il. Mes boyaux crient vengeance !

Il courut à la chaise percée. À Paris, il disposait d'une chaise recouverte de velours brodé de crépines et munie d'un bassin de faïence, pourvue de robinet et soupape. Un guéridon permettait même d'y lire ou d'y écrire. Ici, le mobilier était plus sommaire.

Il serra les dents.

— Bon sang! La journée commence bien!

Un dédale d'escaliers en colimaçon conduisit Volnay aux combles où avaient été aménagées une multitude de chambres et de petits cabinets. Loin des pompons, des dorures, des broderies, des plafonds peints et des tentures précieuses, les combles n'offraient au regard que plâtres vermoulus, toitures fuyantes et moisissures. Néanmoins, les deux petits modèles, Adèle et Zélie, avaient de la chance car on ne comptait qu'un millier de chambres au château. Nombreux étaient les employés, maîtres d'office et domestiques obligés de se loger à Versailles, ville chère, voire encore à Paris, ce qui imposait chaque jour deux longs trajets dans des voitures bondées et inconfortables.

Même sous les combles, une minuscule chambre partagée à deux ferait plus d'un envieux. Encore l'influence de Waldenberg... Celui-ci pourtant ne disposait, selon Hélène, que d'une chambre au palais et pas d'un appartement. Habitat qui devait toutefois se trouver en meilleur état que les lieux qu'il découvrit après avoir frappé à la porte et que, la mine ensommeillée, Zélie lui eut ouvert.

— Qu'est-ce que ceci?

Volnay eut un léger sourire en entrant, suivi d'une femme portant un pot et deux bols.

— Vous me reconnaissez? J'ai soudoyé une femme de chambre pour que l'on vous apporte à chacune un grand bol de chocolat!

Les petites battirent des mains. La femme posa son plateau à même le plancher, près des paillasses, et se retira. Le policier jeta un bref coup d'œil à la tapisserie arrachée sur les murs et à la lucarne qui filtrait une maigre lumière.

— Buvez votre chocolat pendant qu'il est chaud, conseilla-t-il, puis habillez-vous et nous irons nous promener dans les jardins.

Il sortit ensuite sans remarquer les coups d'œil complices que Zélie adressait à Adèle. Bien que jeunes, les choses de la vie ne leur semblaient pas étrangères.

Volnay les amena le long de l'allée des Marmousets, parfois appelée allée d'Eau. Elle était encadrée de hautes charmilles et des groupes d'enfants en bronze y supportaient sans broncher des vasques de marbre de Languedoc remplies d'une eau claire.

Volnay considéra Adèle aux yeux limpides et chastes, se souvenant d'un précepte de son père :

Attention : yeux baissés mais jupes levées!

— Étiez-vous amies avec Mlle Vologne de Bénier?

Adèle fit la moue et Zélie répondit à sa place.

— Nous avons essayé mais elle gardait ses distances. Elle n'était pas très bavarde et plus âgée que nous. Plusieurs fois, nous lui avons proposé de sortir ensemble en ville mais elle a toujours refusé.

— Elle était peut-être tout simplement timide, hasarda Volnay.

— Ou simplement pimbêche!

Au centre d'un vaste espace situé en bas de l'allée d'Eau se trouvait le bassin du Dragon et, par réflexe, ils levèrent les yeux pour suivre l'immense jet d'eau qui jaillissait de la gueule du monstre en plomb doré. Autour de celui-ci, la présence de quatre dauphins et d'autant de cygnes portant des Amours armés d'arcs et de flèches rassurait les badauds. Ils allaient certainement tuer le dragon.

Volnay hésita. Il trouvait les petites bien jeunes et le sujet délicat. Une pudeur naturelle réfrénait sa curiosité.

— Vous étiez les modèles de Waldenberg mais que préférait-il en vous?

Pour la première fois, Adèle ouvrit la bouche.

— Que signifie votre question?

Le policier se racla la gorge avec gêne.

— Eh bien, par exemple, y avait-il des endroits de votre anatomie qui l'inspiraient plus que d'autres?

Adèle et Zélie se regardèrent brièvement puis éclatèrent de rire comme si elles venaient de penser à la même chose amusante. Volnay attendit patiemment de connaître la raison de leur hilarité.

— Pardon, monsieur, fit enfin Zélie, mais cela nous fait rire car M. Waldenberg adore les pieds. Il nous a parfois fait poser sans chaussures pour en faire des esquisses, des fusains ou des sanguines. Mais ceux qu'il préférait, bien que personnellement je les trouvasse trop grands, c'étaient ceux de Mlle Vologne de Bénier. Cela l'ennuyait parfois car elle était assez prude.

Volnay réprima un sourire. Parler de la jeune pensionnaire de la maison de Mme de Marcillac comme d'une prude l'étonnait. Manifestement, la double vie de la victime était demeurée soigneusement secrète.

— Et Mlle Vologne de Bénier cédait à ses caprices ?

— Elle ? – De nouveau le rire de Zélie fusa. – C'est plutôt lui qui se pliait à tous les siens du moment où elle lui laissait peindre ses grands pieds !

Le policier hésita.

— Waldenberg vous a-t-il fait certaines propositions ?

— Pour coucher avec nous ? l'aida Zélie avec une mine délurée. Jamais, même s'il nous regarde beaucoup ! Mais ça, dans ses rêves ! Nous sommes des modèles, pas des prostituées.

— Et avec Mlle Vologne de Bénier ?

Finalement, les petites semblaient suffisamment éveillées pour que Volnay ne s'embarrasse plus de précautions de langage.

— Je ne saurais dire mais non, répondit Zélie, je ne pense pas. Je n'ai vu aucun geste intime entre eux.

Le vent portait vers les promeneurs la fraîcheur du jet d'eau dans l'aube déjà tiède. Adèle frissonna et serra ses bras menus autour d'elle.

— Mais s'est-elle jamais plainte de lui et de tentatives pour la mettre dans son lit ? insista le policier.

— Pas que je sache, dit encore Zélie qui semblait répondre pour deux. Mais il est assez doux et timide avec les femmes. Et elle se montrait plutôt autoritaire avec lui. En fait, elle paraissait le commander.

Volnay fronça les sourcils.

L'Écureuil se promenait dans le quartier aux abords de l'église Notre-Dame, hésitant devant la devanture de la boutique d'un marchand de liqueurs et de confiseries à acheter quelques douceurs pour Volnay. Mais il ne lui semblait pas que le jeune homme appréciât les choses trop sucrées.

— Mademoiselle, votre mouchoir.

L'homme s'inclina devant elle en le lui tendant.

— Oh, monsieur, merci ! s'écria-t-elle. Mais je vous reconnais. C'est bien vous qui m'avez sauvée hier soir de cet affreux bonhomme.

L'autre s'inclina.

— J'ai eu cet honneur en effet.

— Que faites-vous donc ici ? s'inquiéta-t-elle.

Sa courte vie passée avait développé en elle le sentiment du danger et l'instinct de survie de la rue qui portait à se méfier de toute coïncidence. Mais son sauveur de la veille gardait réponse à tout.

— Mon bottier tient boutique dans cette rue. Et je suis venu passer commande d'une nouvelle paire de bottes.

L'Écureuil se rasséréna. Après tout, Versailles restait une petite ville. Et l'homme était vêtu d'un habit de velours de soie bleu, d'un gilet d'un bleu plus pâle et fleuri ainsi que de bas blancs. Une personne de qualité sans nul doute.

— Vous étiez troublée hier, fit-il d'un ton hésitant, et je n'ai pas voulu vous poser de questions mais vous n'habitez pas Versailles depuis longtemps ?

Elle se raidit.

— Comment avez-vous deviné ?

Il eut l'air amusé.

— Mais parce que vous étiez perdue et ceci pas très loin de chez vous.

La jeune fille joignit les mains et baissa la tête tout en continuant de marcher, l'homme à ses côtés.

— Le temps est doux et chaud, fit celui-ci d'un ton pénétré après avoir réfléchi à un sujet de conversation. Savez-vous que l'on a sorti les plantes de l'Orangerie ?

— L'Orangerie ? Où se trouve-t-elle ? demanda naïvement l'Écureuil.

L'autre marqua sa surprise.

— Vous habitez Versailles et vous n'avez jamais visité les jardins du palais ?

Elle rougit légèrement.

— Non.

— Je vous y amènerai !

— Vous êtes fort aimable mais je ne vous connais point.

— Quel âge avez-vous, mon enfant ?

Il se montrait maintenant paternel mais elle ne s'en offusqua pas.

— Seize ans, bientôt dix-sept.

— Un bel âge où la vie se donne à vous et tout est encore possible. Laissez-moi vous offrir un chocolat, rue de la Paroisse. – Il agita les mains lorsqu'il vit son air inquiet. – Oh, ne vous inquiétez pas. Je ne vous veux aucun mal et l'établissement où je vous propose de partager cette boisson est des mieux fréquentés. On y sert également du thé de Chine, du café, des confitures et une montagne de délicieuses pâtisseries ! Mais je ne me suis pas présenté. Je suis…

Cette fois, ce ne fut pas Odeline qui vint lui ouvrir mais la mutine Fanny. Une petite mèche de cheveux rebelle lui pendait dans les yeux. À la vue du moine, son regard pétilla de malice. Il la détrompa d'un mot.

— Pas pour ça ! Le sage n'apprécie pas le goût du gingembre ! Votre hôtesse est-elle là ?

— Mme de Marcillac est sortie.

— Oh, j'en suis navré.

Il réfléchit. Le moment semblait choisi pour poser quelques questions.

— Avez-vous un instant ?

— Une petite séance vous tente ? susurra Fanny, la mine délurée.

— Merci, mais je n'ai aucun goût pour la fessée.

Elle recula d'un pas pour mieux le jauger. Le moine conservait une belle prestance et renvoyait l'image d'un homme vigoureux et dans la force de l'âge.

— Je vois bien que vous êtes un dominant, décréta-t-elle. Nous pourrions adopter des positions tout à fait classiques.

Le moine sourit devant son insistance.

— Définitivement, non!

Fanny posa une main sur son poignet.

— Décidément, vous n'êtes pas du matin! Laissez-moi vous offrir une flûte de champagne, en toute amitié!

— Pourquoi pas? fit le moine, en surveillant du coin de l'œil la seconde main de Fanny. Mais n'auriez-vous pas plutôt ce breuvage inimitable qu'on appelle café?

— Suivez-moi.

Elle avait adopté naturellement une voix de commandement. À sa grande surprise, elle le conduisit dans une chambre à la tapisserie gris perle agrémentée d'oiseaux et de fruits. Au fond de celle-ci trônait un lit à baldaquin, les soubassements enrichis de guirlandes de fleurs. Les rideaux en étaient tirés. Deux tableaux accrochés aux murs retinrent son attention. Le premier représentait des lièvres poursuivant des chasseurs. Le second, un château fortifié, défendu par des chats et assiégé par des rats.

— Intéressante inversion de l'ordre social, à l'image de cette maison, constata gaiement le moine. Mais pourquoi m'avoir conduit dans votre chambre?

— On fait le ménage dans les petits salons, expliqua-t-elle. Nous serons plus tranquilles ici. Je vais vous chercher votre café.

Lorsqu'elle revint, Fanny trouva le moine en train de contempler le grand miroir posé au mur.

— Si c'est un miroir sans tain, cela doit être amusant de les voir cul nu, à se faire donner la fessée tant méritée, tous ces dispensateurs des deniers de l'État. Jusqu'à présent, j'imaginais ces courtisans sur leur chaise percée, à pousser fort, en serrant les dents comme le commun des mortels!

Il se retourna et vit que Fanny ne portait désormais qu'un voile transparent comme la toile d'une araignée sur les épaules, révélant de petits seins haut placés, un ventre plat, un sexe glabre et de grandes jambes blanches et musclées sur lesquelles elle se campait fermement. Des bandes de soie enserraient ses seins et sa taille. Elle portait aux poignets ainsi qu'aux chevilles des entraves argentées. En un geste gracieux, elle retira ses sandales. Ses pieds nus aux ongles vernis d'un rouge vif foulèrent le sol avec une assurance innée.

— C'est ma tenue de travail, expliqua ingénument Fanny.

— Moui, enfin, nous ne sommes pas dans la Rome antique! N'avez-vous pas peur de prendre froid?

Il alla s'asseoir dans un fauteuil. Fanny sourit et posa le café sur un guéridon à côté de lui.

— Nous pouvons trouver une activité pour nous réchauffer mutuellement.

— Fanny, soupira le moine, vous aurez beau étaler sous mon nez votre marchandise, je ne suis pas acheteur. Ceci dit, ne doutez pas que je sois très sensible à vos charmes. Vingt ans plus tôt, je vous aurais épousée!

Ils rirent tous les deux puis le moine redevint sérieux.

— Vous n'êtes pas sans savoir que j'enquête sur la mort de votre collègue, Mlle Vologne de Bénier.

— Vous soupçonnez un de ses clients? – Fanny prit un air dédaigneux. – Aucun d'eux n'aurait pu lever la main sur elle. Se rendre maîtresse de la virilité d'un homme, c'est se rendre maître de lui.

— C'est Mme de Marcillac qui vous enseigne cela?

Fanny détourna brièvement les yeux.

— Oui. Elle nous dit que nous valons mieux que simplement nous faire écarter les cuisses. Les hommes n'ont aucun respect pour nous si nous ne dominons pas leurs pulsions.

Le moine poussa un soupir en fourrageant dans sa barbe. Il y avait assurément beaucoup à dire. La société n'était qu'une longue chaîne de soumissions mutuelles, chaque dominé étant le dominant de quelqu'un jusqu'au dominé ultime.

— Quand même, finit-il par dire, la capacité de l'homme à se révolter contre une force injuste est dans sa nature.

— Ce ne sont que des soumis, des esclaves…

Elle parlait d'un ton naturel, sans dédain, comme si elle énonçait un simple fait.

— Connaissez-vous un certain Spartacus? demanda le moine.

— Non. Il habite à Versailles?

Le moine étouffa un sourire.

— C'était un esclave de l'Empire romain. Pour vous la faire courte, un jour, il s'est révolté contre ses maîtres, a monté une troupe d'esclaves et s'est mis à massacrer les Romains. Ç'a été la surprise de leur vie !

Fanny sembla réfléchir un instant.

— Ces esclaves… Qui étaient-ils auparavant ?

— Souvent des prisonniers de guerre.

Le regard de la jeune fille pétilla soudain.

— Voilà, c'étaient au départ des guerriers ! Nos soumis sont des hommes de pouvoir ou d'argent. Et ce pouvoir pèse finalement trop lourd sur leurs épaules. Ils ne pensent qu'à l'abandonner, à nous le remettre. Le jour, ils donnent des ordres, la nuit, ils en reçoivent. Ils ont besoin de cet équilibre pour survivre. Quant à leur argent, ce qu'ils aiment, c'est nous le donner. Ou plutôt qu'on le leur arrache. Ils aiment bien se faire voler mais seulement par plus fort qu'eux !

Le moine digéra d'un coup toute cette philosophie subversive.

— Je ne suis pas tout à fait d'accord avec vous. Déjà subordonnés au roi, vos clients sont des soumis de seconde main. Vous n'êtes que leur deuxième maître !

— Le roi leur administre-t-il des fessées ? demanda-t-elle gaiement.

Le moine la regarda gravement.

— C'est bien pire que cela. Il les humilie quotidiennement sans même qu'ils s'en rendent compte.

Fanny lui jeta un regard intéressé.

— Ainsi, ne voyez-vous en aucun d'eux l'étoffe d'un assassin ? poursuivit-il.

— Aucun, je vous l'assure.

— Mais, insista-t-il, Mlle Vologne de Bénier avait peut-être un amoureux ou un homme épris d'elle en dehors de la maison ?

La jeune femme eut un petit rire moqueur. Le moine la considéra avec curiosité.

— Pardonnez-moi, expliqua-t-elle, mais elle n'avait aucune attirance pour les hommes, si vous voyez ce que je veux dire.

Le moine se toucha le front et s'exclama :

— Mais bien entendu ! Que n'y ai-je pas pensé plus tôt !

Fanny eut un sourire entendu.

— Je pense au contraire que cette idée vous travaille depuis un moment.

Petite futée! Le moine resta à la contempler un instant sans rien dire. Il se souvenait bien de sa première rencontre avec Fanny, main dans la main, les doigts entrelacés avec la blonde, Victoire.

— Ici? finit-il par demander.

L'amusement en lui avait fait place à une profondeur grave. Fanny en fut quelque peu déstabilisée.

— Avec Victoire.

Sa voix était plus douce qu'une brise légère.

— Oh, la blonde que j'ai rencontrée avec vous dans le petit salon. Celle qui donne des ordres d'un simple regard?

Fanny acquiesça sans le quitter des yeux.

— C'est cela.

— Et vous?

— Non.

— J'irais bien discuter avec Victoire. – Il toussa d'un air gêné. – Ceci dit sans remettre en cause le charme discret d'une conversation avec vous.

Fanny lui adressa un regard étincelant et sourit de connivence.

— Vous vous êtes très bien rattrapé, apprécia-t-elle en connaisseuse.

— Merci, mais c'est sincère.

— Malheureusement, elle n'est pas ici. Elle nous a fait prévenir d'une indisposition qui l'oblige à garder le lit aujourd'hui.

— Assurément, cela complique les choses.

Le moine porta sa tasse de café à ses lèvres. Lorsqu'il eut savouré le breuvage amer, Fanny vint s'asseoir très naturellement sur ses genoux. Elle le renifla ensuite comme un animal.

— Vous sentez… le propre.

— Oui, je fais ma toilette soir et matin, et de toutes les parties de mon corps. Mon hygiène corporelle est irréprochable. Pareil pour les dents.

— C'est ainsi que j'aime les hommes!

— Vous aussi, vous sentez bon.

— Je me parfume à l'eau de Hongrie.

Elle se pencha sur lui.

— Ah! fit le moine, un instant désorienté. Je ne pense pas que…

Silence.

— Pouvez-vous éviter de mettre la langue dans la bouche de votre interlocuteur quand il parle? réussit enfin à articuler le moine.

— Cela vous déplaît-il tant?

— …

— …

— Ouf! fit le moine en la repoussant. Ma chère Fanny, tout cela n'est pas très sérieux. J'étais venu entretenir votre maîtresse d'un sujet important.

— Oui mais j'ai envie de vous…

— Vous êtes si jeune. On va encore dire du mal de moi après! Et ces agréables folies portent toujours à conséquence!

Il tenta de la faire glisser au bout de ses genoux pour éviter un contact trop intime.

— Suis-je le résultat de quelque pari entre pensionnaires ou bien Mme de Marcillac m'a-t-elle recommandé à votre attention? demanda-t-il en se levant.

Elle fut bien obligée de suivre son mouvement mais, une fois debout, se tint serrée à lui.

— Mme de Marcillac n'a laissé aucune instruction à votre sujet mais j'ai effectivement parié un demi-louis d'or que je serai la première à partager votre couche.

— Oh, si ce n'est que cela, fit le moine en reculant et sortant sa bourse. Vous n'aurez pas à coucher avec moi mais vous aurez votre demi-louis.

Fanny l'arrêta d'un geste.

— Je ne veux pas de votre argent de cette manière.

— Votre intégrité vous fait honneur! Tout comme votre sincérité.

Un sourire taquin métamorphosa le visage de Fanny en celui d'une petite fille ingénue.

— Je gagnerai mon dû honnêtement mais je ne vous fouetterai pas… pour cette fois!

— Vous êtes bien aimable.

Elle s'écarta de lui et il respira.

— Un massage alors? proposa-t-elle. Je sais très bien dénouer les muscles et chasser la tension qui habite les corps. Vous êtes un homme qui ne tient pas en place, aussi devez-vous avoir beaucoup de tensions à évacuer.

— Ma foi, ce n'est pas faux, admit le moine.

— Terminez votre café et nous commencerons.

Il finit tranquillement sa tasse, conscient qu'elle l'observait derrière ses longs cils.

— À quoi pensez-vous? demanda-t-elle en le voyant hésiter.

— Je songe à seconder l'impulsion première de la nature humaine de fuir en cas de danger!

— Allons, fit-elle d'un ton rassurant. Ne craignez point pour votre vertu!

— Oui, parce que ma réputation…

Le moine entreprit de se dévêtir sans aucune gêne. Fanny eut un mouvement de surprise à la vue de son corps noueux et musculeux, aux côtes saillantes. Elle caressa son ventre plat, sa poitrine dure, laissant courir ses doigts sur son torse.

— Monsieur semble faire beaucoup d'exercice, constata-t-elle avec malice.

— Certes, fit le moine d'un ton satisfait, je ne me borne pas qu'à penser. Mes membres s'agitent presque autant que ma cervelle!

Fanny tira un cordon de soie à glands, découvrant le lit, recouvert d'un drap doux et de coussins moelleux. Il s'aperçut que ses mains tremblaient légèrement lorsqu'il entreprit de caler ses épaules carrées sur l'oreiller.

— Tournez-vous, ordonna-t-elle.

Son voile flotta un instant à hauteur de ses cuisses puis glissa sur ses mollets. Les bracelets de chevilles s'entrechoquèrent brièvement. Elle se saisit d'une petite fiole et fit couler quelques gouttes d'huile parfumée dans ses mains avant de se frotter les paumes.

— Oubliez-vous et laissez faire, conseilla Fanny.

Sa voix avait soudain la texture de la soie.

Il obéit.

Sa peau luisante d'huile parfumée, elle se frotta à lui. Sa poitrine était ferme mais un peu plate.

— Ah oui, quand même… fit le moine. Je ne savais pas que cela se passait ainsi.

— Vous n'êtes plus au fait des goûts du jour…

— Sûrement !

Fanny se frottait à lui en de larges mouvements sensuels. Ses bracelets en or tintaient à chaque mouvement. Au bout d'un moment, plus très certain de contrôler la suite, le moine déclara forfait.

— Je vais vous signer un papier pour certifier que vous avez gagné votre pari, dit-il en se rhabillant. Puis-je vous le dicter ? Je le signerai ensuite. J'ai la vue qui baisse…

Elle rit.

— Me voilà votre secrétaire maintenant !

Le moine eut un sourire enjôleur.

— Une secrétaire d'un genre très particulier alors mais que j'adore.

Il la regarda écrire et ne remarqua pas de fautes de français. L'écriture était fine et déliée, naturelle. Fanny écrivait sans se contraindre.

— Si Mme de Marcillac rentre, fit le moine, pourriez-vous la prévenir que je suis au palais pour une consultation mais qu'à partir de onze heures, je me tiendrai pendant une heure à la Ménagerie ?

— Pourquoi donc ?

— Mais pour y voir les fauves !

Elle eut une petite moue.

— Vous en aviez une sous la main…

Le moine lui caressa affectueusement la joue.

— Beaucoup trop dangereuse pour moi ! – Il hésita à la porte. – Fanny ?

— Oui ?

— Pourriez-vous me procurer un petit plaisir ? Si quelque membre du clergé se présente pour expier ses péchés en vous présentant de petites fesses poilues et rouges, vous lui direz de ma part…

Il réfléchit.

— Eh bien, que lui dirons-nous ? le pressa Fanny souriante.

— Jésus et moi on va tanner ton petit cul de païen !

L'homme au clou de girofle se fit servir un café d'un noir à faire frissonner le diable qui sommeille en chacun de nous. L'Écureuil en avait bu la première fois après avoir rencontré Volnay. Elle n'avait pas aimé. Le breuvage était trop amer, trop intense. En revanche, elle adorait les chocolats moussus à la saveur onctueuse comme celui qui était devant elle. Le chocolat lui apportait des images de pays lointains où il faisait toujours beau et où la mer miroitait au soleil comme une grande flaque chaude après la pluie.

L'homme insista pour qu'elle goûte un thé du Japon. C'était une denrée rare et chère mais l'Écureuil n'avait aucune notion de ce genre de choses et tenait à son chocolat. Elle l'obtint.

Autour d'eux, des gens jouaient aux échecs ou discutaient à l'infini de choses sans importance.

L'homme sembla être au diapason de ses pensées car il se mit à lui parler d'îles lointaines où l'on cultivait le café et tant d'autres merveilles. L'Écureuil écarquilla de grands yeux. Volnay ne lui racontait jamais ce genre de choses…

— Voudriez-vous visiter les jardins de Versailles ? lui proposa-t-il soudain.

Le moine se glissa hors de la bonbonnière avec un sourire aux lèvres.

— Ouf, il s'en est fallu de peu mais ma vertu est sauve, gloussa-t-il. Et finalement, j'ai obtenu ce que je voulais !

Il sortit le morceau de billet en sa possession et le compara aux lettres tracées par la jeune ingénue. Ce n'était indubitablement pas Fanny l'auteur du billet doux glissé sous la porte de Mlle Vologne de Bénier.

— Tant mieux, murmura-t-il. J'ignore pourquoi mais j'aime bien cette petite !

En accord avec Hélène, Volnay s'était arrangé pour que celle-ci reçoive le peintre, pour une prétendue commande, dans un hôtel particulier mis à disposition par Sartine à Versailles. Ceci le temps d'éloigner Waldenberg afin de fouiller son atelier. Quant aux petits modèles, Hélène s'était débrouillée pour les faire quémander pour la journée par un autre peintre.

Ses arrières ainsi assurés, Volnay entreprit de fouiller méthodiquement la chambre du peintre puis l'atelier attribué pour son travail. La chambre ne lui apporta aucune indication particulière sur la vie quotidienne de Waldenberg. Dans l'atelier, une boîte en bois attira son attention. Il y trouva des pinceaux aux poils de queue de blaireau ou de putois, d'autres semblaient garnis de poils de chien. Les brosses ensuite, soie de sanglier. Waldenberg rangeait ses couleurs et pigments dans des poches de cuir. L'atelier ne semblait pas recéler d'autres secrets que ceux de ses toiles. Minutieusement, le policier entreprit de regarder les tableaux les uns après les autres, à la recherche d'un indice, d'un détail.

Il dénicha ainsi une série de toiles qu'on ne lui avait pas montrées. Il s'agissait de natures mortes. L'une d'elles représentait un cerf abattu par des chasseurs qui en avaient arraché le cœur pour le jeter à leurs chiens.

La scène cruelle retint son attention. Volnay savait bien que l'on récompensait ainsi les chiens de chasse. L'un des chasseurs semblait ressembler au roi. Comme tous les Bourbons, le roi était un viandard.

La curée… Le cœur ou le foie… Et si c'était lui ?

Volnay secoua la tête pour chasser ces pensées sacrilèges. Après tout, c'était Waldenberg l'auteur de ces toiles, pas le roi.

Volnay réfléchit. La chasse et les femmes avaient été le passe-temps favori de Louis XIV et de son arrière-petit-fils. En fin de chasse, Louis XIV allait même jusqu'à distribuer les gibiers qu'il avait tués aux dames de la cour qui l'accompagnaient. Celles-ci les accrochaient à leur ceinture pour montrer aux autres femmes les faveurs du roi à leur intention. Les Bourbons avaient toujours été des prédateurs, poudrés et perruqués certes, mais des prédateurs quand même.

Le policier s'appliquait à remettre à leur place chaque toile de manière à éviter que le peintre ne se rende compte de son intrusion. Lorsqu'il eut terminé, son regard fut attiré par des esquisses entourées d'un ruban de satin bleu. Il les déplia avec précaution et un vertige soudain le saisit à la vue de l'objet reproduit.

Un pied féminin répété à l'infini, dans toute la splendeur de sa cambrure. Sans doute celui de Mlle Vologne de Bénier. Des études de cheville aériennes. Une variation vertigineuse qui donnait l'idée de l'abîme d'une idée poussée à son paroxysme.

Pas plus qu'Adèle et Zélie, l'ancienne maîtresse de Waldenberg n'avait menti quant à l'obsession du peintre pour ce morceau d'anatomie.

Celle-ci révélait encore une autre facette de la personnalité du peintre. Une personnalité qui explosait littéralement lorsqu'il peignait.

Volnay revint songeusement aux toiles classiques. Sur un tableau, une jeune fille chaussée d'un seul soulier semblait en équilibre. Quelque chose l'avait effrayée : une créature au masque véritablement hideux et effrayant à la lisière d'un bosquet. La demoiselle se retenait pour ne pas tomber à l'épaule d'un arlequin agenouillé qui semblait vouloir profiter de l'occasion pour déposer un baiser sur son pied en l'air. Les pensées de Volnay le ramenèrent brutalement en arrière, dans un labyrinthe où gisait une jeune femme morte, déchaussée.

Mais où est donc passée cette foutue chaussure ?

M. de La Martinière examina le moine avec une douce ironie.

— Mon frère, vous me faites beaucoup d'honneur de croire en ma médication, vous qui êtes si instruit en sciences de la médecine.

— Vous êtes le premier médecin raisonnable que j'ai le plaisir de croiser. Pardonnez-moi d'en profiter ! Vous devez être bien occupé…

— Oui et non… Je dispose d'un chirurgien ordinaire, de huit chirurgiens de quartier, deux chirurgiens-dentistes, quatre apothicaires, quatre aides-apothicaires. Enfin, il y a encore les chirurgiens sans quartier… Cela fait beaucoup de monde au service du roi. Mais le roi n'est jamais seul. Même à la chasse, un médecin monte à cheval près de lui !

On frappa à la porte. Un domestique vint lui porter une missive sur un plateau d'argent. La Martinière la lut en fronçant les sourcils.

— Veuillez m'excuser un instant.

Il sortit. Le moine sourit. Hélène avait manœuvré comme il le souhaitait en se présentant au cabinet pour interrompre la consultation.

Aussitôt, le moine se pencha pour jeter un coup d'œil aux papiers sur le bureau de La Martinière puis dans les tiroirs de son bureau remplis d'ordonnances, de notes et de croquis d'anatomie. L'un des tiroirs était fermé à clé.

— Ma foi…

Le moine se garda d'insister. Des pas à l'allure martiale résonnaient déjà dans l'antichambre.

Le soleil dorait de sa lumière le sable des allées lorsque le moine se dirigea vers la Ménagerie. Il y avait peu de chances pour que Delphine de Marcillac ait reçu son message et accepte ainsi d'être convoquée mais sait-on jamais. Après tout, il n'avait pas l'intention de prendre la lune avec les dents.

Il lui semblait judicieux de retrouver Delphine en dehors d'un lieu familier dans lequel elle régnait en maîtresse sur les hommes. Et puis, il se plaisait à redécouvrir ces jardins. Malgré un excès d'ordre, il n'avait rien vu de plus merveilleux sur terre en termes de composition et d'harmonie végétale.

— Tête de bourrique, niquedouille, coquin !

— Pardon monseigneur, pardon !

Les cris attirèrent son attention et il se dirigea vivement vers l'endroit d'où ils provenaient. Là son sang ne fit qu'un tour à la vue d'un noble, dentelles aux manchettes, chapeau à plumet blanc, pierres précieuses aux jarretières et aux souliers, donnant de furieux coups de canne à un pauvre jardinier serré dans un gilet à l'épaisse toile de coton sergé.

Le moine s'avança et retint le bras qui allait de nouveau frapper.

— Monsieur, cet homme n'est pas un âne ! Vous n'avez pas à le battre.

Le courtisan cligna des yeux stupéfaits. La force du moine était vraiment impressionnante et de se voir ainsi saisir en plein jardin de Versailles par un homme portant une bure le surprenait. Pourtant, l'homme se ressaisit et, tout aussi tranquillement que le moine, fit étalage de sa force en desserrant silencieusement l'étreinte du moine sur son poignet.

— Mon frère, fit le courtisan en le regardant fixement, vous ignorez sur qui vous portez la main.

Le nez court, les joues creuses, un menton aux contours carrés, il avait des yeux profonds mais vides comme ceux d'un poisson mort.

— Mon frère en Jésus-Christ, l'admonesta le moine, tu dis vrai. *Les uns naissent grands, les autres se haussent jusqu'à la grandeur, d'autres s'en voient revêtir par la naissance.* Remercie le Seigneur que le seul effort de ta vie ait été de naître !

— Cet homme a laissé traîner sa faux, j'ai trébuché dessus !

— Je l'avais juste posée pour cracher dans mes mains et me les frotter ! bredouilla le jardinier que tout le monde avait oublié.

Après lui avoir jeté un bref coup d'œil, le moine se retourna vers le courtisan et le toisa froidement.

— Vous avez entendu. Ce n'est qu'un instrument de travail oublié. Ceci ne mérite pas des coups de canne.

— Les coups de canne, je les donne à tous ceux qui se dressent sur mon chemin, murmura l'autre entre ses dents.

Dans son visage maigre et vérolé, des yeux de prédateur s'étaient mis à briller comme s'il venait d'apercevoir un lapin et attendait que celui-ci remue les oreilles pour lui briser le cou.

— Monsieur, rétorqua le moine inconscient du danger, vous avez une cervelle de colibri. Retirez-vous. Vous êtes la honte de toute la chrétienté !

Au regard de l'autre, le moine comprit qu'il venait d'aller trop loin et que sa bure ne le protégerait pas d'un mauvais coup. Autour d'eux s'étaient approchés les promeneurs et de belles dames sous leurs ombrelles, une compotée de gens avides de sensations… Et seule leur présence semblait empêcher le noble de dégainer son épée. Une voix claire résonna tout à coup dans l'air calme.

— Eh bien, Valvert! N'avez-vous donc plus assez de religion pour penser à porter la main à l'épée contre un vieux moine?

Le moine se retourna et la vit, rayonnante de lumière. Ses cheveux tombaient en cascade sur ses épaules. Cela aussi, c'était une magnifique démonstration de pouvoir.

Delphine!

Le noble parut plus contrarié que charmé. Il s'inclina néanmoins galamment devant Mme de Marcillac.

— Mes hommages, madame. Vous apparaissez toujours là où l'on vous attend le moins alors que vous n'êtes pas là où l'on vous attend le plus!

Et sur ces paroles énigmatiques, il la dévisagea avec un rien d'insolence sous une apparence de galanterie. Elle le gratifia d'un seul signe de tête.

— Je vous l'accorde, mon cher comte, mais veuillez pardonner cet homme. Ce moine est à mon service pour des œuvres de charité.

— La bure ne permet pas tout, grommela-t-il, mais pour vous je veux bien pardonner l'offense.

Le comte de Valvert s'inclina et prit congé de Mme de Marcillac sans un regard pour le moine qui le regarda s'éloigner en réprimant sa fureur.

Je t'en foutrai, moi, des coups de canne, erreur de la nature!

Le moine se retourna vers le jardinier. Une barbe d'un gris acier encadrait un visage aux traits taillés à la serpette. La carrure et la constitution de l'homme auraient pu lui permettre de se défendre mais sa soumission naturelle à plus puissant que lui l'en avait empêché.

— Si j'étais vous, mon brave, je changerais de parterre pour la semaine! Et essayez d'apporter un peu de fantaisie dans ces jardins. Arrêtez de tout mettre en carré!

L'homme hocha la tête, reconnaissant.

— Merci mon frère. Mais, sauf votre respect, la plus jolie figure est celle d'un carré bien ordonné quand vos poireaux, vos artichauts et vos asperges forment de beaux angles droits. Et le plus beau encore, c'est pour la fraise…

Et sur ces mots, il disparut, sa faux sur l'épaule.

Le moine le regarda s'éloigner, les sourcils froncés, méditant une vision aussi géométrique des choses.

— Ne restez pas planté là, le pressa Delphine. Il nous faut vite nous éloigner.

— C'est que je n'aime pas tourner le dos à un ennemi, murmura doucement le moine.

— Cessez de jouer les braves! Le comte n'a jamais laissé un affront impuni. C'est un fauve bien élevé mais un fauve quand même, son instinct peut très vite reprendre le dessus!

Le moine la rejoignit à contrecœur. La Ménagerie se dressait devant eux, éclatante sous le soleil du matin.

— Madame, merci doublement d'être venue.

— Fanny m'a transmis votre message et je m'en suis inquiétée.

— Il ne fallait pas, Delphine. Il y a autre chose que je voulais vous dire.

— Quoi donc, *Guillaume*? demanda-t-elle en prononçant son prénom avec emphase comme pour l'imiter et se moquer de lui.

— Je n'ai pas su résister aux charmes de Fanny.

— Je sais, la petite me l'a dit. Elle m'est loyale et ne me cache rien.

— C'est bien, c'est bien. La loyauté est une qualité qui me plaît. Êtes-vous contrariée?

— Je ne sais pas trop.

Mme de Marcillac semblait toutefois ennuyée de cette soudaine intimité du moine avec l'une de ses pensionnaires. Celui-ci soupira.

— Oui, je sais que je n'aurais pas dû.

— Vous êtes un homme, répondit-elle avec dans le ton une nuance de reproche à peine voilée.

— Cela ne me rassure pas!

Delphine haussa les épaules.

— Que voulez-vous, c'est dans votre nature! Mais une question me brûle les lèvres : pourquoi n'avez-vous pas consommé avec Fanny?

— Elle est bien jeune pour moi.

Mme de Marcillac étouffa un sourire.

— Je me suis laissé dire que cela ne vous contrariait pas tant que cela.

— Encore la réputation! Tout ça pour une fois! Enfin, je n'aime pas les amours tarifées.

— La petite vous plaisait et elle vous l'offrait.

— Certes mais, encore une fois, elle est bien jeune et je n'ai rien contre les femmes un peu plus mûres…

Delphine détourna le regard. Il lui offrit son bras et elle y glissa une main gantée de blanc. Le moine guida leurs pas jusqu'à la Ménagerie.

— Je vous ai deviné, fit enfin Delphine.

Elle paraissait amusée.

— Vraiment?

— La petite m'a montré le papier que vous avez signé. Vous l'avez fait écrire pour comparer son écriture à celle du billet doux. C'est pour cela que vous avez accepté cette séance de massage avec elle. Vous êtes plus rusé qu'Ulysse!

Le moine haussa nonchalamment les épaules.

— Ma foi, la comparaison ne me paraît pas déplacée!

Ils gravirent en silence l'escalier d'un pavillon pour entrer dans un cabinet à huit faces. Là, ils dirigèrent leurs pas dans un corridor de fer doré donnant sur sept cours remplies de poules d'Égypte, de pélicans, d'oies d'Inde, de canes et de marmottes. Certaines abritaient des gazelles, des éléphants et des tigres. Ceux-ci s'abreuvaient dans des fontaines de marbre.

— Il est curieux de voir que le roi traite mieux sa ménagerie que ses sujets, remarqua impertinemment le moine.

— Il en a toujours été ainsi. Les rois prennent plus soin de ce qu'ils montrent à voir que de ce qu'ils s'appliquent à dissimuler!

— Oui, renchérit le moine. La magnanimité, la civilité, la politesse et la bonté sont autant de choses qu'ils ignorent.

Ils s'interrompirent car un nobliau de province venait de s'arrêter près d'eux et montrait à sa femme les jardins en énonçant avec emphase :

— Vois ma femme comme la terre et les eaux ressentent la puissance du roi et se plient devant elle !

Le moine grinça des dents et murmura à Delphine :

— Voici le genre de propos qui me donne envie de mettre des baffes !

Delphine sourit sans la moindre gaieté et lui pressa le bras pour s'éloigner.

— Vous et moi, Guillaume, sommes de la même race. Mais ce que nous pensons, nous ne pouvons l'exprimer. Je devine toutefois que votre haine de cette société égale la mienne.

— Je n'ai de haine envers personne.

— Oh que si ! Votre colère bouillonne en vous. Je toucherais votre front que je le trouverais brûlant.

— Touchez-le !

Sans rien dire, elle le regarda fixement puis, retirant délicatement son gant, porta la main à son front.

— Il est trop chaud pour ce matin printanier.

Le moine frissonna à ce contact frais.

— Ainsi, je suis en colère ? C'est curieux, il y a peu, j'étais mélancolique.

— Alors, vous êtes tombé dans un autre extrême. Attention toutefois de ne pas laisser éclater votre colère à Versailles. Elle vous perdrait.

— Pourquoi donc ? demanda le moine en plissant les yeux.

— Le temps de la colère n'est pas venu, pas encore…

— Croyez-vous ? Le peuple crache sous les sabots des chevaux du carrosse du roi.

— Il en faudra beaucoup plus pour déstabiliser Sartine et toute sa bande.

— Vous préférez cravacher le cul de tous ces petits marquis, plaisanta le moine.

— C'est un fait !

— Dommage, soupira le moine, moi j'aimerais bien voir de mon vivant le peuple marcher sur Versailles.

Mme de Marcillac lui jeta un regard désapprobateur.

— Vous parlez trop. De quoi désiriez-vous m'entretenir?

— D'histoires de femmes mais avant cela une chose, ou plutôt deux. D'abord, veuillez avoir la bonté de me rappeler le nom de ce sinistre individu que nous avons eu le malheur de croiser.

— Le comte de Valvert. Pourquoi?

— Parce que je n'oublie jamais le nom d'un ennemi.

— Et la seconde chose?

— Vous m'avez traité de vieux moine!

Il en paraissait encore très offensé. Peut-être même plus que de la conduite de Valvert. Delphine porta la main à sa bouche pour réprimer un rire.

— Allons, fit-elle, vous savez bien que vous ne l'êtes pas. Vous avez le corps et l'énergie d'un homme dans la force de l'âge. Mais en faisant ressortir la différence de votre âge et votre état de moine, je mettais Valvert en position délicate pour s'en prendre à vous en public. Tout Versailles l'aurait su et cela n'aurait rien ajouté à sa gloire.

Le moine battit brièvement des paupières. Delphine de Marcillac était une femme subtile. Il éprouvait pour elle le plus grand respect, tant pour son intelligence que pour sa détermination.

— Et ces histoires de femme? reprit-elle curieuse.

— Mlle Vologne de Bénier avait un penchant pour Mlle Victoire.

— Oh…

Delphine de Marcillac sembla réfléchir.

— Je comprends que vous abandonnez la piste des soumis pour vous pencher sur celle des amours féminines…

— Simplement par acquit de conscience.

— Bien sûr…

— Il me faudrait comparer l'écriture de Victoire à celle du billet doux.

— Pourquoi donc, si vous savez déjà que la petite avait une aventure avec elle?

— Entre une aventure et les sentiments, il y a un fossé que je ne puis ainsi sauter. M'aiderez-vous?

Delphine de Marcillac inspira une grande bouffée d'air.

— Je le ferai. Pour vous. Car cela m'insupporte de trahir ainsi une de mes pensionnaires.

— Vous ne ferez que m'aider à l'innocenter. Grand merci, Delphine.

Elle frémit légèrement à l'énoncé de son prénom.

— Ne jouez pas avec moi. Je sais que vous œuvrerez pour votre enquête et que rien ne vous arrêtera. Vous n'avez que faire de moi et de mes sentiments.

— Rien n'est plus faux, Delphine. Rien n'est plus faux. – Il esquissa une courbette devant elle. – La vérité est que je suis à vos pieds.

Elle consentit à sourire. Le moine cligna des yeux nonchalamment.

— Ah, rien que pour ce sourire, je vous baise les mains…

Elle se sentit sourire en retour.

— Charmeur !

Sartine se mirait dans un grand miroir d'argent, réajustant sa nouvelle perruque sur son crâne. Les mauvaises langues racontaient qu'il en portait une même au lit !

L'image renvoyée par la glace était celle d'un homme à la mine un peu compassée et au regard perçant.

Sartine avait voué sa vie à servir le roi et il le servait bien.

La conscience aiguë de son devoir l'animait du matin au soir. Plus qu'un autre, il voyait les tensions s'accumuler dans le ciel de la monarchie. Il s'efforçait de faire taire les voix qui s'élevaient, de plus en plus nombreuses. Maintenir, voilà sa tâche. Maintenir la royauté dans toutes ses prérogatives. Et faire taire ceux qui parlent trop. Surveiller et punir…

Sartine, c'était le chien de garde de la monarchie. Un chien qui pouvait mordre sauvagement si l'on s'approchait trop près de la maison de son maître. Cette tâche, Sartine l'exerçait comme un sacerdoce, confusément conscient qu'un homme comme lui ne faisait que repousser l'inéluctable.

Il entendit la porte s'ouvrir derrière lui et ne se donna pas la peine de se retourner. Comme un vieux chien de chasse, il avait flairé son parfum.

— Vous voilà enfin, Hélène.

De toutes les femmes qu'il connaissait, elle était celle qu'il redoutait le plus, tant elle était dangereuse, et paradoxalement craignait le moins tant il croyait savoir lire en elle.

— Delphine de Marcillac a mis la main sur notre moine, dit-il nonchalamment pour la titiller. Charnellement par l'intermédiaire d'une de ses pensionnaires, une certaine Fanny, et cérébralement par elle-même.

À l'annonce de la première nouvelle, Hélène fronça comiquement les sourcils.

— En êtes-vous certain ?

— Dame, il est resté plus d'une heure avec cette Fanny à l'étage. Ce n'est pourtant pas de son âge !

— Ça, c'est vous qui le dites ! pesta Hélène.

— J'ai une mouche postée jour et nuit devant cette maison depuis le début de notre affaire.

Hélène se reprit et, feignant l'indifférence, haussa les épaules.

— Et alors ?

— Mme de Marcillac est un esprit libre et je ne la contrôle pas. Trop d'appuis. Tous ses soumis occupent des postes importants et lui sont dévoués corps et âme. Ils la vénèrent comme une déesse. J'aimerais autant arracher le moine de son giron.

— Il n'est pas du genre à se laisser fesser !

— Je ne parle pas de cela, s'empressa de dire Sartine avec une grimace comique. J'entends une certaine forme d'entente intellectuelle que je ne souhaite pas voir s'établir ou se poursuivre.

— Pourquoi ?

Sartine soupira.

— Le moine est déjà assez difficile à manipuler comme cela. Lorsqu'il trouve chez quelqu'un une complicité dans l'esprit, il devient intenable. Je crois que je le préférais encore avec sa mélancolie… Vous voyez de quoi je veux parler ?

Il jeta un bref coup d'œil à Hélène qui s'efforça de conserver un masque impassible. D'un pas lent, il gagna la fenêtre, embrassant la vue qui s'offrait à lui jusqu'au Grand Canal, une vaste nappe d'eau étale sur laquelle pouvait naviguer la petite flottille du roi.

— Ils sont en ce moment tous les deux à la Ménagerie, dit-il lentement en portant à sa bouche un clou de girofle pour se purifier l'haleine. Amusant, non ? Qui va dresser l'autre ? Ou peut-être vont-ils mutuellement s'apprivoiser ?

Il regarda du coin de l'œil Hélène qui ne manifesta aucun sentiment même si les nuages s'amoncelaient dans son regard. Elle ne désirait rien moins que laisser croire au lieutenant général de police qu'il pouvait avoir prise sur elle en pensée ou en action.

— Hélène, reprit Sartine d'un ton plus pressant, nous avons aujourd'hui une occasion en or. Ce meurtre dans les jardins nous offre la possibilité de porter un coup dans toutes les directions que nous souhaitons. Les crimes hideux et proches du pouvoir entraînent une telle répulsion de sa part que nous pouvons en profiter pour nous grandir un peu plus. Et grandir, c'est devenir plus redoutable.

— J'ai un peu de mal à vous suivre, monsieur le lieutenant général de police.

Il sourit froidement.

— Mais si, vous me suivez bien. Nous pourrons réprimer là où nous le souhaitons avant de trouver le vrai coupable. Je dirige Paris, je mettrai la main sur Versailles. S'ils ont peur, ils auront besoin de mes services ici aussi. Finalement, ce n'est pas plus mal pour moi qu'on ne se sente en sécurité nulle part…

Hélène s'efforça de garder son calme.

— Et le moine et Volnay dans tout cela ?

— Oh, ils ont à trouver le coupable pour mon compte. Cela va leur prendre quelque temps mais ils y arriveront. Ce sont mes meilleurs hommes.

Il s'interrompit comme pour réfléchir et ajouta :

— Mais ils sont trop indépendants et ont une idée de la justice bien à eux.

— Y en a-t-il plusieurs, monseigneur ? s'étonna Hélène.

— De quoi ?

— D'idées de la justice ?

La question ne parut amuser que modérément Sartine. Aussi, ses lèvres ne s'écartèrent qu'à peine en un demi-sourire vite effacé.

— La justice ! Il n'existe pas de droit naturel mais seulement un droit régalien. C'est la raison d'État qui décide de tout.

— J'ai pu le constater à maintes reprises!

— La raison d'État n'est que l'expression d'un agencement de forces. Elle s'exprime par notre force et notre force par sa soumission à cette raison.

— Je vous laisserai philosopher de ceci avec le moine, se moqua Hélène.

— Ne prenez pas tout à la légère, lui reprocha Sartine. Avec une enquête en plein cœur du palais, le centre du pouvoir, Volnay et son père marchent sur des œufs. Le commissaire aux morts étranges est prudent mais le moine n'a malheureusement peur de rien et se conduit parfois comme un adolescent rebelle.

— Qu'y puis-je?

Sartine se retourna d'un bloc pour contempler Hélène de la tête aux pieds.

— Oh, je pense qu'un certain rapprochement s'impose de nouveau…

— J'ai une autre idée, fit Hélène, mais le rapprochement n'ira pas dans le sens que vous souhaitez. Je vais rapprocher le chevalier de Volnay de Mme de Marcillac pour éloigner le moine d'elle.

— Comment vous y prendrez-vous?

— Pour cela, il faut d'abord que je voie quelqu'un!

VI

GROTTES ET BASSIN D'APOLLON

*On descendra à l'Apollon où l'on fera
une pause.*

Passé midi, las de ne pas mettre la main sur sa chaussure chez
Waldenberg, Volnay rentra pour dîner rue des Deux-Portes.
Il retrouva avec émotion l'Écureuil, admirant de nouveau sa
petite mine inquiète, ses beaux yeux toujours remplis d'innocence et de doute. Elle avait tant souffert dans sa jeune vie. À
quatorze ans, les hommes l'avaient traitée comme un vulgaire
bout de viande. Et elle se tenait aujourd'hui devant lui, splendide dans sa dignité retrouvée.

— As-tu retrouvé l'assassin de Mlle Vologne de Bénier ?
demanda-t-elle ingénument.

Volnay cligna brièvement des paupières.

— As-tu lu son journal ?

— Je n'aurai pas dû ?

Elle se tenait devant lui, ses yeux noisette dardés sur lui, les
mains dans le dos, comme un enfant dans l'attente d'être grondé.
Un sentiment violent de tendresse inassouvie l'envahit avec,
comme toujours, ce besoin de la protéger contre le monde entier.
Il enfouit ses doigts dans sa chevelure rousse, caressa son visage,
suivant des doigts ses joues légèrement arrondies, ses fossettes et
son petit menton en pointe. Il couvrit de baisers chacune de ses
taches de rousseur. Celles-ci lui avaient manqué. Et elle se laissa
faire, heureuse de le sentir si passionné et se reprenant à espérer.

Le désir naquit de ses baisers.

— C'est une bonne idée de nous retrouver chaque jour à midi pour dîner tous les deux, dit-elle pour écarter l'idée qu'elle voyait naître dans ses beaux yeux bleus.

Ainsi rappelé à la raison, Volnay lui prit la main et la porta à ses lèvres.

— Oui, mon cœur. Qu'avons-nous aujourd'hui?

— Une compote de pigeon et un lapin à la poulette.

— Vous m'en direz tant!

Il la fit asseoir sur ses genoux et se mit en tête de lui barbouiller le museau de sauce.

— Et si ton père arrivait? protesta-t-elle en riant. Et tu risques de salir ma robe!

— Tu en as commandé une nouvelle, lui rappela-t-il.

— Certes! Ce n'est pas une raison pour gâcher celle-ci!

Mais elle était heureuse de leur complicité retrouvée.

— Tu deviens un peu trop bourgeoise à mon goût, rit-il. Et cet aubergiste a une tendance exagérée à nous engraisser. Moi je te mangerais bien simplement le bout du nez!

Et il fit mine de le lui mordiller tandis qu'elle jouait à pousser de petits cris d'effroi.

Pour atteindre discrètement les appartements de Mme de Pompadour, Hélène avait emprunté des corridors secrets, poussé des portes inattendues.

Versailles était un lieu de passage, regorgeant de coins et recoins, de détours et d'escaliers dérobés. Le palais conjuguait de la même manière les endroits de passage public, les couloirs et escaliers discrets.

Hélène pénétra dans les appartements de la marquise puis dans sa chambre où trônait un lit à baldaquin couronné d'angelots bien en chair et de dorures. Un candélabre d'argent à huit branches éclairait la marquise. Celle-ci posait devant sa glace, cherchant les ingrédients nécessaires pour survivre à la fuite des années et retenir l'intérêt du roi. Près d'elle, la présence de pots de pommade, des artifices millénaires pour combattre les méfaits du temps, révélait une science consommée des fards et onguents.

Pourquoi pas? Sous Henri II, on faisait boire quotidiennement des sels d'or à sa maîtresse, Diane de Poitiers, afin qu'elle conserve sa beauté. Et Ambroise Paré avait conçu pour celle-ci de fausses dents en os attachées par un fil d'argent lorsqu'elle s'était mise à les perdre. Dans leur quête éperdue du paradis originel où n'existaient, dans un temps figé, nulle souffrance et nulle vieillesse, les grandes courtisanes étaient prêtes à absorber n'importe quels bouillons assaisonnés d'or potable ou autre mixture destinée à résister à l'irréversible châtiment que serait la perte de leur beauté.

— Personne ne vous a vu? s'enquit la Pompadour sur le qui-vive devant sa glace.

Elle ne désirait surtout pas que l'on sache que cet agent de Sartine était avant tout le sien.

— Non, madame la marquise.

— Hélène, dit-elle sans se retourner, notre entretien ne doit pas être connu de M. de Sartine.

— Il n'en saura rien. – Elle arqua un sourcil. – Vous méfiez-vous de lui?

— M. de Sartine a déjà bien assez de pouvoir comme cela. C'est un fidèle serviteur du roi mais je suis certaine qu'il ne dédaignerait pas de mettre la main sur la police du palais. Il sait déjà tout de ce qui se passe à Paris, je ne suis pas pressée qu'il sache tout de Versailles!

Hélène masqua son amusement. Sartine avait ses espions dans le château comme ailleurs. La marquise était bien naïve. Ou très intelligente. Car la raison évoquée pouvait bien être un trompe-l'œil. Mais alors, pourquoi se méfier du lieutenant général de police? Certes, ce n'était pas un inconditionnel de la marquise. En serviteur prudent de la monarchie, Sartine se tenait loin des comètes qu'étaient les Favorites tout en leur manifestant le plus grand respect.

— Qui suspectez-vous? demanda la marquise.

Hélène cilla fugitivement, signe chez elle d'une grande surprise. On ne lui avait pas confié l'enquête à elle et le cadavre était à peine tiède.

— Les soupçons du commissaire aux morts étranges, précisa-t-elle distinctement, semblent se porter sur un peintre,

161

Waldenberg, une mère maquerelle, Mme de Marcillac, ainsi que sur le premier chirurgien du roi.

La Pompadour accueillit cette dernière nouvelle avec un décroché de mâchoire significatif, comme si on lui avait porté un coup.

— J'ignorais pour ce dernier. Mais M. de La Martinière est insoupçonnable.

— Je ne pense pas que le chevalier de Volnay le suspecte vraiment.

— Ce bordel…

— Mme de Marcillac n'est pas vraiment soupçonnée mais plutôt ses clients car la victime servait dans sa maison.

— Mon Dieu! Où va-t-on!

D'entendre Mme de Pompadour, fournisseuse de chair fraîche pour le roi, se plaindre des mœurs dissolues de Versailles ne manquait pas de piment.

— Enfin, reprit la marquise, s'il ne la suspecte pas, pourquoi alors son collaborateur, le moine, passe-t-il autant de temps avec elle? On les voit beaucoup se promener ensemble dans les jardins…

Hélène se mordit les lèvres. La situation commençait à lui échapper.

— Quoi qu'il en soit, reprit la Favorite d'un ton sec, je suis mécontente que l'on sous-estime à ce point l'intrusion d'une personne extérieure au palais. Et que dire des domestiques? Ils sont si nombreux…

— Madame, le peintre, M. de La Martinière et Mme de Marcillac ne sont pas forcément des suspects mais des personnes qui peuvent conduire à l'assassin par leur histoire, leurs fréquentations, leur connaissance de la victime. Ceci peut très bien nous conduire là où vous… où vous le pensez.

Elle avait failli dire *là où vous l'espérez* tant les intentions de la marquise étaient évidentes.

— Tout cela est bien compliqué.

Hélène étouffa un sourire.

— Il s'agit d'une enquête de police, madame la marquise. Les rouages des mécanismes de l'État vous sont plus familiers que ceux d'une enquête criminelle.

— Certes, reconnut la Pompadour d'un petit ton pincé.

Hélène capta le regard de la marquise dans la glace car celle-ci ne s'était pas retournée depuis son entrée, soit pour la dédaigner, soit pour lui montrer sa confiance en elle. On ne tourne le dos qu'aux gens en qui on a confiance. Ou bien que l'on ne craint pas. Hélène hésitait quant aux possibles interprétations à donner et beaucoup ne lui convenaient pas. Elle se contint pour ne pas exprimer son agacement, sachant parfaitement que les grands de ce monde étaient les seuls à imaginer avoir le droit de s'agacer.

— Mme la marquise a pour habitude d'organiser de petits soupers pour le roi. Elle peut également en organiser un sans le roi mais en invitant le chevalier de Volnay et Mme de Marcillac.

— Pourquoi donc?

— Afin de mettre en contact le chevalier de Volnay et Mme de Marcillac.

— On n'enquête donc pas sur Mme de Marcillac et sa maison? s'étonna la marquise. J'ai vu le chevalier de Volnay. Il ne m'a rien suggéré de cela.

Hélène ne put s'empêcher de tressaillir. Clairement, le commissaire aux morts étranges se servait d'elle pour l'enquête mais ne lui disait pas tout. Quant au moine…

— Le moine s'en occupe, madame la marquise, fit-elle à contrecœur. Mais il serait bon de renforcer un peu la pression.

La Favorite lui jeta un regard glacé.

— Et pour cela, vous voudriez que je reçoive la tenancière d'une maison close dans mes appartements?

Vous avez déjà reçu tant de gens qui valaient moins que cela…

— On peut être invité, suggéra prudemment Hélène, attendre en bas de l'escalier et finalement ne pas être reçu à dîner.

Il s'agissait d'une spécialité des rois et des Favorites à Versailles que ces invitations à dîner ou souper. La flatteuse invite recélait en réalité un piège car on comptait plus d'invités qu'il ne fallait à dîner ou souper. On faisait ainsi attendre au pied d'un escalier un groupe de courtisans dont certains seulement seraient choisis pour accéder au repas et à la compagnie dont ils rêvaient. Le sentiment de faveur dont ils paraissaient jouir à cette invitation volait en éclats lorsque leur nom n'était pas prononcé par l'huissier.

Une petite leçon d'humilité…

Une humiliation qui les rapprochera…

Hélène expliqua à la Favorite ce qu'elle entendait par là et la Pompadour acquiesça du bout des lèvres. Elle n'était pas méchante, même envers ses ennemis. Un peu mécontente d'accorder à son agent ce qu'elle demandait, la marquise retint Hélène qui prenait congé.

— Ah, au fait ! Votre moine… vous me l'amènerez à l'occasion. Seul, bien entendu.

Hélène s'immobilisa, surprise. Puis elle se ressaisit et s'inclina.

— Comme il vous plaira.

Le moine rentra sans faire de bruit. Il portait un habit sans doute acheté chez un fripier car il manquait des boutons à sa veste et ses vêtements flottaient sur lui. Manifestement, il semblait pressé de rejoindre son cabinet de travail sans trop se faire remarquer des autres occupants des lieux dans cette tenue.

— Oh, vous ne portez pas votre bure ? s'étonna l'Écureuil. En tout cas, ces habits ne vous vont pas bien.

— Merci ma chère ! Et vous, vous avez de la sauce au visage !

Avec une mimique effrayée, l'Écureuil se hâta de se passer une serviette au coin des lèvres.

— D'où viens-tu ? demanda Volnay d'un ton soupçonneux devant l'air innocent de son père.

— Je me promenais. Et toi ?

— La dernière fois que j'ai vu cette expression sur ton visage, je t'ai retrouvé le lendemain à la Bastille !

— Oh, vraiment ? fit son père. Je ne me rappelle pas.

— Tu as la mémoire sélective ?

— Tu trouves ?

— Reviens-tu de cette maison si particulière à Versailles ?

— Tu parles de celle de Mme de Marcillac ?

— Tu vas continuer à répondre à mes questions par des questions ?

— Cela te dérange ?

Volnay émit un sifflement exaspéré.

— Qu'as-tu donc fait ce matin ?

— J'ai innocenté du billet doux adressé à notre victime une des pensionnaires de Mme de Marcillac, répondit son père d'un ton très satisfait.

Il évita de parler de sa rencontre avec le comte de Valvert.

— Tu la soupçonnais ?

Le moine décida de ne pas parler de la propension de Fanny à ficeler les gens et de la place importante qu'elle semblait tenir auprès de Mme de Marcillac.

— Pas plus que cela. En fait, à cause du billet doux, j'enquête sur les amours lesbiennes des filles de la maison.

L'Écureuil rougit et se leva brusquement pour passer dans sa chambre.

— Curieux, cette pruderie… remarqua le moine.

Il ne finit pas sa phrase et son fils le foudroya du regard car il avait saisi sa pensée : *pour une ancienne prostituée*…

Volnay raconta son entrevue avec Zélie et Adèle qui ne lui avait pas appris grand-chose sinon confirmé la distance que mettait la victime avec les gens mais aussi son emprise sur le peintre. Un peintre soumis à ses caprices. Il narra enfin la découverte des toiles dans l'atelier.

Le moine hocha la tête.

— Je suis rentré tard hier et tu semblais… occupé. Et ce matin, tu t'es levé trop tôt pour moi. Bref, je n'ai pas eu le temps de te raconter ma filature de Waldenberg à Paris.

Il jeta un coup d'œil pour s'assurer que la porte de la chambre dans laquelle s'était réfugiée l'Écureuil restait bien fermée et raconta son odyssée et l'épisode des prostituées. Volnay tressaillit.

— Hélène m'a laissé un message, le billet doux n'est pas de la main de Waldenberg. Pourtant c'est lui le meurtrier ! Cette obsession…

— J'y vois là, remarqua doctement le moine, une certaine pensée antique. Les chevilles ailées des dieux et déesses sont symboles de sublimation et d'élévation. La cheville dénote également chez une femme des possibilités de raffinement dans les rapports amoureux…

Volnay haussa légèrement les épaules.

— Argutie d'esthète! Si j'avais retrouvé la chaussure de sa victime chez lui, nous aurions enfin la preuve!

— Mais tu ne l'as pas trouvée après avoir fouillé chambre et atelier sans succès… Et d'ailleurs, je ne suis pas certain de pouvoir exonérer M. de La Martinière.

La porte de la chambre s'ouvrit d'un coup et l'Écureuil apparut, embarrassée.

— Et vous, ma chère, qu'avez-vous donc fait de beau ce matin? lui lança le moine avec un sourire chaleureux.

Encore une fois, l'Écureuil rougit.

— Rien de particulier, balbutia-t-elle. Je me suis promenée et je suis allée au marché de la place.

Volnay la considéra soudain avec attention. Remarquant la gêne de la jeune fille qui n'avait pas échappé à son fils, le moine narra alors sa dernière visite à La Martinière et mentionna le tiroir de son bureau fermé à clé.

— J'irai cet après-midi chez le médecin, décida Volnay. Je me suis rendu compte, avec Waldenberg, que fouiller chez les gens est très instructif.

— Oh, non! s'exclama le moine avec la mine d'un gamin à qui l'on arrache son jouet. Le médecin, on avait dit que c'était moi!

Volnay lui jeta un regard sévère.

— Tu as suffisamment à faire avec Mme de Marcillac et ses filles, je crois.

— Petite rapporteuse d'Hélène! siffla le moine entre ses dents.

L'Écureuil hésita. Elle avait accepté hier la proposition de cet inconnu par curiosité et par dépit de l'attitude de Volnay envers elle. Leur réconciliation sur l'oreiller et la bonne humeur retrouvée de ce midi avaient chassé son dépit. Du coup, elle regrettait d'avoir répondu à l'invitation. D'autant plus qu'elle avait omis de raconter à Volnay ses rencontres avec l'homme. En fait, elle mentait à son amoureux et savait pertinemment qu'un mensonge en génère facilement un autre. Il serait difficile de revenir en arrière même si les intentions de départ n'étaient pas mauvaises. Il lui paraissait toutefois difficile de ne pas se rendre au rendez-vous.

Allons, il n'en saura rien.

L'Écureuil chassa ses appréhensions de son esprit et entreprit de choisir sa toilette pour sortir. Tout à coup, son cœur battit plus vite. Elle qui n'avait été qu'une ombre sur les trottoirs allait pénétrer dans les jardins du roi! Ainsi, lorsqu'enfin Volnay l'y amènerait, elle n'aurait pas l'air d'une godiche ou d'une petite provinciale. Elle l'étonnerait même par son aisance et son assurance!

Plus tard, lorsqu'elle avança au bras de son chevalier servant, ses doigts se crispèrent autour de son poignet et elle se mordit les lèvres, persuadée que les portes allaient se refermer devant son nez et qu'elle en mourrait de honte. Rien de tout cela ne se produisit. L'homme dit en passant quelques mots aux gardes de la porte, vêtus de justaucorps bleus, et ce fut tout.

Dès qu'elle fut dans les jardins, elle en oublia de respirer, admirant les miroirs d'eau reflétant le ciel, l'équilibre entre le végétal et les sculptures antiques. Il semblait à l'Écureuil que les bosquets prenaient pour plafond le ciel et les treillages comme berceau.

Elle vit avec effarement des gentilshommes en soie et plumes, dentelles aux manches, leurs habits brodés d'or et d'argent, saluer les dames à grands coups de chapeau dont la plume effleurait le sable des allées. Elle fut stupéfiée par les habits de celles-ci et la magnificence des étoffes. Les chevelures offraient les aspects les plus divertissants. L'une d'elles recélait même un moulin à vent!

L'Écureuil se sentit gauche et mal fagotée, comprenant en un éclair pourquoi Volnay ne l'avait pas amenée ici. Elle lui aurait fait honte.

Son chevalier servant dut sentir son trouble car il se mit à lui décrire le parterre du Midi avec ses bandes de fleurs ponctuées d'ifs. Puis ce fut l'Orangerie avec ses hautes baies en arcades coupées de colonnes jumelées et ses orangers dans des festons de bois. L'Écureuil se demanda si Mlle Vologne de Bénier avait ressenti les mêmes émotions qu'elle en découvrant ces jardins pour la première fois et si elle s'était également sentie écrasée par toute la magnificence de ce décor.

Lorsqu'ils croisèrent de nouveau des promeneuses, l'Écureuil se força à leur jeter un coup d'œil discret. Alors, elle comprit ce qui l'avait inconsciemment choquée au premier abord. Elle les trouvait fardées jusqu'aux yeux, pire que des prostituées.

— Le parterre du Nord et la fontaine de la Pyramide, annonça fièrement l'homme comme s'il en était le créateur.

La Pyramide consistait en une superposition de quatre bassins. L'Écureuil s'en approcha de trop près et un souffle de vent léger vint la rafraîchir. Elle poussa un petit cri. Des femmes qui passaient ricanèrent. L'homme jubila. L'embarras de l'Écureuil faisait plaisir à voir. Il tomba à ses genoux.

— Oh, mademoiselle, vous êtes bien imprudente de vous aventurer si près du bassin. Vos petites chaussures en sont toutes tachées. Laissez-moi les essuyer.

Avant qu'elle ne puisse protester, il s'était emparé d'une main de sa cheville et, de l'autre, sortait un mouchoir pour frotter délicatement sa chaussure.

— Monsieur, vous me gênez…

— Serviteur, mademoiselle, psalmodia alors l'homme. Serviteur.

Il respirait plus fort. L'Écureuil le sentit et s'en alerta. Aussitôt il comprit et s'efforça d'envoyer des signaux rassurants. La jeune fille était comme une biche, prête à détaler au moindre geste.

De la fenêtre de ses appartements d'où il contemplait ses jardins, le roi plissa soudain les yeux et tressaillit de plaisir.

— Dites-moi, mon bon Lebel, quelle est cette ravissante enfant aux pieds de qui l'on se prosterne comme nous devrions tous faire ?

Le premier valet vint le rejoindre et jeta un œil par-dessus l'épaule du monarque.

— Je l'ignore, Votre Majesté. Désirez-vous que j'aille m'en enquérir ?

— Faites. Mais au vu de sa toilette, je crains qu'elle n'arrive directement de sa province. Qu'importe, elle est jeune et bien belle. Allez, allez, dépêchez…

Il fit signe à Lebel qui se rua vers la porte. Le roi reporta son attention sur la scène qui se jouait dans les jardins. La mémoire du monarque était fort bonne et la silhouette de l'homme lui disait quelque chose mais, tant qu'il ne se retournerait pas pour montrer son visage, il ne saurait lui donner un nom.

— Ah le coquin, murmura-t-il, en voyant les mains de l'homme s'attarder autour d'une délicieuse cheville.

Comme un enfant trop curieux, il plaqua son front contre la vitre.

Le penchant à la tristesse de cet orphelin choyé n'a fait que grandir au fil du temps, doublé d'une étrange apathie. Il y a en lui comme un refus de grandir et d'assumer sa charge. Les années passant, Louis se transforme progressivement en un roi fainéant lucide et sombre, inquiétant comme son goût pour le morbide. Un homme sans joie et sans compassion pour le peuple dont il a pourtant la charge.

Et voilà que, par moments, l'ennui noir s'envole tout à coup et, loin du protocole, un événement insolite vient le distraire, captivant un moment son attention.

— Le coquin, répéta-t-il.

Une mouche vint bourdonner à quelques centimètres de son visage. Le roi eut un mouvement de recul et fit un geste de la main pour la chasser. Il la suivit un instant des yeux, regrettant de ne pas l'avoir écrasée contre la vitre. Cela avait été son passe-temps favori lorsqu'il remplissait ses devoirs en visitant la reine.

Lorsque son regard se porta de nouveau dans les jardins, il ne distingua plus la jeune fille ni son soupirant. Quelques minutes plus tard, un Lebel essoufflé faisait irruption sur les lieux et, tout perdu, tournait en rond comme une toupie lancée par les mains d'un enfant, ne sachant quelle direction prendre pour retrouver la nouvelle proie de son maître.

— Oh, fit le roi, le charmant oiseau s'est envolé !

Ils revinrent au parterre d'Eau devant le château puis traversèrent le parterre de Latone et empruntèrent la longue allée Royale. Celle-ci, flanquée de ses statues et vases au milieu des ormes, formait le cœur de la formidable perspective voulue par

Le Nôtre. Celui-ci désirait accompagner la course du soleil dans son char éclatant depuis le château jusqu'au bassin d'Apollon. L'axe de feu croisait ainsi l'axe de l'eau.

L'Écureuil en resta coite. Tiré par des chevaux furieux, le char du Soleil semblait surgir au galop des flots, au milieu de tritons qui soufflaient dans leurs conques. Le sculpteur avait magnifiquement rendu l'impulsion de la course et l'énergie du mouvement.

Elle regretta soudain de n'avoir pas découvert cela au bras de Volnay. On déplore toujours de ne pas avoir pu partager un moment de bonheur avec quelqu'un que l'on aime. Et elle se sentit triste.

Devant eux s'étendait le long canal où glissaient les gondoles les soirs de fête, lui raconta l'homme qui semblait un habitué de ce type de festivités. Pour l'heure, une felouque napolitaine garnie d'un damas violet promenait de belles dames qui saluèrent en les croisant les occupants d'une gondole rehaussée d'or.

L'Écureuil s'imagina un instant voguant sur cette eau calme, sous la lumière de lampions. Comment la vie pouvait-elle être aussi belle ?

Des couples badinaient sans fin dans les jardins. Dames galantes et messieurs polissons, empanachés et costumés pour jouer les séducteurs de pacotille et consommer de la chair plus ou moins fraîche. L'Écureuil était assez sagace pour s'apercevoir de cette comédie des sentiments que l'on se jouait au fil des allées.

Son chevalier servant semblait suivre le fil de ses pensées.

— Il y a ici à Versailles, fit-il, une sorte de rage d'aimer que vous ne retrouvez pas ailleurs.

— Pourquoi donc ? demanda l'Écureuil malgré elle impressionnée par la proximité de tous ces splendides seigneurs et ces belles dames malgré parfois leur tournure ridicule.

— Mademoiselle, c'est normal. Les gens ici tournent en rond du matin au soir dans le palais et ses jardins. Ils se croisent, se recroisent, se décroisent…

Il l'amena plus loin, à la recherche de l'ombrage délicieux des grottes qui accueillaient les futurs amants.

— Voici une grotte d'amour, voulez-vous y pénétrer ?

Louis XIV y avait cueilli bien de jeunes fleurs. Ces grottes n'avaient d'ailleurs que ce but : étourdir les sens des dames pour les faire tomber dans ses bras.

Mais elle n'était pas sotte et savait qu'on ne répondait pas à une telle invitation sans en écrire la suite. Et l'Écureuil ne tenait ni à tromper Volnay, ni à céder à cet homme dont la conversation l'enchantait et l'intérêt la flattait mais dont la personne ne représentait rien pour elle.

L'homme n'insista pas. Il savait être patient. Pour l'heure, il avait encore du mal à cerner la personnalité de la jeune fille. D'origine modeste sans aucun doute mais suffisamment éduquée. Ce mélange de naïveté, de prudence et de méfiance l'intriguait encore. Elle avait des réactions d'enfant mais, dans le regard, toute la maturité d'une femme. Jamais encore, il n'avait eu à courir après une telle prise. Son cœur battit plus vite.

Hélène et Volnay s'observaient comme chien et chat. Alliés de circonstance, ils n'en gardaient pas moins une méfiance instinctive l'un envers l'autre. Volnay à cause du pouvoir qu'Hélène avait exercé sur son père et ses desseins toujours obscurs. Hélène à cause de la trop grande clairvoyance du commissaire aux morts étranges et de son inflexible loyauté envers la vérité.

On avait mis là en présence deux faces d'une même pièce. Ils auraient pu faire un duo d'enquêteurs complet. Il possédait cette droiture qu'elle ignorait. Elle avait subi ce que Marivaux appelait la plus infime des opérations : l'ablation des scrupules.

Leurs points communs étaient leur détermination, leur jeunesse et le poids de leurs secrets. Il s'agissait de deux êtres qui se livraient peu aux autres par peur d'être blessés en retour.

— Il nous faut faire vite. M. de Sartine s'est débrouillé pour convoquer M. de La Martinière et le faire patienter en antichambre mais cela ne durera pas longtemps. On ne fait pas attendre le premier chirurgien du roi.

— Qu'est-ce que ceci ? fit Volnay en faisant la grimace et en désignant des instruments sagement rangés sur une table.

— Lancette pour la saignée, répondit aussitôt Hélène d'un ton neutre, poêlette pour recueillir le sang, syringotome pour inciser les fistules anales et clystère pour ce que vous savez!

— Vous êtes aussi savante que mon père!

Volnay se mordit aussitôt les lèvres et entreprit de fouiller les autres pièces.

— Pas de chaussure de femme ici non plus, constata-t-il avec dépit.

— C'est toujours votre chaussure que vous cherchez? demanda Hélène, dépitée.

— Celle qu'a perdue la victime. J'ai l'intuition que si nous la retrouvons, nous tiendrons notre coupable.

— Si son assassin l'a emportée comme trophée mais elle a fort bien pu être ramassée par n'importe qui le matin où l'on a découvert le corps.

— À quoi sert une chaussure si on ne possède pas la paire? bougonna Volnay.

— Une servante qui espérait retrouver la seconde, quelqu'un dans l'attroupement autour du corps qui s'en est emparé comme souvenir...

— Un trophée bien macabre...

— Bien des gens sont bizarres!

Après cette dernière réflexion, elle se tut pour se consacrer à l'ouverture du secrétaire qu'elle força sous l'œil pour une fois admiratif de Volnay.

— Je ne vous demande pas où vous avez appris à faire cela, murmura-t-il.

— Avec un serrurier!

— Bref, récapitula Volnay, pas de chaussures ni de billets doux mais seulement quelques croquis d'anatomie et des instruments fort utiles pour l'exercice de sa profession.

Il la regarda pensivement fouiller dans les tiroirs, jeta un coup d'œil distrait à ses formes charmantes et détourna aussitôt le regard comme surpris à convoiter la femme de son père.

— Cette chaussure, reprit-il à nouveau absorbé par ses pensées, se trouve forcément quelque part...

— Cela devient une obsession! se plaignit Hélène.

— Elle l'a perdue à peu de pas de là… quelqu'un l'a bien ramassée mais qui ? Il faudrait fouiller le château de M. de La Martinière à Bièvres ou au moins ses appartements de Versailles.

— On ne vous laissera pas faire. – Elle s'interrompit. – Qu'est-ce que ceci ?

Hélène lui tendit un croquis dessiné au fusain qu'elle venait de dénicher. Le portrait d'une jeune fille aux traits fins et au regard songeur.

— C'est bien elle, n'est-ce pas ? Mlle Vologne de Bénier…

Volnay le confirma.

— Voilà qui est curieux. Je croyais M. de La Martinière insoupçonnable en raison de son âge et de son rang mais mon père a raison, il n'y a pas d'âge pour…

Il buta contre le mot et Hélène, s'en apercevant, termina pour lui avec un sourire moqueur.

— La chose ? Le vice ?

— Peut-être les deux, je ne sais encore… M. de La Martinière a vu deux fois et brièvement cette patiente. Et voilà qu'il dissimule dans un tiroir fermé à clé son portrait !

— Les gens âgés sont imprévisibles, dit Hélène pensive.

— Mon père a cinquante ans, répliqua sèchement Volnay, il est en pleine forme et n'est pas âgé !

— Je ne parlais pas de lui mais de M. de La Martinière, rétorqua-t-elle sèchement. Ce n'est pas le cabinet de votre père que nous venons de forcer, que je sache ?

Elle sembla réfléchir un instant sans se soucier du regard glacé de Volnay qui en aurait gelé plus d'une sur place.

— Cela dit, reprit-elle lentement, votre père aussi est imprévisible…

Volnay reposa le dessin avec soin et tourna toute son attention vers Hélène.

— Que lui voulez-vous ?

— Assurément rien. Je n'ai pas choisi cette mission.

— Rien n'est innocent, fit sèchement le policier. Lors de votre première mission avec nous, vous êtes devenue sa maîtresse.

— Je ne savais pas qu'il allait s'attacher à moi. Il a le double de mon âge, les choses devaient s'arrêter là.

— Il ne fallait pas les commencer. Vingt-cinq ans doivent dire non à cinquante plus facilement que l'inverse !

Volnay s'immobilisa un instant. Là-bas, comme résolue de sortir rapidement des jardins, une jeune fille marchait vivement dans une allée, suivie par un homme qui s'efforçait de lui proposer son bras. Alerté par leur agitation, Volnay plissa les yeux pour essayer de mieux les distinguer. Ils se trouvaient de dos mais, lorsque la jeune femme se retourna vers l'homme, il distingua un profil parsemé de taches de rousseur. Se figeant, Volnay pâlit. Hélène suivit son regard pour découvrir la cause de son trouble et eut un hoquet de surprise en reconnaissant l'Écureuil.

Ils échangèrent ensemble le même coup d'œil surpris mais Hélène se tint coite. Volnay se ressaisit.

— Il vaut mieux que j'y aille, grinça-t-il entre ses dents, j'ai une affaire urgente à régler…

Hélène le regarda s'éloigner, le regard empreint d'une intense curiosité.

Le moine considéra un instant Victoire, un sourire aux lèvres. Il lui apportait une boîte de dragées dans une mousseline nouée de ruban bleu et la même pour Fanny. Toutes ces jeunes filles lui plaisaient et l'amusaient beaucoup. Bizarrement, malgré leur activité qu'il n'approuvait pas vraiment, elles apportaient dans sa vie un délicieux vent de fraîcheur.

Victoire lui tendit la boîte sans mot dire, lui ordonnant du regard de se servir. Toujours souriant, le moine s'exécuta. Il se sentait tout à fait à son aise avec elle. Satisfaite d'avoir démontré sa domination avec calme, Victoire se servit à son tour, abandonnant un instant son rôle d'autorité muette.

Après avoir croqué distraitement dans la dragée, le moine lui tendit le morceau du billet adressé à Mlle Vologne de Bénier et dont il ne se séparait plus.

— Est-ce vous qui avez écrit ce billet ?

— Oui, répondit Victoire sans hésitation.

— Je vais vous le dicter et vous l'écrirez.

— Pourquoi? s'étonna la jeune fille.

— Afin de vérifier que vous me dites la vérité.

Victoire se dressa d'un coup, frémissante, et le toisa de toute sa hauteur.

— Gueule d'empeigne! C'est ainsi que tu oses t'adresser à ta maîtresse?

Elle tenta de le contraindre de son fameux regard qui, selon Fanny, couchait au sol les soumis. Il glissa sur lui comme un pet sur la soie. Le moine la considéra calmement.

— Vous avez terminé votre numéro? Maintenant, ne me parlez plus sur ce ton. Asseyez-vous et écrivez. N'oubliez pas que je travaille pour le commissaire aux morts étranges.

La jeune fille baissa la tête.

— En fait, non.

— Pourquoi? s'enquit le moine.

— J'ai payé un écrivain public afin qu'il l'écrive pour moi.

— Très bien.

Le moine se leva.

— Habillez-vous. Nous allons voir cet homme afin qu'il me confirme votre histoire.

Victoire tapa du pied et le son de son talon nu sur le plancher prit des proportions effarantes dans la maison silencieuse.

— Non, non et non!

La porte grinça légèrement et Fanny entra sur la pointe des pieds.

— Vous faites beaucoup de bruit tous les deux, leur reprocha-t-elle.

— Je ne me souviens pas d'avoir élevé la voix, remarqua le moine du même ton égal. Au fait, je vous ai apporté des dragées.

Fanny eut une petite moue, le considéra un instant puis, se décidant, alla jusqu'à lui et l'invita à la rejoindre sur un sofa. Elle prit place à ses côtés et, du regard, fit signe à Victoire de faire de même. Elle paraissait inquiète. Victoire les rejoignit et le moine se sentit délicieusement pressé sur le sofa, ce qui devait être le but recherché.

Il soupira.

— Mesdemoiselles, le monde ne se régit pas seulement par les sens.

— Croyez-vous? sourit Fanny.

Elle entreprit sans pudeur de lui prouver le contraire en fourrant sa main aux longs doigts entre ses cuisses. Le moine lui tapa sur celle-ci pour qu'elle arrête sa démonstration.

— Cessez votre jeu, voulez-vous? Ce n'est pas au vieux lama qu'on apprend à cracher!

Il se tourna ensuite vers Victoire dont il sentait désormais le flanc tiède contre le sien.

— Victoire, vous avez eu une aventure avec Mlle Vologne de Bénier?

— Oui.

— Si vous avez été sa maîtresse, au moins connaissez-vous son prénom. Ce sont des choses qui se disent entre amants!

Victoire hésita. La porte s'ouvrit doucement et Delphine de Marcillac apparut.

— Flore, elle s'appelait Flore.

Son regard se posa avec douceur sur Victoire puis Fanny qui s'empressèrent de sortir de la pièce.

— Il n'y a plus personne derrière la porte cette fois, Delphine? s'amusa le moine.

— Non.

Calmement, elle soutint son regard attentif.

— Je vous ai menti une fois, fit-elle dans un chuchotement.

— Péché caché est à demi pardonné!

— Et savez-vous quand je vous ai menti?

Le moine redevint sérieux.

— Lorsque vous avez prétendu ne pas reconnaître l'écriture de ce billet.

— Oui.

— Ce n'était toutefois pas votre écriture puisque le commissaire aux morts étranges l'a comparée à un acte auprès de votre notaire pour l'achat de votre maison.

— Mon intendant a rédigé pour moi cet acte authentique. Je me suis contentée de le signer. Le notaire ne s'en est pas souvenu.

— Oh, je comprends mieux. Et donc, vous avez écrit ce billet à Mlle Vologne de Bénier parce que vous en étiez réellement amoureuse?

Delphine le fixa sans rien dire.

— Les termes de ce billet ne le laissaient pas présager, ajouta le moine pour combler le silence. Je vous crois capable de beaucoup mieux, Delphine !

Le sourire qu'elle afficha sur ses lèvres ne transparut pas dans ses yeux.

— Oui, je sais. Ce billet est rédigé comme par une petite fille à destination d'une autre petite fille, capricieuse celle-là. Et c'est vrai qu'en tombant amoureuse d'une gamine, j'en suis redevenue une moi-même.

Le moine se garda de l'interrompre. Il l'examinait avec beaucoup de curiosité et l'écoutait sans jugement.

— Lorsque j'ai recueilli Flore, expliqua Delphine, elle s'est très naturellement tournée vers moi. J'étais sa guide, sa protectrice. De son côté, elle me touchait. J'avais l'impression de me revoir plus jeune, aussi maladroite que naïve. Les choses se sont déroulées assez naturellement entre nous et nous avons passé une première nuit de tendresse ensemble. Mais progressivement, Flore a perdu sa naïveté et sa maladresse. Elle est devenue exigeante, capricieuse et moi, pour ne pas la perdre, je me pliais de plus en plus à ses caprices. J'ai dû lui acheter un appartement à Versailles. Une fois installée, elle m'y a de plus en plus rarement invitée. Et moi, moins elle m'aimait et plus je l'aimais. Un cycle infernal… En amour, il y en a parfois un qui aime et l'autre qui s'ennuie…

— En commençant à céder, vous avez perdu de votre pouvoir pour le lui transmettre. Une pente fatale ! En amour, il ne faut jamais baisser la garde. Oui, j'ai connu cela. Et du mauvais côté moi aussi.

Une douce plainte s'exhala de la gorge de Delphine.

— Flore m'a parée au départ des atours d'une sainte ou d'une héroïne de tragédie. Et puis, j'ai trébuché dans ses bras. Dans le terme *tomber amoureux*, il y a toujours le verbe *tomber*.

Il lui sourit tristement et un courant de complicité passa brièvement entre eux.

— D'où ces billets qui l'agaçaient plus qu'ils ne la touchaient, reprit-il. Ces billets ne faisaient que la renforcer dans son attitude d'indifférence, voire d'hostilité, envers vous.

Delphine baissa la tête.

— Pourquoi Fanny a-t-elle menti? demanda soudain le moine.

Elle se mordilla les lèvres.

— Pour me protéger. Toute la maisonnée était au courant de mon aventure avec Flore. Lorsque Fanny m'a raconté votre séance de massage et le papier que vous lui avez dicté, j'ai jugé plus convenable de lui expliquer le pourquoi de votre geste. Comprenant que vous alliez me soupçonner du meurtre de Flore si vous découvriez ma liaison avec elle, elle m'a proposé de vous orienter en direction de Victoire, tout en prévenant celle-ci.

— Elle aurait pu la faire accuser à votre place!

Delphine haussa les épaules.

— La nuit de la mort de Flore, Victoire a dressé successivement un banquier, un marquis et un duc, ce dernier sous les yeux de sa femme. Elle a été ensuite invitée à souper à Paris par ces deux derniers. Eh oui, cela se fait! Les épouses sont rarement au courant mais, lorsque c'est le cas, elles sont littéralement fascinées par la femme qui soumet leur mari. Bref, bien du monde aurait pu témoigner que Victoire n'avait pas eu le temps matériel de se glisser dans les jardins.

— Croyez-vous qu'ils auraient ainsi témoigné pour vous?

— Ils n'ont pas le choix, ils nous obéissent!

— En tout point?

— En tout point!

Le moine écarquilla légèrement les yeux, étonné du pouvoir terrible que ces filles possédaient sur les hommes. À moins qu'elles ne s'illusionnent... Le soumis d'hier est parfois le tyran de demain...

— Et vous ce soir-là?

— J'étais lasse, je suis allée me coucher tôt.

— Seule?

Les yeux de Delphine étincelèrent.

— Oui, cela m'arrive! Vos questions deviennent très personnelles.

— C'est dans le cadre de mon enquête, répondit le moine imperturbable.

— C'est bien pratique... chuchota-t-elle.

— Que voulez-vous dire?

Son regard s'attarda longuement sur lui.

— Vous en savez plus sur moi que moi sur vous.

— C'est bien pratique! confirma le moine en souriant.

Mais comme il lui fallait profiter de l'avantage dont il jouissait en cet instant, il poursuivit.

— Le jour de sa mort, avez-vous… euh…

— Est-ce que j'ai eu des rapports intimes avec elle? Non. Nous étions déjà très loin l'une de l'autre à ce moment et nous ne partagions plus rien.

Le moine se sentit dans l'obligation de justifier toutes ses questions.

— Voyez-vous, dans la vie, personne n'est ce qu'il paraît être. Une enquête policière consiste moins à démasquer le coupable qu'à soulever les masques dont se pare l'espèce humaine en société pour y lire, derrière toute cette façade d'apparence, la réalité de l'âme humaine.

— Et la mienne vous parle?

— Beaucoup, madame.

Ils se regardaient tous deux, frémissants et curieux l'un de l'autre.

— J'ai été d'honnête parole, reprit le moine d'un ton égal. Je fais confiance à mon instinct. Jamais, je ne vous ai vraiment soupçonnée.

Delphine le considéra en silence, découvrant des traînées irisées dans ses pupilles noires. Le moine soutint calmement son regard même si son cœur battait un peu plus fort.

— Je ne pensais pas rencontrer un jour quelqu'un comme vous, dit-elle enfin.

— Moi non plus, madame.

Ils restèrent un instant à se regarder fixement, ne sachant plus que dire. C'était un peu comme si leurs yeux se touchaient. Finalement, le moine reprit la parole.

— Quoi qu'il en soit, je retrouverai l'assassin de Mlle Vologne de Bénier.

Un long soupir s'exhala de la poitrine de Delphine.

— Vous avez trop de chaos en vous pour parvenir à vos fins!

Les yeux du moine brillèrent.

— Avec mon chaos je pourrais bien engendrer une fin que vous n'imaginez pas !

Vers la fin de l'après-midi, Volnay rejoignit avec impatience son appartement de la rue des Deux-Portes. Il n'avait pas retrouvé le couple dans les jardins. Il lui avait bien semblé reconnaître la toilette et le visage de l'Écureuil mais il se trouvait loin et maintenant le doute le tenaillait. N'avait-il pas aperçu ce qu'il redoutait un jour de voir ? Il n'était pas assez expansif, trop pudique pour exprimer ses sentiments. Et puis il y avait Flavia, cet amour soudain et brûlant de Venise…

Ses retrouvailles dans la nuit avec l'Écureuil avaient exacerbé ses sens et ravivé ses sentiments. Maintenant, le doute et la jalousie s'étaient éveillés en lui avec les récits de l'Écureuil sur ses courses journalières et imprécises dans les rues de Versailles, sa propension à changer de toilette et à commander, fait nouveau, une robe chez une couturière.

Elle ne se trouvait pas à leur domicile.

De plus en plus soupçonneux, il attendit en rongeant son frein jusqu'à son retour. Elle survint peu après, le regard innocent.

— T'es-tu bien promenée cet après-midi ? demanda-t-il d'une voix neutre.

— Oui.

— Où cela ?

— Dans les rues.

— Où cela ?

— Aux alentours… – Elle s'impatienta. – Crois-tu donc que je connaisse les noms de toutes les rues ici ?

Ce n'était pas dans les habitudes de l'Écureuil d'élever la voix. Et il ne comprenait pas les raisons de son embarras, à moins que ce ne soit bien elle qu'il ait aperçue dans les jardins de Versailles, avec un inconnu.

Un premier doute l'effleura.

— Il faudra bien un jour que je t'amène visiter les jardins de Versailles, s'efforça-t-il de dire d'un ton détaché.

Elle rougit et cela lui suffit comme aveu.

— Ce serait très agréable. On dit qu'ils sont fort beaux.

Devant son regard insistant elle détourna les yeux.

Il l'entraîna dans la chambre malgré ses protestations. Mais cette fois, il ne lui montra pas la tendresse de la veille en s'emparant de ses lèvres, sa main s'égarant dans ses jupons. Aussi mit-elle rapidement un terme à leurs embrassades, laissant Volnay dans la plus grande perplexité. Mais elle n'était pas prête à redevenir le simple réceptacle du désir des autres.

Ils se quittèrent fort mécontents l'un de l'autre.

Le moine laissa libre cours à son indignation en lisant le billet porté par un valet en livrée à leur domicile.

— Je ne comprends pas que toi tu sois invité et moi pas!

— Tu détesterais ce genre de souper! remarqua son fils.

— Oui mais alors il m'appartiendrait de refuser l'invitation. Tandis que là, je n'ai même pas le choix! On m'ignore! Je résous seul certaines affaires et je passe pour un second rôle simplement parce que je n'ai pas de fonction officielle! Dans ce pays, on ignore autant les talents que le mérite individuel. Et pourtant, les titres de l'esprit valent bien mieux que ceux de la naissance!

Volnay connaissait trop l'amour-propre de son père pour tenter de discuter. Aussi dit-il simplement :

— Je souhaite que tu restes à la maison et que tu ne perdes pas de vue l'Écureuil.

— Pardon?

— Je ne veux pas qu'elle sorte seule! Suis-je clair?

Muni de son invitation, Volnay se porta dans le château de Versailles. D'un regard circulaire, il considéra la basse-cour poudrée et parfumée qui piétinait en bas de l'escalier.

Voici donc la France de Louis XV vue de Versailles : des dames galantes, des seigneurs brillants, légers et polissons, et de vieux barbons toujours amateurs de chair fraîche et d'honneurs.

Près de lui, un nobliau se fendit d'une présentation.

— Ma femme, la baronne de Practicil.

Elle portait une robe à grands paniers de brocart blanc et une coiffure semblable à un treillage qui aurait donné à nicher aux oiseaux. Volnay lui baisa galamment le bout des doigts. La baronne en frémit de plaisir.

— Quelle chance nous avons, murmura le baron extasié. Être convié à ce souper avec Mme de Pompadour.

Le rêve de tout un chacun. Devenir un des familiers de la personne la plus puissante de France après le roi.

— Vous n'êtes pas convié, le corrigea un autre d'un ton aigre. Vous piétinez au bas d'une liste d'attente. Espérez simplement qu'il y ait quelques désistements, ce dont je doute fort.

Vêtu à la mode de Louis XIV, des rubans à l'épaule et des pierres ornant ses jarretières et ses souliers, le courtisan semblait riche d'une certaine expérience en la matière.

Volnay fit quelques pas pour se tenir à l'écart. Ce faisant, il se rapprocha d'une femme encore jeune qui ne paraissait pas non plus désireuse de se mêler aux autres invités. D'une mine fraîche et aimable, il émanait pourtant d'elle une aura de pouvoir particulière.

Tranquillement, elle le détailla de la tête aux pieds. Avec son visage aux traits fins, ses longs cheveux noirs et ses yeux de glace, le jeune homme était beau. Vêtu sobrement d'un justaucorps noir, seule une cravate de dentelle nouée à la gorge par un ruban de couleur vive, le col en fil de soie, venait éclairer l'ensemble. Il n'en restait pas moins impressionnant de force calme et de détermination. Comme ce matin où elle l'avait aperçu pour la première fois dans les jardins en compagnie du moine…

Se voyant examiné, Volnay s'inclina et se présenta, autant par politesse que par curiosité de connaître l'identité de cette si particulière personne.

— Madame, fit-il en s'inclinant. Chevalier de Volnay, pour vous servir.

Un éclair traversa les prunelles de la dame.

— Delphine de Marcillac, fit-elle en lui tendant sa main à baiser sans le quitter des yeux.

Le jeune homme cilla brièvement. Était-il possible que le hasard les réunît ainsi ?

Il effleura le bout de ses doigts de ses lèvres tandis qu'elle ajoutait :

— Je sais qui vous êtes, chevalier.

Surpris, il se redressa.

— Vraiment ?

— Je vous ai aperçu dans les jardins lorsque vous étiez près du corps de…

Elle hésita à prononcer son nom. Volnay s'en aperçut et murmura avec délicatesse pour l'épargner :

— Du corps de la victime.

— Oui.

Volnay se retrouva surpris. Contrairement à ses habitudes, il venait de faire preuve d'obligeance envers une suspecte. Était-ce donc ainsi qu'elle employait sa tranquille autorité ?

— J'aurais été heureux de faire votre connaissance dans de moins fâcheuses circonstances, dit-il.

— Mais vous ne l'avez pas fait, se moqua-t-elle, puisque vous avez dépêché votre collaborateur le moine pour enquêter auprès de moi.

— Vous n'êtes pas une suspecte, voulut-il la rassurer, mais un des points de départ possibles de notre enquête.

— Je comprends. Et vous n'avez pas à vous justifier.

Le commissaire aux morts étranges se mordit les lèvres car c'était précisément ce qu'il venait de faire. Son père résistait-il mieux que lui au discret mais réel pouvoir de Delphine de Marcillac sur les hommes ?

Un domestique vint alors annoncer d'un ton neutre, mais avec une lueur de satisfaction dans le regard :

— Mesdames, messieurs, je regrette mais la liste est close pour ce soir.

Un murmure de déception mourut sur les lèvres des courtisans. Ici, il fallait faire bonne figure. On s'en tirait par un haussement d'épaules nonchalant. Ce sera pour une autre fois. Combien de fois avaient-ils vécu ce moment de frustration ou d'humiliation ?

Volnay avait dû penser tout haut car une lueur ironique traversa le regard de Mme de Marcillac.

— Pas pour ma part, dit-elle sans dépit. Et pour une bonne raison : je ne suis jamais invitée aux petits soupers royaux.

— Vous ne perdez rien au change, murmura Volnay entre ses dents.

Le petit groupe de courtisans semblait se concerter pour savoir comment passer leur soirée désormais inoccupée.

— Passons au salon de jeux, proposa l'un d'eux.

Certains le suivirent. Les dames s'agrippèrent aux bras de leurs chevaliers servants, le menton haut et la mine imperturbable. Le cycle des apparences reprenait.

Machinalement, Volnay et Mme de Marcillac emboîtèrent le pas au groupe désœuvré.

Dans le salon de Mercure, un buffet en fer à cheval était disposé au fond de la pièce. Des vases d'argent contenaient vins, limonade, chocolat ou café. Des pyramides de fruits frais ou confits s'y entassaient en compagnie de nombreuses pâtisseries servies sur des plateaux d'argent. Auprès des tables, des valets en livrée bleue à galons se tenaient derrière les joueurs pour tendre les jetons et servir les rafraîchissements.

Au jeu, les ducs se disputaient le privilège de tirer les cartes pour le roi. Ici on jouait à l'hombre, au tric-trac, au trou-madame, à l'oie, à la renarde, au tourniquet et au jonchet. Mais le jeu de cartes préféré restait le lansquenet. Des sommes énormes étaient misées et changeaient rapidement de mains. Des déficits se creusaient, d'autres se résorbaient… Cette passion effrénée du jeu faisait partie des mœurs de la cour. Elle comblait l'ennui de ce confinement en vase clos et de la répétitivité de l'étiquette. Bien entendu, cette passion ne recevait pas l'assentiment d'un homme comme Volnay qui ne comprenait pas que l'on remette son destin à un jeu de cartes.

Au pharaon, on jouait gros. Autour du jeu se nouaient bien des intrigues et des amourettes. En l'absence du roi, les joueurs perdaient en oubliant leurs bonnes manières et l'on entendait frapper du poing sur la table et jurer, tant chez les hommes que chez les femmes qui n'étaient pas avares de gros mots en ces occasions.

— Vous devez être bâtard pour avoir tant de bonheur, murmura l'un des joueurs au vainqueur qui s'en offusqua et parla de régler cela en duel.

Delphine de Marcillac jeta un coup d'œil à Volnay.

— Vous avez envie de jouer ?

— Pas du tout.

— D'observer ? demanda-t-elle malicieusement.

Le policier eut un sourire amusé. Mme de Marcillac n'était pas sotte.

— Cela m'arrive mais je ne suis pas dans ces dispositions ce soir et ces gens-là ne m'intéressent pas.

Elle l'observa plus attentivement.

Un homme vrai qui ne sait point flatter.

— Offrez-moi votre bras, murmura-t-elle en détournant son regard de lui. Je ne devrais même pas vous le demander ! Et sortons dans les jardins.

Volnay s'exécuta en souriant et ils sortirent tous deux dans la fraîcheur retrouvée du soir.

— Où désirez-vous aller ? demanda le jeune homme.

— Où vous voudrez à condition que cela ne soit pas loin, ni dans cet horrible labyrinthe !

Volnay lui proposa de marcher le long des allées du parterre du Midi. Même si le coup était vraisemblablement monté, il ne lui déplaisait pas de connaître celle pour laquelle son père manifestait tant d'intérêt.

Des massifs de plantes vivaces soigneusement entretenus s'étalaient de manière bien ordonnée sous leurs yeux. Tulipes de Hollande, narcisses de Constantinople, giroflées, coquelourdes, anémones et lis blancs embaumaient l'air du soir.

Mme de Marcillac prenait naturellement les guides de la promenade. Elle connaissait les jardins mieux que Volnay et le dirigeait d'une pression du bras ou d'une parole, affirmant par touches légères son emprise sur lui.

— Je me demande à quoi rimait cette invitation, fit pensivement le jeune homme.

— Il n'y a rien d'innocent dans tout ceci, affirma Delphine. On nous a donné une petite leçon, à vous et moi. *Vous êtes au*

bas de l'échelle et vous y resterez. N'oubliez pas qu'il y a beaucoup
plus haut et puissant que vous.

Le commissaire aux morts étranges serra les dents.

— Il ne manquerait plus que cela : que l'on me donne des leçons à moi!

— Elle m'était peut-être destinée.

— Il serait bien imprudent de se moquer de vous devant moi, madame! gronda-t-il en prenant d'instinct sa défense.

Delphine de Marcillac lui jeta un coup d'œil curieux.

— Vous me rappelez votre collaborateur le moine, observa-t-elle. Il réagirait comme vous. À la différence que la colère se verrait dans ses yeux et ne se ferait pas entendre dans sa voix. Je l'apprécie plus que je ne saurais le dire. C'est un homme qui… – Delphine chercha en vain ses mots. – Un homme, quoi.

Son regard chercha celui de Volnay qui le soutint calmement. Elle hocha la tête.

Même trempe d'hommes. Forgés dans le même alliage. L'un est simplement rigide et l'autre souple mais ce sont les mêmes caractères.

Volnay ruminait encore la leçon donnée. Mme de Marcillac se trompait à demi. Si la petite leçon était prévue, il n'en restait pas moins que le résultat de cette attente au bas des escaliers avait été non seulement une leçon d'humilité mais également le moyen de le mettre directement en relation avec Mme de Marcillac.

Mais pourquoi?

Lorsque Volnay réfléchissait, son attention se relâchait. Il ne s'aperçut qu'après coup du silence soudain et des regards curieux de Mme de Marcillac.

— C'est étrange, fit celle-ci, vous ressemblez beaucoup au moine. En moins sinueux, bien évidemment. Mais quand même…

Comme beaucoup de femmes, elle avait la capacité de ressentir et comprendre les rapports qui unissaient ou opposaient les êtres entre eux. Le silence de Volnay étant éloquent, elle l'observa plus attentivement.

— Physiquement aussi…

Il leva la tête, se décidant à réagir.

— Qu'allez-vous imaginer ?

Delphine le considéra longuement.

— Des liens de parenté, articula-t-elle enfin avec délicatesse car la pensée du moine lui était douce.

— Vous vous trompez, fit-il sèchement.

Mme de Marcillac dissimula un sourire. On aurait dit un enfant pris en faute.

— Nous ne nous connaissons pas mais vous pouvez avoir confiance en moi. Je ne trahirai pas le secret de votre filiation.

— Le moine n'est pas mon père !

Elle lui jeta un regard clair.

— Combien de fois saint Pierre a-t-il renié le Christ avant que le coq n'ait chanté trois fois ?

Volnay baissa les yeux.

— Allons, fit-elle, conciliante, ne dites rien. Je ne voulais pas vous mettre mal à l'aise.

— Je le sais, madame.

Elle s'appuya un peu plus familièrement sur son bras.

— Maintenant que nous nous connaissons, vous pouvez m'appeler Delphine…

Lorsqu'elle partageait ainsi un peu du poids de son corps et de sa chaleur, il lui devenait plus difficile de se concentrer.

— Merci, madame.

Elle laissa échapper un petit rire qui remplit agréablement la nuit.

— Vous êtes fort bien élevé, assurément ! Votre père sans doute…

Il n'avait rien appris d'elle mais, de son côté, elle venait pratiquement de lui faire avouer sa parenté avec le moine.

— Je vais vous raccompagner à votre voiture, fit Volnay à qui cet entretien échappait totalement.

— Vous êtes bien urbain !

Il plissa les yeux comme pour essayer de déchiffrer l'obscurité. La nuit venue, les statues semblaient vous observer, les entrées des bosquets surgir de n'importe où et les chambres vertes inviter à sombrer dans des rêves tourmentés.

— Pas seulement. Ces lieux ne sont plus sûrs pour personne…

Son instinct protecteur reprenait le dessus. Delphine frissonna mais peut-être était-ce la fraîcheur du soir.

Lorsqu'ils se dirigèrent vers une des portes, l'attention de Volnay fut comme attirée par une présence invisible, un froissement d'ailes provenant du château. Machinalement, il leva les yeux et vit la chauve-souris s'élever droit dans les airs et passer au-dessus d'eux.

La chauve-souris poussa un cri strident, à la limite de l'aigu. Elle vola au-dessus du parterre du Midi, du bosquet de la Salle de Bal puis du Labyrinthe.

L'inconnu leva la tête, la suivant des yeux. Ses mains étaient encore ensanglantées. Il sourit, tira un mouchoir et se les essuya soigneusement.

VII

BASSIN DE NEPTUNE

*On se tournera pour voir d'un seul coup d'œil
tous les jets de Neptune…*

La baronne aimait parcourir le parterre de l'Orangerie aux premiers rayons du soleil ou bien tenter une expédition à la Ménagerie à l'heure où s'y trouvait encore peu de monde. On disait justement qu'un souverain étranger avait offert au roi un très bel éléphant blanc.

Néanmoins, ce matin-là, le Labyrinthe l'attira irrésistiblement. On y avait tué une jeune fille, une catin à ce que l'on disait, et son cœur battait plus fort à l'idée d'y pénétrer. Quels délicieux frissons en perspective ! Et puis, après tout, l'assassin avait frappé la nuit. Rien ne pouvait lui arriver en plein jour.

Elle passa devant la fontaine du duc et des oiseaux, puis du paon et du rossignol. Celle du singe et du perroquet lui arracha un sourire amusé. Mais devant celle du singe-juge, elle s'arrêta net. Des entrailles ensanglantées gisaient à terre et tapissaient les treillages.

Elle poussa un cri et s'enfuit à toutes jambes, piétinant et souillant les pans de sa robe, perdant une chaussure tandis que des cris d'épouvante jaillissaient de sa gorge.

Alertés, le moine et le commissaire aux morts étranges se précipitèrent sur les lieux surveillés par les gardes de la prévôté en hoqueton incarnat, bleu et blanc. C'était le début d'une matinée douce et oisive pour les femmes qui se pressaient déjà au spectacle, leur ombrelle à la main.

Le meurtre avait été commis à l'intérieur du Labyrinthe mais cette fois, la statue du singe-juge avait présidé à la scène. Le moine le salua sobrement :

> *D'un magistrat ignorant*
> *C'est la robe qu'on salue !*

Et il ajouta plus bas :

— Il me fait penser au Singe-roi qui nous gouverne !

Ils s'arrêtèrent devant le spectacle sanglant avec un hoquet de stupeur.

— Mon Dieu, fit Volnay. Il y en a de partout !

Des entrailles sanglantes semblaient parsemer les haies. Le moine hocha sombrement la tête.

— À l'image de Versailles, commenta-t-il. Les entrailles malades d'un corps pourri !

— Oui mais justement, où est le corps ?

Comme pour répondre à cette interrogation, le grand prévôt de l'hôtel du roi vint à leur rencontre. Lui et les gardes de la prévôté assuraient la sécurité du palais. Ce corps de police recherchait les malfrats qui s'introduisaient parfois dans les salons. La prévôté de l'hôtel du roi jugeait tous les crimes et délits commis à l'intérieur du château.

— Mes hommes, les gardes suisses et les gardes de la porte ont cherché sans succès le corps, se plaignit le prévôt. Pourtant, aucun doute, il en existe bien un. On ne peut perdre ses entrailles ainsi et rester en vie !

Le commissaire aux morts étranges lui jeta un regard glacial.

— Je vous le confirme ! Avez-vous observé au sol les traces d'un corps que l'on traîne ? Il m'est impossible de le savoir car vos hommes ont tout piétiné ici.

Le prévôt pâlit imperceptiblement.

— Pas que je sache.

— Pas que vous sachiez ?

Le moine secoua la tête d'un air désolé tandis que son fils fulminait.

— On tue sous les yeux du roi et vous ne songez même pas à protéger les quelques indices qui pourraient nous éclairer sur l'endroit où se trouve le corps?

Il fit une pause pour se calmer et reprit d'une voix aux intonations sèches.

— Vous interdirez l'accès à tout le Labyrinthe que vous ferez préalablement évacuer de toutes les personnes qui s'y trouvent. Vous mettrez ensuite à ma disposition vos dix meilleurs hommes qui me rejoindront ici même.

Le moine fit un pas en avant.

— Je souhaite que l'on recueille toutes les entrailles ou autres morceaux d'anatomie que l'on trouvera afin que je puisse les examiner. Et vous serez bien aimable de me trouver au château un endroit tranquille où les conserver afin que je puisse les examiner en toute tranquillité.

Comme le prévôt s'éloignait pour aboyer ses ordres et se soulager de son humiliation sur ses subordonnés, Volnay se tourna vers son père.

— Tu parlais tout à l'heure des entrailles d'un corps pourri, à quoi pensais-tu?

— À un vieux pays malade de ses dirigeants, gangrené par la corruption et d'une petite minorité arc-boutée sur ses privilèges.

— Tu veux dire que tout cela est symbolique?

— Tout juste! – Le moine releva la tête et considéra au loin le château. – Ces gens-là se gavent sur le dos du peuple. Ceci sans honte ni pudeur. Ils ne connaissent pas le sentiment, hormis celui de leur amour-propre. Et dire que le roi oblige son peuple à mourir pour lui à la guerre. Voici sa récompense!

Volnay frémit. La colère qu'il sentait monter progressivement chez son père se changeait en lave brûlante. Mais le moine n'avait pas terminé.

— Versailles est un cloaque, un lupanar doré, un bordel éhonté peuplé de courtisans et de courtisanes vicieux, arrogants et lubriques. Tout cela finira mal pour eux. Tu connais la fin pathétique de Louis XIV. Il puait depuis des années mais personne n'osait le lui dire. Il fallut lui couper ses membres qui puaient trop. On les leur coupera aussi, à commencer par…

— Quoi donc?

— Ce qu'ils ont de plus malsain. La tête.

Hélène se présenta devant le Labyrinthe où les gardes lui refusèrent l'entrée.

— Je ne peux vous reprocher d'appliquer les consignes que l'on vous donne, fit-elle sèchement, néanmoins je doute qu'elles me concernent. Allez quérir le commissaire aux morts étranges.

— Hélène! s'exclama Volnay en arrivant.

Il fit signe qu'on la laisse passer.

— Où est votre père? demanda la jeune femme.

— Je l'ai envoyé chez Waldenberg. Mes soupçons se portent sur lui et je voulais m'assurer qu'aucun des petits modèles ne manque à l'appel.

— Vous pensez que?

Elle regarda les bouts de chair sanguinolents et frissonna.

— Je n'en sais rien. Je préfère m'en assurer.

— Pourquoi ne pas arrêter Waldenberg? demanda-t-elle.

— Parce que j'ai besoin de preuves plus solides que des tendances malsaines. On ne peut l'emprisonner sous prétexte de son attirance pour les grands pieds de Mlle Vologne de Bénier ou de ceux de prostituées…

Par réflexe, il jeta un coup d'œil sur les chevilles d'Hélène dissimulées par sa robe.

— À propos, j'ai trouvé une chaussure!

— Je vous en félicite! se moqua-t-elle. – Mais, devant le visage fermé du policier, elle s'étonna. – Eh bien, n'êtes-vous donc pas satisfait après l'avoir tant cherchée? Où donc l'avez-vous trouvée?

— Ici. Elle appartient à la baronne qui a découvert le meurtre.

— Lorsque les gens ont peur, dit pensivement Hélène, ils courent, droit devant eux généralement. Sauf que dans un labyrinthe… Et cela est difficile avec de hauts talons. Mlle Vologne de Bénier n'a pas fait exception à la règle.

Une légère brise avait emmêlé dans les cheveux d'Hélène une petite feuille dont le vert tranchait avec les reflets roux de sa coiffure. Volnay la retira sans un mot, ses doigts frôlant ses mèches agitées par le vent. De surprise, Hélène recula. Une ombre indécise passa sur son visage.

— J'ai eu l'occasion de rencontrer Delphine de Marcillac, dit brusquement le policier en contemplant d'un air vague la feuille désormais entre ses doigts.

Hélène haussa un sourcil moqueur.

— Oh! Vous aussi, vous lui donnez de son prénom!

Volnay ne releva pas l'ironie.

— Je crains qu'elle ne manipule mon père et que, ce faisant, il passe à côté de preuves possibles de son implication, directe ou indirecte, dans le meurtre. Voire même qu'il ne me les dissimule… Je souhaiterais que vous entrepreniez plus de recherches sur elle.

— Inutile, c'est fait. Je m'attendais à ce que vous me le demandiez plus tôt mais mieux vaut tard que jamais! Je venais justement vous en parler.

Le policier se figea.

— Et qu'avez-vous trouvé?

Hélène fit une pause avant de répondre froidement :

— Mme de Marcillac a probablement assassiné son mari!

Le roi se tourna vers Lebel.

— Êtes-vous sûr? Dans mes jardins? Encore une petite? On n'en sait rien? Très étrange… Qu'on aille me chercher Sartine! Que fait-il donc celui-là?

Une fois seul, une expression lasse envahit le visage du souverain.

Eh bien, comme cela on tue encore dans mes jardins?

— J'ai reçu votre message et j'ai couru ventre à terre! annonça fièrement Gaston en s'asseyant à sa table favorite de l'Épée Royale.

Volnay considéra la mouche avec circonspection. Vu son embonpoint, *courir ventre à terre* pouvait avoir deux significations!

— Je pense que tu sais que je fréquente une jeune fille, dit-il d'un ton neutre.

— Est-ce la même qu'avant votre départ à Venise ? s'enquit prudemment la mouche.

— Bien sûr, répondit sèchement le policier.

— Ah oui ! Avec vous c'est toujours carré, carré…

Gaston baissa la tête sous le regard étincelant du jeune homme. Lorsqu'il la releva, ce fut pour suivre des yeux les allées et venues de serveuses portant pâtés et omelettes farcies.

— Ah, les belles choses que voici !

Et Volnay ne sut de quoi il parlait réellement.

— Euh, reprit-il, je me rappelle cette demoiselle rousse, elle est ravissante. Je vous ai vu vous promener avec elle. À cette époque, je vous suivais pas mal.

— Très bien, j'ai un service à te demander.

Volnay lui glissa une bourse par-dessous la table.

— Tu dois la suivre du matin au soir lorsqu'elle sort et tout me dire de ses moindres faits et gestes.

— Oh, serait-ce à dire que vous la soupçonnez de…

La mouche leva le nez pour humer l'air. Volnay crut qu'il allait lui parler de son flair de chasseur lorsqu'il vit l'objet de l'attention de Gaston passer sous ses yeux : un jambon fiché de clous de girofle, parfumé à la cannelle et saupoudré de sucre.

La main du policier s'abattit avec fracas sur la table pour attirer son attention. La mouche sursauta.

— Il en sera fait selon vos ordres, je la suivrai jusqu'en enfer ! Maintenant que tout ceci est clair et arrêté, peut-être pourrions-nous manger un morceau ? Aujourd'hui, ils servent du boudin blanc et du pâté truffé…

Avec curiosité, le moine fit quelques pas dans l'atelier, escorté des deux petits modèles qui attendaient patiemment leur maître.

Le moine examina un tableau presque achevé. Il représentait un groupe dans un bosquet des jardins de Versailles. Observant celui-ci, un homme se tenait immobile mais le poids de son regard traduisait l'intensité de son désir. Litote connue. Dans les tableaux, la présence d'une tierce personne venait souvent révéler la jalousie. Visages pâles, profils perdus, ombres diaphanes, groupes festifs ou silhouette esseulée. Un monde étrange se cherchait sans se trouver. Des fêtes galantes, le crépuscule d'un monde épuisé tandis que continue de se jouer la comédie de l'amour, entre pureté des sentiments et réalisation égoïste du désir.

Sans aucune gêne, Zélie tira sur la manche de sa bure, interrompant sa réflexion.

— Le commissaire aux morts étranges reviendra-t-il nous voir?

— Je n'en sais rien, répondit-il distraitement.

— Est-il marié?

Le moine lui jeta un regard circonspect : encore une qui en pinçait pour son fils.

Bah, vingt ans plus tôt, cela aurait été moi!

— Il fréquente une jeune fille très bien. Intelligente, modeste et honnête. Belle de surcroît…

— Oh, quel dommage…

— Cela dépend pour qui!

Il contempla Zélie.

— Puis-je vous demander une faveur?

La petite arqua un sourcil soupçonneux.

— À quoi pensez-vous?

— Pourriez-vous prendre la pose pendant quelques secondes comme lorsque vous le faites pour Waldenberg?

Elle parut désorientée.

— Quel genre de pose?

— Comme pour votre dernier tableau, proposa le moine.

Elle hocha la tête et s'assit sur un tabouret, prenant un air pensif. Derrière elle, Adèle vint poser ses mains sur ses épaules qu'elle dénuda.

Le modèle.

Il les observa pensivement.

Quel lien secret se noue entre l'artiste et son modèle? Toutes ces longues heures à l'observer et le copier. Tous deux hors du monde et s'affrontant silencieusement. Mlle Vologne de Bénier et Waldenberg…

Dans la salle désertée du cabinet du Conseil, le teint ivoire du lieutenant de police général virait au cramoisi tant la fureur l'étouffait.

— On a tué dans les jardins! on nous nargue!

— Tout le monde entre dans les jardins comme il le souhaite, rétorqua froidement Volnay.

— C'est vrai, reconnut Sartine, si l'on me donnait la police du château, il en irait autrement, croyez-moi!

— J'en suis certain, répondit Volnay sans ironie. Pour l'heure, j'ai fouillé tout le Labyrinthe sans y retrouver le corps ni aucune autre trace de cette atrocité. Avec un sang-froid ou une inconscience extraordinaire, l'assassin a probablement éventré sa victime, répandu ses entrailles alentour puis emporté le corps. Dieu sait où.

— J'ai donné des ordres. On fouille tous les jardins pour le retrouver.

Sartine alla se planter devant une cheminée en marbre bleu turquin et regarda d'un œil morne un gros chat angora blanc couché au milieu de celle-ci sur un coussin de damas cramoisi. Le chat du roi.

— On a volé la semaine dernière une bague ornée de diamants à un procureur du roi en plein palais, dit-il d'un ton irrité, et une comtesse s'est fait dépouiller de son collier pendant un bal sans que personne ne remarque rien. Une bande de filous opère ici, des malandrins, des tire-bourses!

— Ces gens-là sont comme des pies, tout ce qui brille les attire!

— Vous ne savez pas ce que vous dites! Lors des fêtes, on pille le buffet pour revendre les aliments le lendemain au marché de Versailles ou chez les traiteurs. Mais ce n'est rien, sous Louis XIV on a volé jusqu'à la broderie du lit royal! Les coupe-jarrets et tire-goussets s'en donnent ici à cœur joie! Toute cette racaille transalpine!

Volnay leva les yeux au ciel.

— Pourquoi voulez-vous que la racaille soit étrangère?

Le lieutenant général de police émit un long sifflement d'exaspération et chercha machinalement une prise. Une fois le tabac dans le nez, il sortit son mouchoir et éternua bruyamment.

— Il serait plus sage d'interdire l'accès aux jardins pendant quelque temps, suggéra Volnay. Ou de les laisser ouverts quelques heures par jour seulement mais avec un renforcement des gardes.

— Je l'ai suggéré au roi qui a eu un de ses accès d'autorité inhabituels. Il m'a dit : *Vous ne me dicterez pas ma conduite. C'est en ma seule personne que réside la puissance souveraine. L'ordre public tout entier émane de moi. Je ne ferai pas fermer les jardins qui sont un de mes rares plaisirs en ce bas monde.*

— Alors, tenta Volnay, il faut renforcer la garde aux portes et donner des consignes sévères.

— C'est fait, que croyez-vous? Il est plus aisé de prévenir le désordre que de l'arrêter. Mais nos gardes-françaises, nos gardes de la porte et nos suisses n'y suffisent plus. Et chacun ne voit pas plus loin que le bout de son nez!

— À Versailles, personne ne coordonne rien. Chacun en fait à sa tête, exerçant sa mission sans se soucier de celle des autres.

Sartine l'arrêta d'un geste sec.

— Ne rejetez pas la faute sur les autres. Il me faut une arrestation rapide sinon je vous enlèverai l'enquête.

— Vos mouches…

— Elles sont toutes à pied d'œuvre. Que croyez-vous? J'en ai des dizaines, jour et nuit, dans les jardins, le château et dans les rues et auberges de la ville de Versailles.

Et quelques-unes qui nous suivent, moi et mon père, pensa fugitivement Volnay.

— Je pense que vous m'auriez averti si vos mouches qui filent Mme de Marcillac, M. de La Martinière et le peintre Waldenberg avaient découvert quelque chose?

— Bien évidemment! grogna Sartine. À part les sorties hebdomadaires de Waldenberg, il n'y a rien d'anormal. D'ailleurs ces sorties n'ont rien d'extraordinaire. Du vin et, de temps en temps, une fille à laquelle il ne fait aucun mal…

— Peut-être…

Sartine se tourna d'un bloc vers lui comme mû par des ressorts.

— Toutefois, si vous disposez d'assez d'éléments pour le suspecter, je peux le faire arrêter et l'effrayer. La peur de la Question… Il parlera. Huit litres d'eau pour la Question ordinaire, le double pour la Question extraordinaire, le tout administré par un entonnoir au fond de la gorge. On a l'impression d'étouffer et les douleurs abdominales sont atroces.

Le ton de Sartine était devenu féroce. Il ne plaisantait pas.

— Nous aurons bonne mine si vous faites torturer Waldenberg, le calma Volnay. S'il avoue sous la contrainte ces meurtres et que ceux-ci se poursuivent alors qu'il est enfermé…

Sartine se rembrunit.

— Je vous donne vingt-quatre heures avant de changer d'avis !

Volnay se raidit.

— Ah, j'y pense, fit Sartine d'un ton mécontent. Malgré son statut un peu particulier, votre père travaille pour moi. Il a sans doute mieux à faire en ce moment que de courir la gueuse ! Aussi, je vous serai reconnaissant de bien vouloir le dissuader de fréquenter trop assidûment la demeure de Mme de Marcillac, y compris en son absence ! Cette maison représente le degré ultime de la dégénérescence. Qu'il cesse donc d'honorer Mme de Marcillac de sa présence si ce n'est pour l'arrêter !

Des gardes-françaises et des gardes suisses se tenaient dans chaque pièce du château de Versailles. Devant les appartements du souverain, la compagnie écossaise, la première et la plus ancienne des compagnies de gardes du corps, se tenait en faction.

Le roi contempla les jardins. Ses jardins. Il s'y était roulé par terre à sept ans. Maintenant, des jeunes femmes l'éclaboussaient de leur sang. On s'était déjà livré dans ce labyrinthe à des débauches. Au temps de son enfance, on exila certains jeunes marquis s'y livrant furieusement à des jeux contre nature.

Louis se rappelait ces temps passés. Il était roi depuis tellement longtemps.

Plus jeune, il aimait à parcourir les toits en terrasses de Versailles, s'amusant à bavarder par les cheminées avec certaines des occupantes des appartements. Son ancêtre allait bien voir les dames d'honneur de son épouse par les fenêtres.

Aujourd'hui, prisonnier de l'étiquette et de la tradition, le roi se levait, enfilait sa robe de chambre et traversait la salle du conseil pour se recoucher dans la chambre de parade pour le lever public. Pour le coucher, la même comédie. Le roi se glissait, une fois le dernier courtisan sorti, vers ses appartements. Toujours les mêmes solennités aux mêmes heures avec les mêmes poses et gestes…

Son prédécesseur avait planifié un agenda d'un ennui mortel : le lundi concert, le mardi comédie française, le mercredi comédie italienne, le jeudi tragédie, le vendredi jeux, le samedi concert et le dimanche jeux à nouveau… Par petites touches, Louis XV avait essayé de s'en échapper, grâce notamment aux petits soupers organisés par Mme de Pompadour dont il raffolait. Mais l'ombre constante de son aïeul finissait toujours par le rattraper et même les jardins de Versailles semblaient suivre l'étiquette dans leur monotonie, se parant chaque saison de la même façon.

Alors, il s'efforçait de s'enfuir de Versailles chaque fois qu'il le pouvait. On disait de lui qu'il n'était jamais aussi gai que lorsqu'il ne séjournait pas à Versailles. Mais il était toujours rattrapé, sinon par le poids de ses responsabilités, au moins par celui des règles et principes, écrits ou non, qui géraient la cour depuis plus de cinquante ans.

Il songea qu'il aimerait bien retourner se promener dans le Labyrinthe.

À treize heures, en sortant du bureau de Sartine, Volnay fut rattrapé par un valet de pied qui lui transmit une invitation à dîner chez la Pompadour !

— Voici la séance de rattrapage, observa tranquillement le policier.

Sans surprise, le policier découvrit dans l'antichambre Delphine de Marcillac, resplendissante dans une robe garnie de rubans de soie, de boutons d'émail et de dentelles au point d'Alençon. Elle rayonnait tranquillement. Se pouvait-il que les soupçons d'Hélène fussent justes ? Tout à coup, rien ne lui semblait moins certain. Il la salua galamment en lui baisant la main.

— Pensez-vous la même chose que moi, madame ? murmura-t-il en se relevant.

— Delphine… le reprit-elle doucement. Assurément, chevalier, mais au lieu du souper, nous avons le dîner.

— Tant mieux, nous aurons l'après-midi pour digérer !

— Et savez-vous qui nous retrouverons lors de ce dîner ? demanda-t-elle innocemment.

— Ma foi, non.

Delphine de Marcillac émit un léger soupir.

— Votre père…

Volnay tressaillit.

— Car il l'est, n'est-ce pas ? ajouta-t-elle. Cette même détermination, cette intransigeance… D'habitude, l'ancien est moins drôle que le nouveau mais là c'est le contraire : un fils droit dans ses bottes et un père qui prend tous les chemins de traverse… – Elle leva une main pour l'empêcher de parler. – Oui, je sais. Hier soir, vous avez déjà nié mais nous sommes un autre jour.

— Madame…

— Appelez-moi Delphine, vous dis-je. Je ne suis pas votre ennemie. Aussi, prenez garde et suivez mes conseils. Dans ce type de repas on se plaît à déchiqueter ceux qui baissent leur garde. – Elle s'interrompit un instant pour le jauger. – Mais ne mordez pas trop.

Le moine se glissa à son tour dans l'antichambre. Volnay l'aperçut.

— Il faudrait dire ça à mon p…

Delphine lui jeta un regard amusé.

— Vous voyez, vous l'avez dit ! Maintenant, restez prudent. Ce dîner n'a rien d'innocent. Nous serons scrutés, analysés…

— Comme dans tout dîner ou souper…

— Je ne crois pas que ce soit un dîner comme les autres, dit-elle pensivement. – Elle lui désigna du menton quelqu'un qui se trouvait derrière lui. – Tenez… Cette jeune femme…

Le policier se retourna. Hélène se tenait là, magnifique dans une robe de mousseline verte. Elle portait un ruban de la même couleur dans les cheveux et aux oreilles de petites boucles d'or.

Le moine l'avait vue mais il fit comme si de rien n'était et vint galamment présenter ses hommages à Delphine. Il portait humblement sa bure et dénotait dans l'assemblée richement habillée mais tout son orgueil intellectuel transparaissait dans ses yeux noirs et brillants.

Décontenancé, Volnay regarda à nouveau du côté d'Hélène. Celle-ci leur fit un signe discret, à lui et à son père, pour la rejoindre sans tenir compte de la présence de Delphine de Marcillac.

— Je crois que l'on vous sonne, fit Delphine d'un ton un peu méprisant.

Son visage avait pris l'aspect du marbre.

— Madame, fit calmement le moine, je ne réponds pas au son de la cloche !

Delphine et Hélène se mesurèrent un instant du regard. Finalement, le moine demeura aux côtés de Delphine, un léger sourire de défi aux lèvres, tandis que son fils allait en ambassade auprès d'Hélène.

— J'ai peu de temps, le pressa-t-elle, dites à votre père de venir.

Volnay jeta un bref coup d'œil par-dessus son épaule. Le moine était récompensé par Delphine de sa loyauté par de gracieux échanges d'amabilités.

— Manifestement, fit-il négligemment, il n'en a pas la moindre envie. Êtes-vous l'instigatrice de ce dîner ?

Hélène secoua la tête, contrariée.

— Je vous l'aurais dit ce matin. Non, c'est la marquise. La découverte d'un second cadavre l'a foudroyée. Sur un coup de tête, elle a changé brusquement la liste de ses invités et m'en a prévenue.

— Justement, nous n'avons pas retrouvé le corps !

— L'histoire en semble écrite et elle a réagi à sa manière en réunissant tous vos suspects pour un petit repas afin de vous aider à démasquer les coupables. Une veuve pas très maligne jouera les candides. Mme de Broteuil d'Orbesson, petite noblesse de province avec quelques appuis mineurs à la cour. N'en tenez pas compte, c'est un simple paravent.

Volnay jeta un coup d'œil par-dessus son épaule. Le regard impassible, Mme de Marcillac les observait tandis que le moine pérorait gaiement à ses côtés sans qu'elle n'y prête la moindre attention.

— Qu'attend la Pompadour de cette confrontation ?

— Que l'un se trahisse. Trop de pression conduit toujours à commettre une faute.

— Je n'ai jamais rien entendu d'aussi absurde, murmura le commissaire aux morts étranges entre ses dents. Ils ne seront point dupes. C'est vouloir prendre les lièvres au son du tambour !

— Madame la marquise a une confiance aveugle en votre capacité, répondit Hélène d'un ton sarcastique, à vous et au moine, pour analyser les dires et le comportement de chacun. Elle-même pense pouvoir à l'occasion capter un regard, déchiffrer une hésitation.

— Grotesque !

— Peut-être mais le mal est fait. C'est mauvais signe pour vous. Lorsque les puissants se mettent à penser à la place de leurs serviteurs chargés de leurs affaires et s'imaginent plus habiles qu'eux...

— Je ne suis le serviteur de personne ! Je suis un policier chargé d'une enquête.

Hélène soupira.

— Donnez le nom qu'il vous plaira à votre servitude.

Volnay serra les dents.

— Je pourrais aussi refuser l'invitation...

La jeune femme agita sa longue chevelure aux reflets roux, créant autour d'elle des lueurs incendiaires.

— N'en faites rien et ne vous souciez donc pas tant de déplaire. Et puis, qui sait, si le coupable est parmi eux, ou bien s'il protège quelqu'un, il se trahira peut-être.

Volnay réprima son agacement.

— Et pourquoi m'en prévenir seulement quelques minutes à l'avance ?

— Parce que je viens de l'apprendre !

Le jeune homme médita quelques secondes l'information avant de relever la tête.

— Un mot encore, étiez-vous à l'instigation de cette invitation à souper hier ?

Hélène n'hésita pas une seconde.

— Bien sûr que non, répondit-elle les yeux dans les siens.

Volnay resta impassible. Quand les gens mentaient, chacun avait sa particularité. Hélène vous fixait droit dans les yeux et l'Écureuil les détournait.

— Maintenant, reprit Hélène, restez sur vos gardes, ne déplaisez pas à la Favorite, donnez-lui l'impression d'interroger habilement les convives et faites passer le message à votre père puisqu'il ne daigne pas se déplacer jusqu'à moi et ne semble obéir qu'à Mme de Marcillac.

— Je crains hélas, fit Volnay, qu'il n'obéisse qu'à sa seule fantaisie !

À cet instant, la marquise de Pompadour fit son apparition, la taille serrée à l'extrême dans une robe taillée dans une étoffe de soie à fond blanc, aux motifs brodés d'or, le corps garni de pierreries et décolleté comme pour une soirée. Hélène disparut aussitôt par une petite porte après lui avoir glissé un dernier mot à l'oreille.

La Favorite salua la dame servant de paravent, la gratifiant d'un charmant sourire. Mme de Marcillac marqua toute sa considération dans une profonde révérence. Elle en fut remerciée par un bref hochement de tête. Survint le moine. Volnay retint son souffle.

Avec lui, on ne peut jamais savoir !

Mais le moine s'inclina respectueusement devant la marquise et la tension qui habitait Volnay se relâcha quelque peu. Les yeux de la marquise dénotèrent un intérêt curieux mais elle ne le traduisit pas en paroles. Le regard du moine glissa assez naturellement sur Delphine de Marcillac, sans s'y attarder plus que nécessaire. En réponse, elle porta son éventail fermé devant son oreille gauche : *"Ne dévoile pas notre secret."*

Le moine comprit le code et, du regard, lui parla en silence, lui qui n'avait pas d'éventail pour se faire comprendre.

Gardez votre calme, on nous évalue. Je ne tomberai pas dans leur jeu. Je resterai politiquement correct même s'il m'en coûte.

Moi aussi, je sais jouer la comédie et faire le singe, ce n'est pas si difficile. Veillez sur un certain convive. Il est bien jeune et il m'est plus cher que tout. Je vous en saurai gré.

Delphine eut un bref battement de paupières pour accuser réception de ce message.

Je ferai comme vous le suggérez.

M. de La Martinière fit son apparition, la perruque en bataille, suivi de Waldenberg, plus pâle que jamais.

— Madame, fit le premier chirurgien en présentant ses hommages à la Favorite, veuillez me pardonner de ne pas être en avance mais le service du roi m'a retenu plus longtemps que prévu. Un problème de selles…

— Dans ce cas, mon pardon vous est acquis d'avance, répondit gracieusement la marquise.

Le moine hocha la tête. Il savait qu'au moindre enrouement une douzaine de praticiens se précipitaient pour examiner la langue du roi, l'un après l'autre, par ordre hiérarchique. Ce qui prenait inévitablement du temps. Quant aux selles du roi, il n'avait pas entendu parler de celles du monarque actuel mais de celles légendaires de son prédécesseur Louis XIV où l'on retrouvait des truffes entières non digérées.

Le peintre s'inclina à son tour et bredouilla sans manière des excuses ridicules. La marquise ne lui accorda son pardon que du bout de ses lèvres pincées.

Le dîner était servi dans une exquise petite pièce décorée de ravissants meubles, de tableaux et de bibelots d'un goût parfait. Il y régnait une harmonie d'or et d'argent stimulée par l'éclat écarlate des tentures, de grands pilastres dorés et le plafond peint en camaïeu au milieu duquel pendait un grand lustre de Bohême à branches argentées.

On prit place. Sa position auprès du roi permit à M. de La Martinière d'être placé à droite de la Pompadour et l'utilité de Volnay à gauche de celle-ci. Waldenberg se trouvait relégué à gauche de Mme de Marcillac en bout de table, face au moine, lui-même placé à côté du paravent. En souriant, le moine alla prendre place sur la chaise qui lui était assignée, lorgnant Delphine de Marcillac qui se retrouvait à côté de son fils. Ce faisant, il passa derrière elle qui se retourna pour lui glisser :

— Ne les agacez pas.

— Pourquoi ?

— Vous avez la tête de celui qui ouvre le feu en position défavorable.

— Ah…

Le premier service s'annonça avec des potages gras ou maigres, potages de crêtes et béatilles, potage de perdrix aux choux, potage au lait, potage aux herbes, ainsi que les hors-d'œuvre : des œufs en chemise, ceux-là mêmes que le roi aimait à préparer lui-même, des pâtés aux mauviettes, des pâtés de truite, des timbales aux truffes ou aux huîtres, des vol-au-vent aériens…

On se servit soi-même aux plats dressés au milieu de la table. Le moine se contenta d'un potage au blanc de perdrix et son fils d'un potage de laitues farcies avec des œufs et relevé d'une sauce aux champignons.

La marquise avait l'art de parler juste et de conserver une modestie de bon aloi mais la conversation ronronnait, de futilité en futilité, empruntant la route de l'insignifiance pour arriver à l'océan de l'oubli.

Une ombre malveillante semblait ourler chaque propos de Mme de Broteuil d'Orbesson tout comme son parfum de poudre d'iris et de bergamote oignait son corps. Elle compensait son manque de fraîcheur par ce qu'elle pensait être de l'esprit mais se résumait à un brin de pruderie de bon ton et une certaine dose de méchanceté.

À quoi pense mon fils ? se demandait le moine. *Sans doute à son enquête. Il ferait mieux de penser un peu aux affaires du cœur.*

Tout était codifié, observait Volnay. C'était la première femme de chambre qui portait un verre d'eau à la marquise et aucune autre. Chaque domestique s'occupait de sa seule tâche et n'avait aucune intention de pallier l'éventuelle déficience d'un autre. Il savait que des valets de Louis XV en étaient venus récemment aux mains. Un garçon de chambre avait refusé de faire la poussière sous le lit du roi, ceci étant du ressort du valet de chambre tapissier lorsque le roi n'y était pas couché ! Des dizaines de domestiques attachés au roi et pas un pour faire la poussière !

Ainsi, pensa le policier, si quelqu'un venait de l'extérieur pour remplacer un autre domestique, les autres ne s'en rendraient peut-être pas compte, tout occupés qu'ils sont à s'ignorer!

— On dit de vous, mon frère, que vous avez fort méchante réputation au sein de l'Église, attaqua soudain sa voisine de table Mme de Broteuil d'Orbesson à qui l'on avait dû toucher deux mots de ce curieux convive.

— Celui qui me prend pour un antéchrist a bien tort, répondit habilement le moine. Car Jésus a voulu prendre rang parmi les maudits de la Loi (Paul, Galates, III, 13), Jésus s'est dirigé vers les faibles, les malades, les délaissés, les marginaux comme les publicains, les pécheurs publics, les lépreux, les prostituées, les esclaves. – Une fois lancé, le moine ne s'arrêtait plus. – Les esclaves étaient crucifiables, les prostituées lapidables. Or Jésus a choisi de préférence le pauvre, le pécheur, le banni, l'exclu, religieusement, publiquement ou socialement. Dès lors toute mesure d'exclusion ou de condamnation religieuse n'a aucun sens. Mais je m'égare…

— Amen! fit Mme de Broteuil d'Orbesson. Je ne me souviens même plus de la question que j'ai posée!

La Pompadour la crucifia du regard. Pas plus que le roi, elle n'aimait que l'on se moque de la religion. La Diane délurée des premières années avait laissé la place à une respectable dame patronnesse, pourtant bonne à diriger de loin les ébats du Parc-aux-Cerfs. Quant au roi, il continuait d'autant plus ses débauches qu'il croyait au pardon divin.

Néanmoins, la marquise était aussi mécontente du moine qui venait de rappeler à sa table, abondamment garnie, que l'Église de Jésus-Christ devrait être celle de la pauvreté.

— C'est là parole de franciscain, dit-elle en faisant allusion au seul ordre faisant vœu de pauvreté et auquel semblait appartenir le moine, du moins lorsqu'il portait sa bure. Bâtirait-on des églises sans argent?

— Et que serait un monde où l'on passerait son temps à laver les pieds des pauvres et à toucher les plaies des malades pour les guérir? ajouta Mme de Broteuil d'Orbesson encouragée par la saillie de la Pompadour.

— Un monde propre et sans malade, répondit froidement le moine.

Cette première escarmouche semblait avoir eu raison de ses bonnes résolutions. La Martinière étouffa un petit rire.

— Il est vrai que les rois détiennent de Dieu le pouvoir de guérir par imposition des mains, dit doctement Mme de Broteuil d'Orbesson qui n'avait pas compris l'ironie du moine.

— C'est une opinion, marmonna celui-ci.

— Mais encore ? demanda la Pompadour outrée.

Sous le regard affolé de son fils et celui soudain sévère de Delphine, le moine sourit dangereusement comme un homme qui s'apprête à sauter dans le vide, les bras en croix.

— Toute opinion exprimée suscite une opinion contraire et le débat entre ces opinions crée un équilibre. Lorsque l'opinion devient vérité, elle n'est plus que l'expression d'une situation de force.

Volnay blêmit. Sentant le danger, Delphine de Marcillac intervint.

— Notre moine philosophe. Il est trop savant pour nous.

— Certes ! fit celui-ci d'un air railleur.

— Mais le principe d'équilibre est au cœur de toutes choses, continua Delphine en l'écrasant du regard pour le réduire au silence. Ainsi, si vous prenez les jardins de Versailles, vous y trouverez un merveilleux exemple d'harmonie…

Le moine lui coupa la parole.

— Je n'y vois pour ma part que l'exemple désolant de la main de l'homme. Louis XIV a façonné ces jardins à son caprice. Ce faisant, il a dénaturé la nature elle-même. Je ne prends aucun plaisir à m'y promener ! – Son regard glissa vers Delphine. – Seul tout au moins…

Delphine de Marcillac se pencha légèrement en avant.

Halte au feu ! lui ordonna-t-elle en silence.

Le moine s'en était pris délibérément à l'arrière-grand-père de Louis XV afin de ne pas attaquer la marquise de front. Malgré cela, la Pompadour lui jeta un regard d'avertissement.

— Il est vrai que la paix de nos jardins est troublée en ce moment, dit-elle.

Elle profitait de l'occasion mais la ficelle était un peu grosse. Un silence gêné s'installa. Volnay observa les convives. Le moine jetait un regard outré aux entrées qu'on servait maintenant en entassant au milieu de la table tourtes à la braise, poulet gras aux truffes, perdrix au parmesan, perdrix sauce à l'espagnole… Waldenberg avait piqué du nez dans son assiette, La Martinière s'était redressé, un sourcil arqué. Quant à Mme de Marcillac, elle semblait le défier personnellement du regard. Le premier chirurgien du roi se dévoua pour briser le silence.

— Certes, fit-il d'un ton sec. Certes!

La Favorite s'agaça de cette simple répétition.

— Allons, monsieur, dit-elle, vous avez bien une opinion à ce sujet.

— En aucune façon, madame, lui répondit le médecin droit dans les yeux.

Le vieux militaire ne semblait nullement impressionné par la Favorite. Il voyait le roi chaque jour et s'entretenait familièrement avec lui. Ce n'était pas une Pompadour languissante qui allait l'émouvoir, lui le vieux soldat.

À la grande surprise de tous, Mme de Broteuil d'Orbesson fit part d'une théorie très personnelle.

— Il me semble qu'on a lâché dans nos jardins un éventreur qui s'en prend aux prostituées.

Mme de Marcillac pâlit. Et dans la foulée, sans aucune intelligence de la situation, Mme de Broteuil d'Orbesson acheva de planter le clou dans le cercueil de sa bêtise.

— Les braves gens comme nous n'ont rien à craindre!

M. de La Martinière lui jeta un regard sévère. Waldenberg s'arrêta de mâcher. Volnay et son père observaient la scène avec attention.

— Madame, fit alors le peintre d'un ton grave, je pense plutôt qu'il s'en prend aux jeunes et jolies filles.

— Vous n'avez donc effectivement rien à craindre, ajouta le moine à l'intention de la dame.

La Martinière émit un rire nerveux. La marquise dissimula un sourire et Mme de Broteuil d'Orbesson étouffa un hoquet d'indignation. Delphine de Marcillac gratifia le moine d'un froncement de sourcils qui le fit tenir tranquille pour l'instant. Volnay se tourna vers Waldenberg.

— Qu'est-ce qui vous fait dire cela?

Le peintre rougit légèrement.

— Je parle d'instinct, répondit-il avec gêne. S'en prendre à un modèle signifie s'attaquer à la source même de la beauté et de l'inspiration. L'innocence…

— Vos tableaux n'ont rien d'innocent, remarqua Volnay d'un ton détaché.

Le peintre le toisa d'un œil rêche.

— À chacune de mes toiles, le spectateur applique sa propre perversité !

Le policier faillit lui lâcher quelques vérités bien senties sur la perversité mais se contint.

Inconsciente des motifs réels de sa présence, Mme de Broteuil d'Orbesson voulait profiter de la chance inespérée de ce dîner. C'était pour elle l'espoir d'une ascension sociale au sein de la cour et, peut-être un jour, la récompense suprême : une invitation à l'un de ces petits soupers intimes qu'affectionnait le roi et où elle le regarderait avec de grands yeux d'enfant faire chauffer son café lui-même à la fin du repas.

Mme de Broteuil d'Orbesson courait comme toutes les autres après le monarque pour s'en faire remarquer. Elle le suivait à la chasse malgré tout l'inconfort de la chose, n'hésitant pas à s'entasser avec vingt autres personnes dans des gondoles, ces affreuses voitures qui cahotaient sur des chemins mal entretenus. Déployant des trésors d'ingéniosité pour être invitée à des bals ou des soupers de gens qui pourraient lui faire rencontrer d'autres personnes plus influentes, elle élaborait ainsi des stratégies à long terme dont le succès tournait parfois court, sans pour autant se décourager. Elle notait dans un petit carnet des bons mots à replacer, apprenait par cœur des charades ou de petits refrains, s'écrivait de petites fiches sur les spectacles à la mode.

Aujourd'hui, tous ses sens se trouvaient en alerte, tendus dans le seul objectif de plaire à la Favorite, prête à la flatter, l'amuser, la complimenter, l'admirer et, en un mot, la courtiser. Elle avait catalogué le moine comme le maillon faible de ce dîner, quelqu'un dont elle pourrait se moquer pour se faire remarquer. Se rendant compte de son erreur, elle décida de s'en prendre à Mme de Marcillac, remarquant à juste titre que la Favorite la tenait à distance et ne lui adressait jamais la parole. On la disait tenancière d'une maison. Sa présence à la même table qu'elle en devenait presque insultante.

— Madame pourra sans doute nous parler de la beauté et de l'usage que savent en faire certaines femmes?

La réplique de Delphine fut immédiate.

— Je pourrai effectivement pallier sans souci la déficience de madame!

Le moine sourit dans sa barbe. Sa protégée savait se faire respecter sans hauteur et tenir à distance les petits roquets comme Mme de Broteuil d'Orbesson.

Après chaque service, on leur présentait une serviette mouillée pour se rafraîchir les mains. Volnay s'essuya les lèvres puis méticuleusement chaque doigt, sans cesser d'observer la tablée. La rencontre s'avérait finalement beaucoup plus intéressante qu'il ne le prévoyait.

— Qu'allait donc faire ce modèle dans ce labyrinthe? demanda la Favorite d'un ton si tranché qu'elle semblait persuadée qu'on allait lui répondre à l'instant.

Il était de mauvais ton dans les dîners d'amener dans la conversation un sujet importun. Habitués à cette règle, les convives se montraient surpris de son insistance. M. de La Martinière affecta un air de détachement ennuyé.

— Voilà, fit soudain le moine à la surprise de tous. Ça c'est la question. – Il regarda son fils. – Qu'allait-elle faire dans ce labyrinthe au milieu de la nuit?

Tous les yeux étaient fixés sur lui, ses gestes et ses postures surveillés. On attendait de lui un mot incisif, une phrase de trop mais, désormais sous le contrôle total du regard de Mme de Marcillac, le moine demeurait sage.

Delphine cligna brièvement des paupières en guise d'approbation muette.

— Quelles raisons obscures peuvent pousser une jeune fille, modèle d'un peintre, dans cet effrayant labyrinthe? répéta le moine.

Pour Mme de Broteuil d'Orbesson, le doute n'était pas permis.

— Un rendez-vous galant, bien entendu. L'endroit est si discret. Elle allait se faire trousser au milieu des haies!

Économe de son mépris, le moine ne lui prêta aucune attention mais, à sa grande surprise, ce fut M. de La Martinière qui intervint.

— Madame, fit-il d'un ton vif. Je puis vous assurer que cette jeune fille était d'honnêtes mœurs !

Volnay vit l'étonnement se peindre sur le visage de Mme de Marcillac et de son père qui n'avait pas envisagé du premier chirurgien autant d'attachement pour la défense d'une si récente patiente.

— J'ai été amené à la rencontrer, précisa La Martinière d'un ton plus mesuré. Elle m'a fait une excellente impression.

Le policier l'examina plus attentivement. Se sentant observé par toute la maisonnée, La Martinière se consacra au nettoyage de son assiette, marquant ainsi la fin de son intervention. Manifestement, la Pompadour hésitait à l'aiguillonner car le premier chirurgien du roi avait l'oreille de celui-ci, qui le considérait presque comme un ami.

— J'en atteste également, fit alors et à contretemps le peintre d'une voix un peu tremblante.

Alors la Pompadour surprit tout le monde en se penchant en avant pour s'adresser à Mme de Broteuil d'Orbesson d'un ton glacial :

— Madame, personne ne doit remettre en cause à ma table l'honneur de cette pauvre jeune fille !

Le paravent se confondit en excuses auxquelles, à son grand désespoir, personne ne daigna prêter attention. Mme de Broteuil d'Orbesson comptait sur ce dîner pour être introduite dans le cercle des intimes afin d'assister aux honneurs de la cour même s'il fallait pour cela montrer patte blanche et preuve de noblesse depuis l'an 1400. Mais, sans qu'elle comprenne vraiment pourquoi, la Terre promise s'éloignait déjà d'elle.

Volnay surprit le regard critique de son père qui voyait se profiler rôts et volailles : filets de bœuf aux perdreaux truffés, chapons aux huîtres, bœuf à la marjolaine, bécasses, chapons gras… Depuis quelque temps, le moine avait un rapport presque haineux à la nourriture.

Dans un silence religieux, les convives se régalèrent de belles écrevisses à la Choisy aux grosses pattes luisantes de beurre avec une farce maigre de carpe. Elles se trouvaient servies dans un plateau orné de feuilles et de fleurs en argent et d'autres écrevisses, traitées en or celles-ci.

Le moine n'y toucha pas, ayant peur de se salir. Il jeta son dévolu sur une côtelette d'agneau en épigramme, lardée de filets de truffes et marinée avec du lard fondu. Le hachis d'agneau tenait lieu de farce. Mais bien vite, il y renonça faute d'appétit et se contenta de porter son verre à ses lèvres de temps en temps tout en observant les convives.

Son fils mangeait peu également. Quant à Mme de Marcillac, elle ne touchait pratiquement pas son assiette.

D'une brève et discrète pression sur son poignet, la marquise de Pompadour ordonna à Volnay de relancer la conversation. Celui-ci s'éclaircit la voix.

— Vous devez tous avoir appris que l'on a découvert un second meurtre dans les jardins ce matin ?

Le silence de chacun confirma sa thèse. La vitesse de propagation d'une information à Versailles était à proprement parler hallucinante.

— Encore une prost… euh, une jeune fille ? s'enquit Mme de Broteuil d'Orbesson.

Elle ne put s'empêcher d'ajouter à l'adresse de Mme de Marcillac :

— Il ne manque personne à l'appel chez vous ?

Volnay ravala son envie de la gifler.

— Madame, nous n'avons retrouvé que des entrailles.

— Quelle horreur !

— Au moins cherche-t-on le corps ? demanda froidement la Favorite.

— On ne fait que cela. Des centaines d'hommes quadrillent actuellement tous les jardins.

M. de La Martinière posa son verre de vin d'un geste sec, manquant en briser le pied.

— Les entrailles retrouvées ont été portées à mon cabinet, déclara-t-il.

Le moine sursauta.

— Ah, mais ce n'est pas ce que j'avais demandé…

— Vous avez laissé pour instruction de les faire porter à l'endroit le plus approprié, dit froidement le premier chirurgien.

Désiriez-vous qu'on les porte au Grand Commun pour en accommoder les restes?

Le moine allait répliquer vertement lorsque Delphine lui lança un regard appuyé et il se tut par crainte de lui déplaire. Son fils nota sans joie la chose.

— Nous pourrons les examiner tous les deux après le dîner, proposa La Martinière d'un ton plus conciliant.

— Avec grand plaisir, répondit le moine. Il faut se hâter car il fait chaud.

Un silence se fit.

— Quelle est la motivation d'un tel monstre? demanda la marquise de Pompadour en balayant la tablée d'un regard inquisiteur.

— À la guerre, madame la marquise, dit La Martinière d'un ton froid, les armées de tout bord tuent, pillent et violent. On ne les appelle pas des monstres mais des héros.

— La guerre, c'est autre chose, répondit la Pompadour agacée.

— C'est toujours autre chose, maugréa le moine dans sa barbe.

Il sursauta car il venait de recevoir sous la table un coup de pied discret de Delphine à qui il jeta un regard charmé.

— Et vous, monsieur Waldenberg, qu'en pensez-vous?

Le peintre leva vers la marquise un regard apeuré.

— Madame, c'est certainement un fou mais même un fou doit posséder une certaine logique.

— Il doit pourtant détester les femmes, hasarda la Favorite.

— Ou trop les aimer, madame.

— Comment peut-on tuer ce que l'on adore? gronda La Martinière.

— Pour être sûr que l'objet de vos pensées ne devienne pas celui d'un autre, répondit le peintre d'une voix faible.

Mme de Marcillac le considéra avec une intensité accrue. Cette fois, le premier chirurgien du roi à la main si sûre renversa une partie du contenu de son verre.

— Crime passionnel, alors? résuma le moine à l'intention de Waldenberg.

— Comment voulez-vous que je le sache? maugréa le peintre.

On n'obtiendra pas plus de réponse de cet homme que de pet d'un âne mort! pensa le moine avant d'intervenir de nouveau :

— L'homme est rejeté par la jeune fille et la tue pour que personne d'autre que lui ne la possède, vous l'avez dit. C'est un peu commun, je l'avoue, mais vous seriez surpris de savoir comment les gens se trouvent empêtrés dans des schémas de pensée ordinaires lorsqu'ils assassinent!

— Je pensais plutôt qu'ils eussent perdu le sens commun, grommela La Martinière pendant qu'un domestique pressait une serviette sur la nappe.

Volnay se laissa aller contre le dossier de son siège, analysant la situation.

Quel lien existe-t-il entre la victime, le peintre et le médecin que nous n'ayons pas vu?

— Cela dit, remarqua la Favorite, rien ne dit que le coupable ne soit pas une femme…

Son regard glissa innocemment jusqu'à Mme de Marcillac dont le masque resta impassible. Les autres convives firent mine de ne rien remarquer en dehors de Mme de Broteuil d'Orbesson qui fronça comiquement les sourcils, cherchant vainement une méchanceté à ajouter.

On débarrassa. Les entremets de légumes, d'œufs et de laitage arrivèrent sur la table.

— Les salades et légumes proviennent du potager du roi, annonça fièrement la marquise.

Des laitues pommées, des concombres et le plat préféré de Louis XIV : les petits pois cuisinés sous toutes leurs formes. Le feu roi les ingérait avec une telle avidité qu'on les retrouvait sous leur forme naturelle en quantité extraordinaire dans ses selles.

— Et nos belles carottes! ajouta la Favorite. Quelle taille!

Le moine jeta un coup d'œil discret à Mme de Marcillac.

Le devinant, Delphine étouffa un sourire sans oublier de le rabrouer gentiment d'un froncement de sourcils narquois pour cette vilaine pensée.

Des entremets sucrés ou salés suivirent puis ce fut le tour des fromages. La plupart des convives avaient cessé de manger tant parce qu'ils n'avaient plus faim que pour abréger au plus vite le supplice de ce repas. Seule Mme de Broteuil d'Orbesson profitait des bienfaits d'une bonne table, puisant dans la nourriture le réconfort qu'elle ne trouvait point dans la conversation.

À nouveau, celle-ci porta sur des riens. Un vin d'Espagne fut servi avec les desserts, laissant en gorge un parfum d'amandes fraîches, de gingembre et de pruneau. Pains de beurre, crèmes fouettées, glaces, confitures et gâteaux furent suivis du service de café, thé et chocolat. Des bassines de porcelaine remplies l'une de confiture sèche et l'autre liquide ainsi que des assiettes de fruits secs, confits ou frais furent placées sur la table.

— Vous aimez les poires? demanda soudain M. de La Martinière au moine. Nous avons ici dans le potager du roi, la poire de bon-chrétien d'hiver, les beurrés, les bergamotes d'automne, les virgoulés, les chasseries, les ambrettes, les espines d'hiver…

Il fixa l'assemblée, fier de l'étonnement qu'il venait de provoquer avec l'étalage de sa science des vergers.

— Eh oui, fit-il modestement, connaître ce que l'on mange et ce qui procure du bien fait également partie de ma médecine!

Le moine approuva avec gravité.

Tout ce dîner pour apprendre que M. de La Martinière aime les poires!

Le moine qui marchait quelques pas derrière eux se dépêcha de les rattraper et se plaça résolument entre Delphine de Marcillac et son fils qui observait les jardiniers ébourgeonnant, ratissant, fauchant, taillant et repiquant toute la sainte journée.

— La peste est en ces lieux, grogna-t-il, je n'y retournerai pas! Ces repas interminables me navrent. Je ne comprends pas que l'on puisse seulement penser à manger son poids en viande et barbaque de tout bord!

— Tu n'as dîné que d'un potage et d'une côtelette! observa Volnay.

— Toujours aussi observateur! Aujourd'hui, j'aurais pu me nourrir seulement de graines et d'eau fraîche!

Le jeune homme se tourna vers Mme de Marcillac.

— Depuis quelques mois, le moine s'est mis à chipoter la nourriture.

— J'ai certainement moins d'appétit qu'un roi, renchérit celui-ci. Louis XIV se faisait servir à chaque dîner un quartier de veau et soixante-neuf pièces de volaille, sans compter les bouillons, les hors-d'œuvre, les entrées, les entremets et les desserts. Et il avalait tout ça gloutonnement car, passé quarante ans, il ne possédait plus que des chicots. De plus, la nourriture et la boisson lui sortaient par le nez à la suite d'une malheureuse intervention où on lui avait percé une partie de la voûte du palais en lui enlevant la moitié de la mâchoire!

Delphine de Marcillac grimaça et agita son éventail.

— Moi, reprit gaiement le moine, je soigne mes dents. Celui qui me condamnera à la soupe n'est pas né!

Mais Mme de Marcillac était loin de toutes ces considérations.

— Grand bien vous fasse! J'accorde moi-même beaucoup d'attention à mon hygiène. Je prends un bain chaque jour.

— Chaque jour? s'étonna le moine. À la cour, ils en prennent un ou deux… par an!

Volnay ouvrit à demi la bouche et la referma, surpris par la tournure de la conversation.

— Versailles pue, ajouta le moine d'un ton catégorique. L'air qu'on respire à l'intérieur du château donne la nausée tant on sent l'âcre odeur de suie des cheminées, qui ont tiré des feux d'enfer tout l'hiver, mêlée aux odeurs fortes des courtisans et de leurs serviteurs.

— C'est pour cela que je préfère les jardins, fit Delphine.

— Les jardins… je vous ai déjà donné mon avis sur la question. Mais je comprends votre point de vue puisque vous avez décidé de domestiquer les hommes comme le roi la nature. La société ne vous a pas corrompue mais vous la corrompez néanmoins en retour.

Mme de Marcillac lui donna un petit coup d'éventail sur les doigts. C'était la seconde fois, nota le moine.

— Je trouve vos idées très séduisantes. Mais surtout parce que vous avez le charme de celui qui se bat sans avoir une seule chance de gagner!

Le moine eut un sourire amusé.

— Je perds parfois mais j'apprends toujours!

Volnay s'impatienta. Le rapprochement, voire la familiarité, entre son père et Mme de Marcillac commençait à l'agacer.

— J'aimerais retourner au Labyrinthe, dit-il abruptement.

Delphine frissonna.

— C'est un lieu où je me refuse de mettre un pied.

— Que veux-tu y faire ? demanda le moine à son fils.

— Chercher une chaussure.

— Encore ! C'est une obsession !

— J'ai une enquête à mener, moi !

Le moine soupira.

— Il y a un temps pour tout. Pour l'instant, c'est celui de la digestion. Nous irons au bassin de Neptune en t'attendant. Si tu fais une mauvaise rencontre, crie et je viendrai à ton secours.

— Très drôle ! N'as-tu pas une autopsie à effectuer ?

— C'est juste. Je vais tenir compagnie quelques instants à madame puis je m'y rendrai.

Contrarié, Volnay se tourna vers Delphine.

— Puis-je vous prier de m'excuser et vous emprunter mon père quelques instants ? Raisons de service, j'en ai peur. Je ne serai pas long.

Elle eut un geste condescendant.

— Faites, monsieur, faites.

Volnay entraîna le moine à quelque distance de là, hors de portée de voix de Delphine de Marcillac.

— À cause de ce dîner, chuchota-t-il, je n'ai pas eu le loisir de te rapporter ce que j'ai appris ce matin. Je dois te parler de Mme de Marcillac.

Un éclat sombre traversa le regard du moine.

— Tu es allé fouiller dans son passé ? Il était convenu que le cas de Delphine me soit réservé…

Un instant, un rictus de souffrance crispa le visage de Volnay. Ce fut d'un ton triste qu'il répondit à son père :

— Pardonne-moi mais je ne crois pas que tu sois encore capable d'objectivité envers Mme de Marcillac et ses filles.

Le moine pâlit considérablement.

— Sartine a ouvert ses archives, continua Volnay imperturbable.

Il ferma à demi les yeux, récitant de mémoire la pièce dont Hélène lui avait fourni la copie :

— *M. de Marcillac fut pris dans la nuit de douleurs abdominales fortes, accompagnées de ballonnements par des gaz s'évacuant par les voies naturelles.*

— Colique venteuse, commenta sobrement le moine.

— Ou douleurs consécutives à un empoisonnement. Le poison, une arme typiquement féminine…

Le moine s'emporta.

— Où as-tu appris cela ? En Papagosse où les chiens chient de la poix ?

Il tourna le dos à son fils et rejoignit Delphine de Marcillac avec un sourire aimable. La jeune femme regarda le commissaire aux morts étranges s'éloigner de ses grandes enjambées qui lui étaient familières puis elle reporta son attention sur le moine.

— Nous avons joué le jeu que l'on attendait de nous, remarqua-t-elle. Mais j'avais raison de me faire du souci pour vous.

— Vraiment ? s'étonna le moine.

Delphine fit brusquement volte-face et le contempla avec colère.

— Vous rendez-vous seulement compte du lot de provocations que vous avez proférées à la table du second personnage de France ? Parfois, vous vous conduisez comme un enfant.

— Oui, rit le moine, mais un enfant intelligent !

— Je vous giflerais bien pour cela.

Le moine s'immobilisa, décontenancé mais attentif.

— Ne cherchez pas à prendre le pouvoir sur moi, murmura-t-il.

Elle le défia du regard.

— Que croyez-vous ? Je le détiens déjà. Simplement, je ne l'exerce pas ou très modérément !

Dans le Labyrinthe, Volnay examina les statues, de grandes pièces exécutées en bronze sur des armatures d'acier. En tuant au pied de chacune d'elles, le meurtrier n'avait-il pas là transmis un message ? Un avertissement ?

Il se rappelait les fables d'Ésope remises au goût du jour par M. de La Fontaine. À chacune sa propre signification, sa propre logique. Quelle serait celle du meurtrier s'il venait à appliquer ses préceptes ? Le peintre l'avait rappelé : même un fou obéit à une logique, sa logique.

Le regard du policier fut soudain attiré par des rayures au pied d'une statue, celle du serpent et du hérisson. De près, il se rendit compte qu'elles représentaient une marque. Une croix entourée d'un cercle, pas très profondément gravée, sans doute par une lame de mauvaise qualité. Il alla ensuite vers un second groupe de statues et en examina silencieusement le socle puis les statues elles-mêmes. Aucune marque. Désorienté, il emprunta une allée et, très consciencieusement, entreprit de vérifier toutes les statues, trouvant une seconde marque, un triangle à l'intérieur d'un cercle cette fois. Toutefois, aucun meurtre n'avait été commis à cet endroit-là non plus.

Perplexe, il venait tout juste de terminer son inspection lorsqu'Hélène le rejoignit. Il ne s'en trouva pas surpris puisqu'elle lui avait demandé de le retrouver après le dîner au Labyrinthe.

— Votre père n'est pas avec vous ? s'enquit-elle.

— Il offre son bras à Mme de Marcillac pour une promenade, répondit le jeune homme d'une voix neutre.

Hélène lui jeta un regard noir.

— Une promenade… Appelez cela comme vous voulez ! Votre père néglige son enquête.

— Vous ne devriez pas dire cela, fit Volnay d'un doux ton de reproche. Il peut parfois se laisser guider par sa fantaisie mais il garde toujours un dessein en tête. Ne le sous-estimez pas ! Peut-être après tout que c'est lui qui manipule tout le monde !

Ceci dit, le jeune homme se recula d'un pas pour mieux contempler les personnages de fable.

— Qu'avez-vous pensé de ce dîner ? reprit Hélène, désireuse de capter son attention.

— Vous écoutiez à la porte, j'imagine ? demanda distraitement Volnay.

— Bien entendu. Quelqu'un s'est-il trahi selon vous ?

Le policier réfléchit.

— Chacun a joué sa partition mais avec plus ou moins de fausses notes. Le peintre s'en est le moins bien tiré! J'ai trouvé troublant certains de ses propos… Cela dit, même M. de La Martinière m'a surpris à certains moments. Quant à Mme de Marcillac, elle a été parfaite.

— L'art de la manipulation…

— Cela vaut toujours mieux que l'art de nuire! Approchez, j'ai à vous montrer quelque chose que je n'avais pas remarqué jusqu'à présent.

Il montra les marques à Hélène et lui fit part de ses interrogations. Même s'il accordait peu de confiance en sa moralité, il reconnaissait volontiers son intelligence et sa perspicacité.

— Deux groupes de statues sont marqués sur les trente-neuf qui ornent le Labyrinthe. Je les ai notées ici. – Il agita un carnet de cuir noir pour appuyer ses dires. – Aucun des deux meurtres n'a eu lieu au pied de ces deux statues marquées… Comment allons-nous interpréter cela? Allons-nous encore assister à de nouveaux meurtres?

— Je pourrais faire des recherches pour vous, proposa Hélène avec une étincelle dans le regard. Vous devez être bien occupé.

À sa grande surprise, Volnay accepta sans difficulté.

— Effectivement, j'ai beaucoup à faire. Mais, si vous pouvez me trouver les significations de ces marques ainsi que leur lien avec les personnages de fable, il se pourrait que nous trouvions la logique de toute cette histoire.

— Rien que cela?

— Oui, et revoyons-nous le plus vite possible pour en parler. Avec ce second meurtre, la pression va aller s'accentuant sur moi et mon père. – Il se ravisa. – Ah, encore une chose : gardons le secret de notre découverte pour nous. Cela nous donnera peut-être quelque avantage par la suite.

M. de La Martinière rentra pensif à son cabinet. Il se cala dans son fauteuil, fixant sans mot dire son horloge à automates, attendant l'apparition d'un nouveau personnage de fable. Ce fut le cygne.

Il avait été très imprudent en parlant de la guerre et en banalisant la folie humaine. De cela, il se rendait compte trop tard. Ce dîner étant pratiquement un interrogatoire déguisé, il ne lui restait plus qu'une chose à faire. Avec regret, il ouvrit le tiroir fermé à clé et en tira le portrait de Mlle Vologne de Bénier qu'il avait dessiné après ses deux visites, le contemplant une dernière fois avant de l'approcher d'une chandelle. Pensivement il contempla la flamme lécher le papier.

— Quelle bêtise, fit La Martinière. Dieu que je suis bête…

Il pensa soudain au tableau dont il venait d'orner les murs de son château de Bièvres. Il représentait Mlle Vologne de Bénier errant dans le Labyrinthe.

Celui-là aussi, il faudra que je m'en débarrasse…

Descendant la vaste esplanade qui s'étendait depuis la grande allée, Delphine et le moine tournèrent prudemment autour du Dragon afin de contempler les jets d'eau puis la pièce de Neptune derrière laquelle s'étendait un grand quinconce.

Ils suivirent une large allée sablée, bordée de files d'arbres bien taillés et à l'ombre rafraîchissante. De petits ifs en boules la bornaient de chaque côté. Dans le bassin de Neptune, alliés aux masques et aux coquilles, des vases déroulaient des thèmes variés à l'infini jusque dans leurs anses avec leurs enroulements de langoustes ou de dragons. Des lances d'eau s'en élevaient pour retomber dans des vasques ou dans le chéneau.

Le moine admira Delphine ôter d'un geste merveilleusement féminin son gant afin de laisser tremper le bout de ses doigts dans l'eau fraîche. En se retournant vers lui, elle croisa le regard du moine qui affichait un très léger sourire.

Elle savait qu'elle le tenait captif.

En silence, il détourna son regard sur le Neptune triomphant, assis dans une gigantesque coquille avec la déesse Thétis. Des tritons entouraient le dieu mais, autour de Thétis, des nymphes de la mer et des sirènes rapportaient des curiosités pêchées dans la profondeur des océans. Comme elles, le moine aimait pêcher au plus profond des eaux inconnues des livres ou des êtres pour en retirer de nouvelles connaissances.

— Vous ne devriez pas vous promener dans ces jardins, ni même revenir au château, dit soudain Delphine.

— Je ne devrais pas non plus m'approcher de vous, lui fit doucement remarquer le moine. Certaines femmes sont comme des orages, magnifiques à observer de loin mais dangereuses de près !

Un instant décontenancée, elle se reprit en haussant le ton :

— Ne changez pas de conversation. Si Valvert vous voyait…

— Valvert ? Il ne me fera pas manquer une invitation à dîner ! Et puis, il ne faut pas faire le loup plus grand qu'il n'est. Ce courtisan est juste bon à rompre sa lance dans le cul d'une vache !

— Détrompez-vous, dit précipitamment Delphine. Cet homme n'a pas plus d'âme que d'entrailles.

Le moine s'assit sur la margelle du bassin.

— Vous semblez en avoir peur, remarqua-t-il d'un ton moins léger. Le connaissez-vous bien ? Lors de notre rencontre dans les jardins, il m'a semblé suffisamment familier pour que vous ayez de l'influence sur lui mais pas assez pour être un de vos proches.

Un voile sombre passa dans le regard de Delphine.

— Il m'a un jour invitée à souper.

Le moine dissimula sa contrariété mais ne put s'empêcher de demander :

— Vous êtes-vous rendue à cette invitation ?

Elle le regarda sans chercher à dissimuler sa surprise.

— Êtes-vous soudain si attaché à ma vertu que vous me posiez cette question ?

— Cela vous empêche-t-il de me répondre ?

Pour la première fois depuis qu'il l'avait rencontrée, Delphine de Marcillac parut troublée.

— Vous-même paraissez faire grand cas de lui et vous ne l'avez croisé qu'une fois, fit-elle d'un ton las.

— Je n'oublie jamais un ennemi.

Un éclat moqueur brilla dans l'œil de Mme de Marcillac.

— Vous, quand vous n'aimez pas quelqu'un…

Le moine balaya l'air de la main comme pour tourner une page et changer de sujet.

— Laissons cela, cet homme n'en vaut pas la peine.

Delphine de Marcillac plissa les yeux.

— D'autant plus qu'il vous permet d'éviter le vrai sujet du moment. Pourquoi le premier chirurgien du roi, ce peintre, moi, vous et le chevalier à ce dîner ?

— Vous oubliez cette sotte de Mme de Broteuil d'Orbesson.

— Ne me racontez pas des histoires, elle était là pour faire paravent.

Le moine sourit.

— J'aurais plutôt parlé d'un épouvantail !

Delphine fronça délicatement ses sourcils.

— Nous sommes les trois suspects de cette affaire, c'est cela ? Mlle Vologne de Bénier posait comme modèle chez Waldenberg et travaillait chez moi. M. de La Martinière, je ne sais pas.

— Elle est allée le consulter pour une maladie de peau, sur la recommandation de Waldenberg.

— Vraiment ?

— Oui, elle l'a vu deux fois dont le matin de sa mort.

— Ah...

— Aviez-vous connaissance d'un problème de peau chez elle ?

Delphine parut sincèrement surprise.

— Aucunement.

Le moine tirailla les poils de sa barbe.

— Intéressant, fit-il en croisant ses bras et en enfouissant ses mains dans ses manches. Je n'en ai pas non plus constaté en examinant son corps. Pour en revenir à votre commentaire, vous n'êtes pas des suspects à proprement parler mais des débuts de piste.

— Mais accessoirement, nous sommes aussi des suspects ? insista Delphine de Marcillac.

— Aussi, oui. Mais, comme je vous l'ai déjà dit, je ne vous soupçonne pas. Je ne vois pas de mobile pour l'instant et surtout je me fie à mon instinct.

— Et que vous dit votre instinct ?

Le moine soupira.

— Que vous ne pourriez pas tuer ou faire tuer une jeune fille de dix-huit ans, victime de la société. À moins...

— À moins?

— À moins d'en être encore très amoureuse…

Waldenberg rentra pensif du dîner de la Pompadour. La lumière de l'après-midi pénétrait à flots dans son atelier. Un mince voile de poussière flottait en suspension dans l'air. Il lui sembla voir s'esquisser la silhouette dorée de Flore dans ce puits de clarté aveuglante. Ici, il avait été son prisonnier mais pourtant jamais, avec aucun de ses modèles, il n'avait connu un tel sentiment de liberté.

Désormais qu'elle était partie, il n'avait qu'une idée : la remplacer. Il soupira.

Quand donc tout ceci s'arrêterait-il ?

Il fut tiré de ses pensées par l'arrivée impromptue de ses deux petits modèles. Adèle, faussement sage, Zélie impertinente comme à son habitude.

— Avez-vous besoin de nous? demanda Zélie en se balançant d'un pied sur l'autre.

— Non, murmura Waldenberg d'une voix éteinte, pas cet après-midi. Vous pouvez disposer de tout votre temps jusqu'à demain matin.

— Vous ne peignez donc pas? insista Zélie avec insolence. Et nous ne serons pas payées, j'imagine?

D'un geste agacé, il congédia les deux petites. Il attendit leur départ pour aller jusqu'à une toile accrochée au mur, le tableau charmant d'une femme à la toilette dans le joyeux désordre d'une chambre à coucher au lever.

Avec précaution, il la décrocha. Derrière, il y avait dissimulé une esquisse. La dépliant, on pouvait voir Mlle Vologne de Bénier agenouillée devant une statue du Labyrinthe. Malgré cette situation, elle se retournait pour le toiser avec dédain.

— Quelle folie… murmura-t-il.

Il alluma le feu dans la cheminée et, une fois que les flammes furent hautes, il y jeta l'esquisse.

Le moine raccompagna Delphine. Elle possédait une chambre à l'étage de sa maison de rendez-vous. Il s'interrogeait parfois sur les raisons de cette présence continuelle sur les lieux de son travail.

— C'est fort aimable à vous de m'accompagner, apprécia-t-elle, mais ne deviez-vous pas procéder à cette autopsie en compagnie de M. de La Martinière?

— Nous n'en sommes plus à une heure près.

— Je vous distrais de vos obligations…

Mais elle en semblait ravie.

— Trop heureux de vous donner la preuve de mon empressement à vous plaire, murmura le moine.

Ils marchèrent un moment en silence au milieu de la foule bruissant de vie et des clients des marchands de beignets aux vêtements souillés de graisse.

— Me raconterez-vous un jour votre histoire, Delphine? demanda-t-il en cherchant son regard.

— Et vous la vôtre?

— Que voulez-vous dire?

Elle s'arrêta et referma très lentement son éventail en le fixant. Le moine cilla.

— Cette jeune femme, fort belle, qui vous appelait d'un geste autoritaire avant le dîner… J'ai lu dans son regard le pouvoir détenu sur vous par le passé et j'ai senti votre résistance. Celle d'un homme blessé qui se retranche derrière sa fierté. Celle d'un homme abandonné…

Le moine la contempla avec une admiration non feinte.

— Quelle intuition vous développez, vous les femmes!

— Ne généralisez pas, nous ne sommes pas toutes aussi subtiles!

Le moine rit doucement.

— Certes! Ceci dit, l'amour m'a fui et elle n'a plus prise sur moi.

Delphine inspira un grand coup.

— Et qui donc a prise sur vos sentiments à ce jour?

Le moine se redressa un peu plus. De sa grande taille, il la dominait mais, même dans son ombre, elle paraissait tout sauf fragile.

— Personne, Delphine. Personne. Et, si la chose était possible et si l'amour revenait dans ma vie, j'apprécierais de le vivre sur un pied d'égalité.

Leurs yeux se fixèrent et leurs corps frémirent.

— Je vous ai conté un peu de mon histoire, me direz-vous quelque chose de la vôtre?

Elle eut un mouvement vif du menton.

— Très bien, vous êtes d'humeur à la conversation. Mais continuez donc, vous aviez si bien commencé… Avez-vous été marié?

— Oui, ma femme est morte quatre ans après avoir mis au monde mon fils.

— J'en suis désolée pour vous deux, dit-elle d'une voix plus douce.

— Mais vous-même, fit-il avec lenteur, vous avez également été mariée.

— Si peu, répondit-elle précipitamment.

Elle s'était arrêtée de respirer. Le moine la contempla avec inquiétude avant qu'elle ne reprenne d'une voix rauque :

— J'ai été mariée jeune et sans préparation aucune. Ma nuit de noces fut une horreur. Mon mari était un costaud à la grosse tête et aux mains puissantes. Au début, il semblait ne pas savoir quoi faire de ses grosses pattes. Après… il a su s'en servir. Et ce n'était pas mieux… – Son doigt traça machinalement une grande ligne droite dans un pli de sa robe. – Il disait des femmes, reprit-elle d'une voix blanche, que leur seul besoin est de sentir un mâle entre leurs cuisses. Vous nous trouvez donc incomplètes et inassouvies sans vous? – Elle prenait désormais à partie le moine comme s'il représentait la race des hommes. – C'est comme si nous n'attendions que cela de chacune de nos rencontres avec vous! Que vous deviez vous emboîter en nous pour que notre vide soit enfin comblé… – Elle lui jeta un regard soudain dégoûté et reprit avec un regain d'agressivité. – Attendre des sentiments de la part d'un homme? Autant demander de la laine à un âne!

Stoïque, le moine supporta l'agression sans broncher et s'efforça de rester impassible. Elle continua en se rapprochant de lui :

— Souffrez donc cet aveu puisque vous voulez tout savoir : je trouvais dans les choses de la chair un certain dégoût, quelque chose d'animal, sans doute dû aux appétits sans limites de mon époux auxquels je tentais de me soustraire le plus souvent possible. Lorsqu'il est mort, j'ai soupiré de soulagement.

— Est-ce vous qui l'avez tué?

Elle l'étudia avec une expression indéchiffrable.

— Et si cela était? demanda-t-elle enfin.

Après s'être séparé de Delphine, le moine, encore troublé, emprunta une ruelle étroite pour couper au plus court. En son milieu, il se retrouva soudain enveloppé par une demi-douzaine de domestiques armés de bâtons. D'un seul mouvement, ils se jetèrent sur lui et se mirent à le frapper. Le moine leva les bras pour parer le premier coup puis un second, arracha un bâton d'une main avant qu'un coup terrible asséné sur la nuque ne le jette à terre.

Le moine tenta de se relever mais un nouveau coup l'atteignit au ventre. Le souffle coupé, il resta à genoux. D'un coup de pied, un laquais le fit rouler au sol. Il s'aperçut que son nez saignait. Les bâtons s'abattirent de nouveau sur son dos. Il tenta de se protéger de ses bras et de se relever mais on ne lui en laissa pas la possibilité.

Ils tournaient autour de lui comme dans un ballet bien réglé et les coups pleuvaient tant et si bien que tout son corps n'était plus que douleur. Des papillons de lumière s'agitaient devant ses yeux.

Quand donc cela va-t-il cesser? demandait un brin de son cerveau resté lucide. *S'ils ne s'arrêtent pas bientôt, je serai mort.*

Quelques passants au croisement de la ruelle donnèrent l'alerte. Un artisan sortit de sa boutique, accompagné de ses apprentis. Il s'arrêta à quelques pas de là.

— Vous frappez un homme de Dieu! s'écria-t-il.

Les valets s'immobilisèrent comme si une seule intelligence les animait. Ils hésitèrent. D'autres passants, rassurés par la présence de l'artisan et de ses apprentis, les rejoignirent. L'un d'eux traita les valets de coquins et un autre de *traîtres du genre humain*! Des compagnons tailleurs de pierre sortirent de leur atelier et s'avancèrent, leurs outils à la main et l'air très menaçant. Le peuple possédait un certain sens de la justice et n'hésitait pas à intervenir en cas de besoin.

Les laquais s'éparpillèrent alors comme une volée de moineaux à qui on aurait crié : *Bouh!* Ils étaient aussi bien dressés que lâches. Aucun n'avait encore prononcé un mot.

Soudain, tout un petit peuple souleva le moine pour le porter à la boutique d'un barbier où on lui passa un linge humide sur la figure. Des femmes le cajolèrent. Le barbier le banda. Lorsqu'il en eut assez de toutes ces attentions, il les remercia tous. On voulut l'escorter pour qu'il ne rencontre pas de nouveau les méchants laquais. Il jugea plus prudent d'aller au plus court, c'est-à-dire retourner chez Mme de Marcillac. Ce fut ainsi qu'il arriva jusqu'à la maison de celle-ci, escorté des tailleurs de pierre.

Odeline lui ouvrit la porte et poussa un cri en voyant son état. Devant ses yeux s'agitaient de petites mouches translucides, le sol tanguait. La blessure à son crâne chevelu s'était rouverte. Il n'aurait pu rêver d'une entrée aussi théâtrale. Un robuste domestique accourut et aida à transporter le moine dans un petit salon où Fanny le rejoignit aussitôt.

— Mais vous saignez! s'exclama-t-elle.

— Si peu, fit le moine avant de s'écrouler sur le sofa.

Fanny fit d'autorité allonger le moine sur le ventre après l'avoir aidé à retirer sa bure. Il ne pourrait plus de longtemps dormir sur le dos. Tournant la tête, il vit les mines effrayées d'Odeline et de Victoire.

— Il y a trop de monde ici, dit le moine à Fanny qui palpait ses contusions et demandait qu'on appelle *madame*. Il faut soulager le plancher!

Mais finalement, il ne lui déplaisait pas d'être ainsi soigné et dorloté tandis que les petites se rinçaient l'œil.

— Il faudrait un médecin, déclara Fanny. Vous n'êtes que plaies et bosses et j'ignore si vous n'avez pas des côtes cassées ou pire encore. On vous a bastonné?

Le moine jugea bon de doubler le nombre de ses agresseurs pour expliquer pourquoi il avait eu le dessous.

— Une douzaine de laquais me sont tombés dessus par surprise…

Fanny jura entre ses dents puis elle ordonna qu'on aille lui chercher un certain baume, une huile et des onguents. Bientôt, de ses mains habiles, son corps fut lavé et nettoyé et elle lui appliqua avec une douceur inattendue, comme à un enfant, une pommade apaisante. Ensuite, elle lui tâta les côtes tout en suivant ses instructions car il était homme de l'art.

Delphine de Marcillac entra alors. On lui raconta l'histoire. Elle en pâlit et découvrit avec un léger trouble le corps anguleux et musclé du moine qui semblait de bois sec. Fanny se tenait debout derrière elle, mains jointes dans le dos, la mine compatissante.

— Je reconnais bien là Valvert, fit Delphine d'une voix légèrement tremblante. Cet homme est d'une brutalité et d'une arrogance…

— Avec moi, un bienfait n'est jamais perdu, murmura le moine d'une voix profonde et inquiétante.

Fanny, qui ne le connaissait pas sous ce jour, fit un pas en arrière pour l'examiner avec un intérêt plus poussé.

— Cette fois-ci, grogna-t-il, je n'ai pas eu le temps de tirer ma dague. Il n'en sera pas de même la prochaine fois !

Et sous leurs mines interloquées, il fit glisser d'une manche de sa bure la dague qu'il y tenait toujours dans un fourreau très souple. À ce moment, l'arme et la main qui la maniait ne prêtaient pas à rire.

Fanny hocha la tête d'un air approbateur et le regarda d'un œil neuf.

Mais l'instant d'après, l'humeur guerrière du moine disparut et il réclama une petite glace pour se rassurer quant à son apparence extérieure. Soucieux de son image, il lui aurait déplu d'avoir trop de marques sur le visage mais, à part sa blessure au cuir chevelu, son dos et ses côtes ayant subi le pire de l'assaut, il s'en tirait avec des bleus et des hématomes.

Volnay accourut dès qu'on le prévint.

Il était blême mais fit grande impression auprès de ces jeunes filles qui poussèrent de petits cris d'admiration devant ce grand et beau jeune homme à la chevelure sombre et aux yeux d'un bleu glacé.

— Qu'est-il donc arrivé? s'enquit le policier.

Le moine raconta brièvement les faits.

— Mais qui a pu les envoyer?

Delphine jeta un bref coup d'œil au moine et secoua la tête.

— Vous ne lui avez pas raconté votre rencontre avec Valvert?

Volnay se tourna vers son père, un sourcil levé. Delphine narra pour lui toute l'histoire. Elle fut surprise de la fureur du jeune homme. Les jointures de sa main devenaient blanches à force de se crisper sur le pommeau de son épée.

— Il a osé envoyer ses valets bastonner mon père! Ceux-là, s'ils me tombent sous la main…

— Arrête, fit le moine en tentant de se redresser. Ce ne sont que les instruments d'une vengeance. Je tuerai peut-être Valvert un jour mais certainement pas ses serviteurs.

Delphine s'interposa. Il rayonnait d'elle une autorité et une fermeté qui ne prêtaient pas à la discussion.

— Vous ne ferez rien de tout cela, vous deux. Et personne ne tuera personne ici, à Versailles. Il suffit! Les hommes ne cesseront-ils donc jamais de se dresser sur leurs ergots? Valvert va vous oublier, une fois la leçon donnée.

Volnay pivota lentement vers Delphine.

— C'est que, madame, nous ne sommes pas trop le genre d'hommes à en recevoir!

Mme de Marcillac réprima un mouvement d'exaspération et se tourna vers le moine.

— Vous deviez vous occuper de l'autopsie du corps retrouvé dans le jardin avec M. de La Martinière. Cette victime-là mérite tous vos soins mais il ne me semble pas que vous soyez en état de l'effectuer.

— Effectivement, confirma le moine. Mon fils, peux-tu prier M. de La Martinière de s'en occuper avec un médecin de quartier du roi?

Volnay serra les dents.

— J'y vais de ce pas mais toi ne bouge pas d'ici!

Delphine le rassura.

— Ne vous inquiétez pas, si besoin je l'attacherai à son lit !

Fanny ricana. Volnay se tourna pour la considérer et la petite soutint crânement son regard. Le policier se lassa et s'adressa directement à son père.

— Je reviendrai à la nuit tombée avec une voiture. D'ici là, repose-toi et ne sors pas de cette maison.

Odeline raccompagna Volnay à la porte. Delphine demeura seule auprès du moine pensif.

— Votre fils s'inquiète pour vous…

Le moine soupira.

— Oui et j'ai conscience que ce devrait être l'inverse. Je fais trop souvent l'enfant…

D'une voix qu'elle s'efforça de rendre calme, Delphine demanda au moine :

— J'espère que vous ne parliez pas sérieusement lorsque vous disiez vouloir rendre coup pour coup à Valvert.

— Et pourquoi donc ?

— Il vaut parfois mieux oublier les coups des puissants et se faire oublier d'eux.

Il la regarda avec une intense curiosité.

— C'est ce que vous avez fait, n'est-ce pas Delphine ?

Elle détourna le regard.

— Vous devriez vous reposer.

Le moine se saisit de son bras et le serra si fort qu'elle poussa un petit cri.

— Delphine, arrêtez ! Depuis que nous nous connaissons, vous m'avez assez joué *Les Fausses Confidences*.

Elle courba la tête en frissonnant.

— Que vous a fait Valvert ? cria le moine.

Elle se dégagea brutalement et lui cracha au visage :

— Il m'a violée !

M. de La Martinière se tourna vers le premier médecin du roi et chancelier de la Faculté, un homme contre lequel il avait longtemps combattu pour sortir la chirurgie de sa sujétion séculaire envers la médecine. Il avait ainsi obtenu l'année précédente un décret royal qui faisait désormais prêter serment au premier chirurgien directement au roi plutôt qu'à son premier médecin.

Celui-ci, vêtu de noir, arborait la même mine constipée que s'il donnait une consultation en latin.

— Arrivez-vous à la même conclusion que moi? demanda courtoisement La Martinière.

L'autre opina de la tête. Il trouvait normal qu'en tant que médecin, un chirurgien lui demande son avis que lui-même estimait supérieur. Par le passé, ces deux professions avaient suffisamment lutté afin de prendre le pas sur l'autre pour aujourd'hui se tolérer et tenter de se compléter.

— Absolument, monsieur. Absolument.

— Étrange, vraiment étrange…

— Que nous soyons d'accord?

La Martinière sourit.

— Pas seulement…

L'hôtel particulier de Valvert se trouvait rue de la Chaussée-de-Clagny, parfois appelée rue des Réservoirs, près de celui du duc de Bouillon. Cette rue partait d'une des entrées du château. Elle devait son surnom aux trois grands réservoirs qui alimentaient en eau les bassins du parc, tout en étant eux-mêmes alimentés par quatre puisards communiquant par des aqueducs avec l'étang de Clagny.

Initialement occupée par les fontainiers et une tour abritant un cinquième puisard construit afin d'alimenter le réservoir de la grotte de Téthys, elle s'était embourgeoisée au fil du temps. La grotte détruite pour faire place à la nouvelle chapelle désirée par Louis XIV, la tour avait été abattue et remplacée quelques années auparavant, sur les ordres de Louis XV, par un hôtel particulier pour la Pompadour, souvent appelé hôtel des Réservoirs, relié au palais par un couloir couvert longeant le mur des réservoirs côté parc.

Volnay se rendit à grandes enjambées vers sa destination et le flot des badauds et des marchands de rue se fendit devant ce jeune homme au visage en colère. Une fois arrivé à destination, le policier leva les yeux vers les étages de l'hôtel particulier de Valvert. La fureur l'emplissait encore.

Les dents serrées, la main sur la poignée de son épée, Volnay fit les cent pas au pied de l'hôtel particulier pendant une bonne vingtaine de minutes, suffisamment pour qu'on le remarque des fenêtres. Le message passé, il s'apprêtait à regagner le palais de Versailles lorsqu'un homme sortit de l'hôtel. Son visage pratiquement blanc portait encore la trace des pommades et de la poudre appliquées le matin. Volnay avait déjà vu des regards d'une fixité inquiétante mais celui de l'homme faisait dresser les cheveux sur la tête. À la description de son père, il reconnut Valvert. Celui-ci l'apostropha de loin tout en marchant sur lui.

— Avez-vous, monsieur, une bonne raison de venir parader ainsi sous mes fenêtres, la main à l'épée?

Volnay ne s'en laissa pas conter malgré les deux serviteurs qui accompagnaient Valvert.

— Je suis le chevalier de Volnay, commissaire aux morts étranges. Vous venez de faire bastonner mon collaborateur, un moine, par vos laquais.

Il jeta un regard si mauvais aux deux domestiques derrière le comte que ceux-ci pâlirent et reculèrent d'un pas. Valvert arbora un air dédaigneux.

— Croyez-vous que je ne sache pas qui vous êtes réellement, vous et votre père? Que viens-tu me donner la leçon, petit-fils de bâtard!

Seule la surprise empêcha Volnay de tirer son épée.

— Quelle folie vous prend? murmura-t-il.

— Demande donc à ton père à quel Bourbon sa grand-mère a ouvert les cuisses dans les bosquets de Versailles!

C'en était trop pour Volnay qui tira à demi sa lame. Un sourire sarcastique déchira le visage de Valvert.

— Ce sera où je veux et quand je veux mais d'abord le père!

Il lui tourna le dos sans plus de façon et, ses laquais trottinant maintenant derrière lui, regagna sa demeure à grandes enjambées.

Toujours aussi agité, Volnay revint chez Mme de Marcillac et n'y trouva point son père.

— Il disait vouloir rentrer chez lui, expliqua Delphine, gênée. J'ai tenté de le retenir ou de lui proposer l'escorte de mon valet mais il n'a rien voulu savoir.

— Vous ne m'étonnez guère, soupira le jeune homme.

— Je lui ai toutefois donné des habits laïcs afin qu'on ne le remarque pas et fait commander un fiacre pour éviter de mauvaises rencontres.

— Il y a consenti ?

— Sans aucune difficulté.

Volnay se gratta la tête, pensif.

— Étrange... Quand il a décidé de jouer sa tête de mule, il ne se laisse convaincre de rien... – Il la fixa avec un sourire indéfinissable. – Mais il est vrai que vous disposez d'un pouvoir de persuasion bien supérieur à la normale...

Mme de Marcillac ne releva pas. Depuis le début de leur entretien, elle affichait un visage pâle mais une expression indéchiffrable.

— Il m'a aussi demandé de lui avancer un peu d'argent car, dans la bagarre, il a perdu sa bourse.

Le jeune homme s'étonna.

— La course était payée ?

— Oui.

— Alors, pourquoi diantre avait-il besoin d'argent pour rentrer chez nous ?

Delphine ne répondit pas. Elle s'abstint également de dire qu'elle avait envoyé Fanny sur les talons du moine pour le surveiller.

— Dans quoi est-il encore allé se fourrer ? maugréa Volnay.

Le moine fit arrêter le cocher et considéra les lieux. Comme beaucoup de nobles, Valvert disposait d'un appartement au château, trop petit à son goût, et d'un hôtel particulier dans la ville de Versailles.

Ainsi, vous violez les femmes, frappez les jardiniers et faites bastonner les moines... Un vrai gentilhomme. Quel dommage que vous ayez signé votre arrêt de mort...

Son attention focalisée sur Valvert, le moine ne remarqua pas que Fanny l'avait suivi et l'observait de la boutique d'une dentellière d'où elle s'efforçait de passer inaperçue.

Le moine attendit patiemment, le nez à la portière. Il était tellement absorbé qu'il n'entendit pas lorsqu'on ouvrit la portière de l'autre côté pour se glisser à côté de lui dans un bruissement de tissus. Hélène portait un casaquin, une petite veste ajustée à la taille avec une jupe garnie plutôt sobrement de quelques rubans et nœuds. Elle s'assit sans façon auprès de lui.

— Vous ? s'exclama le moine un instant déstabilisé. Que faites-vous ici ? Vos sales petites mouches espionnent toujours la maison de Mme de Marcillac ? Vous me suivez ?

Hélène haussa les épaules.

— Tout ne se ramène pas à vous !

Le regard du moine s'assombrit. Il avait de plus en plus de mal à supporter son ton tranché et ses manières de conquérante.

— C'est vrai. Alors, comment se fait-il que vous soyez ici ?

— Que faites-vous devant l'hôtel du comte de Valvert ?

— Ah, fit innocemment le moine, c'est l'hôtel de Valvert ?

— Le noble avec qui vous avez eu une algarade dans les jardins hier matin et qui vous a fait bastonner par ses laquais cet après-midi.

— Vous en savez des choses ! siffla le moine entre ses dents.

— Encore heureux ! Tout cela s'est déroulé en public dans les jardins du palais, presque sous les yeux du roi, puis à Versailles. – Elle soupira avec lassitude. – Vous ne devez pas vous approcher de Valvert.

— Pourquoi cela ?

Elle sourit d'un air triste et compta sur ses doigts.

— Parce que c'est un proche du roi, parce qu'il est dangereux, très dangereux…

Le moine sursauta.

— Comment savez-vous cela ?

— J'ai couché avec les bonnes personnes au bon moment.

Si elle comptait le blesser, elle en fut pour ses frais. La remarque glissa sur le moine qui afficha un sourire légèrement méprisant.

— Moi, c'est l'inverse. Je couche toujours avec les personnes qu'il faudrait éviter!

Elle encaissa en silence le coup qu'elle n'avait pas vu venir. Au bout d'un moment, elle reprit :

— Je vous connais. Il vous a humilié et maintenant vous allez chercher à prendre votre revanche.

Le moine s'efforça de parler lentement.

— Pensez-vous juste que l'on me fasse bastonner par des laquais pour avoir empêché de donner des coups de canne à un pauvre jardinier ?

— Non mais qu'y pouvons-nous ? Voulez-vous les lui faire ravaler ?

— Certes, oui! s'écria le moine avec colère. Il n'a pas daigné s'attaquer lui-même à moi. Il m'a envoyé ses valets. Ses valets! Je n'étais pas digne de la pointe de son épée!

— Le regrettez-vous ?

— Certes, oui!

— Qu'avez-vous donc en tête? le pressa Hélène, un instant désorientée.

Le moine baissa le ton et se mit à marmonner comme pour lui-même.

— Vous le saurez bien assez tôt… Pour l'instant, il me doit une bastonnade, sinon plus… Mais rien ne presse. Je vais ravaler ma colère, dormir dessus et demain je prendrai une décision. Patience. Avec le temps et la paille, les nèfles mûrissent…

— Vous ne savez donc pas encore ce que vous ferez ?

— Bien sûr que si, se moqua le moine, mais je ne vous le dirai pas pour l'intérêt de l'histoire!

— Vous êtes bizarre depuis votre retour de Venise. – Elle observa un instant de silence. – Vous avez changé.

— Vous ne me semblez pas avoir changé de votre côté, lui répliqua le moine. Les mêmes poses, les mêmes attitudes…

— Arrêtez de tout observer!

— Ce sont les choses qui s'imposent à moi et non l'inverse, répondit calmement le moine. Je ne vous regarderais même pas si vous ne veniez trémousser votre joli derrière devant moi.

— Parce que votre attention est captivée par celui de ces prostituées! cracha-t-elle en colère.

— Qu'allez-vous imaginer? fit doucement le moine.

— Vous étiez l'autre jour avec cette Fanny puis avec Mme de Marcillac…

— Pourquoi dites-vous cela?

— On vous y a vu entrer ce matin et en sortir plus d'une heure après!

— La maison est surveillée? À vrai dire, je m'en doutais.

— Qu'avez-vous fait? Vous goûtiez aux spécialités de la maison?

Le moine se retourna d'un bloc vers elle.

— Ai-je une tête à me faire claquer les fesses?

Hélène haussa les épaules.

— Les filles savent certainement faire une exception à la règle et ne s'occuper que de votre membre.

— Assez ma chère, j'ai horreur de la vulgarité!

— Cette petite Fanny par exemple, que lui trouvez-vous?

— Elle a ce qu'il faut là où il faut! Elle vaut bien un péché mortel…

— Vous êtes vraiment un homme, remarqua Hélène d'un ton dédaigneux.

— D'après ce que j'ai entre les jambes, oui. La Faculté est formelle. *Il en a deux et elles pendent bien!*

Hélène détourna la tête avec une moue boudeuse.

— J'interrogeais les filles à propos de notre victime, reprit le moine sans la regarder. À propos, ce ne sont pas des prostituées. Aucun homme ne les possède. Elles ont choisi de dominer les hommes pour éviter de se faire monter comme des chiennes.

Il espérait qu'Hélène ne possédait aucune espionne à l'intérieur de la maison. Ce ne devait effectivement pas être le cas puisque la jeune femme ne put que ruminer en silence ses soupçons.

— Vous vous êtes entiché de cette maquerelle, lui reprocha-t-elle.

— Pas du tout et ne lui manquez pas d'égards, s'il vous plaît.

Hélène émit un sifflement exaspéré.

— Vous n'avez plus vingt ans! Arrêtez de jouer les jeunes hommes!

— Je me sens effectivement très jeune dans ma tête et pas trop mal dans mon corps! Ceci dit, j'ai bien conscience de mon âge et des jeunes gens comme vous sont là pour me le rappeler à bon escient! Ne vous faites pas de souci pour moi, j'ai bien assimilé le proverbe selon lequel *le vieil idiot trébuche sur les jeunes pousses en fleur.*

Hélène soupira et se rejeta en arrière, s'efforçant de prendre un ton conciliant.

— Il y a entre nous trop de non-dits, ce serait peut-être mieux d'en parler...

— Pour quoi faire? murmura le moine sans cesser de surveiller la demeure de Valvert. J'aurai bientôt, au bord de ma mémoire, votre image presque effacée et plus rien ne viendra agiter mon cœur blessé.

Elle le regarda d'un air contrarié.

— Vous n'êtes pas obligé de me faire mal.

— Vous n'étiez pas obligée de me quitter du jour au lendemain. Je suis un être humain, pas un vieux bas usé. Mon vieux cœur a bien failli s'arrêter.

— Je ne vous avais donné que mon corps, s'écria Hélène. C'est vous qui avez ajouté les sentiments!

— Encore une fois, navré d'être un être humain!

Elle le dévisagea froidement.

— N'en parlons plus. Je suis venue pour vous prévenir. Tout le monde vous tient à l'œil. On vous épie, on s'informe de votre conduite, toutes vos actions sont notées et épiloguées. Le moindre faux pas peut vous faire perdre votre état. Et cessez donc de jouer les soupirants avec Mme de Marcillac. Vous êtes ridicule!

Dans la pénombre, l'expression joviale du moine s'estompa pour faire place à quelque chose de plus inquiétant.

— Vous m'avez recadré, et ceci plus d'une fois, fit-il avec une douceur suspecte. Mais il faut que cela cesse. Vous ne m'êtes pas supérieure et je ne suis pas votre serviteur.

— Je n'ai jamais prétendu cela!

— Je suis excédé d'ennui de vous entendre me tancer à la moindre occasion. Aussi, arrêtez immédiatement! – Il cessa brusquement de la vouvoyer. – Je ne t'appartiens pas, alors ne me dis pas ce que je dois faire...

— Mais je ne voulais pas…

Il hocha lentement la tête.

— Bien sûr…

La lune disparut plongeant son visage dans l'obscurité. Lorsqu'elle réapparut, le moine avait retrouvé son expression aimable et attentive. Ce qu'Hélène avait cru voir de glaçant sous son masque s'était estompé pour faire place à un air souriant mais elle ne s'y trompa pas et resta sur ses gardes.

— Décidément, fit-elle un peu désarçonnée, Venise vous a bien changé.

— J'y ai fait une rencontre inattendue. Est-ce que cela vous rassure ?

— Une femme ?

— Cela dépend. Elle est au gré des événements tantôt fille, tantôt garçon !

Elle le considéra d'un œil nouveau. Tel Ulysse, infatigable voyageur mais esprit tourmenté, propre à se déguiser ou travestir sa pensée. D'Hermès, il détenait l'esprit des voleurs, des voyageurs, de la malice, le don de la parole. Quant à Athéna, la déesse fidèle et complice, elle représentait à elle seule toutes les femmes prêtes à aider le moine au cours de sa vie.

— Quelqu'un qui m'a tendu la main, ajouta-t-il avec un brin de tendresse.

— Une femme ? demanda à nouveau Hélène.

Le moine s'impatienta.

— Bien entendu, une femme !

— Vous ne lui êtes pas trop fidèle.

Le moine rit. Violetta était une fille pour lui et absolument rien d'autre.

— J'ai peur que vous ne puissiez comprendre. Vous voulez reproduire avec moi des schémas trop masculins sans tenir compte de ma part de féminité !

— Votre féminité ?

— Je pense qu'en chaque être, il y a des résidus de l'autre sexe, plus ou moins développés.

— Vraiment ?

— Oui, ma part de féminité est plus développée que chez les autres hommes. C'est pour cela que je m'entends si bien avec les femmes! Mais vous, vous ramenez tout à ce qui creuse notre différence!

— Vous parlez aisément mais un jour vous viendrez cueillir votre récompense entre nos cuisses chaudes comme un homme que vous êtes!

Une ombre passa de nouveau sur le visage du moine mais sa voix resta douce.

— Hélène, je ne crois plus que les portes du paradis se trouvent entre vos jambes.

Un silence pénible s'installa. On aurait pu entendre le bruit de leur souffle comprimé. Finalement, Hélène résuma son opinion en une phrase.

— Je ne sais pas si ce voyage vénitien était une bonne chose pour vous.

— Un voyage, ce n'est pas seulement une distance parcourue, répondit laconiquement le moine.

VIII

DU CÔTÉ DE TRIANON

Et après on passera dans la galerie pour
aller à Trianon sous bois.

Le regard morne, le moine buvait son café lorsque son fils se
glissa près de lui. Il avait entendu son père se lever et cela ne
lui ressemblait pas d'être debout avant lui qui, quelle que soit
l'heure à laquelle il s'était couché, se trouvait toujours éveillé à
l'aube. Il lui raconta ce qu'il avait découvert pour les marques
sur les statues du Labyrinthe. Son père parut surpris. Il fit tourner lentement son breuvage noir dans la soucoupe de porcelaine comme pour y lire l'avenir.

— Diable…

Et ce fut là son seul commentaire. Une lueur d'indécision
passa dans le regard de son fils. Finalement, celui-ci s'humecta
les lèvres avant de dire d'un ton neutre :

— J'ai rencontré Valvert, hier.

— Ah oui ? dit le moine qui s'anima.

Son fils lui répéta les propos du comte à leur encontre. Le
moine entra dans une profonde méditation dont il ne sortit
qu'avec un large soupir.

— Peu de chose à dire, mon fils. Ma grand-mère a sans
doute péché dans les jardins de Versailles comme l'a indiqué
ce pourceau de Valvert. Si cela se révèle véridique, mon père
était un bâtard de Louis XIV et moi je suis donc son petit-
fils.

La foudre semblait avoir frappé dans la pièce.

— Pourquoi ne m'en as-tu jamais parlé? demanda Volnay d'une voix blanche.

— Ce ne sont pas des choses dont l'on se vante, murmura le moine. Surtout d'avoir du sang Bourbon dans les veines. Je me ferais bien une saignée pour l'en retirer!

Le jeune homme déglutit difficilement.

— Sartine le sait-il?

— Qu'est-ce que Sartine ignore en ce bas monde? fit le moine avec dépit. Et qu'est-ce que cela change? Les bâtards royaux ne manquent pas en France et mon père n'a jamais été légitimé par son prétendu géniteur.

— Pourquoi ne rien m'avoir dit sur cette descendance?

— Et cette bâtardise? Ma foi, je n'en ai pas de preuve formelle. Du coup, je ne me suis pas cru dans l'obligation de te faire part de cette éventualité qui t'aurait plus tourmenté qu'enthousiasmé! Ceci afin de ne pas embarrasser ton esprit!

Volnay se redressa fièrement.

— Père, j'ai passé l'âge des secrets et des dissimulations. Que vais-je encore apprendre d'autre par la suite? Il serait temps de vider ton sac d'un coup.

Le moine fourragea dans sa barbe d'un air gêné.

— Ma foi, c'est tout pour le moment…

D'une main fébrile, le jeune homme commença à préparer son café.

— Hélène est passée ici hier soir et m'a rapporté où tu étais, dit-il sans regarder son père.

— Ah, quelle espionne, celle-là!

Volnay soupira.

— Valvert n'est pas à portée de notre vengeance. Tu sais qu'avec nous un bienfait n'est jamais perdu! Si l'occasion se présente, nous nous occuperons de lui mais aujourd'hui la chose est impossible.

— Rien ne m'a jamais été impossible dans la vie à part ressusciter ta pauvre mère.

Le jeune homme pâlit. Une chape de plomb s'était abattue sur cette histoire depuis bien des années et il n'arrivait jamais à son père d'en parler.

— Oublie Valvert, reprit le jeune homme d'un ton pressant, et consacre-toi à ton enquête. Tu as négligé par sympathie celle sur Mme de Marcillac et ses filles. Tu t'es fait manipuler par elle.

Le moine haussa les épaules d'un air désinvolte.

— La manipulation est au cœur de l'ordre social. Tout le monde manipule tout le monde. Delphine me manipule, certes, mais pour protéger ses filles, pas pour elle.

Volnay serra les dents et, s'asseyant, se pencha vers son père.

— Si elle a tué une fois, elle a été capable de recommencer et je crains pour toi.

Le poing du moine s'abattit avec fracas sur la table.

— Vas-tu arrêter de me faire la sauce? Je ne supporterai pas une seconde de plus d'entendre ce type d'arguments! Si Delphine avait été coupable, elle aurait été condamnée.

La porte de la chambre s'ouvrit à demi et, la mine défaite, l'Écureuil passa la tête dans l'encadrement.

— Vous vous disputez? demanda-t-elle timidement.

— Pas le moins du monde, assura le moine avec une gaieté feinte, nous discutions à l'italienne!

On frappa à la porte. Devançant son fils, le moine s'empressa d'aller ouvrir, la main sur sa dague. On n'était jamais assez prudent et, ce matin, il se trouvait d'humeur à pourfendre toute la valetaille de Valvert ainsi que, surabondamment, deux ou trois spadassins.

— Oh, Fanny! Que faites-vous ici?

Vêtue d'une jupe en toile imprimée comme une indienne, la jeune femme jeta un coup d'œil appréciateur à Volnay qui venait d'apparaître derrière le moine et, plus dubitatif, à l'Écureuil qui pointait un museau encore ensommeillé.

— Une amie? demanda Volnay d'un ton glacé à son père.

— Une connaissance, murmura le moine.

Le policier hocha la tête, se souvenant de la visiteuse aperçue la veille chez Delphine de Marcillac.

— Mme de Marcillac me fait prendre de vos nouvelles, déclara Fanny d'une voix assurée. J'en désirais moi aussi. Hier, vous n'étiez que plaies et bosses. C'en était pitié.

Le moine s'étira nonchalamment, comme un grand chat amusé.

243

— Quelques coups de bâton n'auront pas raison de mon dos. J'ai les reins et les épaules solides. Cela dit, j'ai coutume de dire que rien ne se perd en ce bas monde. Je saurai bien rendre tous ces coups le moment venu…

— Ce n'est pas très chrétien, observa-t-elle.

— Dieu pardonne, moi pas!

Fanny médita un instant la réponse. Malgré son âge, le moine semblait tout à fait capable de restituer leurs bienfaits à ses agresseurs si on ne le prenait pas, cette fois, par surprise.

— Oh, j'oubliais, s'exclama-t-elle, Mme de Marcillac vous fait aussi quérir si vous êtes en état.

— Elle me fait quérir? Oh, mais j'adore ça!

Le moine jeta un coup d'œil derrière lui.

— Vous avez entendu ça, les enfants? Je suis demandé! On me fait quérir! Tout ce qu'il faut pour me faire courir!

Son fils garda un silence nettement désapprobateur.

— Une voiture nous attend pour vous éviter de marcher, ajouta Fanny d'un ton supérieur.

— Une voiture? Je ne suis pas encore grabataire!

La jeune fille sourit.

— C'est surtout pour éviter d'éventuelles mauvaises rencontres en route.

— Peut-être est-il préférable que je vienne avec toi, lança rapidement son fils.

— Pas d'inquiétude, le rassura le moine, je me suis muni d'une seconde dague et d'une humeur de dogue! On ne m'aura pas deux fois! Partez devant, Fanny, je vous rejoins à la voiture.

Il se retourna vers son fils et l'Écureuil.

— Eh bien je vous laisse, il ne sied pas de faire attendre une dame!

Volnay le retint, la main sur son épaule, en lui murmurant d'une voix pressante :

— Il ne convient pas non plus que tu passes tout ce temps avec Mme de Marcillac et encore moins avec ces filles!

Le moine haussa les épaules.

— Tu aboies à tort et à travers. Tu es comme le chien du jardinier qui ne mange pas de chou et n'en laisse point manger aux autres!

Sous le regard froid de son fils, il se hâta de rejoindre Fanny, lui proposant son bras dont elle se saisit avec naturel.

— Alors, jeune fille, chuchota-t-il. M'avez-vous fait des infidélités depuis notre dernière rencontre où vous m'avez embrassé?

— Oui! Chaque jour et plusieurs fois par jour. Mais uniquement avec des filles!

Le moine rit.

— Très bien. Continuez tant que vous dominez la situation et que vous n'oubliez pas de faire votre prière avant de vous coucher! Il vous sera beaucoup pardonné car vous avez beaucoup péché!

Matinale, occupée à entrelacer et tresser ses cheveux, Hélène regarda par la fenêtre le moine monter dans la voiture en compagnie de la jeune femme. Elle acheva rapidement sa toilette.

Il lui fallait intercepter Volnay avant qu'il ne sorte de son appartement. Elle se précipita pour toquer contre la porte du policier qui lui ouvrit aussitôt car il venait de s'habiller pour partir.

Hélène eut un signe de tête distant envers l'Écureuil qui lui rendit timidement un petit salut. Agacé par cette condescendance, Volnay demanda :

— Que voulez-vous?

— Il faut que je vous parle.

— De qui? De quoi?

— De vos fables.

— Mes fables?

Comprenant soudain de quoi elle parlait, Volnay se radoucit.

— Je me rends au palais, accompagnez-moi et vous me raconterez en chemin.

Il referma la porte derrière lui, se rendit compte qu'il venait d'oublier de dire au revoir à l'Écureuil et rouvrit pour s'en excuser, tout cela sous l'œil goguenard d'Hélène.

Il remarqua à cet instant la silhouette enrobée de Gaston. Satisfait de le voir à son poste, il lui adressa un bref signe de tête mais l'autre fit mine de s'avancer pour lui parler. Volnay jeta un bref coup d'œil à Hélène et indiqua d'un geste à la mouche qu'il ne pouvait pour le moment.

Docilement, Gaston fit un pas en arrière et se fondit de nouveau dans l'ombre du porche.

— À quoi donc vous sert cette mouche? demanda froidement Hélène.

Volnay se mordit les lèvres mais ne répondit pas.

Dans le fiacre, Fanny contempla le moine assis en face d'elle. Son visage était celui d'un empereur romain à l'automne de sa vie après un règne qui commence à lui peser. Il émanait pourtant encore de sa personne une espèce de vitalité effrayante que venait confirmer l'éclat des yeux noirs qui la considéraient. Une volonté farouche de repousser le cours du temps, le cours des choses…

Le moine détailla à son tour la tenue de ville de Fanny, très différente de ses tenues de maison. Sa robe à la couleur cerise lui allait bien au teint mais il ne put s'empêcher d'être un peu déçu. Un rien pouvait l'habiller mais certains habits, trop conventionnels, l'éteignaient. D'une main faussement nonchalante, elle rajusta ses jupons. Le moine se demanda si elle portait les trois d'usage : à l'extérieur *la modeste*, suivi de *la friponne* puis *la secrète*…

Son pied menu contre le sien le rappela à la réalité. Soit par dessein, soit par simple réflexe, Fanny ne laissait jamais vos sens au repos.

— À quoi pensez-vous?

— À vous.

— Dois-je m'en inquiéter?

— Pas pour le moment, répondit tranquillement le moine, sauf si vous me cachez quelque chose derrière votre air de jeune fille qui se plaît à agacer les sens d'hommes plus mûrs. – Il lui fit un clin d'œil. – Ou plutôt qui joue le rôle qu'on attend d'elle.

Fanny l'observa plus attentivement. De prime abord, elle avait considéré le moine comme quelqu'un d'insouciant mais, désormais, elle percevait l'ombre d'un contrôle derrière cet apparent détachement, celui d'un esprit sinueux, fin et pénétrant, toujours en mouvement, prêt à s'adapter aux situations les plus imprévues.

Le moine rompit le silence même s'il savait qu'à la guerre celui qui tirait en premier n'était pas le plus avantagé.

— Avez-vous déjà aimé, Fanny ? – Il leva la main. – Non, ne répondez pas trop vite. Je parle de ce grand sentiment de vide que vous éprouvez lorsque l'objet de votre passion se trouve loin de vous. Votre corps vous abrite mais plus rien ne s'y agite…

— Jamais avant de vous connaître ! répondit-elle sans le quitter des yeux.

Le moine haussa un sourcil.

— Restons sérieux. Même pas Delphine ?

— Même pas !

— Vous êtes pourtant sa préférée. Enfin, vous l'étiez avant l'arrivée de Flore Vologne de Bénier…

— Vous en êtes toujours à votre enquête, constata Fanny avec une moue boudeuse. Alors que moi, je vous aime !

Le moine éclata de rire et, pour le punir, elle lui décocha en retour un coup de pied dans les tibias.

Le soleil peinait à prendre ses quartiers dans le ciel et ses premiers rayons effleuraient à peine la cour de la maison de Mme de Marcillac lorsqu'ils arrivèrent à destination. Fanny lui donna familièrement un léger coup d'épaule en sortant de la voiture.

— Allez et soyez sage ! dit-elle d'un ton moqueur.

Hélène insista pour l'entraîner dans un cabinet de lecture. Dans une bibliothèque trônaient des livres aux reliures portant les armes de France.

— M. de Sartine a très aimablement mis à ma disposition cet endroit qui, comme vous pouvez le constater, est bien fourni.

Lorsqu'elle parlait du lieutenant général de police, c'était toujours en termes respectueux mais mécaniques, comme tout bon professionnel qui s'attend à ce que ses propos soient écoutés puis rapportés.

— J'y ai passé quelques heures après notre entrevue et j'ai découvert certaines choses.

— Vous auriez pu m'en parler hier soir lorsque vous êtes venu à la maison après votre entrevue avec mon père!

Hélène haussa souplement les épaules.

— J'avais une lecture à terminer avant de confirmer mon hypothèse.

Elle tourbillonnait comme une flamme vive au milieu de tous ces livres et Volnay l'accompagnait du regard, un peu ébloui malgré lui.

— La fable du serpent et du hérisson, dit-elle en brandissant un volume parcheminé. Un serpent se retire dans une caverne et accueille un hérisson. Familiarisé, celui-ci se met à le piquer. Le serpent le prie alors d'aller se loger ailleurs. Le hérisson rétorque que, s'il l'incommode, il n'a qu'à lui-même aller chercher un logement ailleurs. Vous avez compris?

Volnay, amusé, secoua la tête.

— N'introduisez pas un ami chez la beauté que vous aimez, lui asséna Hélène satisfaite, il prendra votre place!

— C'est-à-dire?

— Mlle Vologne de Bénier s'est introduite dans la maison de Mme de Marcillac et a pris le cœur de quelqu'un qu'elle aimait. Cette Fanny ou cette Victoire…

— Hypothèse intéressante.

Elle l'arrêta d'un geste.

— La seconde marque maintenant : l'aigle et le renard. Les deux animaux font amitié. Mais l'aigle qui a faim dévore un jour les petits renardeaux dans le terrier au pied de son arbre. Le renard trouve alors un flambeau allumé et met le feu à l'arbre avant de manger les aiglons qui en tombent à demi rôtis. *Il n'est point de peine cruelle que ne mérite une infidèle!* Enfin, la statue sans marque aux pieds de laquelle Flore est morte : le cygne et la grue. La grue demande à un cygne pourquoi il chante. C'est que je vais mourir, répond le cygne, et mettre fin à tous mes maux. Aux maux qu'il a provoqués, comprenez-vous? Mlle Vologne de Bénier devait payer et mourir.

— Subtil message, murmura Volnay. Et la voix d'un amant n'est jamais aussi charmante que lorsqu'il meurt d'amour…

Hélène s'immobilisa devant lui.

— Voilà, vous avez tout compris. Remplacez simplement le masculin par le féminin. Tout ceci n'est qu'une affaire de femmes!

Volnay resta songeur un moment.

— Ce doit être ce que pense aussi mon père. Tout son comportement me paraît enfin limpide et complètement pertinent!

Delphine de Marcillac vint elle-même les accueillir à la porte. Fanny disparut aussitôt à l'étage, non sans avoir au passage frôlé le moine avec un sourire entendu, accompagné d'un clin d'œil complice.

— C'est toujours où et quand vous voulez, lui glissa-t-elle au passage.

Le moine étouffa un gloussement.

— Ravie que vous vous entendiez si bien, fit Delphine d'un ton un peu pincé. – Elle recula pour le laisser entrer. – Pardon de vous faire venir si tôt mais j'avais scrupule à déranger votre maisonnée et je n'aurais pas forcément su où vous trouver par la suite.

— Madame, je fais mon miel de chacune de nos rencontres. En dehors du plaisir de me voir, ce que je peux concevoir car il est aussi largement partagé, aviez-vous quelque chose de particulier à me dire?

Delphine cilla légèrement, son regard se détourna.

— Je voulais m'assurer que vous renonciez bien à ce que vous songez entreprendre!

Le moine pencha légèrement la tête de côté d'un air interrogateur.

— Montez, ordonna-t-elle, nous causerons plus librement à l'étage.

Était-ce pour échapper à des oreilles indiscrètes? Mais qui y avait-il ici en cette heure, en dehors de Fanny? Le moine la suivit, les sourcils froncés, jusqu'à un boudoir en boiseries lilas et décor floral. Un tapis de laine, orné de guirlandes de fleurs et de rinceaux de différentes couleurs avec une mauresque à son milieu, recouvrait le sol. Delphine s'assit sur une bergère sans proposer un siège au moine. Celui-ci resta donc debout.

— Je sais que vous êtes allé espionner l'hôtel de Valvert hier soir, attaqua-t-elle directement.

— Vraiment ?

Plus rien ne semblait pouvoir surprendre le moine à Versailles. Entre Hélène et Delphine, il se sentait serré de près. Et c'était sans compter les petites mouches de Sartine qu'il n'avait peut-être pas pu semer la veille.

— Je vous ai fait suivre, fit-elle comme s'il s'agissait de quelque chose de très naturel. Je m'inquiétais pour votre sécurité.

— Trop aimable !

Delphine se leva soudain et se mit à arpenter la pièce, les mains serrées sur sa poitrine.

— Il me tenait à cœur de lever un éventuel malentendu à propos du comte de Valvert, articula-t-elle lentement.

La température dans la pièce chuta de dix degrés. Le moine se raidit.

— Valvert vous a invitée à souper un an après la mort de votre mari, a tenté de vous charmer puis, devant votre refus, vous a violée.

La colère voilait à peine la voix du moine.

— Oui, murmura-t-elle en clignant des paupières. Mais il avait beaucoup bu pendant le repas et peut-être n'ai-je pas observé au cours du souper le comportement adéquat. J'ai certainement laissé transparaître des choses qu'il a mal interprétées.

Le moine soupira doucement.

— Je suis désespéré de voir que, trop souvent, la victime cherche à trouver des excuses à son bourreau, voire à rejeter sur elle-même une partie de la faute. Il vous a violée et vous n'avez rien dit, rien fait ?

— Que voulez que je fisse ? s'écria-t-elle. Qui m'eût cru ? Qui l'eût condamné ? Et puis, il est venu s'excuser…

— Il est venu s'excuser ! s'exclama le moine.

— Oui. Depuis, il est gêné par ma présence et me fuit.

Delphine se pencha vivement en avant et sa main recouvrit la sienne, la serrant avec force.

— J'ai trente-sept ans et, depuis ce jour, je vous jure qu'aucun homme ne m'a plus jamais touchée!

— Et que faites-vous en cet instant? observa tranquillement le moine en examinant sa main sur la sienne.

— Ce n'est pas pareil. Vous, vous me touchez…

Le moine hocha gravement la tête. Delphine dégagea sa main.

— Ne tentez pas de le tuer pour moi!

— J'ai, madame, dit le moine avec une lenteur étudiée, la plus grande passion de vous plaire. Je me vois pourtant dans l'impossibilité de vous promettre ce que je ne serais certain de pouvoir tenir le moment venu.

Masquant sa contrariété, elle insista avec plus de force.

— N'êtes-vous pas désireux de me prouver la qualité de votre amitié en suivant mon conseil? – Elle le regarda tristement. – Si, bien entendu, vous oubliez la suspecte pour ne plus songer qu'à l'amie…

Il se tourna vers Delphine pour jauger sa sincérité.

— N'en doutez pas et soyez remerciée de votre sollicitude à mon égard. Je suis fort aise d'ajouter ce sentiment de reconnaissance à ceux que j'éprouve déjà pour vous.

Un long silence. Mme de Marcillac se rassit délicatement. Du regard, elle l'invita à venir s'asseoir près d'elle. Le moine la rejoignit sur la bergère et reprit la parole d'un ton inquiet.

— Je remettrai à plus tard la manifestation de marques plus vives de mon attachement à votre personne.

— Vous êtes bien cérémonieux aujourd'hui!

— C'est que l'heure est grave et il me faut avancer dans mon enquête avant qu'on ne me la retire. Ce qui signifierait, notez-le bien, sa prise en main par des gens infiniment plus brutaux et moins subtils que mon fils et moi!

Delphine sourit avec indulgence.

— Cette longue introduction ne me dit rien qui vaille. *Chat qui tourne autour du pot a toujours une idée en tête!*

Le moine secoua la tête.

— *Chat échaudé craint surtout l'eau froide.* Le sujet du jour n'est plus Valvert. Après ce second meurtre, hier, Sartine est à cul et à diable. Le roi et la Pompadour exigent du nouveau.

Leur autorité étant remise en question, les puissants ont soif de châtiments. Il leur faut un coupable aujourd'hui! Mon fils et moi ne pourrons les contenir très longtemps.

— Mais on a découvert le corps de Flore il y a seulement quelques jours!

— C'est ainsi, Delphine. Je me suis interposé jusqu'ici entre vous et le commissaire aux morts étranges et Sartine. Mais, même si je les contiens jusqu'à présent, les soupçons vont se tourner rapidement vers vous. La mort de votre mari, votre relation particulière avec la victime et votre position même dans l'ordre social. Ni le roi, ni la Pompadour ne voient d'un très bon œil leurs courtisans marcher à quatre pattes aux pieds de vos filles… Ils n'autorisent la marche courbée que devant eux!

Elle l'interrogea du regard et il la rassura :

— Je n'ai pas parlé à mon fils de votre liaison avec la victime mais tout le monde ne vous est pas forcément aussi loyal que moi…

— Fanny me sera loyale, répondit-elle très vite.

Et, après un instant d'hésitation, Delphine ajouta :

— Victoire aussi.

Le moine secoua la tête avec accablement.

— Et Odeline? Votre valet? Êtes-vous certaine qu'ils n'aient rien remarqué? Et les mouches du roi qui notent les allées et venues de vos pensionnaires? Quant à Fanny et Victoire, je ne doute pas de leur attachement passionné à votre personne mais, face à la menace de la Question, comment réagiraient-elles?

— On en est donc déjà là? demanda Delphine consternée.

— Pas encore mais les choses peuvent se précipiter d'un moment à l'autre.

— Qu'attendez-vous de moi?

— La vérité, la pressa le moine. Ôtez votre masque et révélez-vous à moi avec votre vrai visage!

Il avait tout fait jusqu'à présent pour arriver à cet état de tension et entendait bien le porter à son paroxysme.

Delphine se releva vivement, s'appuyant au passage sur l'épaule du moine comme pour retrouver l'équilibre. Le moine cligna fugitivement des paupières. D'un pas hésitant, elle alla jusqu'à la fenêtre, s'absorbant dans la contemplation de son jardin. Il n'était ni droit, ni rigoureux et la nature s'y développait dans un joyeux désordre. Une visite de celui-ci relevait plus de l'errance poétique que de la promenade.

— Que voulez-vous savoir? demanda-t-elle lentement. – Si elle se sentait acculée, elle n'en montrait rien. – Je n'ai tué ni mon mari, ni Flore…

Le moine ferma un instant les yeux. Il lui en coûtait d'en arriver là.

— Qui était votre favorite avant l'arrivée de Mlle Vologne de Bénier? Fanny? Victoire?

— Fanny, répondit sans hésitation Delphine.

— Avez-vous eu une aventure avec elle?

— Oui.

Le moine approuva gravement.

— C'est bien ce que je pensais.

— Pardon?

— Je l'ai observée, elle et puis vous. Sous des aspects futiles, Fanny est extrêmement habile. Pas seulement pour enflammer les sens mais aussi pour détourner l'attention. C'est elle qui a imaginé de porter mes soupçons sur Victoire pour le billet. Elle a été votre première pensionnaire, votre amante, elle a pu ressentir de la jalousie à l'arrivée de Flore…

La colère déforma un instant les traits gracieux du visage de Delphine.

— Si ce n'est moi, c'est donc Fanny! Il vous faut absolument quelqu'un de ma maison pour expier ce crime? Punissons les putains qui mettent à genoux les hommes!

Le moine pâlit.

— Vous savez bien que je ne raisonne pas comme cela. Mais si vous vous portez garante de Fanny, le pouvez-vous pour tous vos soumis dont vous avez obstinément refusé de me donner les noms?

Delphine retrouva aussitôt son calme et la maîtrise bien ordonnée de soi.

— Allons, fit-elle, je sais bien que vous les avez eus de Sartine. Mais au moins, ils ne sortiront pas de ma bouche.

Le moine secoua la tête.

— Vous vous trompez. M. de Sartine n'a pas jugé bon de nous livrer ces noms. Trop de gens en vue. Il nous a simplement assuré qu'aucun d'eux n'était soupçonnable.

Mme de Marcillac frissonna.

— Il a raison. Et je ne puis vous donner ces noms. Trop de personnages importants. On me tuerait si je les divulguais…

Le moine dissimula sa déception. Delphine ne lâchait rien. Ni ses clients, ni ses filles. Il lui fallait rebondir, trouver un autre plan.

Il se rapprocha encore d'elle et lui parla tout bas avec toute la persuasion dont il était capable.

— Nous allons lancer un hameçon pour trouver le coupable. J'hésite entre Fanny et Victoire… Le regard de Victoire est capable de vous mettre à terre mais Fanny… Ah ! – La trace d'une admiration vibra dans sa voix. – Elle est éveillée comme une potée de souris, celle-là !

Une ombre indécise passa sur le visage de Delphine.

— Tout dépend du poisson que vous voulez tirer de l'eau…

— Waldenberg !

— Oh, le peintre… fit pensivement Delphine.

— C'est notre suspect préféré et certains éléments nous font penser qu'il a développé une obsession particulière pour les pieds de la gent féminine, et notamment ceux de Mlle Vologne de Bénier.

Il lui narra leurs découvertes dans l'atelier du peintre, l'entrevue avec son ancien modèle et avec les prostituées.

— Aussi… – Il pointa un doigt solennel en l'air. – Je vous demande en toute franchise de me révéler s'il s'agit d'un de vos clients !

Delphine sembla peser le pour et le contre. Manifestement, les révélations du moine l'avaient perturbée.

— Waldenberg est venu à ma maison, dit-elle d'un ton neutre, il y a un mois de cela. Il a demandé à être dressé et instruit de nos pratiques. Je lui ai refusé l'entrée.

Le moine caressa longuement sa barbe. Voilà qui expliquait pourquoi il ne figurait pas sur la liste des habitués de la maison en la possession de Sartine.

— Pourquoi cette interdiction ?

— Je me suis trouvée face à un grave dilemme. Je savais que Flore posait pour lui et qu'elle ne lui avait pas révélé son activité chez moi. L'avait-il découverte ou bien venait-il là simplement par goût du supplice, attrait de la nouveauté? J'ai préféré protéger Flore d'une éventuelle rencontre dans cette maison.

— Vous lui en avez parlé?

— Oui et elle m'a semblé sincèrement très surprise.

— Cela a-t-il changé ses relations avec le peintre?

— Je ne saurais vous le dire. Elle ne me parlait jamais de Waldenberg.

— Cela a dû accentuer l'emprise qu'elle exerçait sur lui, murmura le moine. C'est sans doute à partir de là qu'elle l'a soumis à tous ses caprices comme on me l'a dit… Et cela a pu mal finir… Vous auriez dû m'en parler. Tout ceci est très fâcheux.

Delphine de Marcillac retrouva son assurance habituelle.

— Comme je vous l'ai dit, toute personne qui pousse un jour la porte de ma maison a droit à une discrétion totale même si je le renvoie.

Qui plus est, pensa le moine, la survie de cette maison si particulière ne tient que par le respect des secrets qu'elle contient. Une seule fuite et, entre la perte de sa petite maîtresse et la mort sociale que représenteraient les ragots de la cour, le choix serait vite fait.

— Waldenberg s'est trouvé, intellectuellement au moins, dominé par Mlle Vologne de Bénier. Il s'est fabriqué sa propre soumission auprès d'elle mais sans vos règles et vos contrats. Sans limite… Et, comme je vous l'ai déjà dit : il arrive même au plus docile des chiens de mordre. Qui plus est si vous ne l'avez pas dressé à ne pas le faire!

Il se mordit les lèvres. Il lui peinait de parler ainsi de ses semblables à deux pattes.

— Et M. de La Martinière, en était-il?

— Oh, non! fit Delphine, malgré elle choquée par cette possibilité.

La Martinière, un homme intègre et se prêtant peu au jeu des intrigues… Mais si le premier chirurgien du roi n'avait pas poussé la porte de la maison, cela ne signifiait pas pour autant qu'il soit innocent de la mort de Mlle Vologne de Bénier. De toute évidence, la jeune fille avait, d'une façon ou d'une autre, touché l'homme. Et le moine savait que les anciens militaires possédaient une main sûre et le cœur bien accroché. Une main qui n'aurait pas tremblé au moment opportun. À propos de cœur, ne serait-ce pas une idée de chirurgien que de le déposer dans la main de sa victime?

Le moine se hissa péniblement sur ses pieds, portant machinalement la main à son dos qui le faisait souffrir. Il avait par moments l'impression qu'un fiacre lui était passé dessus. Il s'écarta afin de mettre quelque distance entre lui et Delphine pour retrouver une entière liberté de penser et expliquer brièvement son plan. Un plan qui reposait sur l'hypothèse de l'innocence de Delphine et de Fanny dans la mort de Flore.

Chacune des deux jeunes filles, Fanny et Victoire, rencontrerait et amadouerait les deux suspects afin de les inviter à une promenade dans les jardins le soir. Delphine secoua la tête.

— Trop dangereux.

— Je serai présent avec mon fils pour chacun des rendez-vous.

Delphine manifesta ses réticences.

— La ficelle me paraît un peu grosse. Avec ces meurtres et la garde renforcée dans les jardins, ce serait très téméraire. Et puis, la provocation se sentira à dix lieues à la ronde.

Le moine s'agaça car, lui aussi, voyait les difficultés de son plan.

— Vous aurez remarqué que, pour éventrer une jeune fille et lui déposer son cœur dans la main, il faut, un tant soit peu, être déséquilibré. Si l'un de ces hommes est l'assassin, son raisonnement est faussé par une forme de folie, au moins temporaire. Une impulsion qui se déclenche subitement et le prive de tout sens commun, faisant exploser ses normes sociales habituelles.

Et si ce n'est le cas, je garde Fanny et Victoire sous la main...

Volnay dissimula sa surprise derrière son masque imperturbable. Une fois remis de son émotion, Sartine s'adressa avec respect au premier chirurgien du roi.

— Puis-je me permettre de vous demander de formuler de nouveau votre avis quant au résultat de cette autopsie?

La Martinière dit d'un ton définitif :

— Je suis formel. Il s'agit de viscères d'animaux.

Sartine ferma un instant les yeux puis se tourna d'un bloc vers le moine.

— Vous ne pouviez pas vous en rendre compte tout de suite ?

Le moine baissa la tête d'un air penaud.

— C'est que je n'ai pas eu le loisir d'analyser ces restes, simplement de les observer répandus dans le Labyrinthe et j'avoue que tout cela était si dégoûtant que je me suis gardé de les toucher moi-même !

Le lieutenant général de police lui jeta un regard suspicieux.

— Vous êtes… – il chercha ses mots –… déconcertant !

— Atypique serait un mot plus juste !

Le moine se redressa de toute sa grande taille et soutint calmement le regard de Sartine. Mal à l'aise, celui-ci finit par se détourner. Les quatre hommes restèrent un instant silencieux devant cette évidence : l'éventreur qui sévissait dans les jardins de Versailles narguait aujourd'hui la cour sous les fenêtres mêmes du roi !

Sartine se tourna vers Volnay.

— J'ai à vous parler en privé, fit-il sèchement.

Ainsi congédiés, le premier chirurgien et le moine quittèrent la pièce, fort mécontents.

Une fois la porte refermée derrière eux, Sartine laissa libre cours à son courroux.

— Votre père, le moine, en fait toujours à sa guise. Il délaisse son enquête et perd son temps chez Mme de Marcillac. Il épuise ma bonne volonté et la patience du roi. Sans la considération de celui-ci envers vous et le souvenir de votre geste lors de l'attentat de Damiens, il serait déjà à la Bastille. Mais ces égards que le roi vous manifeste ne vont pas durer éternellement. Il serait donc sage d'éloigner votre père de Versailles. Pourquoi n'irait-il pas prendre les eaux…

Volnay se raidit.

— Mon père mérite-t-il qu'on le traite de la sorte ?

— Je ne parle que de lui faire prendre les eaux !

— Il n'a pas de rhumatismes ! Et il a à plusieurs reprises défendu l'éclat de votre nom en m'aidant à résoudre de pénibles enquêtes !

Le lieutenant général de police ne répondit pas. Il sortit d'une poche une jolie tabatière et donna une légère tape sur le couvercle. Entre deux doigts, il se saisit d'un peu de poudre de tabac qu'il déposa entre deux phalanges de sa main gauche avant d'inhaler.

— Laissez-moi un jour ou deux, reprit Volnay. Je prétends lui faire entendre raison.

— Faites vite, souffla Sartine avant d'éternuer.

Volnay et son père dirigèrent leurs pas vers le grand parc, du côté de Trianon pour y converser plus tranquillement. Dans celui-ci, loin des tailles et des coupes, la nature reprenait quelque peu ses droits. Le bois mort craquait sous les pieds et l'on entendait le bruissement d'une vie encore sauvage.

— Que te voulait Sartine? demanda le moine avec détachement.

— Il trouve que tu délaisses ton enquête et voulait t'envoyer prendre les eaux.

— Les eaux? – Le moine s'étrangla. – Dieu merci, je suis économe de mon mépris avec les grands nécessiteux comme Sartine!

Ils s'éloignèrent encore, loin des regards et des oreilles indiscrètes.

— Tu m'as parlé de marques sur les statues dans le Labyrinthe, reprit le moine. Et, lors de notre dîner chez la Pompadour, Mme de Broteuil d'Orbesson a parlé d'un éventreur qui s'en prendrait à des pros… euh… à des jeunes filles.

— Cette dame est une sotte. Elle a l'intelligence d'une couenne de lard!

— Ce n'est pas très aimable pour le cochon. Néanmoins, dans sa sottise, elle a fait allusion à quelque chose d'intéressant. La perversité… Et la perversité dans le Labyrinthe s'exprime également à travers des fables. Car qu'est-ce que la morale, sinon la dangereuse déclinaison de préjugés? Un moyen de contrôle social et d'intériorisation d'une valeur présentée comme évidente ou comme une manne descendue du ciel?

— Hmm, fit Volnay qui n'avait pas compris grand-chose.

— Il y a sans doute à creuser!

Ils marchèrent en silence, s'enfonçant dans le parc. Autour d'eux, on entendait détaler les lapins.

— J'ai du mal à comprendre le pourquoi de ces viscères d'animaux dans notre enquête… dit soudain Volnay.

— Plaisanterie d'étudiants! fit le moine. C'est moi qui les ai mis!

Son fils s'arrêta et le considéra avec stupeur.

— Dis-moi que tu plaisantes? parvint-il à articuler au bout d'un moment.

— Pas le moins du monde. J'ai acheté les viscères de porc aux Halles de Notre-Dame, les morceaux avariés d'une monarchie gâtée…

— Pourquoi?

Une lueur de défi brilla dans les yeux du moine.

— La valetaille de Versailles n'avait pas encore eu assez peur!

Son fils sursauta.

— Tu vas nous faire pendre!

Le moine sourit dans sa barbe.

— Personne ne pourra remonter jusqu'à nous. J'ai été très discret tant pour les acheter que pour les entrer et les dissimuler dans les jardins avant de les répandre au soir.

Il rayonnait littéralement de fierté. Son fils, lui, ne partageait pas sa sérénité.

— Pourquoi fais-tu cela?

— Ça m'amuse! En fait, je ne me suis jamais autant amusé de ma vie que depuis que nous sommes ici. Et puis cet éventreur me déçoit. Il a frappé une fois, rien ne dit qu'il recommencera. Alors, voilà. J'entretiens un peu la tension!

— Tu es malade!

Le moine rit longuement tandis que son fils le considérait avec stupeur.

— C'est vrai mon fils, je suis un grand malade!

— Ce n'est pas un jeu! s'emporta son fils.

— Tu te trompes, la vie est un jeu. Le théâtre de la vie est une scène où nous nous donnons avec plus ou moins de sincérité et de mensonge. Et ces entrailles d'animaux m'ont permis de mettre un peu plus de pression sur l'assassin qui se croit désormais concurrencé. Cela va contribuer à le déstabiliser.

— Ou à se surpasser, remarqua Volnay d'un ton glacial.

— Dans ce cas, j'ai deux appâts à lui fournir…

Avant de mettre en pratique le plan improbable de son père, Volnay n'avait plus guère le choix que de mettre les bouchées doubles et prendre des raccourcis improbables. Aussi, à la fin de leur séance avec Sartine, avait-il demandé à La Martinière de le voir une heure plus tard.

Le commissaire aux morts étranges expliqua d'entrée de jeu au chirurgien qu'il avait connaissance d'un certain croquis au fusain de Mlle Vologne de Bénier et en demanda l'explication pour quelqu'un qu'il connaissait si peu. Le premier chirurgien du roi rougit puis entra dans une colère noire que Volnay laissa passer avec flegme. L'autre enfin se calma de lui-même et soupira.

— J'entends bien que vous ne faites que votre métier en fouillant et fouinant chez les gens mais… – il hésita – puis-je compter sur votre discrétion ?

— Elle vous est d'emblée acquise.

Volnay attendit patiemment de voir quel mensonge on allait lui servir. La Martinière se carra dans son fauteuil et, posant les mains sur l'accoudoir, croisa entre eux les doigts de ses mains.

— Mlle Vologne de Bénier n'était pas dépourvue de lignage mais la fortune de sa famille laissait à désirer. Ceci dit, elle avait bonne mine, de l'éducation et ce qui peut plaire en société : une figure agréable, des manières modestes, du maintien et de la conversation. Elle m'a semblé une personne estimable, un peu réservée mais pleine de charme et d'esprit. – Il se racla la gorge et son regard quitta un instant celui de Volnay. – Malheureusement, sa situation à Versailles restait précaire.

— Ne l'est-elle pas pour beaucoup ? ironisa Volnay. Combien de pauvres nobles de province ne sont-ils venus échouer aux portes du palais pour finalement s'en retourner chez eux, un peu plus désespérés ?

Le propos sembla rasséréner La Martinière qui recouvra son assurance coutumière.

— Lorsque l'on est un jeune modèle, cela n'est pas réellement un problème mais les années passent vite et la beauté se flétrit. Afin d'assurer sa situation, une alliance honorable s'imposait, lui ouvrant par ailleurs des perspectives en société. J'ai dessiné ce croquis de mémoire pour un neveu qui cherche femme. Il a de la fortune, des mœurs, ne recherche pas d'alliance financière mais une femme douce et aimante plutôt qu'une pie de cour ou une poule qui caquette !

La foudre sembla frapper l'esprit de Volnay. M. de La Martinière, premier chirurgien du roi et peut-être un des seuls hommes du royaume qui pouvait se permettre de parler au souverain avec une franchise brutale, envisageait de faire entrer Mlle Vologne de Bénier dans sa famille !

— Pourquoi ne nous avoir parlé de rien ?

La Martinière baissa la tête.

— Nous sommes à la cour, les rumeurs sans fondement vont si vite. Il me fallait ménager ma réputation…

Le commissaire aux morts étranges sortit, la tête emplie de sombres pensées.

Mme de Marcillac mais aussi La Martinière et Waldenberg… Flore Vologne de Bénier avait manœuvré au mieux pour se trouver trois protecteurs ! Lequel avait décidé de sa mise à mort ?

Les lèvres épaisses, la bouche saillante et le teint bistre, le maître d'armes considéra avec attention l'homme grand et maigre, en habit de gentilhomme, qui se dressait devant lui, l'air fatigué et perclus de rhumatismes. Le dos du moine lui faisait bien mal et de courir du palais à chez lui pour se changer avant de venir à la salle d'armes n'avait rien arrangé.

— Monsieur va bien ?

Le moine comprit que son triste état n'avait pas échappé à l'autre.

— J'ai fait une chute dans un escalier et récolté par la même occasion quelques contusions. Je m'en remettrai.

Il regarda autour de lui, regrettant un peu la salle d'armes de Paris mais la distance de Versailles à là-bas était vraiment trop importante.

— Monsieur exerce-t-il le noble art? demanda le maître d'armes.

— Oui mais moins depuis que je me suis retiré des affaires militaires…

— Pardon?

— J'ai été soldat, répondit laconiquement le moine.

— Oh, vous avez fait la guerre? Moi aussi, campagne de Pologne.

Et l'escrimeur se campa sur un pied, attendant que, par courtoisie, son nouveau client décline à son tour son cursus militaire.

— Mon dernier affrontement de conséquence remonte à la bataille de San Pietro, il y a vingt-cinq ans.

C'était la stricte vérité même si cela lui évitait de parler de quelques escarmouches ultérieures.

— Quel régiment?

Le moine eut un léger sourire.

— À vrai dire, je ne me battais pas dans les troupes françaises…

L'autre se raidit.

— Mais avec leurs alliés sardes, le rassura le moine. Infanterie piémontaise, bataillon Turin.

Le maître d'armes se détendit et l'observa avec curiosité. D'expérience, il savait que chacun avait un but secret en venant le voir. Il attendit donc que l'autre parle le premier. Pressé, le moine résuma très brièvement la situation.

— Je dois me préparer à un duel avec un homme habile, sans pitié et plus jeune que moi.

Après un passé commun aux armées, c'était un habile appel à la solidarité entre gens du même âge face à de plus jeunes générations, querelleuses et sans respect des manières. Et cela marcha.

— Puis-je connaître son nom? S'il n'est pas mon client mais que je connaisse sa technique, je me verrai en droit de l'analyser pour vous prodiguer quelques conseils. S'il est mon client, bien entendu, je ne pourrai rien vous en dire.

— Il s'agit du comte de Valvert.

Une lueur de compassion traversa le regard du maître d'armes.

— Oh, vous n'auriez pas pu choisir plus difficile…

— Ce n'est pas de mon fait!

— Vraiment?

Il réfléchit.

— Valvert n'est pas mon client…

De la manière dont il prononça son nom en oubliant le titre, il ne semblait pas lui inspirer un grand respect.

— Il possède beaucoup de technique et une grande expérience des salles mais aussi des combats. Toutefois, il est impatient et trop sûr de lui, ce qui l'amène parfois à se découvrir. Je vais vous montrer quelque chose qui peut vous sauver dans une situation désespérée…

Malgré son âge avancé, le maître d'armes était rapide et d'une dextérité hallucinante. Le moine lui demanda de répéter son mouvement. Il l'observa attentivement et se mit à reproduire la parade et la botte dans le vide.

— Monsieur l'a bien retenu, le complimenta le maître d'armes. Maintenant, nous allons la répéter car elle peut s'avérer très dangereuse. C'est toujours autre chose lorsque votre lame croise le fer plutôt que le vide! Et n'oubliez jamais de respecter votre adversaire en le craignant raisonnablement.

— Pour cela, faites-moi confiance!

La mouche se glissa dans les pas de l'Écureuil, adoptant un visage bonhomme et légèrement ahuri qui le rendrait invisible aux yeux de la plupart. Il suivit l'Écureuil jusqu'à un agréable café de la rue de la Paroisse. Là, l'Écureuil y retrouva un homme qu'avec stupéfaction la mouche reconnut, occupé à mâcher un clou de girofle : le peintre Waldenberg!

L'Écureuil se glissa sans bruit dans la salle et commanda son chocolat avec plus d'assurance que d'habitude. La jeune fille commençait à devenir une habituée des lieux et à se désinhiber. Elle réfléchit pour bien formuler sa pensée.

— Nous ne devrions pas nous voir. Je ne doute pas de la pureté de vos intentions mais je n'ai pas parlé à mon fiancé de nos promenades et cela n'est pas honnête de ma part.

L'autre cilla brièvement. Prononcée d'une traite, la phrase comportait une bonne et une mauvaise nouvelle. D'une part l'éventualité de la fin de leur relation avant qu'il n'ait pu accomplir ses desseins mais aussi la malignité de la jeune fille qui, en tenant leurs rencontres secrètes avec son promis, venait de mettre le doigt dans un engrenage dont sa naïveté ne permettrait pas de sortir facilement.

— Aussi, reprit l'Écureuil sans se rendre compte des pensées qui agitaient son interlocuteur, je souhaite mettre un terme à nos rencontres et nos promenades même si, dans mon esprit, elles n'ont jamais porté à ambiguïté.

— Dans le mien non plus, l'assura l'autre. Mais quel dommage, j'aurais tant aimé pouvoir vous peindre…

L'Écureuil se figea.

— Vous voudriez me peindre? Moi?

Elle n'en revenait pas qu'on songe seulement à reproduire sa personne sur une toile. Jamais encore, on ne lui avait donné autant d'importance. Sauf lorsque Volnay la serrait dans ses bras… Elle fronça les sourcils en pensant à lui.

— Acceptez au moins de passer à mon atelier, la pressa le peintre. Il se trouve dans le palais. J'aurai ainsi l'occasion de vous le faire visiter.

Waldenberg se garda de lui préciser que l'atelier se situait sous les combles et, qu'une fois expédiée la visite du salon de Mars au plafond représentant le terrible dieu de la guerre dans un char tiré par des loups, une fois admirée la cheminée entourée de tribunes de marbre sur lesquelles pouvaient jouer les violons du roi, il se hâterait de l'entraîner dans son antre d'où il chasserait ses deux plus jeunes modèles pour rester seul avec elle. Il venait de trouver la remplaçante de Flore.

— Non, dit finalement l'Écureuil.

Elle ne s'imaginait pas enfermée avec lui dans un atelier sans en avoir parlé à Volnay.

Le peintre plissa les yeux à la recherche d'une alternative.

— Je vois. J'ai une requête à vous présenter en souvenir de notre amitié. Je vous propose une dernière promenade dans les jardins de Versailles. J'irai à mon atelier chercher de quoi vous dessiner. Ensuite, je peindrai seul à partir de mon croquis. Lorsque le tableau sera achevé, vous pourrez l'offrir à votre fiancé.

Une proposition si généreuse leva tout doute dans l'esprit de l'Écureuil et l'idée du cadeau à Volnay balaya ses dernières réticences. On venait de lui offrir une merveilleuse porte de sortie. Elle pourrait avouer toutes ses cachotteries à Volnay et les tempérer un peu en mentant légèrement par l'objectif du cadeau. Et puis, son amoureux aurait un portrait d'elle… Son cœur battit plus vite.

— Tout de suite ?

— Oui.

— C'est que c'est bientôt midi et l'heure du dîner…

— Rassurez-vous, je dessine très rapidement. Finissez vite votre chocolat et profitons de cette belle lumière pour vous croquer de la tête aux pieds !

Et il prononça ces dernières paroles d'un air gourmand qu'elle ne remarqua point.

Au sortir de chez M. de La Martinière, Hélène attendait Volnay dans un corridor aux boiseries dorées, immobile et menaçante comme la statue du commandeur.

— Des nouvelles ?

Volnay lui raconta l'histoire du prétendu mariage arrangé du neveu de M. de La Martinière. Hélène eut une moue dubitative.

— Si ce n'est vrai, c'est bien trouvé !

Elle secoua doucement la tête et sa chevelure aux reflets roux sembla faire frissonner l'air autour d'elle.

— Je vérifierai bien entendu l'existence de ce neveu et son prétendu célibat. Mais, si cela se révèle exact, cela prouvera que Mlle Vologne de Bénier n'avait plus rien de la petite provinciale *montée* à Versailles.

Volnay approuva.

— Les gens changent…

Et la société est corruptrice… La jeune fille naïve de son journal s'était transformée de manière rapide et inattendue. La vie l'avait vite instruite…

Marquer du respect, user de louanges et de flatteries, se bâtir un personnage discret, modeste et réservé mais aimable… voici ce que l'on faisait généralement à la cour pour s'y trouver des appuis. Flore, elle, s'était appliquée à mettre de la hauteur et de la distance. Le résultat était qu'elle avait dû littéralement fasciner et envoûter ses trois protecteurs. Et de la protection au désir, on franchissait vite le pas…

— Chaque démarche est calculée à la cour, murmura-t-il. Mlle Vologne de Bénier en connaissait le prix. Elle a manipulé le peintre pour se faire présenter de riches clients. M. de La Martinière est anobli mais surtout il a l'oreille du roi. Avec son médecin, c'est l'homme qu'il voit le plus au monde. Et tout le monde sait qu'il l'apprécie et l'écoute. Quant à Delphine de Marcillac…

— Mme de Marcillac lui a fait cadeau d'un appartement. Je pense qu'elle s'était entichée de la petite.

— Vraiment ?

Il se demanda alors si son père lui avait tout révélé des relations entre Delphine et Flore.

— Mme de Marcillac aime-t-elle les femmes ? demanda-t-il brusquement.

Hélène tenta de comprendre le cheminement des pensées du policier pour en arriver à cette question et haussa un sourcil.

— D'après les rapports de Sartine, il semble que oui bien qu'elle soit extrêmement discrète. Jamais, on ne l'a vue avec un homme. – Elle jeta un regard narquois à Volnay. – Enfin, jusqu'à l'irruption de votre père…

Mon père ne m'en a jamais parlé. J'espère qu'il ne la protège pas…

— Hélène, dit-il d'un ton morose, je crains que l'on ne passe à côté de quelque chose. Il va falloir nous occuper nous-mêmes de Delphine et de ses filles.

Le barbier lui passa d'abord une éponge mouillée sur le visage, puis une éponge imbibée d'esprit-de-vin et enfin une serviette chaude. De là où il se trouvait, le moine pouvait observer l'entrée de l'hôtel particulier de Valvert.

La porte de la boutique s'ouvrit et le barbier le laissa une minute pour retourner dans l'antichambre de son commerce.

Le moine continua à surveiller le domicile du comte. Un intendant y entrait justement, suivi de deux domestiques, les bras chargés de victuailles, revenant sans doute des Halles de Notre-Dame.

Son attention totalement focalisée sur la scène, il crut au retour du barbier en entendant des pas derrière lui jusqu'à ce que la lame d'un rasoir se pose en travers de sa gorge. Il reconnut le parfum d'Hélène avant de lever les yeux sur elle.

— Je vous ai connu plus vigilant, fit-elle froidement. Voici déjà deux fois que je vous surprends! Cela ne serait pas arrivé auparavant… Lorsque je vous ai rencontré la première fois, vous étiez toujours en mouvement et sur le qui-vive…

— Comment m'avez-vous trouvé? demanda calmement le moine.

— Pas bien difficile, vous êtes tellement prévisible!

— Où est le barbier?

— Il est mort!

— Ah, ah!

La jeune femme haussa les épaules tout en maintenant sa pression contre son cou.

— Je lui ai fait peur! chuchota-t-elle tout contre son oreille.

— C'est vrai que vous êtes extrêmement effrayante quand vous le voulez, admit le moine, néanmoins quelques pièces ont dû aider sa fuite.

— Vous pensez bien mais pas assez à votre enquête, fit Hélène dans un souffle en lui passant lentement sa lame autour du cou.

Le sang ne jaillit pas car elle n'avait pas appuyé suffisamment.

— Vous comptez m'égorger tout de suite? – Le moine leva un peu plus le menton. – Allez-y!

Hélène se pencha sur lui, son visage effleurant sa joue.

— Vous tenez si peu à la vie que vous espionnez encore le comte de Valvert? siffla-t-elle en colère.

— Je suis au barbier, répondit le moine tout à fait détendu.

— On dit *chez* le barbier!

— Mouiii…

Elle secoua la tête avec impatience.

— Cessez de vous jouer de moi. Une fois bastonné par les laquais de Valvert, vous avez couru devant son hôtel puis aujourd'hui à une salle d'armes. Et je vous retrouve chez le barbier à faire le guet!

— Pour la salle d'armes, j'en avais déjà une à Paris.

— Vous y êtes allé prendre de l'exercice parce que ma présence vous dérangeait.

— Pas du tout.

— Mais si!

— Mais pas du tout!

Cela suffit à porter à son comble l'exaspération d'Hélène.

— Croyez-vous que ce soit le meilleur moment pour apprendre à jouer de l'épée?

— Je suis déjà un excellent escrimeur, vous devez le savoir.

— Vous l'étiez dans votre jeunesse.

— Même après! Et je vais m'y remettre!

Un instant, Hélène parut décontenancée et un peu inquiète.

— Valvert vous tuera si vous décidez de l'affronter. Ou bien il vous fera assassiner pour ne pas se salir les mains.

— Qu'il y vienne!

— Il a déjà tué des hommes en duel.

— Moi aussi.

Hélène posa le rasoir avec lenteur et se retourna vers lui.

— Mais vous, vous n'en gardez pas un bon souvenir, n'est-ce pas?

— Effectivement.

— C'est ce qui vous distingue de Valvert, dit-elle avec douceur.

Le moine se tourna vivement vers elle.

— Avez-vous couché avec lui?

Elle soupira, agacée.

— Contrairement à ce que vous semblez penser, je n'ai pas couché avec la terre entière. Seulement avec des gens utiles.

Le moine eut un sourire sarcastique. Hélène comprit sa bévue.

— Je ne pensais pas à vous.

— Trop aimable! J'aime à penser que j'ai été votre coup de cœur, dénué de toute pensée de manipulation.

Hélène ferma un instant les yeux.

— Je puis vous l'assurer.

Le moine sourit de nouveau.

— Charmante menteuse mais merci quand même de vouloir me laisser un bon souvenir!

Hélène l'observa, guettant un signe, recherchant une seconde de complicité dans un mouvement ou un regard commun. Mais le moine avait dépassé définitivement son rôle de victime pour retrouver le domaine dans lequel il excellait : la ruse.

— Je ne vous comprends plus, avoua-t-elle.

— C'est normal, vous ne m'avez jamais compris!

Elle lâcha son rasoir et tourna les talons sans un mot. Le moine la rappela.

— Oh, Hélène? J'ai peur que l'homme de l'art n'ose revenir. Pourriez-vous me parfumer la barbe?

Volnay décida de rentrer rue des Deux-Portes. Peut-être, si l'Écureuil n'était pas encore sortie, ou bien rentrée, retrouverait-il la mouche. Il lui hâtait de recevoir un premier compte rendu sur les allées et venues de l'Écureuil en son absence.

Ses pensées agitées le ramenèrent à son père dont il récapitula toutes les incartades : passer son temps chez les filles, s'enticher de Delphine de Marcillac et de cette Fanny, vouloir s'en prendre au comte de Valvert, semer des entrailles d'animaux dans les jardins de Versailles pour simuler un crime…

Jamais encore, il n'avait vu la puérilité de son père se déchaîner à ce point. Et tout cela en territoire hostile!

Où s'arrêterait-il? Était-il encore capable de pire? Probablement… Une fois lancé, son père ne connaissait plus de limite.

Quant à l'Écureuil… Qu'avait-il à découvrir? Il lui tardait de voir sa mouche.

Il ne trouva personne chez lui à l'exception de sa pie dont il ne réussit pas à tirer un mot. Depuis son retour de Venise, l'oiseau le boudait. Volnay rongea son frein en silence. L'Écureuil aurait dû être là pour le dîner de treize heures. Cela ne lui ressemblait pas. Il commença alors à s'inquiéter.

Rue des Réservoirs, le moine avisa la boutique d'un tailleur qui lui semblait de bonne facture. Peut-être que Valvert s'y fournissait. Il en poussa la porte. Des rouleaux d'étoffes de soie, de satin et de velours s'étalaient sur un comptoir. Des fils d'or et d'argent les parsemaient ainsi que des flots de dentelles. Un léger parfum féminin imprégnait la pièce. La main ferme, l'artisan travaillait à coudre des baleines sur un tissu solide.

— Ah, maître tailleur! s'exclama le moine avec bonne humeur. Est-ce vous qui fournissez le comte de Valvert?

— Vous êtes de ses amis? demanda l'autre avec prudence.

— Pas vraiment. Plutôt de ses connaissances. Et comme il est bien habillé, j'en déduis qu'il dispose d'un bon tailleur!

— C'est que je ne fais plus crédit, énonça prudemment l'autre.

Il ne semblait pas éprouver une grande confiance en la capacité des amis du comte à s'acquitter de leurs dettes.

— Oh, je vois, comprit le moine. Plus on est riche et moins on paye ses fournisseurs! Ce sont ceux qui ont le plus d'argent qui sont les plus pingres!

L'autre approuva et s'enhardit devant le sourire sympathique du moine.

— Vous savez ce que l'on dit des gens du palais?

Car un lion me sortirait plutôt du cul
Que de leur bourse un seul écu!

Ils rirent ensemble.

— Oui, reconnut le moine, il est de notoriété publique qu'il n'y a pire client que la cour de Versailles. Le roi lui-même n'est pas bon payeur et l'on dit qu'il doit dix mois de gages à ses serviteurs. Mais alors pourquoi travailler pour eux?

Le tailleur haussa les épaules.

— Il y en a bien qui payent ou finissent par payer. Et puis, le prestige de la clientèle… Après cela, tous les bourgeois veulent devenir nos clients…

— Le comte de Valvert vous a-t-il récemment commandé un habit? Doit-il venir l'essayer?

— C'est moi qui les porte chez lui à l'essayage. Mais non, pas pour l'instant.

— Ah dommage, fit le moine en quittant la boutique.

Il se serait bien vu surprendre Valvert la culotte sur les chevilles. Il retourna sous un porche, notant les allées et venues du petit personnel de l'hôtel, s'efforçant de découvrir les habitudes de chacun pour comprendre comment s'introduire dans la place. Une petite porte retint son attention pour ses plans car elle semblait aboutir aux communs et, une fois, une petite servante oublia de la refermer à clé.

Valvert ferma les yeux et porta son masque sur sa bouche et son nez. Un nuage de poudre emplit son cabinet de toilette. Lorsqu'il rouvrit les yeux, celui-ci se dissipait lentement, laissant son visage blanc comme neige. Il contempla son reflet dans sa glace. Un homme grand et bien fait, pas une once de graisse superflue, un visage aux traits agréables et des yeux fixes et froids. Pas une once de sentiment. Après avoir fait l'amour avec lui, une femme lui avait dit regretter de s'être accouplée avec un cadavre. Il ne l'avait pas frappée car elle se trouvait être la première dame d'une princesse de sang mais il s'était ensuite appliqué à lui nuire en toute occasion.

Valvert bâilla paresseusement. Il avait passé la nuit à jouer au pharaon pour finalement perdre gros. Sur la nappe de velours de soie, le banquier avait étalé systématiquement les cartes les plus fortes. Il s'en était vengé sur une fille de joie aux jambes trop grosses mais qu'il avait suffisamment vite écartées pour ne plus s'en soucier ensuite.

Le comte passa à son cabinet de travail. Tout était prévu pour impressionner le visiteur, des tabourets d'argent massif ou des vases d'albâtre à bordures de bronze aux tentures et tapisseries précieuses. C'est ici qu'il aimait recevoir des quémandeurs. Des petits nobles sans le sou, avides de protection et d'appuis, qui sollicitaient son intervention auprès du roi ou d'un ministre pour le bénéfice d'une pension ou d'un brevet.

Il recevait dans un silence glacé ceux qui ne pouvaient rien lui apporter en retour, jouissant de leur déroute qui le renforçait dans un sentiment de supériorité qu'il n'attribuait pas à sa naissance mais à ses seules qualités personnelles.

Quant aux autres, il s'y trouvait toujours quelques jeunes filles qu'il lui plaisait d'attirer dans ses filets. Plus elles étaient fraîches et mieux il s'en trouvait.

— Quel est ce fripon habillé comme un gentilhomme qui observe mon hôtel de la rue? demanda Valvert en soulevant un pan de rideau. – Il plissa les yeux. – C'est étrange, cette allure me dit quelque chose… Je n'arrive pas à me rappeler. – Il appuya son front contre la fenêtre. – Oui, décidément… – Il se retourna vers son valet. – J'ai remarqué à Paris que lorsqu'on jette un chien dans l'eau, les ponts se couvrent aussitôt de monde. Allez dans la rue près de cet homme et levez la tête en l'air en fixant obstinément un point précis. Restez ainsi assez longtemps pour que des badauds intrigués fassent de même. Le peuple a ceci de particulier qu'il n'est jamais indifférent et s'intéresse toujours à ce qui intrigue les autres. Quand tout le monde aura le nez en l'air, par réflexe il fera de même et je le verrai.

Le peintre laissa l'Écureuil près du bosquet de la Reine. Il avait en tête de l'entraîner ensuite dans un endroit discret orné d'un temple rustique, à l'abri des regards. Il fit une dernière tentative.

— Je cours à l'atelier chercher de quoi dessiner. Voulez-vous m'y accompagner?

Elle secoua la tête. Le peintre masqua sa contrariété. Cela aurait été plus simple à l'intérieur.

— Attendez-moi là, commanda-t-il avant de s'éloigner.

L'Écureuil se retourna. Un ciel changeant se mirait dans la pièce d'eau des Suisses. Il lui plaisait de se retrouver seule dans ces magnifiques jardins. Sa timidité s'était en partie envolée. Les bosquets d'ifs sculptés la tentaient plus que l'Orangerie royale. Elle croisa dans une allée deux femmes qui portaient de petits chiots couinant dans des corbeilles décorées de fleurs et jugea cela parfaitement ridicule.

Ses pas la conduisirent dans un théâtre de verdure aux gradins de gazon, décoré de coquillages des lointaines côtes d'Afrique. De hauts treillages encadraient ce bosquet, ou cette salle de bal, un endroit hors du temps. Des vases en plomb et des torchères dorées contribuaient à la magie des lieux. Lors des grandes eaux, des cascatelles aménagées devaient permettre à l'eau de ruisseler pour rafraîchir l'atmosphère. Pour l'instant, le lieu était désert et silencieux en dehors du chant des oiseaux.

D'un pas menu, l'Écureuil gagna la scène de marbre sur laquelle bien des chaussures devaient s'être usées au son des violons et des intrigues amoureuses nouées et dénouées. L'endroit semblait encore chargé de la vibration des instruments à cordes et des voix joyeuses d'antan.

Soudain, comme à l'avancée d'un prédateur, les oiseaux se turent. Elle eut l'impression d'être observée et se retourna.

Un homme se tenait à l'entrée du bosquet et la regardait fixement. Il portait un habit de velours bleu doublé de satin blanc aux boutons de diamants sur une veste d'étoffe d'or. Des diamants étincelaient aussi aux boucles de ses souliers.

Il était plutôt grand et d'un maintien digne, portait le menton haut mais arborait un air qu'elle connaissait bien et qui fleurait bon la canaille. Il émanait de toute sa personne un mélange de grandeur blessée, de vice et d'amertume sourde. Mais, à la vue de la jeune fille aux taches de rousseur, l'œil morne d'une âme éteinte venait de s'éclairer d'une nouvelle flamme.

Dans un éclair, l'Écureuil comprit soudain à qui elle avait affaire. C'était le roi !

IX

LA SALLE DE BAL

On ira voir la salle du bal,
on en fera le tour...

L'Écureuil sentit ses joues s'enflammer sous le regard royal. D'un œil avide, le roi parcourut les formes menues de la jeune fille. Celle-ci rougit encore plus violemment sous cet examen minutieux.

— Quelle charmante enfant vous faites ! s'exclama le monarque en inclinant légèrement la tête de côté comme pour mieux admirer les courbes de son corps. – Il secoua la tête, comme étonné de sa chance. – Quel bel endroit pour nous rencontrer que le bosquet des Rocailles, murmura-t-il. Mon ancêtre l'a conçu pour y donner des bals, des comédies et des réceptions... Moi, je ne fais pas le quart de ce qu'il accomplissait.

Il hésita et un voile passa devant ses yeux avant qu'il n'ajoute de sa voix rauque :

— C'est un lourd héritage, savez-vous ?

Paralysée, l'Écureuil ne répondit point. Le roi devait être habitué à susciter la timidité car il continua son monologue sans marquer de contrariété.

— Trop de choses, vous comprenez ? J'essaye doucement de changer la vie ici. Tout le monde est tellement attaché à l'étiquette... Mais c'est ainsi qu'on les tient en laisse comme de petits chiens...

Il avait parlé d'un ton léger mais l'Écureuil en frissonna de la tête aux pieds.

— Les belles dames dansaient ici avec bonheur, reprit-il comme si de rien n'était. Bien entendu, nous n'avons pas de musique mais il est tout à fait possible d'imaginer une sourdine de flûtes, de harpes et de violons comme à l'un de mes petits soupers. Voulez-vous danser avec moi ?

Ce n'était pas vraiment une proposition car, d'autorité, le roi saisit sa main pour l'entraîner au centre de l'arène. Il esquissa avec elle un pas de danse. L'Écureuil se troubla, voulut s'enfuir mais le roi l'en empêcha en la serrant à la taille.

— Eh bien, mon enfant, ne soyez point timide. Je ne vais pas vous manger toute crue même si votre seule vue aiguise l'appétit !

Il rit à sa plaisanterie mais pas l'Écureuil. Cela sembla le contrarier. Et ce fut comme s'il remarquait enfin qu'elle n'avait pas encore prononcé un seul mot. Il s'en inquiéta.

— Êtes-vous timide, étrangère ou bien avez-vous perdu votre langue ?

— Sire… balbutia-t-elle, je ne suis pas de la cour…

Il éclata de rire.

— Ah quelle fraîcheur ! Je l'avais bien deviné, figurez-vous ! Mais ce n'est pas grave. – Il lui baisa les mains. – Vous appartenez à la cour de mon cœur.

Et enchanté de sa réplique, il l'entraîna malgré ses protestations dans les escaliers qui menaient au-dessus des cascades, permettant aux spectateurs d'y admirer les eaux d'une autre perspective.

— Savez-vous comment mon arrière-grand-père a conçu ses jardins ? fit-il. Comme un piège !

L'Écureuil n'en doutait plus. Le roi avait choisi son terrain de chasse en connaisseur, loin des allées fréquentées. En haut, ils se retrouvèrent sur des chaises, protégés en partie d'éventuels regards indiscrets.

De ses yeux avides, il la dévisagea et elle baissa les yeux.

— Avez-vous un nom ? murmura-t-il sourdement.

Elle n'eut pas la présence d'esprit de se trouver un nom d'emprunt mais ne divulgua pas pour autant le sien.

— On m'appelle l'Écureuil, répondit-elle timidement.

— C'est charmant, se pâma-t-il, charmant !

En même temps, cela faisait terriblement putain. Le roi avait l'habitude des femmes de mauvaise vie et de leurs surnoms. La jeune enfant aux cheveux roux et au visage parsemé de taches de rousseur venait assurément du peuple mais sans doute d'une classe moyenne de la bourgeoisie. Des gens sans voix au chapitre. Il avait suffisamment acheté d'enfants à leurs parents par l'intermédiaire de son valet Lebel pour savoir qu'aucune de ses envies ne pouvait rester inassouvie.

Le roi la pressa. Les bosquets épais avaient été imaginés par Louis XIV pour trousser les jeunes filles. On n'entrait pas dans un de ces endroits en compagnie d'un homme sans deviner ce qui trottait dans sa tête. Derrière les murailles de verdure et les hautes haies de charmilles, on pouvait besogner sans vergogne.

Louis n'est pas romantique. Les femmes sont pour lui des objets pour nourrir rapidement ses plaisirs. Nulle passion ne l'enflamme sinon celle de la nouveauté, vite consommée et consumée. Un coup de reins et tout est terminé. Son appétit de la chair féminine en fait un ogre auquel il ne fait pas bon résister.

Les rois n'ayant pas l'habitude de perdre leur temps en préliminaires, l'Écureuil se retrouva avec une main royale farfouillant à travers les couches de ses jupons. Plus d'une fois, dans son ancienne profession, la jeune fille s'était retrouvée troussée à la va-vite sous un porche ou dans un escalier. Elle comprit immédiatement où le roi voulait en venir et commença à s'affoler. Comment résister à l'autorité royale ?

Le moine s'était moqué devant elle de la propension du roi à monter les femmes comme des chevaux et à ne s'en servir qu'une fois. Elle ne l'avait qu'à moitié cru mais se rendait désormais compte qu'il se trouvait seulement à mi-chemin de la vérité.

L'Écureuil luttait pour trouver une échappatoire. Tout à coup, elle eut la présence d'esprit salutaire.

— Sire, je ne suis plus vierge et pas certaine d'être saine…

Le roi s'écarta brutalement d'elle. Il avait une peur terrible de la maladie et de la mort.

— Comment cela ?

— Je me suis donnée pour la première fois, la semaine dernière, à un jeune homme dont j'ai appris depuis qu'il avait contracté une maladie que je ne saurais nommer.

Le roi pâlit. Très contrarié de réfréner son désir, il réfléchit quelques secondes avant de trouver la solution.

— Je vous enverrai mon valet, Lebel, pour vous essayer ! Rassurez-vous, si dans trois semaines, il n'attrape pas de boutons, je vous ferai venir au château ou bien dans ma maison du Parc-aux-Cerfs à Versailles.

Le roi sentit son pouls s'accélérer. Déjà ses pensées l'amenaient vers un certain carnet tenu par Lebel dans lequel il classait les femmes par date et par saveur de plaisir.

— Dites-moi où vous demeurez et je vous ferai parvenir un message et quelques présents.

Cette fois, l'Écureuil retrouva suffisamment de présence d'esprit pour donner une adresse dans une rue du quartier Saint-Louis, loin de chez elle, où elle s'était promenée pour des emplettes.

Le roi ferma les yeux une seconde afin de mémoriser l'adresse puis la salua avec galanterie et la laissa.

L'Écureuil resta seule. À pas lents, comme une somnambule, elle redescendit l'escalier pour aller s'asseoir sur un des gradins engazonnés.

Elle venait d'échapper à une bucolique et royale passe en plein milieu de ces merveilleux jardins de Versailles. Son monde s'écroulait. Son passé la rattrapait. Elle pleura sans retenue.

La mouche accourut chez Volnay aussi vite que le lui permettaient ses petites jambes. En chemin, il croisa le jeune homme fort énervé revenant de chez lui sans savoir où se trouvaient ni son père, ni son amoureuse.

— Ah ! Dieu merci, je vous trouve ! s'exclama la mouche essoufflée.

— Je n'ai pu te parler ce matin, fit Volnay légèrement ennuyé. As-tu du nouveau ? Et pourquoi n'es-tu pas derrière l'Écureuil ? Je t'avais recommandé de ne point la laisser seule !

— Ah, monsieur, il faut que je vous parle. Vous n'imaginerez jamais! Il vient de se passer quelque chose de fort grave pour vous et votre amie…

— Comment cela? demanda Volnay subitement inquiet.

— Elle a rejoint le peintre Waldenberg. Rassurez-vous. À ce que j'en ai jugé, leur niveau d'intimité n'est pas si grand qu'on pourrait le craindre!

— Waldenberg! Mais comment?

La surprise de Volnay était totale. L'inquiétude le saisit immédiatement.

— Lui a-t-il fait du mal?

Gaston se méprit sur la nature du mal dont il voulait parler.

— Oh, monsieur, de ce côté-là je crois que son honneur n'est pas ébréché! Je subodore que c'est plutôt lui qui la chasse que l'inverse. Mais ils se connaissent et s'apprécient. Vous devrez y mettre un terme. Ils se sont donné rendez-vous pour aller se promener dans les jardins de Versailles et il ne s'agit pas de la première fois. N'ayez crainte, votre compagne garde ses distances avec lui mais elle est bien imprudente. Ah, quel malheur!

Hors de lui, Volnay saisit la mouche au collet et se mit à la secouer très fort.

— Vas-tu me dire ce qui se passe!

L'Écureuil n'avait pas bougé de son gradin et ses pleurs avaient mouillé jusqu'à sa robe.

Elle ne se sentait plus le courage de se lever et resta là pendant ce qui lui parut être des heures jusqu'à ce que Volnay la trouve.

Et tout à coup, il était là, la serrant contre lui. Sa main glissait le long de sa joue et son pouce s'appliquait à y écraser une larme. Sans un mot, il lui prit ensuite la main pour la ramener chez eux.

Dans les jardins, l'Écureuil jeta un regard inquiet autour d'elle. Le peintre avait dû la chercher, n'imaginant pas son aventure. Elle espérait ne pas le croiser.

— Où allons-nous? murmura-t-elle un peu perdue.

— Chez nous, répondit Volnay en serrant un peu plus fort sa main.

Chez eux, un lieu dont elle ne sortirait plus jamais, tant la honte qui l'éclaboussait semblait indélébile.

Le moine contempla d'un œil inquiet son fils qui tournait en rond. Toujours maître de lui, Volnay pouvait aller beaucoup plus loin que son père les très rares fois où il ne se contrôlait plus.

— Qu'attendais-tu d'un roi, mon fils? Louis XIV courait les bosquets et y troussait tout ce qu'il y trouvait. Le Régent, son successeur, se tuait en orgies et offrait à sa femme un phallus géant en son absence. Quant à la cour… On appelait la duchesse de Retz Mme de Fiche-le-moi et elle méritait bien son surnom. Notre roi actuel est pire que tous, lui qui s'en prend à des enfants à peine pubères!

Volnay serra les dents.

— Je le tuerai!

Le moine posa une main ferme sur son épaule.

— Voici venu le temps de la colère. Laisse-la monter en toi. C'est beau la colère, mon fils, lorsqu'elle est juste. Mais ne la laisse pas te dominer. L'heure n'est pas venue.

Hélène arriva à l'appartement de Volnay et du moine au mauvais moment et pour la mauvaise raison. Elle venait alerter le jeune homme sur l'obsession de son père à courir après Valvert plutôt que de se concentrer sur son enquête.

Le jeune homme le prit d'autant plus mal que l'Écureuil se trouvait dans la chambre à côté et qu'auprès d'elle son père n'arrivait pas à stopper ses pleurs. Hélène comprit qu'il se passait quelque drame dont elle n'était pas informée. Le policier savait qu'Hélène ne le trahirait pas. Il lui narra la rencontre avec le roi et la jeune femme se tint devant lui, immobile et silencieuse, mais l'expression indéchiffrable de son regard se fissura l'espace d'une seconde.

Dans son enfance, un homme l'avait prise contre son gré. Elle l'avait tué.

L'instant d'après, elle réagit.

— La petite a donné au roi une fausse adresse mais il va tenter de la découvrir. Lorsqu'il en a après une enfant, il n'abandonne jamais. Je sais qu'il a fait rechercher deux années durant une jolie gamine qu'il avait aperçue un jour de la fenêtre de son carrosse. Et sa police a fini par la trouver !

Volnay tâta sa lame.

— Avant qu'ils ne me la prennent, je leur ferai goûter de mon acier !

Hélène leva les yeux au ciel. Elle commençait à en avoir assez des fanfaronnades gasconnes du père et du fils. Les foudres divines ou royales ne les effrayaient pas. Ils croyaient trop au poids de leur épée face au monde entier.

— Vous devez éloigner l'Écureuil de Versailles, le pressat-elle, tout comme votre père. En fait, il pourrait l'accompagner.

— Et notre enquête ?

Hélène soupira.

— Entre la maison de Mme de Marcillac et Valvert, votre père s'est beaucoup dissipé. Je n'aurai pas trop de mal à le remplacer plus efficacement auprès de vous.

Le jeune homme hésita, le cœur lourd.

— Cela signifierait que je n'accompagne pas ma fiancée alors qu'elle a besoin de moi.

— Volnay, fit sèchement Hélène, le roi a juste commencé à mettre les mains sous ses jupons. Certes, c'est le roi et l'épreuve est impressionnante mais cela n'est pas allé plus loin. D'autres ont connu pire !

Volnay se redressa et Hélène se fit prudente car une colère blanche saisissait le jeune homme qui parla d'une voix proche de la glace.

— Nous ne savons pas ce que c'est de finir, avec le premier homme qui passe, les mains contre un mur, la culotte sur les chevilles. Elle a cru revivre cela. Tout ce passé, elle pensait l'avoir oublié jusqu'à ce que le roi en personne ne le lui rappelle !

Hélène s'employa à le calmer.

— Votre père est un homme sensible, humain et attentionné. Il saura s'occuper d'elle jusqu'à votre retour.

— Vous me dites qu'il n'a en tête que vengeance…

— Entre se venger de Valvert et protéger l'Écureuil, que croyez-vous qu'il fera ? Et ensuite, peut-être que sa rancœur s'estompera avec le temps… — Elle s'appuya contre le mur et croisa les bras en le regardant. – Vous serez d'autant plus utile à la petite en conservant vos fonctions de commissaire aux morts étranges et en résolvant cette enquête. Ce qui vous vaudra l'estime et la reconnaissance de tous.

— Je m'en contrefiche, grinça Volnay entre ses dents.

— Cela vous permettra de mieux protéger votre fiancée… avant votre mariage.

Elle guetta sa réaction. Volnay ne dit rien, en proie à des sentiments contradictoires. Hélène garda le silence. La disposition naturelle de son caractère la portait autant à l'intrigue qu'à l'action. Elle savait parfaitement le moment où basculer de l'une à l'autre.

— Reprenons l'enquête ensemble, dit-elle enfin d'un ton neutre, et trouvons le prédateur qui terrorise Versailles. Vous serez ensuite en position de force. Vous dites que Waldenberg voulait entraîner l'Écureuil dans son atelier. Il s'est attaché à elle comme à d'autres filles pour assouvir de bas instincts. Il faut maintenant lui arracher la vérité ou lui tendre un piège.

— C'était dans l'idée de mon père…

Il lui expliqua le plan du moine. Hélène réagit aussitôt.

— Arrêtons de mêler les filles de cette maison à nos affaires. Je serai l'appât si vous le voulez bien.

Volnay regarda Hélène puis songea au roi. Si l'œil de la première prenait par moments une fixité inquiétante, il y avait dans le regard du second quelque chose qui vous faisait dresser les cheveux sur la tête.

Le moine sortit à cet instant de la chambre de l'Écureuil. Il eut un geste apaisant de la main en direction de son fils.

— Laisse-la seule quelques instants. – Il se tourna vers Hélène. – Mon fils vous a mis au courant ?

Hélène acquiesça et lui fit part de son plan pour l'Écureuil. Le moine finit par en admettre le bien-fondé bien qu'il eût l'air contrarié de s'éloigner de Versailles.

— Dans les circonstances actuelles, c'est peut-être ce qu'il y a de mieux à faire mais quel désastre pour notre enquête…

– Il serra les poings. – Quant à Valvert, il ne perd rien pour attendre !

Une fois Hélène partie, le moine alla ceindre son épée.

— Je sors, dit-il. J'ai besoin d'air frais. Et puis vous avez à parler. – Il posa une main sur l'épaule de son fils qui s'apprêtait à protester. – Vous avez besoin d'être ensemble pour surmonter cette épreuve.

— Je n'aime pas te savoir seul dans les rues à la nuit tombée.

Un sourire de loup éclaboussa le visage du moine.

— Je ne suis pas en bure, on ne me reconnaîtra pas. J'ai également une épée et une dague au côté. Enfin, pour terminer, je suis de fort méchante humeur !

Il lui fallait échapper à toute surveillance. Sans doute avait-il quelques mouches sur ses talons ou des laquais de Valvert, voire même Hélène. Il passa donc par la cour, escalada un muret qui permettait d'accéder à une autre cour afin de sortir dans une rue adjacente.

Il se promena dans le quartier Notre-Dame, sentant une fois de plus sa colère affluer en vagues concentriques. La lune, un peu couvrante, laissait assez de clarté pour distinguer les silhouettes dans les rues. Aux abords de l'église Notre-Dame, dans l'angle de la rue Dauphine, il entendit une cacophonie dominée par les cris stridents d'une femme. Il y dirigea aussitôt ses pas car il avait perçu dans la voix une certaine frayeur et un peu d'animation n'était pas pour lui déplaire.

À son arrivée sur les lieux, il plissa les yeux, étonné.

L'homme cause de toute cette agitation était vêtu d'habits bourgeois, couvert d'un long manteau et escorté de trois gentilshommes dont l'un portait une lanterne à la main. Quelqu'un d'important, suivi de gens qui l'étaient nettement moins.

Le moine le reconnut. C'était le roi ! Le Singe-roi en personne !

Mon heure de gloire ! pensa le moine grisé en faisant un pas en avant.

La femme importunée était accompagnée d'une amie qui se blottissait derrière elle, paniquée. Elle, en revanche, laissait libre cours à la fureur d'une femme sûre de son bon droit et de ses principes.

— Ennuyer ainsi une honnête femme à deux pas du château de Versailles et de notre bien-aimé roi! J'en appelle aux guets! Holà! À moi! Chasteté en danger!

Abasourdi par cette tirade digne d'une comédie, le roi recula. Ses acolytes se contentèrent de ricaner. Aux fenêtres, on entendit quelques bravos. Une certaine forme de solidarité féminine s'esquissait aux balcons tandis que les hommes, après un temps de moquerie, commençaient à prendre la défense de la classe socialement la plus faible.

Ravi de tout ce public, le moine rabattit son chapeau sur ses yeux et, s'approchant, proclama d'une voix de stentor :

— Holà, prince des turpitudes! Te voilà bien loin de ton château du vice pour venir ici importuner les braves gens!

Cela sonnait bien. Le moine attendit quelques applaudissements mais, apparemment, il venait de parler en termes trop symboliques pour être compris des classes populaires.

Il s'avança un peu plus près du roi pour l'apostropher une nouvelle fois, adaptant son discours au public bon enfant des fenêtres plus qu'à celui du parterre qui n'en revenait pas de sa surprise.

— Eh bien la France! Où donc te crois-tu? Rue Brise-Miche ou rue Tire-Boudin? Pourquoi ne restes-tu pas à t'occuper de tes putains farinées de la cour?

Comprenant enfin à qui elle avait affaire, la bourgeoise poussa un cri haut perché, empoigna les plis de sa robe et ses jupons des deux mains et s'empressa de détaler, suivie comme son ombre de sa compagne.

Dans la rue, un silence mortel s'établit. Blanc comme un linge, le roi n'avait pas bougé mais il n'avait pas non plus reculé. À ses côtés, l'un des gentilshommes posait la main sur le pommeau de son épée d'une main hésitante, pas très sûr de l'attitude à adopter dans ces circonstances. Un autre n'avait pas eu cette hésitation et son épée brillait d'une clarté pâle sous la lune. À la lueur de la lanterne que portait le troisième compagnon, le moine découvrit des yeux sauvages, froids et calculateurs. D'un coup, le moine reconnut le regard vide de Valvert sous son chapeau!

Coup double! pensa le moine. *Et si je les tuais tous les deux? Une telle chance ne se refuse pas!*

Valvert fit un pas en avant. Il avançait avec la grâce nonchalante d'un loup en chasse, observant intensément le moine, plissant les yeux comme pour tenter de se souvenir où il l'avait déjà rencontré. Mais son chapeau couvrait bien le visage du moine. Il fallait juste espérer qu'il n'ait pas reconnu sa voix !

— Oh la France, se moqua encore le moine d'une voix cette fois plus rauque, besoin des autres pour te protéger ?

Il surveillait du coin de l'œil Valvert qui se déplaçait lentement pour se placer entre le roi et lui. Son deuxième compagnon fit de même mais d'un pas plus prudent. Manifestement, il comptait laisser Valvert prendre les devants et intervenir seulement en cas de besoin.

Le roi eut alors un sursaut de dignité.

— C'en est assez de tout ce spectacle, fit-il à ses compagnons, allons-nous-en. On pourrait me reconnaître. La cour en parlerait pendant des mois !

Le monarque et l'homme à la lanterne commencèrent à reculer, aussitôt suivis par le second homme à l'épée, manifestement soulagé de ne pas avoir à tirer contre un inconnu aussi déterminé qu'inconscient. Seul Valvert resta sur place, bien décidé à laver l'offense. Le roi le rappela à l'ordre. À contrecœur, Valvert recula à son tour sous les applaudissements de la foule aux fenêtres, désappointée de ne pas voir de combat mais ravie qu'un homme seul en mette quatre en déroute après avoir sauvegardé l'honneur d'une femme.

Avant de disparaître au coin de la rue, Valvert pointa droit son épée vers le moine et lui cria.

— Toi, tu ne m'es pas inconnu. Je te retrouverai et je te tuerai !

Les ombres de la nuit avaient déjà envahi depuis longtemps la cour lorsque Waldenberg frappa à la porte de la maison de Mme de Marcillac qu'on alla prévenir. Sur son ordre, Fanny le fit entrer sans un mot et, du regard, le maintint immobile dans le hall.

La maîtresse de maison descendit lentement l'escalier sans cesser de le fixer.

— Madame, fit le peintre d'une voix ferme, je suis venu chercher un châtiment mérité.

Delphine lui jeta un regard glacial.

— Et cette fois vous l'aurez.

X

BASSIN DU MIROIR D'EAU ET L'ISLE ROYALE

> *On en fera le demi-tour et l'on ira*
> *à l'Isle royale.*

L'aube se levait à peine. Attaché à une croix, Waldenberg ferma les yeux. Fanny épongea son front en sueur.

Le peintre se tortillait encore par réflexe. On aurait dit non un Christ mais un papillon épinglé à une planche et battant encore faiblement des ailes.

Delphine contemplait la scène, debout, immobile et raide.

— Ne désirez-vous pas faire cesser toutes ces souffrances ? demanda-t-elle froidement. Dites-moi ce que vous savez et nous y mettrons un terme.

Le peintre ouvrit les yeux.

— Je n'en ai pas le droit… dit-il d'une voix faible.

— En entrant ici, répondit sèchement Delphine, vous avez perdu tous vos droits.

Comme pour appuyer ses dires, la main de Fanny se porta à sa gorge qu'elle serra.

— Dis-nous pourquoi… murmura-t-elle.

— Vous ne comprenez pas, articula avec peine le peintre, je sais que c'est vous qui avez tué Flore. Faites de même avec moi.

La nuit, l'Écureuil dormait, pelotonnée autour de son oreiller, les jambes en vrac.

Elle se sentait pareille à une gamine terrorisée, paniquée comme dans son enfance lorsque son père l'enfermait dans un placard, au milieu de la nuit la plus épaisse.

À l'instar des vagues, le flux de ses pensées revenait inlassablement se briser à la frontière de sa conscience. Une douleur aiguë saisissait sa poitrine. Elle se sentait molle dans son ventre comme si son corps se trouvait coupé en deux.

La lumière de l'aube vint abolir la nuit. La conscience de l'aube vint la cueillir au sortir de ses cauchemars.

Elle pensa qu'un jour elle s'endormirait tranquille et ne se réveillerait plus. Ainsi, ses soucis, ses craintes et ses peurs cesseraient enfin.

Elle se retourna et vit alors que Volnay ne dormait pas. Les mains croisées derrière la nuque, il contemplait fixement un point devant lui. Cette nuit, il avait rêvé qu'il tuait le roi.

Debout, frémissante, dans son délicieux boudoir, Delphine contempla le moine avec colère. Celui-ci se pavanait dans son brillant costume vénitien, l'épée au fourreau, jetant un coup d'œil à un tableau ancien représentant le bassin du Miroir d'Eau et l'Isle royale.

— Êtes-vous satisfait ? s'enquit-elle. Versailles est une petite ville. Partout on célèbre votre exploit.

— Pardon, fit le moine, mais de quoi parlez-vous ?

— De votre algarade avec le roi !

Le moine s'étonna.

— Comment sait-on que c'est moi ?

— Voyons, personne ne le sait, mais moi je l'ai deviné et vous venez de me le confirmer ! s'écria-t-elle. Qui d'autre que vous aurait ainsi le culot d'interpeller le roi lorsqu'il va s'encanailler en ville avec ses sbires ?

Une lueur de gaieté brilla dans les yeux du moine.

— Et je vous confirme également que le Singe-roi est brave comme un lapin de garenne !

Mme de Marcillac lui donna un coup sec d'éventail sur les doigts. Le moine songea qu'il venait déjà la veille de se faire sermonner et menacer d'un rasoir par Hélène. Il commença à se demander s'il ne devrait pas réagir à ces attaques répétées contre son intégrité mais la mine inquiète de Delphine l'en dissuada.

— Êtes-vous fou ? murmura-t-elle d'une voix rauque. Vous faire de Valvert un ennemi ne vous suffit donc pas ? Il vous faut encore passer au rang d'en dessus ? Ne connaissez-vous donc aucune limite ? Quand cesserez-vous donc de vous conduire comme un enfant ?

— On dirait bien que j'ai le don de mettre les femmes en colère, constata-t-il dépité. Cela dit, vous venez de me poser cinq questions. Dois-je répondre dans l'ordre ?

Delphine soupira avec lassitude et se laissa tomber sur sa bergère.

— Je ne sais pas comment gérer un homme comme vous. Vous finirez pendu…

— Ma foi…

Le moine se caressa le cou où s'accrochaient des poils de barbe.

— C'est vrai que si l'on découvre que c'est moi, je vais la sentir passer…

— N'ayez crainte, dit précipitamment Delphine, personne ne fera le rapprochement. – Elle se pencha vers lui, protectrice. – Vous portiez votre chapeau sur les yeux, m'a-t-on dit, et un habit de gentilhomme. J'espère que ce n'est pas celui-ci ?

— Non.

— Bien. Brûlez-le et ne portez plus que votre bure comme aujourd'hui. Et restez désormais loin du château, de crainte de croiser le roi ou un de ses compagnons de ce soir-là.

— Je suivrai vos conseils.

Le moine tirailla sa barbe, les yeux mi-clos, en proie au ravissement du souvenir de la veille.

— Quand même, je lui en ai bien remontré à ce Louis ! Si vous aviez vu ça ! Il n'en menait pas large, tout roi qu'il est et malgré ses trois protecteurs.

— Il a fait la guerre pourtant, remarqua Mme de Marcillac d'un ton neutre.

— Ah, ah ! Elle est bien bonne celle-là ! Quand un roi va à la guerre, il s'y rend avec plus de serviteurs que de soldats et se poste vingt lieues en arrière des lignes. Enfin, je me suis bien amusé et c'est là le principal!

Delphine lui saisit le bras.

— Vous me faites peur…

— Pourquoi? demanda le moine.

— Parce que vous n'avez pas peur.

— Ah ça? fit-il distraitement. Oui.

Elle soupira et le regarda d'un air songeur.

— Que vais-je bien pouvoir faire de vous?

Le moine fourragea encore dans sa barbe avec gêne.

— Hum… Mais en fait, je ne venais pas me vanter de mes exploits. C'est que mon fils et moi avons un souci d'un autre ordre. Je voulais vous demander conseil, sachant compter sur votre discrétion autant que sur votre sagacité.

Il lui narra les conséquences de la promenade de l'Écureuil dans les jardins de Versailles.

— Est-ce pour cela que vous avez provoqué le roi? s'enquit Delphine en fronçant les sourcils.

— Le hasard, je vous l'assure. Je rentrais de nuit et, dans la rue, je l'ai reconnu à importuner une honnête femme.

— Voilà que vous parlez comme un bon bourgeois!

Le moine fronça comiquement les sourcils.

— C'est qu'elle semblait tenir à sa vertu plus que tout au monde!

Il attendit une réaction. Delphine lui accorda un semblant de sourire. Guillaume se sentit à demi pardonné.

— Enfin, c'est vrai que j'étais particulièrement remonté contre lui après cette histoire avec la petite!

— Je pourrais la cacher dans ma maison, proposa Delphine.

— C'est une éventualité qui m'a effleuré mais votre maison est trop surveillée. Le roi s'attachera sans doute à la retrouver et certaines personnes peuvent faire le lien entre elle et mon fils. Oserait-on alors venir la lui arracher? Je ne sais honnêtement le dire. On a déjà vu Louis XV faire embastiller un père qui refusait de lui offrir sa fille…

Delphine réfléchit quelques instants.

— Il vous faut tout d'abord regagner Paris au plus vite puis de là, sans repasser chez vous, gagner la province. Ce conseil me coûte mais il est bon : mettez autant de lieues que possible entre vous et Versailles.

Il la regarda.

— Votre conseil est plein de bon sens mais il me coûte aussi. J'ai bien du mal à m'y résoudre…

À genoux sur le lit, l'Écureuil avait niché son visage dans le creux de l'épaule de Volnay qui la serrait contre lui en lui murmurant des mots de réconfort.

— Nous allons partir, fit tendrement le jeune homme. Très loin…

Elle tourna vers lui un visage défait.

— Ne serons-nous pas toujours dans le royaume de France ?

Volnay hésita.

— Il nous serait facile de passer à l'étranger mais n'exagérons rien. Le roi n'est pas Dieu. Il ne te retrouvera pas et dans quelques mois tout cela sera oublié.

Elle s'écarta de lui et ramena ses genoux sous son menton.

— Moi, je n'oublierai pas.

— Tu n'as rien à te reprocher, tu as défendu ton honneur.

L'Écureuil se pencha à son oreille.

— J'ai eu tort, je t'ai menti et caché des choses. Et pourtant, il ne s'est rien passé avec cet homme et je ne désirais pas qu'il arrivât quoi que ce soit. Je ne veux que toi.

Une larme coula le long de la joue du jeune homme.

— Je sais. Tu t'es sentie seule et délaissée, c'est tout. Moi-même…

Il hésita. Ce n'était pas le moment de lui parler de Flavia. D'autant plus que jamais son cœur n'avait été aussi sûr de lui. Il avait été ému par cette jeune fille dès le premier regard et, ensuite, ses sentiments s'étaient développés de manière effrayante, luttant contre sa raison. Elle était tout ce qu'il voulait aimer et protéger le long de sa vie. Doucement, il la serra contre lui.

— Moi-même je veux…

On frappa alors à la porte. Aux coups discrets, donnés dans un ordre régulier, Volnay reconnut la visiteuse.

— C'est Hélène, annonça-t-il.

Il sentit l'Écureuil se raidir entre ses bras. Comme une anguille, elle échappa soudain à son étreinte et regagna le refuge de ses draps dans un soupir à peine voilé. Volnay se mordit les lèvres mais sortit de la chambre pour aller ouvrir.

Delphine était sortie pour se procurer discrètement une voiture afin de reconduire l'Écureuil et le moine à Paris. Ce dernier était donc resté seul avec Fanny. Elle s'absenta un instant avant de revenir à l'impromptu, portant deux flûtes et une bouteille de vin de Champagne sur un plateau. Son regard brillait de malice.

— Un peu trop tôt pour boire, fit le moine d'un ton réprobateur. Et, de toute manière, je n'ai pas le cœur à cela.

— C'est bien pour ça qu'un remontant est nécessaire, répliqua Fanny. Et moi, j'ai soif. Ne pensez pas qu'à vous! Versez quelques petites bulles dans nos verres s'il vous plaît.

Le moine s'exécuta et but pensivement en songeant à la suite. Entre Fanny et Delphine, ne naviguait-il pas comme Ulysse de Charybde en Scylla?

— À quoi pensez-vous? demanda Fanny. Pas à votre fichue enquête, j'espère?

— Je pense, ma chère, que vous êtes une petite personne tout à fait étonnante. Mme de Marcillac est une femme forte mais elle n'a qu'une faiblesse: vous. – Il pointa le doigt sur elle. – Vous avez vingt-sept ans même si vous paraissez moins. À l'âge de quinze ans, vous êtes sortie du couvent où vos parents vous avaient envoyée.

— Enfermée serait plutôt le mot juste, ricana Fanny. Ou bien enterrée vivante. Mes parents n'étaient pas riches, des drapiers aux revenus modestes, mais mon oncle était titulaire d'une cure. Il a écrit en ma faveur pour une place dans un couvent où l'on me donnerait l'éducation adéquate. – Elle vida sa flûte d'un trait. – Servez-moi encore un peu de ce vin de Champagne pour que je continue mon histoire. Voilà. Merci et ne vous oubliez pas vous-même.

— Comptez sur moi!

— Fort heureusement, reprit-elle gaiement, je connus dans ce couvent une jeune fille aux excellentes manières dont le lit jouxtait le mien. Nous devînmes amies. Une nuit, mon agréable voisine de lit m'invita à la rejoindre dans le sien. Elle m'y prodigua maintes caresses et mots doux qui charmèrent mon âme. Puis elle me baisa sur la bouche et initia une démarche fort inattendue avec ses doigts. – Elle rit. – Au bout d'un moment, je jouis de ses patients travaux d'approche et elle m'incita à lui rendre la pareille.

— Ce que vous fîtes bien volontiers, conclut le moine embarrassé.

— Et nous nous procurâmes ainsi des plaisirs peu communs pour des jeunes filles de nos âges!

Cette fois Fanny but lentement tout en l'observant sous ses longs cils.

— Malheureusement, reprit-elle, nous fûmes un soir surprises dans nos étreintes et convoquées chacune séparément par notre confesseur. Celui-ci m'interrogea longuement sur mes ébats, s'attardant aux détails. Mon tempérament sembla le troubler car il voulut me convaincre lui-même du caractère contre nature de mes amours saphiques.

— Je crains le pire, dit le moine.

— Effectivement! Voulant mettre en pratique la théorie, il insista sur l'impérieuse nécessité de me démontrer que le Créateur l'avait doté de l'organe adapté au genre féminin. À mon grand effarement, il sortit son vit et me demanda de dévoiler mon antre sacré, *conditio sine qua non* pour prouver le divin emboîtement entre deux personnes du sexe opposé.

Le moine détourna un instant les yeux.

— Évitez de me donner des détails, murmura-t-il gêné, même si j'admets que votre langage imagé permet de m'épargner la vulgarité crue de la situation.

Elle haussa les épaules.

— Admirez plutôt la présence d'esprit de votre chère Fanny qui, afin d'échapper à la punition sans perdre sa virginité, emprisonnait dans l'étui de sa main le trait qui pointait vers elle et, le poignet complaisant, le laissait seul l'agiter, l'écume aux lèvres. – Elle croisa ses jambes et posa ses mains autour de son genou. – Et c'est ainsi que je compris la domination que je pourrais exercer sur le genre masculin sans jamais avoir à m'abandonner à lui!

— Mes chastes oreilles bourdonnent! se plaignit le moine.

Fanny ricana.

— Et bref, reprit le moine, quatre ans après votre sortie du couvent, vous rejoigniez Delphine de Marcillac pour devenir sa première pensionnaire. Puis vous faites venir Victoire. Votre amie de dortoir?

— Oui, elle commençait à mal tourner en s'intéressant aux hommes! J'ai préféré la remettre dans le droit chemin!

Le moine en prit acte d'un bref hochement de tête.

— Vous étiez donc la préférée de Delphine avant l'arrivée de Mlle Vologne de Bénier et très proche de Victoire. Mais voilà qu'arrive Flore. Une jeune fille charmante et innocente que la vie s'est chargée de déniaiser. Le cœur de Delphine chavire à cette vue. Elle se revoit peut-être en elle. Flore en profite et joue de ses sentiments envers elle pour devenir sa favorite et lui faire passer tous ses caprices. Impensable pour quelqu'un comme vous, sa fidèle et sa préférée depuis des années.

— Parfaitement!

— Vous l'attirez donc dans les jardins de Versailles, dans le Labyrinthe plus exactement. Il vous faut vous débarrasser de cette petite intrigante qui vous a supplantée auprès de Delphine. Vous êtes même assez proche de Victoire pour obtenir son aide.

Silencieuse, Fanny buvait son champagne sans le quitter des yeux.

— Jouons-nous au jeu de la vérité? demanda-t-elle calmement en reposant sa flûte.

— Volontiers.

— Et si je vous disais que cette hypothèse se révèle fausse? Répondrez-vous à ma question?

— Bien entendu.

Elle se pencha dangereusement vers lui, les yeux brillants. Du bout des doigts, elle toucha sa joue.

— Vous ne souhaitez pas vraiment me voir condamnée?

Le moine cligna brièvement des yeux.

— En fait, je détesterais ça.

Elle retira sa main pour la poser cette fois sur son poignet qu'elle caressa brièvement.

— Bien, c'est aussi ce que je pensais…

— J'ai une seconde hypothèse à formuler, fit calmement le moine. C'était vous l'amante et l'amoureuse délaissée de Flore Vologne de Bénier. Vous la tuez toujours mais pas pour la même raison !

Fanny inclina la tête sur le côté.

— Continuez, c'est intéressant. Vous m'expliquerez dans ce cas pourquoi Delphine a écrit ce billet et non moi.

Le moine lissa sa barbe.

— Il est parfois difficile de traduire des sentiments par écrit même si je n'ai aucune raison de douter que vous écrivez très bien. Certains écrivains publics à Versailles se font une spécialité de ce type de correspondance. J'en ai rencontré un. Le style de ce billet l'a fait rire aux larmes et il m'a dit que ça ne pouvait provenir que de l'un de ses malheureux concurrents. Dois-je me donner la peine d'en faire le tour avec vous pour savoir s'ils se souviennent d'une aussi jolie personne que vous ?

Fanny le remercia du compliment en souriant, d'un bref hochement de tête.

— Delphine est une femme extrêmement intelligente, reprit le moine. Lorsque je lui ai parlé de ce billet, elle a craint pour vous. Elle a donc imaginé un premier paravent : Victoire qui disposait d'un alibi sans faille. En cas d'échec, elle s'attribuerait elle-même l'écriture de ce billet, comptant prendre assez d'emprise sur moi pour que je la protège. – Le moine sourit pensivement. – On peut dire qu'envers ses filles comme pour ses soumis dont elle nous tait les noms, elle fait preuve d'une totale loyauté. À moins que… – Il la regarda fixement. – À moins que, vous, Fanny, ne soyez vous-même la véritable dirigeante de cette maison…

— Mais qu'est-ce qui vous fait penser que Delphine ne peut être l'auteur du billet à Flore ?

Le moine leva les yeux au ciel.

— Désolé mais je n'ai jamais pu admettre que Delphine de Marcillac ait pu écrire une telle niaiserie! Pas elle…

— Votre respect pour elle causerait donc ma perte. Intéressant…

Le moine considéra Fanny avec un respect nouveau. Loin de l'image de la jeune ingénue mutine et sensuelle, elle se révélait comme une femme calme et sûre d'elle.

— Ainsi donc, fit-elle en se penchant de nouveau sur lui, j'aurais moi-même tué Flore par dépit amoureux et Delphine me protégerait?

— Elle vous aime sans doute…

— Vous voyez un écheveau de sentiments partout. C'est certainement dû à votre âge.

Le moine se raidit.

— Vous devenez trop sentimental, ajouta-t-elle en souriant.

— Sûrement! répondit le moine avec brusquerie.

Fanny se renversa en arrière.

— La réponse est non : c'est bien Delphine qui dirige cette maison même si je la seconde efficacement. Elle m'est attachée mais pas d'amour entre nous, simplement une grande amitié et complicité. Quant à Flore, savoir qui l'a aimée… À quoi cela sert-il puisque dans chaque hypothèse c'est moi la coupable? – Elle se pencha vers lui et son pied frôla sa jambe. – Vous me devez à votre tour une réponse. Avez-vous jamais cessé un seul instant d'être un fichu enquêteur, une saleté de mouche, dans cette maison?

Le moine porta les mains à ses tempes. Il se sentait soudain si las.

— Ça, c'est une question que je n'ai pas fini de me poser…

Il oscilla légèrement. Toute la pièce se mettait à tanguer autour de lui tandis qu'une vague de sommeil le saisissait.

— Mais…

— Que vous arrive-t-il? demanda Fanny d'une voix soudain paresseuse.

— Mais j'aimerais tellement me tromper, murmura le moine avant de s'écrouler.

Hélène se glissa dans l'appartement et se tourna vers Volnay, contenant avec peine son excitation.

— Je n'ai pas trouvé Waldenberg hier à son atelier. Ses modèles m'ont appris qu'il est revenu fort agité, à une heure qui correspond à celle de votre départ du jardin avec l'Écureuil. On m'a dit qu'il errait ensuite à travers les bosquets. Vous savez comme les jardins sont grands, je ne l'y ai pas découvert. Je me suis rendue de nouveau sans succès à l'atelier dans la soirée d'hier et encore ce matin. Personne ne l'a revu.

Volnay n'hésita pas.

— Je vais dire à Sartine de le faire rechercher.

Elle l'arrêta d'un geste.

— Si vous faites cela, vous le désignez comme coupable. Sous la torture, il avouera tout ce que l'ordre royal souhaite entendre.

Le jeune homme serra les poings.

— Il voulait s'en prendre à l'Écureuil !

Hélène lui jeta un regard froid.

— Peut-être n'en avait-il qu'après ses charmes. Ne laissez pas vos émotions vous dominer !

Volnay baissa la tête et sembla méditer quelques instants.

— Votre conviction est-elle faite en cette affaire ? lui demanda doucement la jeune femme.

Le policier secoua la tête.

— Jamais encore dans une enquête je ne me suis trouvé dans une telle incertitude, non pas faute de suspect mais à cause de leur nombre. Chacun des trois protecteurs de Flore pouvait avoir une raison de commettre ce crime. Et je ne parle même pas des deux autres pensionnaires de la maison : Fanny et Victoire.

— Cela, seul votre père pourrait nous le dire mais instruit-il l'affaire à charge ou à décharge ?

Volnay eut un sourire amer.

— Nous le saurons en temps voulu… Pour l'instant, nous ignorons comment répondre à la question : qui a tué Mlle Vologne de Bénier ? Mais nous pensons que ce crime résulte de sa volonté de s'élever socialement. Essayons maintenant de répondre à une autre question. Qu'allait-elle faire au milieu de la nuit dans le Labyrinthe ?

Hélène réfléchit un instant puis releva vivement la tête.

— Nous en revenons aux marques sur les statues! Elle s'est rendue dans le Labyrinthe parce qu'on lui a donné rendez-vous près d'une statue marquée! Et elle n'est pas morte au pied de celle-ci car, découvrant les intentions de la personne, elle s'est enfuie.

Volnay fronça les sourcils.

— Mon père m'a parlé des curieux rapports de domination qu'on développe chez Mme de Marcillac. Ces femmes-là essayent toujours de prendre le dessus sur les hommes.

Il jeta un bref coup d'œil à Hélène comme pour l'évaluer. La jeune femme lui sourit ironiquement.

— Aussi, fit-elle, ce serait plutôt Flore Vologne de Bénier qui aurait donné rendez-vous à quelqu'un dans les jardins? Un homme sur lequel elle dispose d'un certain pouvoir. Cela met à mal ma théorie sur le symbolisme des statues.

Le policier eut une moue.

— Mais pourquoi organiser une rencontre dans ce labyrinthe? La question de ce lieu me tourmente depuis le début. C'est un endroit assez effrayant la nuit.

— Idéal pour rendre quelqu'un mal à l'aise et renforcer son autorité sur lui.

— Si le meurtrier est celui à qui elle a donné rendez-vous, reste encore à le trouver.

— La Martinière, répondit Hélène. Elle a déjà obtenu des autres ce qu'elle voulait. Que peuvent-ils lui apporter de plus?

— Et il y a certainement des limites au-delà desquelles il ne faut pas pousser M. de La Martinière, un ancien médecin militaire… – Volnay soupira. – Nous n'avons pas choisi le client le plus facile!

— Que faisons-nous?

— J'hésite à laisser l'Écureuil seule. Pouvez-vous rester avec elle pendant que je cherche mon père?

— Savez-vous où il est?

— Et où voulez-vous qu'il soit? répondit Volnay avec humeur.

Lorsque le moine se réveilla, ce fut pour se retrouver allongé sur le lit, pieds et poings liés. Assise près de lui, jambes croisées, l'une reposant au sol, Fanny le contemplait d'un air neutre, les sels qu'elle venait de lui faire respirer encore à la main.

— Pourquoi m'avez-vous attaché ? demanda le moine.

— Pour vous punir bien sûr. Vous avez mené dans cette maison un jeu bien trop dangereux pour vous. Maintenant, nous allons attendre Delphine afin de décider de votre sort. – Elle arqua un sourcil. – À moins que je ne prenne la décision de vous tuer avant car elle pourrait être tentée par la clémence. Je crois qu'elle a un petit faible pour vous.

Le moine pesta contre lui-même. Il ne l'avait rien vu mettre dans sa flûte et pourtant tout cela était prévisible. Mais voilà, trop d'inattention, l'envie d'un verre pour chasser toute cette aigreur dans son estomac. Les bavardages… Il fallait se rendre à la raison. Il vieillissait.

— Voulez-vous bien me détacher ? demanda poliment le moine. Si je meurs ici, j'aimerais autant le faire avec dignité !

Fanny émit un son s'apparentant à un gloussement.

— Si vous pensiez que j'étais la meurtrière, pourquoi vous être jeté dans la gueule du loup ?

— Pour me prouver que je me trompais.

— Pourquoi ?

— Cela m'ennuyait que ce soit vous.

— Pourquoi ?

— Comme ça.

Elle inclina la tête de côté avec une petite moue interrogative.

— Éprouvez-vous des sentiments pour moi ?

— Je vous apprécie.

— Vraiment ? Vous m'appréciez ? On vous dit si savant que je pensais qu'il fallait parler grec pour vous plaire !

— Non, c'est inutile. Je vous aime bien comme vous êtes.

Fanny le toisa.

— Et c'est pour cela que vous n'arrivez à rien dans votre enquête ! Je vous le répète : vous êtes devenu trop sentimental avec le temps…

— Probable…

Fanny se pencha pour lui passer une langue humide et tiède dans l'oreille.

— À vrai dire, chuchota-t-elle, j'ai une troisième hypothèse à vous proposer. Je suis certaine qu'elle vous a effleuré mais, pour d'obscures raisons, vous l'avez écartée : moi et Delphine sommes les meurtrières. Et nous nous couvrons l'une l'autre.

— L'idée m'a traversé l'esprit mais…

— Mais vous êtes trop sentimental ! – Elle lui administra une gifle. – Et vous allez mourir !

Le moine sentit le goût du sang envahir sa bouche.

— Et quand allez-vous me tuer ?

— Ah… oui ! C'est vrai que vous voulez toujours savoir ! Tout à l'heure, je pense. D'ici là, un homme aussi vigoureux que vous saura me donner quelques plaisirs.

Elle s'assit à califourchon sur lui. Il remarqua alors les bandeaux de soie nouée autour de ses poignets, les bracelets en or ceignant ses chevilles et les ongles rouges de ses pieds.

— Ah d'accord, se moqua le moine, vous aimez ça à la mode orientale, vous !

— Il y a mille manières de jouir d'un homme, dit-elle en l'enfourchant, mais ici nous sommes un peu habituées à avoir le dessus. Vous m'excuserez de ce choix.

Elle commença à bouger lentement, imprimant à son bassin de vastes mouvements circulaires.

— Je ne vous inspire pas, on dirait…

— Oh pardon, ma chère. Dans ces conditions, j'aurai du mal à vous honorer.

— Ce n'est pas bien. Je ne vous sens pas du tout rigide dans vos principes.

— Navré, je ne suis pas trop du matin.

— Je pense pouvoir y remédier ! fit-elle en ondulant les hanches au rythme d'une musique intérieure, elle posa ses mains autour de son cou. Ah, non…

— Hum, soupira le moine, quand toute chose paraît plus difficile, c'est peut-être cela vieillir…

— Laissez-moi faire !

— Je ne préfère pas.

— Vous êtes irritant !

Elle se releva à demi et se saisit d'un poignard sur la table de chevet. Le moine inspira un grand coup et se força à la regarder dans les yeux au moment où elle lui tranchait la gorge.

XI

BOSQUET DE L'ARC DE TRIOMPHE

On ira à l'arc de triomphe, l'on remarquera
la diversité des fontaines, des jets, des nappes
et des cuves, des figures et les différents jets d'eau.

— Vous êtes parfaitement irritant, répéta Fanny assis sur le moine. Vous n'avez donc jamais peur ?

— Désolé mais une femme m'a menacé avant vous d'un rasoir et je suis toujours en vie !

— Vous deviez l'avoir irritée autant que moi !

D'un geste sec, Fanny trancha ses liens. Elle se pencha sur lui et, d'un geste doux, elle caressa les petites rides d'expression au coin de ses lèvres.

— Vous ne souhaitiez donc pas vraiment que je sois la coupable ?

Un instant, le moine soutint son regard.

— C'est vrai, admit-il.

Elle rit.

— Bon, alors soyez heureux ! Avouez que je joue bien la comédie !

Bon joueur, le moine acquiesça en souriant à son tour.

— Ne m'en parlez pas ! Mais la gifle était peut-être de trop ! Cela dit, je n'ai jamais rêvé d'une si belle mort : la vision d'une jeune et belle femme comme vous avant de basculer dans le néant !

— Vous ne cesserez jamais d'être un grand charmeur, constata Fanny avec indulgence.

Elle l'aida à se lever.

— Allons, si le coupable est bien dans cette maison, ce n'est pas celui que vous croyez.

— Que voulez-vous dire? fit le moine en se frottant les poignets.

— Je crois que votre enquête est résolue, affirma-t-elle sur un ton énigmatique.

Volnay secoua la cloche puis tapa du poing contre la porte. Sa patience s'amenuisait rapidement devant les frasques de son père. À sa grande surprise, ce fut Fanny qui lui ouvrit. Par-dessus son épaule, il aperçut son père qui se frottait les poignets.

— À cette heure-ci, dit celui-ci d'un ton légèrement embarrassé, il n'y a pas grand monde…

— À part vous deux, fit sèchement Volnay.

Fanny ricana.

— Ce n'est pas ce que vous croyez. Le moine est un modèle de vertu! En six jours, je n'ai réussi qu'à lui fourrer une seule fois la langue dans la bouche!

Le moine toussa pour masquer sa gêne.

— Et par surprise, murmura-t-il.

Une voix féminine se fit entendre derrière eux.

— De quelle surprise parle-t-on?

Delphine de Marcillac venait de surgir de l'impasse.

— Commissaire! s'exclama-t-elle en entrant à leur suite. Que venez-vous faire ici? J'avais justement à vous parler. Le moine m'a expliqué votre problème.

Elle contempla tour à tour Fanny, puis le père et le fils. Manifestement, personne n'avait le même sujet en tête. Fanny lui adressa un imperceptible signe de menton en direction du sol. Delphine hocha la tête.

— Oui, il est temps de leur dire…

Hélène gratta doucement à la porte. Elle attendit un moment. Le glissement de pieds nus sur le parquet l'avertit de l'approche de l'Écureuil.

— C'est Hélène, fit-elle d'une voix douce. Ouvrez-moi.

— Pourquoi? fit l'Écureuil sur la défensive.

— Parce que vous avez besoin de parler et que cela est plus facile avec une femme. – Elle soupira. – J'ai déjà connu ce genre de situation et pire encore.

La porte s'entrebâilla et le museau de l'Écureuil apparut.

— On a voulu vous prendre de force?

— On *m'a* prise de force!

— Oh! Et qu'avez-vous fait?

— Je l'ai tué quand il a essayé de recommencer.

Ils se trouvaient maintenant dans une cave au plafond de pierre et garnie de tapis. Il s'y dressait aussi une grande croix. Le peintre y était attaché, les deux pieds au sol, les bras écartés.

— Que lui avez-vous fait? s'écria Volnay atterré.

Fanny gloussa.

— Nous l'avons simplement amené aux limites de la jouissance sans jamais lui permettre de s'y abandonner. Vous les hommes êtes très faciles à manier!

Un mépris imperceptible se faisait sentir dans le son de sa voix. Delphine fit un pas en avant, telle Athéna, terrible déesse au visage diaphane.

— Il l'a voulu et il a parlé.

— Détachez cet homme, murmura le moine.

— Pas encore!

Le son de la voix de Delphine de Marcillac était tranchant. Elle se tourna vers le peintre.

— Répétez-leur tout ce que vous nous avez dit.

Waldenberg releva lentement la tête, la sueur avait collé ses cheveux à son crâne. Une pâleur effrayante envahissait son visage. Il déglutit difficilement avant de répondre.

— J'ai reçu une invitation à me rendre à minuit dans le Labyrinthe mais je n'y ai pas répondu. Flore y a rencontré quelqu'un d'autre que moi. Quelqu'un auquel elle ne s'attendait pas.

— Pourquoi ne pas vous y être rendu? demanda Volnay.

— Trop de mépris derrière cette invitation, articula avec difficulté le peintre. Elle voulait m'humilier, m'imposer de faire quelque chose de dégradant devant les statues, chaque soir. Un jeu, un parcours initiatique… et elle posait une marque sur le socle de chaque statue devant laquelle je m'étais exécuté. C'était ce qui avait été convenu entre nous…

— Dans le contrat que vous aviez signé avec elle? demanda le moine.

Son fils lui jeta un regard étonné. Le peintre acquiesça avec accablement.

— Je le savais, triompha le moine. Comme j'étais certain que survient toujours un moment où cesse la soumission à l'autorité!

Delphine s'avança d'un pas et s'adressa au peintre, les sourcils froncés.

— Tout à l'heure, pourquoi m'avoir dit que j'avais tué Flore?

Le supplicié baissa les yeux.

— Tout ceci est de votre faute. Sans tous vos jeux de soumission et d'autorité, Flore ne serait pas morte.

Delphine pâlit. Fanny la rejoignit et, d'un geste doux, lui prit la main. Le moine observa la scène, pensif.

— Cela suffit maintenant, fit Volnay avec fermeté. – Il s'adressa à son père. – Aide-moi à le détacher.

Ils déposèrent ensuite doucement le peintre, assis, dos à la croix. Sur un signe de tête de Delphine, Fanny était venue les aider.

— Quelqu'un d'autre a-t-il pu lire cette invitation? interrogea de nouveau le commissaire aux morts étranges.

— M. de La Martinière, dit sèchement Delphine, car cet homme nous a dit l'avoir oubliée sur son bureau en partant.

— Il m'a rappelé pour me la rendre, geignit le peintre.

Le jeune homme haussa un sourcil.

— Un instant. Vous vous trouviez chez M. de La Martinière lorsqu'on vous a remis cette invitation?

Le peintre cligna brièvement des paupières.

— Je lui apportais le tableau commandé.

— Un tableau représentant Flore! intervint Fanny.

Volnay sursauta.

— Dites-lui ce qu'il représentait! ordonna Delphine.

— Une fantaisie… Flore poursuivie par une grande ombre dans le Labyrinthe.

Le fils et le père s'entreregardèrent une seconde.

— Pourquoi avez-vous peint cela ? demanda le commissaire aux morts étranges.

— Flore me l'avait demandé…

— Ordonné, plutôt, rectifia Mme de Marcillac.

— Oui.

— Savez-vous pourquoi ? s'enquit le policier.

— Non, fit le peintre.

Delphine de Marcillac fit un pas en avant.

— Une maîtresse ne se justifie jamais !

Waldenberg frissonna de froid. Le moine regarda son fils qui approuva et se retourna vers le peintre.

— Cette invitation mentionnait-elle quelque chose de…

Il chercha ses mots. À son grand étonnement, Delphine vint à son aide.

— Utilisait-elle des mots de commandement ?

Waldenberg parut étonné.

— Non, c'était une invitation… euh… fort civile…

Le moine se tourna vers Delphine et Fanny qui secouèrent de concert la tête.

— Ceci n'est pas normal, affirma cette dernière.

Le policier fixa longuement le peintre.

— À part le fait qu'elle vous ait été remise, êtes-vous certain que cette invitation vous était réellement destinée ?

— Bien sûr que non, fit Delphine. Elle était pour M. de La Martinière !

Volnay ne releva pas. Il fixait toujours le peintre, les sourcils froncés.

— Cette invitation a été portée chez M. de La Martinière et c'est un de ses domestiques qui vous l'a remise ?

— Oui.

Delphine intervint de nouveau.

— Le domestique a pu mal comprendre à qui était destinée l'invitation.

— C'est possible. Il nous faut aller l'interroger. – Il se tourna vers le peintre. – Habillez-vous, vous allez nous accompagner.

Le moine fit un pas en avant et s'adressa à Delphine de Marcillac.

— Madame, avez-vous encore d'autres surprises en réserve pour nous?

— Pas pour le moment, répondit-elle calmement.

— J'en suis fort aise.

Il considéra les deux femmes.

— Sortons pendant que cet homme se rhabille. Le commissaire va l'aider.

Une fois hors de la cave, le moine joignit les mains comme pour une prière.

— Quant au billet doux, qui de vous l'a écrit?

Fanny répondit par une grimace enfantine. Delphine posa sa main sur le poignet du moine.

— J'ai bien eu une aventure avec Flore pour les raisons déjà évoquées. Je lui ai même acheté un appartement à Versailles. Et puis, je n'ai plus voulu céder à ses caprices, le temps de la soumission pour moi était bien passé. Pour se venger, elle s'est jetée dans les bras de Fanny.

— Vous avez fait ça! s'exclama le moine en se tournant vers cette dernière.

— Je le lui ai demandé, expliqua Delphine. Cela m'a facilité les choses… Une rupture n'est agréable pour personne.

— Je n'ai jamais eu de sentiments pour Flore, déclara fièrement Fanny, mais je suis loyale. Je l'ai fait pour rendre service! Et pour l'entretenir dans ces dispositions, j'écrivais à Flore des messages tendres. Quand j'ai senti qu'elle se détachait enfin de moi pour voguer vers d'autres eaux, celles de Versailles, je me suis mis à commander à un écrivain public des petits mots provocants. Cela l'agaça au plus haut point et hâta notre rupture.

Le moine médita tout cela et finit par hocher la tête.

— Je n'étais pas loin de la solution quand même!

Accompagnés du peintre, Volnay et son père allèrent trouver le domestique de M. de La Martinière à ses appartements de Versailles. Dans les galeries, ils durent s'écarter pour laisser passer la haute noblesse qui se faisait transporter en chaises à porteurs par leurs domestiques à livrées.

La Martinière étant absent, la conversation fut plus aisée, facilitée par une petite rétribution. Le valet confirma avoir remis la lettre à Waldenberg en ayant compris du jeune garçon qui la lui avait remise qu'elle était destinée au *monsieur du tableau*. Il avait traduit cela par le peintre et non par l'acquéreur du tableau. Il ne connaissait pas le gamin en question, sans doute un galopin des cuisines. On les détournait souvent de leurs missions pour transmettre des messages car on savait que ceux-ci seraient promptement délivrés.

— Un instant, fit Volnay sous le coup d'une inspiration. Votre maître a-t-il reçu d'autres messages après celui-ci ?

Le valet réfléchit.

— Oui, au soir. Porté par un de ces diables de gamins mais pas le même !

Troublés, les deux hommes se séparèrent du peintre. Un laquais en livrée, culotte, gilet et justaucorps aux couleurs assorties et portant des galons aisément identifiables, les attendait. Il les salua fort courtoisement et s'adressa au moine.

— Je vous ai aperçu dans la galerie. Et comme je devais aller chez vous porter une invitation, je vous ai suivi et attendu. Ma maîtresse, Mme la marquise de Pompadour, désire vous voir.

Et comme Volnay s'apprêtait à les suivre, le domestique ajouta :

— Seul !

La marquise de Pompadour reçut le moine dans sa chambre. Il ne s'en étonna point, connaissant les usages des grandes dames de ce monde qui recevaient en ce lieu tout en se faisant coiffer et poudrer, s'habillant et se laçant sous les yeux de leurs visiteurs, voire même prenant des bains moussants, aussi appelés bains de modestie car la mousse préservait leur divine nudité des regards indiscrets. À Versailles, les femmes changeaient de toilette plusieurs fois par jour et il devenait plus pratique d'occuper ce temps d'habillage et de déshabillage avec des invités.

Les essences sucrées de la chambre assaillirent le moine et ses narines frémirent. Trop de tubéreuses, d'anémones et de narcisses.

De belles girandoles au plafond éclairaient la pièce. Le plateau chantourné était semé de fleurs et soutenu d'enroulements accompagnés de feuilles et de branchages. Le moine les suivit du regard, retrouvant la sinuosité qu'il appréciait tant. Son regard se porta sur le lit aux pentes ornées de coquilles et de dauphins brodés en argent avec une étoffe cramoisie à fleurs d'or.

La marquise sortit d'un paravent couvert de velours. Elle sentait bon le propre car elle venait de paresser dans une de ses deux baignoires de marbre. Sa suivante lui avait appliqué des poudres parfumées, sa coiffeuse avait officié sobrement. Un simple peigne à fleurs ornait sa chevelure élevée à l'arrière en étroites boucles

Van Loo, Boucher, Quentin de La Tour, tous avaient peint et flatté la Pompadour, faisant transparaître sur leur toile son esprit plutôt que ses traits. Mais aujourd'hui, sa beauté s'affadissait. La fraîcheur mutine de la Diane chasseresse qui avait ému le roi s'en était allée comme feuille au vent. Seuls ses yeux brillaient d'autant plus que la nuit s'approchait.

Ses femmes de chambre lui posaient sur la poitrine des cataplasmes d'herbes. Ses poumons étaient fragiles et l'on disait qu'elle toussait du sang. Un moment, cette belle figure, presque déchue mais qui se battait jusqu'au bout contre l'inéluctable, le toucha d'autant plus qu'elle ne trouvait dans ce combat, ni dans quelque but qu'elle se fixât, aucun plaisir ou bonheur.

Pendant une fraction de seconde, le moine eut la vision claire des femmes qui l'entouraient. Une Hélène intrigante, Delphine de Marcillac, digne et maîtresse d'elle-même, une Fanny loyale et délurée, la Pompadour usée et fatiguée mais toujours aussi déterminée.

Il jeta encore un coup d'œil autour de lui. Trop de luxe étalé. Il savait pourtant la marquise dépensière mais généreuse. Chaque année, elle remettait treize mille livres à son intendant pour les distribuer dans les greniers de Versailles où régnait la misère.

— On m'a dit sur vous beaucoup de mauvaises choses, attaqua sans préambule la Pompadour.

— Cela ne me surprend pas trop.

— On rapporte que vous avez culbuté une marquise au bosquet des Quatre Saisons.

— Ce n'est pas trop mon genre, murmura le moine.

— Je ne sais plus trop quel est votre genre, à vrai dire, de
vous savoir traîner chez Mme de Marcillac.

— Vous m'embarrassez fort, madame.

Elle l'examina avec attention.

— M. de Valvert est venu me voir. Il m'a raconté… – Elle
hésita un instant. – L'escapade du roi à Versailles et sa rencontre
avec un inconnu qui l'a menacé et insulté. Il m'a dit qu'après
coup, il pensait que cet homme vous ressemblait beaucoup.

Le moine garda son calme habituel.

— Je ne comprends pas de quoi il s'agit. M. de Valvert doit
se tromper. Je ne l'ai rencontré qu'une fois et brièvement dans
les jardins…

— Vous vous faites de puissants ennemis. – Elle marqua un
temps. – Aussi vous faut-il de puissants protecteurs.

Le moine comprit de quoi il s'agissait. La vie de la cour reprenait ses droits avec ses jeux de recherche d'alliances.

— J'ai besoin de vous, affirma la marquise à sa grande surprise.

— Pourtant, lui rappela le moine, malgré mon peu de prétention j'ai mauvaise réputation !

La marquise esquissa un maigre sourire.

— Pareillement. Devons-nous nous en soucier tant que cela ?
Vous et moi ne craignons ni les ragots, ni la calomnie.

Il attendit avec sérénité ce qu'elle avait à lui dire.

— Je suis malade, reprit-elle. Je ne survivrai pas longtemps
au train harassant de la cour. Bientôt, j'entrerai dans le séjour
serein d'une âme apaisée. Dieu voudra bien me l'accorder là-
haut puisqu'il ne me l'a pas accordé ici-bas.

La petite moue du moine ne passa pas inaperçue. La marquise soupira.

— C'est vrai que vous ne croyez pas en Dieu. Vous avez tort.
C'est un réconfort que de penser que l'on va rejoindre ceux
que l'on aime, une fois sa vie terminée.

Le moine baissa la tête, soudain troublé.

— Madame, j'aimerais bien que cela fût vrai. C'est toujours un grand soulagement de croire en l'au-delà mais je préfère un enfer intelligent à un paradis bête.

— Vous ne devriez pas désespérer.

— Vous répondrai-je?

— Ma foi, les rossignols répondent bien aux geais!

Le moine hocha la tête et chercha en vain les manches de sa bure pour y dissimuler ses longues mains car il se trouvait en habit.

— Madame, vous avez plus que moi la gorge et la voix d'un rossignol!

La marquise ferma à demi les yeux.

— Décidément, vous ne saurez jamais vous arrêter au bon moment!

Le moine sourit. Les rides de la gaieté s'accentuèrent au coin de ses yeux et même la marquise y fut sensible. Un instant, elle considéra cet homme dans tout ce qu'il représentait. Un mélange de loyauté, de valeurs, d'ironie et de gaieté. Un ensemble infini d'exagération, de provocation, de cabotinage, d'intelligence et de raison…

Elle y fut sensible et usa de toutes ses grâces pour s'assurer ses services.

— Guillaume, fit-elle, car il est vain de vous appeler mon frère.

Le moine prêta l'oreille.

— Vous connaissez tout de notre monde, poursuivit-elle, et vous sauriez y trouver une place sans effort. Mais vous n'avez pas cette prétention. Il vous apparaît plus important de rester vous-même dans un monde de compromission. Aussi avez-vous choisi la voie la plus difficile pour un être d'exception. Tout décrypter des mécanismes d'un État mais refuser de vous y soumettre. Nous avons besoin d'âmes comme vous. J'ai besoin de loyauté auprès de ma personne.

À cet instant, la Pompadour faillit s'attacher le moine. Cet aveu, ce doux regard, cette mélancolie et cette envie de se livrer à lui avaient ému au plus haut point le cœur du moine. Et ce que seules les dames savaient faire à ce cœur pouvait très bien trouver là une suite logique. Il s'en fallut d'un cheveu qu'elle ne s'en fît un allié indéfectible car lorsqu'il se donnait, le moine le faisait entièrement.

Seulement, un peu grisée par son succès, la marquise laissa échapper un mot de trop.

— Nous aiderons le roi à restaurer son autorité sur ses sujets.

Le moine se raidit. La Favorite comprit aussitôt qu'elle l'avait perdu. Il n'aurait pas fallu parler de Louis XV. Si le moine pouvait admettre une Pompadour éclairée, il n'irait jamais jusqu'à servir le roi.

Une lueur de compréhension passa dans son regard. Sans ciller, le moine accusa cette information. Dès lors, son destin était scellé.

Elle le regarda partir sans hostilité, un fond de regret dans l'âme. Puis sa froideur naturelle reprit le dessus.

Qu'il en soit ainsi, pensa-t-elle. *Exit du moine. C'est dommage. Une belle âme mais décidément pas assez sérieuse pour les enjeux qui sont les nôtres.*

Dans le bosquet de l'Arc de Triomphe, près des trois bassins ornés de coquillages, la tension était vive entre les deux hommes.

— Le domestique a mal interprété un message confus, soupira le moine, l'invitation devait être destinée à La Martinière. Même s'il en a pris connaissance, il n'est pas certain qu'il l'ait prise pour lui puisqu'on ne la lui avait pas remise à titre personnel.

— Qu'en savons-nous ? grogna Volnay agacé de ne pouvoir être sûr de rien. Sans réponse, l'invitation a pu être réitérée par Flore. Le domestique nous a révélé que son maître a reçu un second message le soir.

— Ton intuition est peut-être bonne mais obtiendrons-nous de Sartine de pouvoir fouiller son château de Bièvres pour y retrouver la chaussure de la victime car c'est la seule preuve dont nous pourrions disposer ? Et pourquoi l'aurait-il tuée ?

— Et pourquoi l'avoir dessinée ? Pourquoi s'être fait livrer un tableau la représentant ?

Le moine approuva.

— C'est le genre d'homme qui ne tue qu'une fois. Par amour désespéré ou par jalousie. À moins qu'il n'ait refusé de se soumettre à l'autorité?

— C'est-à-dire?

Le regard du moine se fit songeur.

— Mlle Flore a peut-être tenté avec lui le même genre de jeux auxquels elle s'adonnait dans la maison de Mme de Marcillac ou avec le peintre.

Son fils sourit.

— Tu dis cela parce que ton esprit ne peut concevoir l'existence même de l'autorité!

Ils rirent ensemble.

Répondant enfin à la curiosité de son fils, le moine lui raconta son entrevue avec la Pompadour.

— Pourquoi as-tu refusé la main qu'elle te tendait? demanda son fils préoccupé.

— Trop flétrie, cette main. Trop parfumée… et ce parfum n'arrivait pas à dissimuler celui qui vous imprègne lorsque vous avez manipulé tant de monde. Elle sentait le poisson… Je ne veux pas aller dans le sens de ses détracteurs car ceux-ci valent infiniment moins qu'elle mais c'est vrai que cette Favorite a quelque chose d'une poissonnière! Et moi, je ne veux pas être le client qui se réveille au matin avec sa bourse en moins et un poids de plus sur la conscience!

Ils continuèrent de marcher, plongés dans leurs pensées. Volnay gérait doucement sa déconvenue. Si lui-même détestait les compromissions, il se serait senti soulagé de savoir son père protégé. D'autres se seraient entretués pour obtenir une protection de la Favorite du roi.

Soudain, le moine hoqueta de surprise à l'entrée d'un bosquet.

— Vois-tu ce que je vois? Cela pourrait-il être l'arme du crime? Maudit endroit que ces jardins où l'on trouve même des chauves-souris!

L'attention de Volnay fut aussitôt en éveil.

— Quand as-tu vu une chauve-souris?

— Le soir où je suis venu répandre les viscères de porc dans le Labyrinthe, répondit le moine surpris. Et toi?

— Avec Mme de Marcillac, lorsque nous avons été invités à dîner et où on ne nous a pas pris. L'animal venait-il aussi du château ?

— Oui.

Le regard de Volnay s'y porta et il pâlit soudain sous le poids d'une compréhension nouvelle.

— Mon Dieu, que c'est bête de ma part. Que c'est bête !

XII

GRAND TRIANON

*On fera une pause pour considérer le canal
et ce qui le termine du côté de Trianon.*

Hélène partie, le malheur arriva. Au départ, l'intention était bien
innocente. L'Écureuil avait simplement trop pleuré. Elle cherchait un mouchoir. N'en trouvant plus de propre dans ses effets
personnels, elle ouvrit le coffre qui contenait ceux de Volnay.
Ce fut là qu'elle découvrit la lettre. Une lettre de Venise, une
lettre d'amour. Celle d'une Vénitienne appelée Flavia. Elle lui
disait partager ses sentiments. Ses sentiments… Son amour…

Sa mâchoire se décrocha de surprise. L'Écureuil sentit une
main glacée lui enserrer le cœur. Sa gorge se serra. Un muscle
de sa joue tressauta nerveusement.

*Mais quelle constance a ton cœur? Tu tombes donc amoureux
de chaque personne que tu rencontres? Et moi qui croyais t'aimer toujours…*

Il était donc comme les autres hommes. Un peu meilleur,
un peu plus gentil mais pas plus fidèle.

Elle reçut cette découverte comme une gifle. Entre deux san-
glots, elle s'affaissa lentement sur le lit.

Si j'avais su ce qu'était la vie, j'aurais refusé de naître!

Hélène rejoignit le moine qui patientait en faisant les cent
pas devant une porte fermée et gardée.

— Vous voici ! Je vous ai attendu des heures chez vous.

— Vous avez laissé seule l'Écureuil ? s'inquiéta le moine.

— Elle allait mieux et je lui ai dit de bien fermer à double tour derrière moi et de n'ouvrir à personne. Même pas à la marchande de pommes ! Comme dans les contes de fées...

— Hmm...

— Qui attendez-vous ? s'impatienta-t-elle.

— Sartine que j'ai fait aller chercher. Et mon fils qui ne va pas tarder !

Le lieutenant général de police, qui ne bougeait plus guère du palais, les reçut dans la salle des Hoquetons, débarrassée des gardes de la prévôté mais pas de ses décors en trompe l'œil. Volnay les rejoignit en brandissant triomphalement un délicieux escarpin.

— J'ai trouvé la chaussure !

— Grand bien vous fasse, dit froidement Sartine. J'espère qu'elle est à votre pied !

Le moine se racla la gorge.

— Euh... monsieur le lieutenant général de police. Comme vous ne l'avez pas compris, la découverte de cette chaussure va nécessairement de pair avec celle du coupable !

Hélène étouffa un sourire. Sartine les considéra d'un air agacé.

— Pouvez-vous éclairer ma lanterne ?

Le commissaire aux morts étranges secoua la tête. Il sentait que la résolution de l'affaire allait autant décevoir son supérieur que le soulager.

— Monsieur, je cherchais au palais un assassin intelligent mais rendu fou par l'attitude de celle qu'il aimait.

— Et moi, avoua le moine, chez Mme de Marcillac, des amours de Lesbos contrariées ou des jalousies entre collègues ! Voire même, un soumis que l'on pousse trop loin et qui décide de se rebeller. Un être qui oserait tout à coup refuser la soumission à l'autorité... Ah, ça aurait été beau, ça !

— Et voici que nous tombons sur un jardinier tête en l'air, conclut prosaïquement Volnay.

Il marqua une pause. Son père lui avait appris à ménager ses effets en la matière.

— Pardon? fit Sartine sans comprendre.

Hélène haussa un sourcil et écouta attentivement la suite.

— Nous l'avons eu tous les jours sous notre nez en nous promenant dans les jardins! s'exclama Volnay.

— Quoi donc? fit Sartine.

— L'arme du crime. Et leurs servants : les jardiniers avec leurs faux…

Le moine ricana.

— Sans compter que, par hasard, le comte de Valvert nous a offert un moment la solution en trébuchant et en manquant se blesser sur une faux qui traînait. De jour, ces instruments sont mortellement dangereux. Alors dans le noir…

Sartine s'avança d'un pas, incrédule.

— Vous voulez dire que Mlle Vologne de Bénier a simplement chuté sur une faux oubliée dans le Labyrinthe?

Volnay soupira.

— Oui mais ceci ne serait pas arrivé si elle n'avait joué à des jeux qui l'ont dépassée. Et, pour répondre concrètement à votre question, elle ne serait pas tombée si on ne l'avait poursuivie…

— Mais qui?

Le commissaire aux morts étranges calma le jeu d'un geste apaisant.

— Avant de répondre, il me faut d'abord revenir sur la personnalité de la victime car bien souvent on la néglige au profit de celle de l'assassin. Permettez-moi donc de vous présenter Mlle Flore Vologne de Bénier, une jeune fille d'ascendance aristocratique mais qui réalise à son arrivée à Versailles qu'elle se situe au bas de l'échelle sociale.

— Et voici, fit le moine décidé à ne pas se faire oublier, qu'elle découvre soudain, dans la maison de Mme de Marcillac, un champ de pouvoir immense. Pourquoi se contenter de prestations tarifées? La cour s'offre à elle pour expérimenter sa puissance. L'occasion d'y pénétrer se produit grâce à sa rencontre avec le peintre Waldenberg.

— Mais qu'a-t-il à lui apporter? objecta Sartine avec un brin de condescendance. Ce n'est qu'un peintre…

— Un peintre de la cour. Un homme qui fournit les grands de ce monde. Et il ne manquera pas de leur présenter son modèle lorsqu'ils l'auront vu dessiné dans toute sa sensualité.

L'œil de Sartine fit le tour des murs décorés de toiles, semblant découvrir en elles une source nouvelle de pouvoir et réalisant peut-être que leurs peintres deviendraient un jour immortels alors que lui serait oublié. Son regard s'attarda sur une huile sur toile, une vue du château du Grand Trianon et des parterres.

— De son côté, reprit Volnay, Waldenberg est fasciné par son nouveau modèle. Il se renseigne sur elle et apprend sa seconde activité. Son esprit déjà fragile l'idéalise en maîtresse dominatrice. Par malheur pour elle, la jeune fille va se prendre au jeu. Elle décide de le soumettre en lui imposant un parcours initiatique.

Le moine se renfrogna.

— Dans le Labyrinthe ? devina Sartine.

— Oui. Par de petites humiliations répétées, un parcours initiatique qu'elle commence à graver sur le socle de statues. Et puis elle se lasse du jeu car elle croit avoir ferré un plus gros poisson : M. de La Martinière, premier chirurgien du roi.

Sartine prit un air bougon comme chaque fois que l'on approchait de trop près la personne sacrée de son souverain.

— Elle manipule Waldenberg, reprit Volnay, pour qu'il offre à M. de La Martinière un portrait la représentant dans le Labyrinthe, ainsi que pour bénéficier d'une consultation chez celui-ci. M. de La Martinière est sous le charme. Elle lui envoie alors un petit billet pour lui donner rendez-vous à minuit dans le Labyrinthe. Elle confie celui-ci à un jeune garçon pour qu'il le remette au moment où La Martinière reçoit son portrait. L'addition des deux n'en serait que plus explicite et romanesque.

— Malheureusement, précisa le moine, le porteur du billet n'a guère de cervelle et il confie le billet au domestique de M. de La Martinière de manière si floue que ce dernier croit qu'il doit être remis au peintre.

Volnay hocha la tête.

— Waldenberg croit que l'initiation continue. Il rentre à son atelier mais décide de ne pas se rendre à cette invitation. Il se change pour peindre et les deux petits modèles lui font les poches comme elles en ont l'habitude! Cela, je l'ai appris de leur bouche. Zélie et Adèle sont jalouses comme des poux. Elles ne supportent plus la distance glaciale de Flore ni son emprise sur leur maître. Comme elles ont fabriqué quelques jours plus tôt un masque à faire peur pour un tableau imaginé par Waldenberg, elles décident de s'en parer et de se rendre au rendez-vous un peu avant lui. Au lieu de M. de La Martinière qu'elle espère, Mlle Vologne de Bénier va donc se retrouver face à un monstre qui la prend en chasse. En pleine nuit, dans le cadre cauchemardesque de ce labyrinthe, elle panique et s'enfuit et... la suite, vous la connaissez. Un jardinier a malencontreusement oublié sa faux dans le Labyrinthe et elle trébuche dessus.

— Mon Dieu... mais ce cœur dans sa main...

Volnay prit un air gêné.

— Les petites m'ont avoué une scène atroce. Éplorées de l'accident, elles s'efforcent de secourir Flore et de remettre dans un geste désespéré ses entrailles en place en lui demandant pardon! Quant au cœur, Zélie a tenté de s'en saisir pour le replacer dans la poitrine et l'a lâché dans la main du cadavre.

— Quelle horreur!

Sartine prit une pincée de tabac râpé. D'un coup de pouce, il le fit entrer dans ses narines et inspira profondément comme pour chasser l'image de sa tête.

— En partant, ajouta Volnay, Zélie ramasse par réflexe, quelques mètres plus loin, la chaussure de la victime et l'emporte. Chaussure que je viens de retrouver chez elles où j'ai ensuite reçu leurs aveux car tout les confondait.

— La fameuse chaussure, murmura le moine.

— Mais, objecta Sartine, cette faux a disparu car nous ne l'avons pas trouvée le matin de la découverte du corps.

Le moine intervint alors.

— Le jardinier a dû se rendre plus tôt que d'habitude dans les jardins pour récupérer l'outil oublié et, voyant le terrible accident provoqué par sa faute, s'est enfui avec.

— Et nous avons imaginé un éventreur lâché dans les jardins de Versailles! s'exclama Sartine. Un monstre assoiffé de sang! Comment en est-on arrivé là?

— Je crois que l'ambiance de Versailles y est pour quelque chose! lâcha laconiquement le moine. La tension qui habite continuellement la cour est propice à cela… L'étiquette, les rapports de force entre les individus…

Le lieutenant général de police arqua très aristocratiquement un sourcil, tentant de démêler si la remarque ne dissimulait pas une dangereuse critique de la vie à la cour et une remise en cause de l'autorité sans laquelle le royaume n'était rien.

— Quoi qu'il en soit, les coupables seront punis. Tous!

Volnay leva les yeux au ciel.

— Qui peut-on punir et de quoi? Deux jeunes sottes sans cervelle, coupables d'avoir voulu effrayer leur compagne et d'avoir dissimulé les circonstances de sa mort accidentelle? Un jardinier d'avoir laissé traîner sa faux?

Sartine dissimula son dépit.

— Surveiller et punir. Telle est ma mission. Sans coupable, comment rassurer Versailles?

— En disant la vérité.

Le lieutenant général de police hocha pensivement la tête.

— Quant aux entrailles?

— La simple farce d'un inconnu, répondit précipitamment Volnay. Oublions-la.

Sartine le regarda fixement.

— Vous allez un peu vite en besogne. On ne peut pas se livrer à de telles farces macabres dans les jardins de Versailles, au cœur même de la monarchie!

— La cour s'en remettra bien.

Le lieutenant général de police prit une grande inspiration.

— Quoi qu'il en soit, il me faut maintenant aller prévenir le roi. Au fait… – Son regard était rempli de curiosité. – Comment avez-vous fait le lien entre tous ces éléments?

Volnay jeta un bref coup d'œil à son père qui haussa légèrement les épaules, conscient de son rôle accessoire dans la découverte de la solution.

— La chauve-souris. Elle a ramené mon regard vers les combles et dans ceux-ci se trouvait un endroit que je n'avais pas fouillé et un masque grotesque sur un tableau. Un masque qui fait peur… Et puis si quelqu'un d'autre que le peintre et

La Martinière pouvait avoir eu connaissance de l'invitation, c'étaient bien Adèle et Zélie! Enfin, l'intuition soudaine de mon père quant à l'arme du crime en voyant un jardinier en poser une près de lui. — Il baissa la tête. — Je crois que j'ai beaucoup effrayé ces petites. Il ne faudra pas être trop sévère avec elles…

XIII

BOSQUET DE L'ENCELADE

*On passera par l'Encelade, où l'on ne fera
qu'un demi-tour...*

Les heures s'étaient écoulées en interrogatoires de Zélie et Adèle
en présence de Sartine, puis en visite de celui-ci au roi et à la
Favorite. Enfin libéré, Volnay regagna rapidement la rue des
Deux-Portes. L'appartement était silencieux. Hélène, qu'il avait
envoyée rejoindre l'Écureuil, se tenait assise sur une chaise et
le regardait fixement.

D'un bref signe de menton, elle lui désigna la table où trônait une lettre décachetée. Le cœur battant, Volnay s'en saisit
et la déplia lentement. Elle ne présageait rien de bon. C'était
l'écriture de l'Écureuil.

*J'ai trouvé par hasard la lettre de ton amour vénitien. Je ne
veux pas t'entendre te défendre. C'est fini. Je pars. Je vais continuer à travailler chez le libraire mais, s'il te plaît, n'essaye
jamais de me revoir. Merci de tout ce que tu m'as apporté mais
tu m'as trop repris. Je voulais ton amour. Je ne veux pas de ta
pitié.*

Sous le choc, le jeune homme tituba, comme pris de vertige. Doucement, Hélène se leva et vint à lui.

— Elle reviendra bien, dit-elle.

— Non, murmura Volnay sonné. Non, vous ne la connais-sez pas. Je l'ai trahie, comme les autres… Elle ne voudra plus jamais de moi.

Hélène passa une main autour de ses épaules et l'attira à elle. Il posa son front contre son épaule et pleura.

La nuit tombait doucement. Le moine errait sans but à travers les jardins envahis de ténèbres. Il pénétra dans le bosquet de l'Encelade, sous une tonnelle recouverte de plantes grimpantes. Sans cesse, il retraçait le fil de son enquête, cherchant à comprendre le pourquoi de ses erreurs, de ses errances.

Fanny a raison : je deviens trop sentimental!

Tout à coup, des oiseaux s'envolèrent. Il se retourna.

Blême et immobile, Valvert le contemplait avec un œil si vide qu'il semblait de verre. Étrangement, il souriait.

— Quelle chance j'ai de vous trouver!

— Décidément, soupira le moine, ces jardins causeront ma perte!

— Ça et votre insolence! Vous n'auriez pas dû rôder autour de mon hôtel ni vous en prendre au roi!

— Ah, finalement vous m'avez reconnu.

Valvert fit un pas en avant. Son affreux sourire disparut d'un coup.

— Je vais m'occuper de vous. Puis, je la ferai miauler, votre mégère de Marcillac! Après, ce sera le tour de votre fils.

Le moine hocha calmement la tête.

— Bien. S'il me restait encore quelque doute, vous ne me laissez désormais plus le choix. Maintenant, je vais vraiment être obligé de vous tuer.

Valvert pâlit et dégaina son épée. Dans un chuintement mortel, celle du moine rejoignit sa main.

Il se souvint des conseils du maître d'armes et s'efforça de ne pas montrer tout ce dont il était capable afin d'amener Valvert à prendre trop confiance et se découvrir.

Leurs épées dessinèrent dans les airs une poésie mortelle. Quiconque les aurait observés n'aurait vu que des bribes de mouvements, l'éclat mortel de l'acier. Bientôt, une estafilade sanglante s'inscrivit sur la joue du moine.

— Touché, triompha le comte.

— Touché mais pas coulé!

— Cela ne veut rien dire! gronda Valvert.

Il semblait maintenant commencer à s'amuser. Le moine resta concentré. Jamais encore dans sa vie, il n'avait été autant en danger de mort mais son visage était celui d'un vieux loup attentif et vigilant face à un mâle de sa meute plus jeune et très sûr de lui.

Valvert enchaîna les feintes et attaques avec une grâce terrifiante.

Trop fort pour moi, pensa désespérément le moine. *Bien trop fort.*

La botte du désespoir, celle du maître d'armes. Faite pour tuer mais aussi se faire tuer. Le baiser de la mort. À moins de faire un sacrifice.

Tant pis, se dit le moine. *De toute façon, je suis mort. Au moins, ainsi, je sauve Delphine et mon fils.*

Il exécuta le mouvement avec une grande fluidité mais Valvert réagit vite. Le moine tenta d'esquiver sa lame mais il était trop tard. Dans un geste désespéré, sa main gauche dévia l'acier. Avec un hurlement de douleur, le moine enfonça son épée dans la poitrine de l'homme déséquilibré.

Valvert le contempla avec stupéfaction avant de s'écrouler sur le sol où il resta, agité de soubresauts d'agonie. Le moine le regarda sans mot dire jusqu'à ce que la vie se retire de ses yeux. Alors, sa colère tomba.

À cet instant, le bosquet fut envahi d'une cohorte de gardes de la porte.

— *In flagrante delicto*, soupira le moine tandis qu'on s'emparait de lui sans ménagement.

On tenta en vain de ranimer Valvert.

— Laissez, fit le moine avec lassitude, au moins les morts ne mordent plus…

Volnay s'était précipité auprès de Sartine. Celui-ci le reçut avec une indifférence glaciale.

— Ai-je besoin de vous notifier pourquoi j'arrête votre père ? Tuer le comte de Valvert, menacer et insulter le roi et sans doute parsemer ses jardins de viscères d'animaux…

— Vous ne pouvez prouver que le premier fait. Et c'est Valvert qui l'a attaqué le premier comme il l'a fait bastonner !

Le lieutenant général de police se raidit.

— M. de Valvert venait de me faire remettre une lettre dans laquelle il dénonçait le moine pour le second événement.

Volnay baissa la tête, catastrophé.

— Je dois dire, reprit Sartine avec un brin d'admiration dans la voix, que cette fois votre père s'est surpassé en tout ! Mais il a atteint le point de non-retour. La Bastille, à son âge, cela ne pardonne pas.

— Mon père n'est pas vieux ! gronda Volnay de manière inattendue.

— Certes, fit Sartine surpris. Mais il ne sera pas installé dans une cellule confortable et le roi ne pardonnera pas l'offense. Il y rentrera pour y mourir.

Le regard de Sartine surprit la main de Volnay se rapprocher tranquillement de la poignée de son épée.

— Je vous le déconseille, fit-il sèchement. Aucun d'entre vous n'en réchapperait !

Sartine tapota le couvercle de sa tabatière d'un doigt distrait. Le moine se tenait devant lui, l'air innocent, plutôt enclin à se faire oublier.

— Que vais-je faire de vous ? soupira le lieutenant général de police. Vous avez accumulé tellement de bêtises en si peu de temps ! Bien sûr, mon influence me permettrait de vous protéger. Après tout, vous nous avez rendu beaucoup de services dans ma police. – Il marqua une pause. – Mais je n'en ferai rien.

Le moine soupira.

— Quelle phrase de trop ! Moi qui m'apprêtais à vous tresser des lauriers et, après avoir vidé un cruchon de vin, apercevoir les reflets d'une auréole autour de votre tête !

— Que voulez-vous, la meute aboie trop fort.

— Quand le loup est pris tous les chiens lui lardent les fesses, constata calmement le moine. Mais vous n'avez pas le droit de m'enfermer.

— Je n'en ai pas le droit ? répéta Sartine sarcastique.

— Oh, vous le ferez, je le sais, mais ne me dites pas que vous en détenez le droit.

— Je le détiens de par la loi de mon roi, fit sèchement le lieutenant général de police. Vous vous y soumettrez.

— Je ne me soumets pas à votre loi mais seulement à sa force injuste !

— Pardon ? s'étouffa Sartine.

— Je ne réclame que l'application de mon droit inaliénable en tant qu'homme à exercer le premier des principes de la liberté.

— À savoir ?

— Se révolter contre la loi lorsqu'elle nous est imposée de force et va à l'encontre de la nature humaine.

— Et quelle est-elle selon vous cette nature humaine ?

— Elle est le fondement même du but de notre existence sur terre qui doit être de faire le bien d'autrui et non de soumettre l'autre.

— Vous refusez toute loi et donc tout ordre sur terre ? Mais que feriez-vous sans ordre ?

— Ah, ah ! s'exclama le moine. Je l'attendais ! La loi et l'ordre ! Elle est bien bonne celle-là ! Vous semez la peur du désordre pour nous convaincre de l'utilité de votre présence ! Sachez, monsieur, qu'il y a lois oppressives et lois émancipatrices.

Sartine s'emporta.

— Vous n'êtes qu'une force libertaire, un champ confus de liberté, d'indépendance et d'autonomie ! Vous refusez de vous soumettre à nos lois car vous vous estimez au-dessus d'elles. Vous êtes porteur de forces destructrices puériles et aveugles.

— Je dirais plutôt merveilleuses et terribles !

— Des forces sans principe, sans foi ni loi !

— Certes ! Mon idéal est, comme le dirait le grand Thibault, que les hommes se régulent entre eux sans avoir besoin de divin ou d'absolu. Un jour, ils apprendront à le faire.

Sartine se reprit :

— Vous êtes fou, définitivement! Mais fort heureusement vous n'êtes rien!

— Je ne suis effectivement rien, seulement le début de votre angoisse…

— Vieux fou!

— Je ne suis pas vieux!

Le moine sortit, escorté de Sartine et de deux de ses sbires. Delphine de Marcillac se tenait dans l'antichambre, pâle et frémissante. Comme il faisait un pas vers elle, Sartine posa une main sur son bras pour le retenir.

— Puis-je lui dire au revoir? demanda humblement le moine.

Sartine hésita.

— Allons, un petit mouvement d'humanité, monsieur le lieutenant général de police. Je sais que vous en êtes capable une fois l'an!

— Je vous donne deux minutes, décréta sèchement Sartine. Et dites-lui qu'elle ne tente pas d'infléchir le cours des choses. Ce n'est pas le moment d'aller quémander votre grâce auprès du roi ou de Mme de Pompadour. D'ailleurs, une femme comme elle ne serait pas reçue!

Le moine acquiesça.

— Je ne souhaite pas qu'elle se mette en danger pour moi.

Il marcha vers Delphine et son pas semblait moins assuré que naguère. Elle, de son côté, arborait une expression affolée.

— Vous ici, madame, c'est folie.

— Je ne sais quoi vous dire…

Le moine hocha la tête.

— Merci de ne pas me dire : *je vous avais bien prévenu.*

— Je vous avais bien prévenu!

Le moine sourit faiblement.

— Je ne vous ai pas écoutée. À moins que je ne vous aie trop écoutée… Mais je me suis laissé aller, la faute n'en incombe qu'à moi seul. Trop de colère en moi…

Les doigts de Delphine se tendirent avec hésitation vers sa joue rêche qu'ils caressèrent tendrement, s'attardant sur sa fraîche cicatrice.

— Le temps de la colère, mon ami. Le temps de la colère…
– Elle se ressaisit. – Je vais me jeter aux pieds de la Pompa-dour et…

— N'en faites rien, la coupa le moine. Ces gens-là n'auraient aucun scrupule à fermer votre maison et vous envoyer finir vos jours dans un couvent. Ceci dans le meilleur des cas…

— Alors?

— Alors, restez qui vous êtes et laissez-moi assumer seul mes bêtises.

— Je ne vous abandonnerai pas…

Le moine soupira.

— Que signifient de telles paroles? Je ne suis qu'un vieux bonhomme. J'ai vengé votre honneur et lavé l'affront qui vous a été fait.

Elle inspira une grande bouffée d'air.

— Ne me dites pas que c'est pour ce que Valvert m'a fait autrefois.

Le moine garda le silence.

— Je vous attendrai, dit-elle soudain.

Il secoua la tête en souriant d'un air las.

— Les choses ne se passent ainsi que dans les livres. Qui quitte la partie la perd!

— Vous abandonnez donc?

Le moine lui prit les mains avec douceur et porta ses doigts à ses lèvres.

— Ayez plus de pénétration que je n'ai de hardiesse à vous dire ce que je ressens. Et laissez-moi dissimuler mes sentiments car j'aurai scrupule à vous les révéler. Maintenant, partez. Il est temps de vous faire oublier…

Le moine se trouvait serré entre deux policiers de Sartine. Petite humiliation supplémentaire, on l'avait forcé à revêtir de nouveau sa bure. La voiture traversait une forêt. Elle ralentit soudain. Le moine dressa l'oreille. Il entendit le cocher jurer et tirer sur les rênes de son cheval.

— Que se passe-t-il? cria un des policiers qui accompa-gnait le moine.

— Un arbre est tombé au milieu de la route.

L'autre jura et descendit de voiture.

Un coup de feu retentit.

Le moine bondit en avant et donna un violent coup de tête dans le front du policier qui s'écroula.

— Merde, ça fait mal! grommela le moine étourdi.

Puis il sortit de la voiture. Un homme cagoulé à la silhouette mince gardait en joue le cocher et le policier. Le second homme, plus grand, se dirigea promptement vers eux et les assomma d'un coup de crosse.

— L'autre? demanda-t-il en regardant le moine.

— Je m'en suis occupé.

— Tant mieux, fit Volnay en ôtant sa cagoule.

Hélène ôta à son tour la sienne. Un pistolet à la main droite, elle avait un air un peu égaré. Le moine alla jusqu'à elle et lui baisa l'autre main.

— Décidément, Hélène, je ne vous mérite pas.

Hélène hocha la tête et murmura sombrement :

— Tu parles! Vous retrouverez un jour mon souvenir dans un coin de votre mémoire comme on retrouve une feuille séchée dans un livre que l'on n'a pas relu depuis très longtemps. Alors, seulement, vous vous souviendrez de moi.

Le moine ouvrit la bouche puis la referma, ne sachant plus que dire. Volnay s'approcha d'Hélène.

— Je vous écrirai à l'adresse que vous m'avez donnée. Nous vous enverrons de l'argent pour l'Écureuil.

Un sourire doux et triste envahit le visage d'Hélène.

— Ne vous inquiétez pas, je vous jure de prendre soin d'elle.

— Des papiers sont chez mon notaire. Vous le connaissez. Mon argent est à elle. Mes biens sont à elle.

Hélène le fixa.

— Et votre cœur?

— Mon cœur aussi, à tout jamais.

Elle soupira.

— Je crois que vous êtes pire que votre père!

ÉPILOGUE

Ils avaient galopé à bride abattue en direction du sud, ne s'arrêtant que pour laisser souffler les chevaux car ils n'osaient s'arrêter à un relais pour en changer. À la nuit tombée, ils trouvèrent refuge dans une forêt épaisse et mirent pied à terre pour laisser souffler leurs montures écumantes.

Immobile et rigide, Volnay ne parlait pas. Nul n'aurait su dire si ses pensées se tournaient encore vers l'Écureuil.

— Même si je lui suis très reconnaissant, murmura le moine, je n'ai pas trop aimé ce qu'Hélène m'a dit.

— Tu as tort. Elle a tort. Je vois bien qu'elle a eu et garde toujours des sentiments envers toi. Simplement, elle refuse de les montrer ou de se les avouer.

— Diable… C'est bien dommage car moi j'avais réussi à tourner la page…

— Tu parles !

Les deux hommes s'occupèrent à allumer un feu. Hélène leur avait confié quelques maigres provisions qu'ils se partagèrent sans entrain.

— Mon fils, si tu veux parler de l'Écureuil, je…

Volnay l'interrompit.

— Je l'ai trahie, elle m'a quitté. Tout est fini alors que maintenant je sais que je l'aime. Ne dis plus rien.

Son père soupira et, pour s'occuper, jeta quelques branches dans les flammes.

— Et Mme de Marcillac ? fit soudain le jeune homme.

Le moine se tint devant le feu, les bras croisés sur sa poitrine.

— J'ai vu Delphine lors de mon arrestation, dit-il.

— Eh bien ?

— Eh bien, je lui parlai, je lui parlai. *À la fin, je jetai mon bonnet par-dessus les moulins. Je ne sais ce que tout devint…*

Son fils vint près de lui et passa son bras autour de ses épaules. Jamais depuis longtemps, ils n'avaient été aussi proches.

— Pourquoi as-tu fait tout cela ?

— Trop de rage contenue pendant trop longtemps. C'était le temps de la colère, mon fils. Et il y a certaines colères qu'il est beau de laisser éclater. Mais pardon, mon fils, de t'avoir entraîné dans ma chute.

Il ôta sa bure avec lenteur et frissonna dans la fraîcheur du soir.

— Je vais la mettre au feu. Je redeviendrai un homme ordinaire, une perspective désagréable, s'il en faut !

Le moine enfila les vêtements dérobés au cocher. Puis il regarda longuement sa bure brûler. Lorsque celle-ci ne fut plus que cendres, il s'ébroua comme s'il sortait d'un mauvais rêve.

— Tu as tout perdu à cause de moi, murmura-t-il.

— Pour l'Écureuil, je suis seul fautif. Quant à ma situation, qu'importe pourvu que je ne te perde pas, toi !

Ils s'étreignirent avec force et, un moment, ils ne firent plus qu'un. Puis le moine respira fort.

— Tel Ulysse, j'ai encouru la colère des dieux. Ils se vengeront à jamais de moi. – Il leva un doigt en l'air. – Mais, comme Ulysse, les dieux je les emmerde ! Je ne me laisse jamais abattre et je survis à chaque épreuve. Une page se tourne, une autre reste à rédiger. Le dernier chapitre peut-être… Où donc allons-nous l'écrire ?

Son fils eut un faible sourire.

— Toujours la même tentation ?

— Pas toi ? Une lumière, une couleur… Le bleu. Encore qu'il y ait aussi du violet dans tout cela. Et du théâtre…

Comme Volnay ne répondait pas, une lueur de gaieté traversa soudain le regard du moine.

— Mon fils, considérons la solution vénitienne…

TABLE

OUVRAGE RÉALISÉ
PAR L'ATELIER GRAPHIQUE ACTES SUD
REPRODUIT ET ACHEVÉ D'IMPRIMER
EN JANVIER 2019
PAR NORMANDIE ROTO IMPRESSION S.A.S.
À LONRAI
POUR LE COMPTE DES ÉDITIONS
ACTES SUD
LE MÉJAN
PLACE NINA-BERBEROVA
13200 ARLES

DÉPÔT LÉGAL
1re ÉDITION : FÉVRIER 2019
N° impr. : 1804134
(Imprimé en France)